GW00689609

Bridget Jones
Folle de lui

HELEN FIELDING

Bridget Jones
Folle de lui

ROMAN

*Traduit de l'anglais
par Françoise du Sorbier*

Titre original
BRIDGET JONES : MAD ABOUT THE BOY

Éditeur original
Jonathan Cape, Random House, Londres, 2013

© Helen Fielding, 2013

Pour la traduction française
© Éditions Albin Michel, 2014

À Dash et Romy

Prologue

Jeudi 18 avril 2013

14:30. Talitha vient d'appeler, avec cette voix pressante qu'elle a toujours, style ça-reste-entre-nous-mais-ce-que-je-t'annonce-c'est-du-lourd. « Ma chérie, je voulais juste te dire que je fête mes soixante le 24 mai. Je ne DIS pas que ce sont mes soixante, bien évidemment. Je ne tiens pas à ce que ça se sache, et je n'invite pas tout le monde. Mais surtout, tu réserves la date. »

Panique à bord. « Ça va être génial ! ai-je dit avec un enthousiasme forcé.

— Bridget. Il est totalement exclu que tu ne viennes pas.

— Oui, mais le problème, c'est que...

— Quoi ?

— C'est les trente ans de Roxster ce soir-là. »

Silence à l'autre bout du fil.

« Note bien que d'ici là, on ne sera peut-être plus ensemble, mais si jamais, ça serait... » J'ai laissé ma phrase en suspens.

« J'ai bien précisé "pas d'enfants" sur l'invitation.

— Mais il aura trente ans ce jour-là ! ai-je protesté, indignée.

— Je plaisante, chérie. Amène-le, ton toy boy ! Je louerai un château gonflable ! Ah, je reprends l'antenne ! Fautquej'yaillebisousbisous ! »

J'ai essayé d'allumer la télé pour voir si, comme d'habitude, Talitha m'avait appelée pendant le tournage d'un clip, en plein direct. J'ai appuyé au hasard sur les boutons, comme un singe avec un portable entre les mains. Pourquoi faut-il aujourd'hui trois télécommandes et quatre-vingt-dix boutons pour allumer la télévision ? Je soupçonne des technogeeks de treize ans – chacun dans sa piaule à essayer d'épater les copains – d'avoir inventé ce système. Du coup, tout le monde se croit seul à ne pas comprendre à quoi servent les boutons, ce qui provoque des dégâts psychologiques massifs à grande échelle.

De rage, j'ai jeté la télécommande sur le canapé ; du coup, la télé s'est allumée comme par hasard, et Talitha est apparue sur l'écran, impeccable, les jambes croisées dans une pose sexy, en train d'interviewer un type brun, membre de l'équipe de football de Liverpool, un joueur très irascible qui a tendance à mordre ses adversaires. À en juger par son expression, il aurait volontiers mordu Talitha, mais pour des raisons différentes de celles qu'il pouvait avoir sur le terrain.

Bon. Pas besoin de paniquer pour une invitation. Je vais juste peser le pour et le contre de cette soirée Roxster/Talitha sur un mode calme et adulte :

ARGUMENTS POUR EMMENER ROXSTER À LA SOIRÉE

* Ça serait vraiment moche de ne pas aller chez Talitha. Elle est mon amie depuis mon passage à Sit Up Britain. À l'époque, c'était une présentatrice incroyablement glamour, et moi, j'étais reporter et incroyablement incompétente.

* Ça serait plutôt marrant d'emmener Roxster. En plus, ça serait valorisant pour moi, parce que cette histoire d'anniversaires 30/60 couperait l'herbe sous le pied à ceux qui regardent les femmes-seules-d'un-certain-âge d'un air supérieur et apitoyé, comme si une femme seule était condamnée à vie à le rester, tandis que les hommes seuls du même âge se retrouvaient en main avant même d'avoir fini de signer les papiers de divorce. Et puis Roxster est super craquant, et il apporte un démenti ambulant au fait que je puisse vieillir.

ARGUMENTS CONTRE

* Roxster est très indépendant et il a son caractère. Ça ne lui plairait sûrement pas d'être traité comme un ressort comique ou un remède anti-âge.

* Et ça pourrait le faire fuir de se retrouver au milieu de vieux à une fête d'anniversaire et souligner, comme si besoin était, mon âge canonique ; encore que, bien entendu, je sois BEAUCOUP plus jeune que Talitha. Et franchement, je refuse de croire que j'ai mon âge. Comme dit Oscar Wilde, trente-cinq ans, c'est l'âge parfait pour une femme, à tel point que beaucoup d'entre elles ont décidé de l'adopter pour le restant de leurs jours.

* De toute façon, Roxster aura probablement une fête prévue avec des gens de son âge entassés sur son balcon pour faire un barbecue en écoutant de la disco des années 1970, histoire de se la jouer rétro ; et en ce moment même, il doit essayer de trouver un prétexte pour ne pas m'inviter, afin d'éviter que ses amis découvrent qu'il sort avec une femme ayant pratiquement l'âge d'être sa mère. En fait, peut-être même techniquement, compte tenu de l'avancement de l'âge de la puberté dû aux hormones dans le lait, sa grand-mère. Oh là là ! Pourquoi mon esprit a-t-il des idées pareilles ?

15 : 10. Rhâââ ! Dois aller récupérer Mabel dans cinq minutes, et mes galettes de riz ne sont pas prêtes. Rhââ ! Téléphone !

« J'ai Brian Katzenberg en ligne. »

Mon nouvel agent ! Un pour de vrai ! Mais j'allais avoir un retard MONSTRUEUX pour Mabel si je me mettais à parler au téléphone.

« Est-ce que je peux rappeler Brian plus tard ? » ai-je susurré en tentant de tartiner de beurre allégé les galettes de riz, de les coller par deux, de les mettre d'une main dans un sac d'emballage plastique et de fermer le zip.

« C'est au sujet du scénario que vous nous avez envoyé spontanément.

— Je suis… en… réunion », ai-je annoncé en désespoir de cause. Comment pouvais-je être en réunion et parler au téléphone pour dire que j'étais en réunion ? Ce sont les secrétaires qui disent que X ou Y est en réunion, et non la personne elle-même, qui ne peut pas parler puisqu'elle est en réunion.

Suis partie chercher les enfants, impatiente de rappeler pour connaître l'objet du coup de téléphone. Jusqu'à présent, Brian a envoyé mon scénario à deux sociétés de production qui l'ont toutes les deux refusé. Est-ce qu'un poisson aurait mordu à l'hameçon ?

Ai dû combattre la tentation de rappeler Brian pour dire que ma réunion s'était terminée plus tôt que prévu. Mais à l'évidence, il est beaucoup plus important que je sois à l'heure pour Mabel, parce que moi, je suis une mère dévouée qui fait passer ses enfants avant tout.

16 : 30. La sortie de l'école a été encore plus anarchique que d'habitude. On aurait dit une image de *Où est Charlie*[1] ?, avec des millions de dames armées de sucettes, de bébés dans leur poussette, de chauffeurs de camionnettes en blouse blanche refusant de céder le passage à des mères très BCBG au volant de 4 × 4, un cycliste avec une contrebasse sanglée sur son dos, et des mères nourricières à bicyclette, avec des paniers pleins d'enfants sur la roue avant. Toute la rue était bloquée. Soudain, une femme hystérique est arrivée ventre à terre dans la rue en hurlant : « Reculez, RECULEZ ! Vite ! Ne restez pas en plein milieu comme ça ! »

On a compris qu'il y avait eu un accident terrible. Tout le monde, moi la première, a fait marche arrière, est monté sur le trottoir ou a reculé dans les jardins des riverains pour céder le passage aux premiers secours. Une fois la voie libre, j'ai tendu la tête avec curiosité pour voir l'ambulance et/ou le bain de sang. Mais il n'y avait pas d'ambulance, seulement une femme sapée à mort qui a plongé dans une Porsche noire et filé dans la rue dégagée, jetant des regards hargneux à tout le monde, en compagnie d'un petit gamin à l'air arrogant, en uniforme, assis à côté d'elle sur le siège avant.

Lorsque je suis arrivée à la maternelle, Mabel était la seule petite fille sur les marches, accompagnée d'un dernier retardataire, Thelonius, qui partait avec sa maman.

Mabel m'a regardée avec ses grands yeux solennels.

---

1. Livre-jeux de Martin Handford, où il faut retrouver un adolescent nommé Charlie dans une image très colorée où pullulent des personnages divers. (Toutes les notes sont de la traductrice.)

« Allez, viens, ma vieille, m'a-t-elle dit gentiment.

— On se demandait où vous étiez passée ! a dit la maman de Thelonius. Vous aviez encore oublié ?

— Hahaha ! ai-je dit en réponse au regard fixe de la maîtresse. Il faut qu'on file chercher Billy ! »

J'ai réussi à faire entrer Mabel dans la voiture, et je me suis penchée en opérant ce mouvement de torsion classique qui devient de plus en plus problématique avec l'âge, j'ai farfouillé dans tout ce qui s'accumulait entre le dossier de la banquette et le siège pour enfant afin de réussir à boucler la ceinture de sécurité. Quand je suis arrivée au bâtiment du primaire pour prendre Billy, j'ai vu Sainte Nicolette, la représentante des parents d'élèves (maison parfaite, mari parfait, enfants parfaits ; seule légère ombre au tableau : son nom, sans doute choisi par ses parents avant l'invention de la cigarette de substitution populaire) entourée d'un essaim de mères. Sainte Nicorette était habillée à la perfection, coiffée à la perfection, et avait un sac à main géant. J'ai rejoint le groupe, essoufflée, pour voir si je pouvais profiter du scoop sur les Soucis d'Actualité, juste au moment où Nicolette a rejeté d'un coup de tête rageur ses cheveux en arrière, et failli m'éborgner avec le coin de son sac géant.

« J'ai demandé à Mr. Wallaker pourquoi Atticus était toujours dans le dernier groupe au foot – vous savez, mon fils est rentré pratiquement en larmes – et il m'a seulement répondu : "Parce qu'il est nul. D'autres questions ?" »

J'ai jeté un coup d'œil du côté des Soucis d'Actualité, alias le nouveau professeur d'éducation physique : athlétique, légèrement plus jeune que moi, cheveux courts, un peu genre Daniel Craig. Il regardait d'un air pensif un groupe d'élèves dissipés, et a soudain poussé un coup de sifflet et rugi :

« Hé là, vous autres ! Sortez de ce parterre tout de suite et mettez-vous en rang devant le vestiaire, sinon vous aurez un avertissement.

— Vous voyez ? » a renchéri Nicolette tandis que les enfants formaient un rang désordonné, comme des autochtones ahuris recrutés pour un Printemps Révolutionnaire. Les garçons essayaient de rentrer à l'école au trot en criant « Une, deux ! une deux ! », pendant que Mr. Wallaker rythmait leur avance avec des coups de sifflet ridiculement réguliers.

« Oui, mais il est sexy », a dit Farzia, ma préférée parmi les mères d'élèves. Elle a toujours les bonnes priorités.

« Sexy, mais marié, a rétorqué Nicolette aussi sec. Et il a des enfants, même si ça ne se voit pas.

— Je croyais que c'était un ami du directeur ? a lancé une autre mère.

— Justement. Est-ce qu'il a seulement une formation ?

— Maman. » J'ai levé les yeux vers Billy, avec son petit blazer, ses cheveux bruns ébouriffés, la chemise sortie du pantalon. « Je n'ai pas été retenu pour jouer aux échecs. » Les mêmes yeux noirs pleins d'une tristesse poignante.

« Peu importe que tu aies été retenu ou que tu aies gagné, ai-je dit en le serrant furtivement contre moi. Ce qui compte, c'est qui tu es.

— Bien sûr que si, c'est important. » Au secours ! C'était Mr. Wallaker. « Il faut qu'il s'entraîne. Et qu'il mérite d'être choisi. » Il s'est détourné et je l'ai entendu murmurer distinctement : « Incroyable comme les mères croient que tout leur est dû dans cette école ! »

« S'entraîner ? ai-je dit d'un ton léger. Par exemple, je n'y aurais jamais pensé. Quelle perspicacité, Mr. Wallaker ! Pardon, "monsieur le professeur" ! »

Il a posé sur moi ses yeux bleus et froids.

J'ai continué d'un ton suave : « Et quel est le rapport avec l'éducation physique ?

— C'est moi qui suis chargé des cours d'échecs.

— Oh, magnifique ! Vous vous servez d'un sifflet ? »

Mr. Wallaker a eu l'air un instant désarçonné, puis il a lancé : « Eros, sors de ce parterre. Immédiatement !

— Maman, a dit Billy en tirant sur ma main, ceux qui ont été choisis manquent l'école deux jours pour aller au tournoi d'échecs.

— On va s'entraîner tous les deux.

— Mais maman, a répondu Billy, tu es nulle aux échecs.

— Pas du tout, ai-je protesté, indignée. Je joue très bien aux échecs. Je t'ai battu !

— Non.

— Si !

— Non.

— Ah, mais je t'ai laissé gagner parce que tu es petit. Et de toute façon, ce n'est pas juste puisque tu as des cours d'échecs.

— Peut-être pourriez-vous vous joindre à ces cours, Mrs Darcy ? » Allons bon ! Que faisait Mr. Wallaker à écouter notre conversation ? « Il y a un âge limite de sept ans pour les cours d'échecs, mais si l'on ne prend en compte que l'âge mental, je suis sûr que vous y serez à l'aise. Est-ce que Billy vous a annoncé la seconde nouvelle ?

— Ah oui ! a dit Billy, dont le visage s'est éclairé. J'ai des poux !

— Des poux ! » Je l'ai dévisagé, consternée, et ma main s'est instinctivement portée à mes cheveux.

« Oui ! Des poux. Ils en ont tous. » Mr. Wallaker a baissé vers moi des yeux où brillait une légère lueur d'amusement. « Je conçois que cela va mettre en alerte rouge les mères chic et choc du nord de Londres et leurs coiffeurs, mais il vous suffit de passer les cheveux de vos enfants au peigne fin pendant deux ou trois soirs. Et faites la même chose pour vous, naturellement. »

Oh là là ! Billy s'était gratté la tête ces derniers temps, mais j'avais refusé d'y prêter attention, parce que je trouvais que j'avais déjà assez de soucis comme ça. Je commençais à sentir des fourmillements sur mon cuir chevelu, et mon esprit vacillait. Si Billy avait des poux, Mabel en avait probablement aussi ; et moi aussi, ce qui voulait dire que Roxster en avait aussi.

« Tout va bien ?

— Oui. Non. Nickel ! Tout va très bien, parfait, au revoir, Mr. Wallaker. »

Je me suis éloignée, tenant Billy et Mabel par la main, et j'ai entendu un « ping » sur mon portable. Je me suis dépêchée de mettre mes lunettes. SMS de Roxster.

<Tu étais très en retard ce matin, ma beauté ? Je prends le 27 pour chez toi ce soir ? J'apporte un hachis parmentier ?>

Rhâââ ! Non. Impossible d'avoir Roxster ce soir alors que je dois faire la chasse aux lentes avec un peigne fin, laver tous les oreillers et les serviettes. Enfin, c'est normal de chercher une excuse pour annuler le rendez-vous avec votre toy boy parce qu'il y a des poux chez vous, non ? Pourquoi est-ce que je persiste à me mettre dans des situations impossibles ?

17:00. Retour chez nous, dans notre rue où s'alignent deux rangées de petites maisons identiques. Nous sommes rentrés en fanfare avec la cargaison habituelle de sacs à dos, dessins froissés, bananes écrasées, sans compter un gros paquet de produits contre poux et lentes achetés chez le pharmacien. J'ai installé Billy devant ses devoirs et Mabel avec ses lapins Sylvanian[1] pendant que je mettais en route les spaghettis bolognaise. Mais je suis dans le flou le plus total sur ce que je dois dire à Roxster pour ce soir : dois-je lui parler des poux ?

17:15. Peut-être pas.

17:30. Oh là là. Venais juste d'envoyer <Aimerais bien, mais Billy malade, donc vaut mieux pas.> quand Mabel s'est soudain dressée comme un ressort et s'est mise à chanter à Billy une chanson qu'il déteste. « *Forget about the money money money,*

---

1. Équivalent des petites figurines animales plus connues chez nous sous le nom de Petits Malins.

we don' need yer money money money[1] ! » À ce moment-là, le téléphone a sonné.

J'ai tendu la main pour le saisir à la hâte comme Billy se levait en hurlant : « Mabel, arrête de chanter Jessie J ! » Une réceptionniste a ronronné : « J'ai Brian Katzenberg en ligne pour vous.

— Euh… Est-ce que je pourrais rappeler Brian dans…

— Ba-da ba-da ! chantait Mabel, pourchassant Billy autour de la table.

— Brian est en ligne en ce moment.

— Nooon ! Est-ce que vous pourriez juste…

— Mabel ! Arrêêêêêêête ! a hurlé Billy.

— Chhut ! Je suis au TÉLÉPHONE !

— Saaaalut ! » La voix allègre et pressée de Brian. « Grande nouvelle ! Les productions Greenlight veulent prendre une option sur votre scénario.

— Hein ! me suis-je écriée, le cœur battant. Est-ce que ça veut dire qu'ils vont en faire un film ? »

Brian s'est mis à rire de bon cœur. « C'est l'industrie du cinéma ! Ils vont juste vous donner une petite somme d'argent pour travailler dessus et voir s'ils…

— Mamaaaan ! Mabel a un couteau ! »

J'ai mis ma main sur le combiné en sifflant : « MABEL ! Donne-moi ce couteau. Tout de suite !

— Allô ? Allô ? disait Brian. Laura, je crois qu'on a perdu Bridget…

— Non, je suis là ! » ai-je dit en fonçant sur Mabel, qui fonçait vers Billy en brandissant le couteau.

---

1. « Oublie le fric, le fric, le fric, on n'a pas besoin de ton fric, ton fric, ton fric. »

« Ils veulent avoir une réunion préliminaire lundi à midi.

— Lundi midi ! Parfait ! » ai-je dit en arrachant le couteau des mains de Mabel. « Cette réunion préliminaire, c'est comme une interview... ?

— Mamaaaan !

— Chhhhh ! » Je les ai poussés tous les deux vers le canapé et j'ai commencé à me battre avec les télécommandes.

« Ils ont juste quelques réserves sur certains points du scénario et aimeraient en discuter avant de décider s'ils donnent le feu vert.

— Bien sûr, bien sûr. » Soudain, je me suis sentie blessée et indignée. *Déjà* quelques réserves au sujet de mon scénario ? Mais sur quoi pouvaient-elles bien porter ?

« Alors n'oubliez pas qu'ils ne vont pas...

— Maman ! Je saaaiiigne !

— Vous voulez que je vous rappelle plus tard ?

— Non, tout va bien », ai-je persisté en désespoir de cause pendant que Mabel hurlait : « Faut appeler la bulanfe ! »

« Vous disiez ? ai-je repris.

— Ils ne voudront pas d'un auteur débutant qui fait trop de difficultés. Il faudra que vous trouviez un moyen d'aller dans leur sens.

— D'accord, d'accord. Donc, ne pas jouer les emmerdeuses.

— Vous avez tout compris !

— Mon frère va mourir ! a hurlé Mabel.

— Euh, est-ce que tout...

— Non. Parfait. Super. Lundi midi ! » ai-je dit tandis que Mabel braillait : « J'ai tué mon frère ! »

« OK, a dit Brian, d'une voix un peu crispée. Laura vous enverra un mail avec tous les détails. »

18:00. Une fois la crise passée, la minuscule égratignure sur le genou de Billy couverte d'un pansement Superman, une fois les mauvais points inscrits dans la colonne de Mabel sur la Carte des Comportements, et l'estomac des deux calé avec les spaghettis bolognaise, je me suis mise à penser à trente-six choses à la fois, comme une personne qui se noie, à ceci près que mes pensées étaient plus optimistes et plus joyeuses. Qu'est-ce que j'allais porter pour la réunion ? Est-ce que j'allais avoir un oscar de la meilleure adaptation cinématographique ? Est-ce que Mabel ne devait pas sortir plus tôt de l'école lundi et comment passer récupérer les enfants ? Que porter à la cérémonie des oscars, et devais-je dire à l'équipe de production Greenlight que Billy avait des poux ?

20:00. *Poux trouvés : 9, adultes : 2, lentes : 7 (t.b.).*
Fini de donner le bain aux enfants et de leur passer les cheveux au peigne fin, ce qui est très amusant, en fait. J'ai trouvé deux poux dans les cheveux de Billy, ainsi que sept lentes derrière ses oreilles : deux derrière l'une et une magnifique récolte de cinq derrière l'autre. C'est follement satisfaisant de voir les petites taches noires apparaître sur le peigne blanc spécial. Mabel était un peu déçue de ne pas en avoir, mais elle s'est rassérénée quand je l'ai laissée me peigner et qu'elle n'en a pas trouvé chez moi non plus. Billy agitait le peigne en chantant triomphalement : « Moi j'en ai sept ! » Mais quand Mabel a fondu en larmes, il en a gentiment mis trois des siens dans les che-

veux de sa sœur, si bien qu'il a fallu recommencer à peigner Mabel.

21 : 15. Les enfants dorment. Gonflée à bloc à la perspective de la réunion. Suis de nouveau une femme active et vais à une réunion de travail ! Mettrai robe en soie bleu marine et me ferai faire un brushing, malgré la vanne de ce foutu Mr. Wallaker sur les coiffeurs. Et malgré l'impression sournoise que cette vogue croissante du brushing chez les femmes les fait ressembler à ces gentilshommes du dix-huitième (ou dix-septième ?) siècle, qui ne se sentaient à l'aise en public que lorsqu'ils portaient une perruque poudrée.

21 : 21. Oh, mais c'est moralement condamnable d'aller faire un brushing alors que j'ai peut-être des lentes indétectables au début de leur cycle de sept jours, non ?

21 : 25. Oui. C'est moralement condamnable. Mabel et Billy ne devraient peut-être pas non plus aller jouer chez leurs copains ?

21 : 30. Je trouve aussi que je devrais dire la vérité sur les poux à Roxster, car les mensonges sont mauvais pour les relations. Mais sans doute que dans ce cas précis, un petit mensonge vaut mieux qu'un gros pou ?

21 : 35. Les poux semblent soulever un nombre invraisemblable de dilemmes moraux.

21 : 40. Rhâââ ! Ai fouillé toute ma penderie (c.-à-d. pile de vêtements en tas sur un vélo d'appartement), sans compter les placards, et impossible de trouver robe en soie bleu marine. Rien à me mettre pour la réunion, à présent. Rien. Comment se fait-il que j'aie toutes ces fringues et que cette robe soit la seule chose que je puisse porter pour un rendez-vous important ?

Pris la résolution de ne plus passer mes soirées, à l'avenir, à me gaver de fromage râpé, de résister à l'envie d'avaler des verres de vin, et de trier calmement ma garde-robe pour donner aux pauvres ce que je n'ai pas porté depuis un an et organiser le reste en ensembles assortis, des « basiques de saison », de façon à ce que m'habiller devienne un plaisir calme et non une source de panique hystérique. Après ça, je ferai vingt minutes de vélo. Bien évidemment, un vélo d'appartement n'est pas une penderie, mais un appareil de gym.

21:45. Mais ça serait peut-être une bonne idée de porter la robe bleu marine en permanence, à l'image du Dalaï Lama et de ses robes de moine. Si je pouvais mettre la main dessus. Le Dalaï Lama a probablement un assortiment de robes, ou un teinturier à disposition, et lui, il ne laisse pas ses robes traîner par terre dans un placard plein de vêtements qu'il ne porte pas et qu'il a achetés chez Topshop, Oasis, Asos, Zara, etc.

21:46. Ni sur un vélo d'appartement.

21:50. Suis allée voir les enfants. Mabel dormait, les cheveux sur la figure comme d'habitude, si bien qu'elle semblait avoir la tête à l'envers, et Salive dans les bras. Salive, c'est sa poupée. Billy et moi pensons qu'elle a fait un mélange entre le nom de Sabrina, l'adolescente sorcière, et celui des lapins Sylvanian, mais Mabel trouve le résultat parfait.

J'ai embrassé la petite joue chaude de Billy. Il était blotti contre Mario, Horsio et Puffles 1 et 2. Mabel a soulevé la tête et dit « Il fait drôlement beau », puis est retombée sur son oreiller. J'ai contemplé leur visage rose et paisible, écouté leur petite respiration ronflante... et puis la pensée fatale : « Si seulement... » a envahi ma tête sans crier gare. « Si seulement... » – l'obscurité, les souvenirs, le chagrin ont surgi, me submergeant comme un tsunami.

22:00. Viens de redescendre au pas de course dans la cuisine. Pire encore : tout est silencieux, désolé, vide. « Si seulement... » Arrête, arrête. Je ne peux pas me le permettre. Mets la bouilloire. Ne bascule pas dans le noir.

22:01. On sonne. Ouf ! Mais qui ça peut bien être à cette heure-ci ?

Des tarés à la carte

Mercredi 18 avril 2013 (suite)
22 : 45. C'étaient Tom et Jude, complètement tor-
chés, qui sont arrivés dans l'entrée en tanguant et
en pouffant de rire.

« On peut utiliser ton ordi ? On est allés dîner
à la Vieille Charogne et... »

« J'essayais de me connecter à Plenty Of Fish[1]
sur mon iPhone, mais il y a une photo qu'on
n'arrive pas à télécharger à partir de Google,
alors... » Jude, en tenue de travail, tailleur et
escarpins, a descendu l'escalier vers la cuisine
en faisant claquer ses talons pendant que Tom
– toujours beau mec, brun, séduisant et follement gay – m'embrassait avec effusion.

« Mwah ! Bridget ! Ce que tu as minci ! »

(Il me dit ça chaque fois qu'il me voit depuis
quinze ans, même quand j'étais enceinte de neuf
mois.)

« Eh, t'as du vin ? » a crié Jude d'en bas.

Le fin mot de l'histoire, c'est que Jude – qui
maintenant dirige pratiquement la City mais continue à mettre en pratique dans sa vie amoureuse

---

1. Site de rencontres très populaire dans les pays anglo-
saxons, son nom vient de l'expression « *There's plenty of fish
in the sea* », que l'on peut traduire par « Un de perdu, dix de
retrouvés ».

son goût des montagnes russes financières – a été repérée hier sur un site de rencontres Internet par son abominable ex, l'Infâme Richard.

« Tu le crois, ça ? a annoncé Tom. Cet infâme taré de Richard, non content d'en avoir fait voir de toutes les couleurs pendant CENT ANS à cette femme fabuleuse avec ses manipulations et sa phobie de l'engagement, et de l'avoir épousée pour la plaquer dix mois plus tard, a eu le CULOT de lui envoyer un message indigné parce qu'il l'a trouvée sur POF... Sors-le, ce message, Jude, sors-le... »

Jude s'est escrimée sur son portable. « Je le retrouve pas. Merde, il l'a effacé. Tu peux effacer ton propre message une fois que tu l'as...

— Oh, donne-moi ça, ma puce. Ce qu'il y a, c'est que l'Infâme Richard lui a envoyé ce message d'insultes et puis il l'a BLOQUÉ si bien que... » Tom s'est mis à rire. « Si bien que...

— ... on va fabriquer un profil sur POF, a terminé Jude.

— Pof-pof Guignols, plutôt ! a ricané Tom.

— Pof-pof Tarés, plutôt, et on va utiliser la nana inventée pour le faire tourner en bourrique ! » a dit Jude.

Nous nous sommes tous serrés sur le canapé et Jude et Tom ont commencé à passer en revue des photos de blondes de vingt-cinq ans sur les images Google, et à les télécharger sur le site de rencontres, tout en faisant des réponses désinvoltes aux questions destinées à établir le profil. J'ai regretté un instant que Shazzer ne soit pas là pour entonner des délires féministes, au lieu d'être partie habiter à Silicon Valley jouer les génies de l'informatique point com avec son mari point com épousé-contre-toute-attente-après-des-années-de-féminisme.

« Quel genre de livres aime-t-elle ? a demandé Tom

— Tu mets "Sérieusement, ça vous intéresse ?" a dit Jude. Les hommes adorent les salopes.

— Ou "Les livres ? Qu'est-ce que c'est ?" » ai-je suggéré. Puis j'ai paniqué. « Attendez. C'est tout à fait contre le Code des rencontres. Règle n° 4 : Être sincère et rationnel dans les échanges.

— D'accord ! C'est ABSOLUMENT tordu et malhonnête, a dit Tom, qui est maintenant un psychologue chevronné. Mais pour les tarés, ça ne s'applique pas. »

J'étais si soulagée d'être délivrée du tsunami d'idées noires et m'étais plongée si à fond dans la création d'un profil imaginaire destiné à une vengeance sur POF que j'en avais presque oublié ma grande nouvelle. « Les productions Greenlight vont faire mon film ! » ai-je lâché, tout excitée.

Ils m'ont regardée bouche bée, puis la surprise a fait place à une explosion de joie. « Quelle battante ! Un toy boy, un scénario, tout baigne pour toi ! » a dit Jude alors que je leur tenais la porte après les avoir persuadés de s'en aller pour me laisser dormir.

Elle s'est éloignée dans la rue en titubant tandis que Tom hésitait, me regardant avec inquiétude. « Ça va, toi ?

— Oui, je crois. C'est juste que…

— Fais gaffe, chérie, a-t-il lancé, soudain dégrisé, repassant en mode professionnel. Ça risque de faire beaucoup, si tu as des réunions sérieuses, des délais et tout le reste.

« — Je sais, mais tu as dit que je devrais recommencer à travailler, me mettre à écrire et...

— Oui. Mais tu vas avoir besoin de te faire aider davantage. Pour l'instant, tu es dans une sorte de bulle. C'est incroyable, ce virage à cent quatre-vingts degrés que tu as fait, mais tu es encore vulnérable à l'intérieur et...

— Tom ! » a crié Jude, qui se dirigeait en titubant vers un taxi qu'elle avait repéré dans la rue.

« Tu sais où nous trouver si tu as besoin de nous, a dit Tom. À n'importe quelle heure. Jour et nuit. »

22:50. En repensant à la règle « Être sincère et rationnel dans les échanges », j'ai décidé d'appeler Roxster et de lui parler des poux.

22:51. Quand même, c'est un peu tard.

22:52. Sans compter que le passage impromptu et pratiquement sans précédent du texto à la communication téléphonique avec Roxster est trop marqué et risque de donner une portée et un impact trop grands à cette affaire de poux. Je vais plutôt envoyer un SMS.

<Roxster ?>

Très courte attente.

<Oui, Jonesey ?>

<T'ai dit que je travaillais ce soir.>

<Oui, Jonesey.>

<Il y avait une autre raison.>

<Je sais, Jonesey. Tu es nulle pour mentir, même par SMS. Tu as une liaison avec un homme plus jeune ?>

<Non, mais C aussi embarrassant. C lié à ton amour de la nature et de la vie des insectes.>

<Punaises ?>

<Tu brûles.>

<*Larmes spontanées, grattage frénétique du cuir chevelu*. Pas des poux, quand même ?!!!>

<Tu crois pouvoir pardonner, etc. ?>

Courte pause, puis tintement de texto.

<Si je venais ? Suis à Camden.>

Éblouie par le joyeux culot de Roxster, j'ai répondu.

<OK, mais tu ne crains pas les lentes ?>

<Non. Viens de regarder sur Google. Lentes allergiques à la testostérone.>

L'art de la concentration

Vendredi 19 avril 2013
61 kilos ; calories 3 482 (mal) ; nombre de fois où j'ai vérifié les cheveux de Roxster pour voir si j'y trouvais des poux : 3 ; nombre de poux trouvés sur Roxster : 0 ; nombre d'insectes trouvés dans la nourriture de Roxster : 27 ; nombre d'insectes trouvés dans maison infestée : 85 (consternant) ; SMS à Roxster : 2 ; SMS de Roxster : 0 ; e-mails collectifs de parents d'élèves : 36 ; minutes passées à lire e-mails : 62 ; minutes passées à flipper au sujet de Roxster : 360 ; minutes passées à décider de me préparer pour réunion au sujet du film : 20 ; minutes passées à me préparer pour la réunion : 0.

10:30. Bien. Vais vraiment me mettre à écrire la présentation de mon scénario, une adaptation contemporaine de la célèbre tragédie norvégienne *Hedda Gabbler*, d'Anton Tchekhov, relocalisée à Queen's Park. Ai étudié *Hedda Gabbler* pour mon diplôme de littérature à l'université de Bangor. Hélas, je n'ai obtenu qu'une mention passable. Peut-être que l'équilibre va être rétabli !

10:32. Impératif de me concentrer.

10 : 40. Viens de faire du café et de liquider les restes du petit déjeuner des enfants tout en rêvassant avec nostalgie à la visite de Roxster la veille au soir : 23 h 15, apparition de Roxster, super sexy en jean et pull foncé, les yeux brillants, apportant un hachis parmentier de chez Waitrose, deux boîtes de haricots blancs à la tomate et un pain d'épices au gingembre.

Mmmm. L'expression de son visage quand il est sur moi, la barbe de quelques jours sur sa mâchoire parfaite, le léger écart entre ses incisives qu'on ne voit que de dessous, ses larges épaules nues. Se réveiller toute brumeuse au milieu de la nuit et sentir Roxster embrasser tout doucement mon cou, ma joue, mes lèvres, sentir son érection pressée contre ma cuisse. Mon Dieu qu'il est beau, qu'il est doué pour embrasser, doué pour… Mmm, mmm. Bon, allons, pensons aux thèmes féministes, pré- et antiféministes dans… Oui, mais aahhhh, c'est tellement bon, ça me rend si heureuse, j'ai l'impression d'être dans une bulle de bonheur. Bon, au travail.

11 : 15. Je me mets soudain à rire en me rappelant une conversation enflammée en plein milieu de nos ébats de la nuit dernière.

« Oh là là, ce que tu es dur.

— Parce que j'ai envie de toi, baby.

— Dur comme tout.

— C'est toi qui me fais bander. »

Alors, gagnée par l'élan du moment, j'ai soufflé : « Toi aussi, tu me fais bander.

— Quoi ? » a dit Roxster en éclatant de rire. Nous nous sommes tous les deux écroulés et il a fallu recommencer à zéro.

C'était bien dans la manière légère de Roxster de paraître ne pas se soucier des poux. Mais nous sommes tombés d'accord que par souci de sexe responsable, nous devions au préalable nous vérifier les cheveux mutuellement au peigne fin. Roxster m'a bien fait rire quand il m'a peignée, en faisant semblant de trouver des poux et de les manger tout en ponctuant l'opération de bisous dans le cou. Quand cela a été mon tour de le peigner, je n'ai pas voulu attirer l'attention sur mon âge en mettant mes lunettes, si bien que j'ai passé ses beaux cheveux bruns et épais au peigne fin sans rien voir du tout. Heureusement, il était trop impatient d'en finir et de passer dans la chambre pour remarquer que j'étais complètement bigleuse. Ça n'a sans doute pas d'importance à cause de la testostérone. Mais quand même, ce n'est pas normal d'être coquette au point de ne pas mettre ses lunettes pour chercher des poux sur la tête de son toy boy, si ?

11 : 45. Bien. Mon scénario ! Vous comprenez, *Hedda Gabbler* est vraiment un texte qui résonne chez la femme moderne, parce qu'il traite du danger qu'il y a à essayer de vivre par et pour les hommes. Pourquoi Roxster ne m'a-t-il pas encore envoyé de SMS ? J'espère que ce n'est pas à cause de l'incident des insectes.

Une fois n'est pas coutume, nous avons pu prendre le petit déjeuner ensemble aujourd'hui parce que le vendredi, c'est Chloe, la nounou, qui emmène les enfants à l'école. Chloe, qui les garde depuis l'événement, est une version de moi en mieux : plus jeune, plus mince, plus grande, plus gentille et plus compétente pour s'occuper des enfants ; et elle a un petit ami du même âge qu'elle qui s'appelle Graham. Moyennant quoi, à ce stade, je trouve préférable que Roxster ne rencontre ni Chloe ni les enfants, donc il reste toujours dans la chambre jusqu'à ce que tout le monde soit parti à l'école.

Roxster était en train de descendre avec appétit son premier bol de muesli quand il a brusquement fait un drôle de bruit et recraché sur la table ce qu'il avait dans la bouche. Ce qui ne m'a pas perturbée outre mesure, car je suis habituée à ce genre de spectacle. Pas de la part de Roxster cependant. Mais il m'a alors tendu le bol. Le muesli grouillait de petits insectes noirs qui se débattaient et se noyaient dans le lait.

« Des poux ? ai-je demandé, effarée.

— Non. Des charançons. »

Malheureusement, en guise de réponse, j'ai piqué un fou rire incoercible. Roxster s'est mis à rire lui aussi, mais il a dit : « Tu as une idée de ce que c'est de te mettre une cuillerée d'insectes dans la bouche ? J'aurais pu mourir. Et, ce qui est pire, eux aussi. »

Ensuite, comme il jetait le contenu du bol et celui du paquet de muesli dans la poubelle de recyclage, il s'est écrié : « Des fourmis ! » Et de fait, une colonne bien nette de fourmis allait de la porte du sous-sol à la poubelle. Juste comme il essayait de tirer le rideau pour s'en débarrasser, un petit nuage de mites s'est envolé.

« Au secours ! C'est les Dix Plaies d'Égypte, chez toi ! » a-t-il dit.

Mais s'il a manifestement trouvé ça drôle et m'a serrée dans ses bras de façon très sexy pour me dire au revoir dans l'entrée, il n'a rien dit au sujet du week-end qui commence, et j'ai l'impression qu'il y a quelque chose qui cloche, même s'il s'agit seulement de l'affront combiné fait à ses trois grandes amours : les insectes, la nourriture et le recyclage.

Midi. Horreur ! Il est déjà midi et je n'ai mis au point aucune de mes Idées.

12 : 05. Toujours pas de SMS de Roxster. Peut-être devrais-je en envoyer un ? À l'évidence, d'après les manuels de savoir-vivre, après un rapport sexuel, c'est le monsieur qui devrait envoyer à la dame un SMS le premier ; mais peut-être que toute l'étiquette régissant la communication s'effondre en cas d'infestation par des insectes.

12.10. Bien. *Hedda Gabbler.*

12 : 15. Viens d'envoyer SMS <Désolée pour Dix Plaies d'Égypte et pour fou rire. Ferai désinfecter intégralement maison et occupants pour ta prochaine visite. Ça va ?>

12 : 20. Bon. Parfait. Revenons à *Hedda Gabbler.* Roxster n'a pas répondu.

12 : 30. Toujours rien de Roxster. Ça ne lui ressemble pas.

Vais peut-être vérifier mes e-mails. Il arrive à Roxster de changer de moyen de communication électronique juste pour frimer.

La boîte mail est remplie de courrier de Télémarket, Zalando, Photoshop, d'annonces de locations dans les Costwolds, de liens pour des clips marrants sur YouTube, d'offres de Viagra mexicain ; j'ai aussi un rappel des dates de la fête des peluches chez Cosmata et une avalanche de mails de parents concernant les chaussures perdues d'Atticus.

De : Nicolette Martinez
Objet : Chaussures d'Atticus

Atticus est rentré avec la chaussure de Luigi, mais sa seconde chaussure n'est pas non plus la sienne, et il n'y a pas de nom dessus. J'apprécierais qu'on me rende les deux chaussures d'Atticus, qui étaient marquées à son nom.

12 : 35. Ai décidé de me joindre à l'échange interne des parents, histoire de témoigner ma solidarité et de me distraire de mon travail.

De : Bridget MamandeBilly
Objet : Chaussures d'Atticus

Soyons bien clairs : Atticus et Luigi sont rentrés de la piscine avec une seule chaussure chacun ?

12 : 40. Hi, hi. Ai déclenché une avalanche de réponses par mail, des plaisanteries sur les enfants qui rentrent sans pantalon, sans culotte, etc.

12 : 41. Viens d'envoyer le mail suivant :

De : Bridget MamandeBilly
Objet : Oreille de Billy

Billy est rentré du football hier soir avec seulement une oreille. Quelqu'un a-t-il la seconde oreille de Billy ? Elle est marquée à son nom et j'apprécierais qu'on me la rende sans délai.

12 : 45. Pfff ! Hi, hi !

De : Nicolette Martinez
Objet : Oreille de Billy

Certains parents semblent trouver que les garçons qui prennent soin de leurs affaires et les parents qui les marquent à leur nom fournissent matière à rire. En fait, l'ordre est important pour l'enfant si l'on veut qu'il devienne un individu autonome. Peut-être que si c'était la chaussure de leur enfant qui manquait, ils auraient une position différente.

12:50. Oh là là, j'ai scandalisé un parent d'élève et sans doute tous les autres dans la foulée. Vais envoyer tout de suite des excuses collectives.

De : MamandeBilly
Objet : Chaussure d'Atticus

Désolée, Nicorette. J'essayais d'écrire, je m'ennuyais et c'était une plaisanterie. Très mauvaise.

12:55. Rhâââ !

De : NicoLette Martinez
Objet : Bridget Jones

Bridget – Que vous ayez écorché mon nom était sans doute un lapsus freudien. Nous savons tous qu'en tant qu'ancienne fumeuse, vous avez tendance à rechuter. Si c'était intentionnel, c'était méchant et vexant. Peut-être faudrait-il aborder ces sujets avec le responsable de la Pastorale.

NicoLette.

Merde ! Je l'ai appelée Nicorette ! Bon. Inutile de t'enfoncer davantage. Laisse tomber et concentre-toi !

13:47. C'est grotesque ! Je sèche complètement devant ma feuille !

13:48. Toutes les mères de la classe me détestent et Roxster ne m'a pas répondu.

13:52. Effondrée sur la table de la cuisine.

13:53. Allons. Il faut arrêter. Pas question de laisser les idées noires m'envahir. Grazina, la femme de ménage, va arriver d'une minute à l'autre, et il ne faut pas qu'elle me voie dans cet état. Vais lui laisser un message concernant l'invasion d'insectes et aller m'installer au Starbucks.

14:16. Suis au Starbucks avec un panini jambon-fromage. Parfait.

15:16. Des hordes de jeunes mères chic ont investi le café avec leurs poussettes, parlant à tue-tête de leurs maris.

15:17. Il y a un bruit d'enfer ici. Horreur des gens qui parlent au téléphone quand ils sont au café. Oooh, téléphone, si c'était Roxster !

15:30. C'était Jude, manifestement en réunion, qui me chuchotait furtivement : « Bridget. L'Infâme Richard est tombé raide dingue d'Isabella !

— Qui c'est, Isabella ?

— La fille qu'on a créée sur POF. Il tient absolument à la rencontrer demain !

— Mais elle n'existe pas.

— Non, puisque elle, c'est moi. Il a rendez-vous avec moi, enfin, avec Isabella, demain au Shadow Lounge, et elle va le planter !

— Génial ! » ai-je chuchoté, tandis que Jude déclarait sur un ton autoritaire : « On met un ordre à seuil de déclenchement de deux millions de yens à cent vingt-cinq ct on attend les bénéfices trimestriels. » Puis elle s'est remise à chuchoter : « Au même moment, le type que j'ai rencontré sur ToubibetLib me retrouvera – enfin, la vraie moi – deux rues plus loin au Soho Hotel !

— Super, ai-je répondu, un peu larguée.

— Oui, hein ! Faut que j'y aille. Bye. »

J'espère que le type de ToubibetLib ne va pas s'avérer être une création de l'Infâme Richard et planter Jude.

15 : 40. Toujours rien de Roxster. Impossible de me concentrer ici. Rentre à la maison.

16 : 00. En arrivant, ai trouvé une puissante odeur de vieux. Grazina a suivi à la lettre toutes les instructions données dans mon message griffonné. Elle a jeté tout ce qu'il y avait dans le placard à provisions, lavé, nettoyé et tout passé à l'aérosol. Elle a mis des boules de naphtaline dans tous les interstices entre les lattes de parquet, murs et portes, et derrière les meubles. Il va me falloir tout le week-end, et peut-être le reste de ma vie pour trouver toutes les boules de naphtaline et les ôter. Aucune mite ne pourrait survivre dans une odeur pareille ; à plus forte raison un toy boy. Mais ça, ce n'est sans doute pas à l'ordre du jour car TOUJOURS PAS DE SMS.

16 : 15. Au secours ! Branle-bas de combat, j'entends tout le monde rentrer. C'est vendredi soir, l'heure où Chloe est de retour chez elle, et n'ai pas mis mes Idées en ordre.

16 : 16. Comment Roxster a-t-il pu ne pas répondre ? Alors que mon dernier SMS contenait une question. Pas sûre. Ai décidé de jeter un coup d'œil à dernier texto.

<Désolée pour Dix Plaies d'Égypte et pour fou rire. Ferai désinfecter intégralement maison et occupants pour ta prochaine visite. Ça va ?>

Pétrifiée d'horreur. Non seulement il y avait une question, qui de plus était en fin de SMS, mais le présupposé présomptueux que je reverrais Roxster.

18 : 00. Suis descendue, m'efforçant de camoufler ma déconfiture à Billy et Mabel (qui, heureusement, parce que c'est le week-end, étaient absorbés respectivement par Plantes contre Zombies et *Le Chihuahua de Beverly Hills 2*. Pendant ce temps, j'ai fait chauffer des spaghettis bolognaise (en fait, uniquement du fromage, vu que Grazina a jeté toutes les pâtes). Finalement, une fois le dîner terminé, j'ai craqué pour une raison obscure en rangeant le lave-vaisselle, et j'ai envoyé à Roxster un SMS faussement joyeux disant : <C'est le week-eeeeend !>

Puis suis passée en mode panique aiguë, si sévère que j'ai dû laisser Billy sur l'ordinateur, où il s'obstinait à tuer des plantes avec des zombies, et Mabel devant *Le Chihuahua de Beverly Hills 2*, qu'elle regardait pour la septième fois, afin qu'ils ne remarquent rien. Je suis bien consciente que c'est un comportement de mère négligente, mais j'ai décidé que c'était moins grave que le choc infligé par une mère effondrée à cause de quelqu'un dont l'âge est plus proche de... Aaaaaargh ! Roxster n'est quand même pas plus proche de l'âge de Mabel que du mien ? Non, mais de l'âge de Billy, si ! Oh, Seigneur ! Qu'est-ce que j'ai dans le crâne ? Pas étonnant qu'il ait cessé de m'envoyer des SMS.

21 : 15. Toujours pas de texto. Je peux enfin me laisser dégringoler dans un puits de chagrin et d'insécurité, comme si on m'avait ôté mon garde-fou émotionnel. Sortir avec un homme plus jeune vous donne l'impression que la marche du temps s'est inversée miraculeusement. Parfois, quand nous sommes sur la chaise de la salle de bains et que je nous aperçois dans la glace, je n'arrive pas à croire que c'est moi que je vois, en train de faire ça avec Roxster, à mon âge. Mais mainte-nant il est parti et j'ai explosé comme une bulle. Est-ce que je me sers juste de toute cette affaire comme d'un moyen de tenir en échec le chagrin et le désespoir existentiel de vieillir ? Peut-être vais-je avoir un infarctus, et dans ce cas, que vont devenir Billy et Mabel ?

C'était pire quand ils étaient tout petits. J'avais en permanence peur de mourir subitement pen-dant la nuit, ou de tomber dans l'escalier sans que personne vienne, et je craignais qu'une fois seuls, ils ne finissent par me manger. Mais comme me l'a fait remarquer Jude « Ça vaut mieux que mou-rir toute seule et se faire bouffer par un berger allemand ».

21 : 30. Il faut que je garde présent à l'esprit ce qui est dit dans *Le Zen et l'art de tomber* *amoureux* : « Quand l'autre vient, on l'accueille ; quand il part, on le laisse partir » ; et puis ceci : « Quand l'étudiant zen commence son apprentissage, il doit apprivoiser la Solitude, qui est différente de l'Isolement. La Solitude est liée au transitoire, à la façon dont ceux que nous aimons arrivent dans notre vie et en repartent, ce qui fait partie de la vie », ou peut-être que ça, c'est l'Isolement, et que la Solitude, c'est... Toujours pas de texto.

23:00. Impossible de dormir.

23:15. Oh, Mark, Mark. Je sais que j'ai fait le même syndrome du « appellera, appellera pas ? » quand nous sortions ensemble, avant de nous marier. Mais à l'époque, c'était différent. Je le connaissais si bien, depuis l'âge où je courais toute nue sur la pelouse de ses parents.

Il avait l'habitude de me tenir des conversations pendant qu'il dormait. C'était là que je pouvais me rendre compte de ce qu'il éprouvait vraiment.

« Mark ? » – ce beau visage brun endormi sur l'oreiller : « Tu es mignon ? » Il soupirait dans son sommeil, l'air triste et honteux, et il secouait la tête.

« Est-ce que ta maman t'aime ? »

Très triste à présent, comme un petit garçon, il essayait de dire « non » dans son sommeil. Mark Darcy, le célèbre avocat influent, défenseur des droits de l'homme ; à l'intérieur, le petit garçon meurtri, envoyé en pension à l'âge de sept ans.

Alors je demandais : « Et moi, je t'aime ? » Alors, il souriait dans son sommeil, heureux et fier, hochait la tête, et passait un bras autour de moi pour me serrer contre lui.

Nous nous connaissions par cœur, lui et moi. Mark était un gentleman et j'avais en lui une confiance absolue. Ancrée dans cette confiance, j'ai exploré le monde. C'était comme explorer les redoutables profondeurs aquatiques bien en sécurité dans notre petit sous-marin. Et maintenant, tout est redoutable et je ne serai plus en sécurité nulle part.

23:55. Qu'est-ce que je fais ? Mais qu'est-ce que je fais ? Pourquoi me suis-je lancée dans cette histoire ? Pourquoi ne suis-je pas restée comme j'étais ? Triste, solitaire, sans travail, sans vie sexuelle, mais au moins, mère de famille et fidèle à leur... fidèle à leur père.

La nuit noire de l'âme

Vendredi 19 avril 2013 (suite)
Cinq ans. Est-ce que ça fait vraiment cinq ans ?
Au début, la seule question était : comment arriver
au bout de la journée ? Heureusement, Mabel était
trop petite pour se rendre compte de quoi que
ce soit, mais, oh, les souvenirs de Billy en train
de courir dans toute la maison en criant : « J'ai
perdu papa ! » Jeremy et Magda à la porte, un
policier derrière eux. En voyant leur expression,
je me suis précipitée d'instinct vers les enfants terrifiés pour les serrer contre moi. « Qu'est-ce qui
se passe, maman ? Qu'est-ce qui se passe ? » Tous
ces officiels dans la maison, quelqu'un mettant
le journal télévisé par inadvertance, le visage de
Mark apparaissant sur l'écran avec ce sous-titre :

MARK DARCY 1956-2008

Après cela, les souvenirs sont flous. La famille
et les amis ont fait bloc autour de moi, m'entourant comme une citadelle, comme une matrice.
Les amis de Mark, avocats, se sont occupés de
tout : testament, droits de succession, polices d'as-
surances, des choses incroyables. On aurait dit un
film en accéléré. Les rêves, chaque nuit, toujours
avec Mark. Et les réveils le matin à cinq heures,
lavée par le sommeil, où pendant un quart de

seconde je croyais que tout était inchangé, puis la mémoire me revenait et me crucifiait, comme si un grand pieu venait me clouer au lit et me transpercer le cœur. Je n'osais plus bouger, de peur de déranger la douleur, de la sentir se diffuser, sachant qu'une demi-heure plus tard, les enfants se réveilleraient, que je serais en selle : couches, biberons... et que je devrais faire comme si tout allait bien jusqu'à l'arrivée de l'aide-ménagère. Alors je pourrais filer dans la salle de bains pour sangloter, puis remettre du mascara et retrousser mes manches une fois de plus.

Seulement voilà, quand on a des enfants, impossible de se laisser aller. Il faut continuer à fonctionner. UPDA : Un Pied Devant l'Autre. Une armée de psychologues chargés du soutien aux personnes en deuil m'a aidée avec Billy, et plus tard Mabel : leurs maîtres-mots étaient « versions gérables de la vérité », « honnêteté », « dire les choses », « pas de secrets » et « une base solide » à partir de laquelle on pouvait construire. Si cela fut efficace avec les enfants, pour la prétendue « base solide » – c.-à-d., ne riez pas, moi –, c'était très différent.

Ce dont je me souviens surtout en repensant à ces séances, c'est qu'elles se résumaient au fond à ceci : « Êtes-vous capable de survivre ? » Je n'avais pas le choix. Toutes ces pensées qui m'assaillaient – notre dernier moment ensemble, le contact du tissu du costume de Mark sous ma joue, moi en chemise de nuit, le dernier baiser d'adieu, sans le savoir, l'expression de ses yeux que j'ai essayé de me remémorer par la suite, le coup de sonnette, les visages sur le seuil, les « Je n'aurais jamais dû », les « Si seulement... » – il fallait les bloquer. Le processus soigneusement orchestré du deuil surveillé par des experts à la voix douce, au sourire discret et compatissant, s'est avéré moins efficace que la nécessité de réfléchir à la meilleure façon de changer une couche tout en mettant un poisson pané au micro-ondes. Maintenir le bateau à flot, même s'il tanguait, représentait à mon avis quatre-vingt-dix pour cent de la bataille. Tous les problèmes pratiques avaient été parfaitement anticipés par Mark – frais de scolarité, maison, revenus. Nous avons quitté la grande maison de Holland Park avec tous ses souvenirs pour notre maisonnette de Chalk Farm. Plus besoin de travailler, seulement de m'occuper des enfants ; juste Mabel et Billy – mon Mark en miniature. Ils étaient tout ce qui me restait de lui à garder en vie, et ma raison de vivre à moi. J'étais une mère, une veuve, mettant un pied devant l'autre. Mais à l'intérieur, je n'étais qu'une coque vide, dévastée, absente à moi-même.

Seulement voilà, au bout de quatre ans, les amis ne l'entendaient plus de cette oreille.

Première Partie

Seconde virginité

Il y a un an...

Ci-dessous des extraits de mon journal de l'année passée, qui commence exactement il y a un an, quatre ans après la mort de Mark, et qui montre comment je me suis mise dans la situation impossible où je me trouve.

JOURNAL DE 2012

Jeudi 19 avril 2012
80 kg ; unités d'alcool : 4 (bien) ; calories : 2 822 (mais mieux vaut prendre un vrai repas dans un pub que des morceaux de vieux fromage et des poissons panés à la maison) ; perspectives ou désir de refaire l'amour : 0.

« Il FAUT lui trouver un mec », a lancé Talitha avec fermeté. Elle buvait une vodka-martini et promenait sur le bar du Shoreditch House[1] un regard prédateur, scannant les éventuels candidats.

C'était l'une de nos soirées plus ou moins régulières auxquelles Talitha, Jude et Tom tiennent à

1. Club privé branché de Londres, ouvert en 2007 dans l'East End, avec bars, restaurants, piscine et salle de sport.

ce que je participe, dans un effort pour « me sortir », un peu comme on emmène Mémé au bord de la mer.

« C'est vrai ! a renchéri Tom. Est-ce que je vous ai dit que j'ai réservé une suite au Chedi à Chiang Mai pour seulement 200 livres la nuit sur LateRooms.com ? Il y avait une suite junior à 179 livres sur Expedia, mais sans terrasse. »

Avec l'âge, Tom est devenu de plus en plus accro aux vacances en hôtels de charme et il s'efforce de nous convaincre d'adapter notre style de vie au blog de Gwyneth Paltrow.

« Tom, arrête », a murmuré Jude, levant les yeux de son iPhone, où elle était sur ToubibetLib.com. « C'est grave. Il faut faire quelque chose. Voilà qu'elle s'est mise en mode "seconde virginité"!

— Vous ne comprenez pas, ai-je dit. Ce n'est même pas envisageable. Je ne veux pas d'un autre homme. Et même à supposer que si, ce qui n'est pas le cas, je suis complètement inapte, asexuée, et je ne plairai plus jamais, jamais, jamais à personne. »

J'ai regardé fixement mon bide, dont on voyait les bourrelets sous mon haut noir. C'était vrai. Je m'étais refermée à double tour sans même m'en apercevoir. L'ennui avec le monde moderne, c'est qu'on nous assène en permanence des images de sexe et de sexualité – la main au cul sur les panneaux publicitaires, les couples qui s'embrassent sur la plage dans la pub de Sandals, de vrais couples enlacés dans le parc, des préservatifs à côté de la caisse chez le pharmacien – tout un monde magique et merveilleux de sexe dont vous ne faites plus et ne ferez plus jamais partie.

« Je ne vais pas essayer de me battre pour remonter le courant. Qu'est-ce que vous voulez, je suis veuve, et le processus qui fera de moi une petite vieille est enclenché », ai-je dit d'un ton tragique, espérant un concert de protestations m'assurant que j'étais Penelope Cruz ou Scarlett Johansson.

« Oh, ma chérie, ne sois pas ridicule, a dit Talitha en faisant signe au garçon de lui apporter un autre cocktail. Tu as sans doute besoin de perdre un peu de poids, de faire un peu de Botox et de t'arranger les cheveux, mais...

— Du Botox ? ai-je lancé, indignée.

— Non, mais je rêve ! s'est soudain exclamée Jude. Ce type n'est pas médecin. Il était sur AccrosdeDanse.com. C'est la même photo ! Ils font un pool commun de tous leurs membres et les refourguent sur tous les sites !

— Peut-être que c'est un médecin qui est également fan de danse et qui ratisse large, ai-je dit pour ne pas la décevoir.

— Jude, arrête, a dit Tom. Tu te perds dans un marécage de cyberprésences nébuleuses dont la plupart n'existent pas, et qui se branchent et se débranchent à l'aveugle au gré de leurs caprices.

— Le Botox peut tuer, ai-je déclaré, l'air sombre. Ça provoque le botulisme. Ça vient des vaches.

— Et alors ? Mieux vaut mourir à cause du Botox qu'à cause de la solitude parce que tu es toute ridée.

— Pour l'amour du ciel, boucle-la, Talitha », a dit Tom.

Brusquement, je me suis rendu compte que Shazzer me manquait. Je regrettais qu'elle ne soit pas là pour lancer : « Putain ! Vous n'allez pas tous bientôt arrêter de dire à tout le monde de la boucler, oui ou merde ? »

« Oui, boucle-la, Talitha, a dit Jude. Tout le monde n'a pas envie de ressembler à un monstre de foire.

— Ma chérie, a dit Talitha en portant la main à son front, je ne suis PAS un "monstre de foire". Le deuil mis à part, Bridget a perdu, ou plutôt, dirons-nous, oublié toute sa dimension sexuelle. C'est notre devoir de l'aider à la retrouver. »

Et après avoir secoué ses boucles luisantes et épaisses, Talitha s'est de nouveau calée dans son fauteuil, croisant ses jambes impeccablement fines pendant que nous la regardions tous les trois sans rien dire en sirotant notre cocktail, les yeux écarquillés comme des gamins de cinq ans.

Elle a repris la parole : « Quand on ne veut pas faire son âge, le secret c'est de changer les repères. Il faut forcer son corps à rejeter les bourrelets de graisse de l'âge mûr, les rides sont tout à fait superflues et une belle chevelure saine, brillante et souple...

— Achetée une misère à de petites Indiennes nécessiteuses, a coupé Tom.

— Quelle que soit la façon dont elle est obtenue et fixée, a repris Talitha, tout ça suffit à faire faire marche arrière aux aiguilles de la pendule.

— Talitha, a dit Jude, est-ce que je t'ai bien entendue prononcer les mots "âge mûr" ?

— De toute façon, je ne peux pas, ai-je déclaré.

— Écoute, tu m'attristes vraiment, a répliqué Talitha. Les femmes de notre âge...

— Parle pour toi, a marmonné Jude.

— ... ne doivent s'en prendre qu'à elles-mêmes si elles se mettent hors circuit en répétant sans arrêt qu'elles ne sont pas sorties avec un homme depuis quatre ans. Il y a urgence à assassiner sauvagement la "femme invisible" de Germaine Greer et à l'enterrer. L'important, pour soi-même comme pour ses amis, c'est de travailler son look afin de paraître sûre de soi, mystérieuse et chic, et de se donner des allures de...

— De Gwyneth Paltrow, s'est exclamé Tom gaiement.

— Gwyneth Paltrow n'a pas "notre âge" et elle est mariée, a objecté Jude.

— Ce n'est pas le sujet, ai-je précisé. En fait, il n'est pas question que je m'envoie en l'air. D'abord, il y a les enfants. Et puis c'est trop prenant : les hommes, ça demande beaucoup d'efforts. »

Talitha m'a examinée d'un œil peiné : je portais mon habituel pantalon noir à taille élastique avec une longue tunique cachant les ruines de ce qui était autrefois ma silhouette. C'est vrai que Talitha a une certaine autorité en la matière, car elle a été mariée trois fois et, depuis que je l'ai rencontrée, je ne l'ai jamais vue sans un homme complètement fou d'elle et parfaitement consommable dans son sillage.

« Les femmes aussi ont leurs besoins, a feulé Talitha. De quelle utilité sera une mère pour ses pauvres enfants si elle souffre d'un manque total d'estime d'elle-même et si elle est frustrée sexuellement ? Si tu ne trouves pas un mec, et vite, tu vas afficher fermeture définitive. Et ce qui est pire, tu vas te ratatiner. Et t'aigrir.

— De toute façon...

— Quoi donc ?

— Ça serait trahir Mark. »

Il y a eu un silence. On aurait dit qu'un énorme poisson visqueux venait de s'abattre sur l'humeur joyeuse de la soirée.

Plus tard, Tom m'a suivie en titubant dans les toilettes pour femmes et s'est appuyé contre le mur pour ne pas tomber tandis que je commençais à chercher à tâtons comment ouvrir le robinet hyper design.

« Bridget ? »

Accroupie sous la vasque, j'ai levé les yeux.

« Quoi ? »

Il était repassé en mode professionnel et sérieux.

« Mark. Il voudrait que tu te trouves quelqu'un. Il ne voudrait pas que ta vie s'arrête.

— Ma vie ne s'est pas arrêtée, ai-je répondu en me relevant non sans difficulté.

— Tu as besoin d'être avec quelqu'un, a-t-il dit. Il faut que tu travailles. Tu as besoin de te faire une vie à toi, et d'avoir un compagnon qui t'aime.

— Mais j'ai une vie à moi, ai-je rétorqué d'un ton brusque. Et je n'ai pas besoin d'un homme. J'ai les enfants.

— Si, tu as besoin de quelqu'un, ne serait-ce que pour te montrer comment ouvrir les robinets. » Il a tendu la main vers la colonne du robinet, a tourné quelque chose à sa base et l'eau s'est mise à couler. « Va regarder sur Goop », a-t-il dit, changeant brusquement de sujet et redevenant le Tom désinvolte et marrant. « Histoire de voir ce que Gwyneth a à dire sur le sexe et l'éducation des enfants à la française. »

23:15. Viens de dire bonsoir à Chloe en m'efforçant de cacher une légère ébriété.

« Désolée, je suis un peu en retard, ai-je dit d'un ton contrit.

— Cinq minutes ! a-t-elle répondu gentiment en plissant le nez. Tant mieux si vous vous êtes un peu amusée ! »

23:45. Au lit maintenant. Ce qui est révélateur, c'est qu'au lieu de mon habituel pyjama avec les petits chiens, assorti à ceux des enfants, j'ai mis l'unique chemise de nuit un peu sexy dans laquelle je rentre encore. Brusquement, je sens monter en moi une vague d'espoir. Talitha a peut-être raison. Si je m'aigris et me ratatine, de quel secours serai-je pour les enfants ? Ils deviendront égocentriques, exigeants, des enfants rois. Et moi, je serai une vieille emmerdeuse négative, grinçante, la main sur la bouteille de sherry, toujours en train de crier : « POURQUOI VOUS NE VOUS OCCUPEZ PAS DE MOÂÂÂÂÂÂÂ ? »

23:50. Ma foi oui ! J'ai traversé un long tunnel, et il y a une lumière au bout. Peut-être que quelqu'un pourrait m'aimer ? Il n'y a pas de raison pour que je ne puisse pas ramener un homme ici. Je pourrais mettre un crochet à la porte de ma chambre pour que les enfants ne déboulent pas sur « nous » sans crier gare ; et pour créer une ambiance adulte, sensuelle... aahh ! Mabel a crié.

23:52. Me suis précipitée dans chambre de Mabel et ai trouvé dans le lit du bas une créature hirsute qui s'est mise sur son séant, puis cassée en deux comme si elle était en kit, ce qu'elle fait toujours, alors qu'elle n'est pas censée se réveiller la nuit.

Elle s'est redressée, a regardé son pyjama souillé par la diarrhée, a ouvert la bouche et a vomi.

23 : 53. Ai porté Mabel dans la baignoire et lui ai ôté son pyjama en essayant de ne pas vomir moi aussi.

23 : 54. Lavé et séché Mabel. L'ai assise par terre pendant que j'allais chercher un autre pyjama, ai ôté ses draps et essayé d'en trouver une paire propre.

Minuit. Entendu pleurer dans la chambre des enfants. Toujours chargée des draps sales, ai fait détour pour y aller tandis que s'élevaient des pleurs concurrents de la salle de bains. Tentation d'aller boire un coup. Me suis rappelé que suis une mère responsable et pas une hôtesse dans un bar à vins branché.

00 : 01. Tournoyé en état second entre la chambre des enfants et la salle de bains. Où le niveau des pleurs avait grimpé sérieusement. M'y suis précipitée, imaginant déjà Mabel en train d'avaler un rasoir Bic, du poison ou une autre horreur, et l'ai trouvée en train de faire caca par terre avec un air à la fois surpris et coupable.

Submergée par vague d'amour pour Mabel. L'ai prise dans mes bras. Maintenant, diarrhée et vomi non seulement sur draps, tapis de bain et Mabel, mais aussi sur chemise de nuit vaguement sexy.

00 : 07. Suis allée dans chambre des enfants, toujours avec Mabel dans les bras ainsi que tout le linge cacateux, pour découvrir Billy descendu de son lit, rouge, les cheveux moites et en bataille, me regardant comme si j'étais une divinité bienveillante qui allait tout arranger. Il m'a fixée dans les yeux tout en vomissant comme dans *L'Exorciste*, à ceci près que sa tête est, Dieu merci, restée stable et de face au lieu de tourner follement.

00:08. Éruption de diarrhée sur le pyjama de Billy. Son expression stupéfaite m'a emplie d'amour pour lui. On s'est retrouvés tous les trois dans une étreinte de groupe à la mode californienne englobant Billy, Mabel, les draps pleins de caca, le tapis de bain, les pyjamas et la chemise de nuit vaguement sexy.

00:10. Si seulement Mark était là. L'ai brusquement revu en tenue de nuit – une robe de chambre austère dans laquelle il faisait plus avocat que nature mais qui dévoilait un peu de torse velu –, plaisantant à propos du bazar engendré par les bébés, et essayant d'appliquer une discipline militaire à la situation comme si nous nous trouvions dans quelque conflit frontalier. Après quoi il prenait conscience de l'absurdité de la chose et le fou rire nous gagnait tous les deux.

Il rate tout ça, me suis-je dit, il rate tous ces petits épisodes. Il ne voit pas ses enfants grandir. Même cette soirée aurait été drôle au lieu d'être un moment indécis frisant la panique. L'un de nous serait resté avec eux pendant que l'autre se serait occupé des draps et, après, on se serait recouchés, on aurait ri de tout ça et... comment un autre homme pourrait-il jamais trouver autant de bonheur à être avec eux, même quand ils font caca partout et... ?

00:15. « Maman ! » a dit Billy, retrouvant soudain le sens des réalités. C'était une situation difficile, incontestablement : les deux petits secoués de haut-le-cœur, inquiets et couverts de vomi et de caca. L'idéal aurait été de séparer les enfants des textiles et des souillures, de les mettre dans un bain chaud et de trouver des draps. Mais s'ils continuaient à se vider par les deux bouts ? Alors ? L'eau pourrait devenir toxique, peut-être vecteur du choléra, comme un égout à l'air libre dans un camp de réfugiés.

00:20. Ai décidé de descendre jusqu'à la machine à laver (c.-à-d. réfrigérateur pour trouver du vin).

00:24. Fermé la porte et filé en bas dans la cuisine.

00:27. Me suis éclairci les idées avec grande lampée de vin, ai compris que c'était inutile de laver les draps, etc. Un seul objectif était essentiel, à l'évidence : garder les enfants en vie jusqu'au matin et, idéalement, éviter dépression nerveuse en même temps.

00:45. Senti que si le vin fortifiait mon moral, il avait l'effet inverse sur mon estomac.

00:50. Vomi.

02:00. Billy et Mabel tous deux endormis sur sol salle de bains, plus ou moins nettoyés et couverts de serviettes. Ai décidé de dormir simplement à côté d'eux avec chemise de nuit vaguement sexy couverte de caca et de vomi.

02:05. Éprouve sentiment de triomphe gratifiant, comme un général qui a évité de justesse massacre et bain de sang et a trouvé solution pacifique. Ai même commencé à entendre dans ma tête le thème de *Gladiateur* et à me voir en Russell Crowe, partiellement cachée par le titre : « Un héros se lèvera. »

En même temps, je ne peux pas m'empêcher de penser que monter un scénario érotique quelconque n'est peut-être pas une bonne idée dans ce genre de contexte.

Un nouveau départ,
un nouveau moi

Vendredi 20 avril 2012
78,5 kg ; minutes réservées pour la méditation : 20 ;
minutes passées à méditer : 0.

14 : 00. Bien. Ai pris une décision. Vais changer radicalement. Vais reprendre les livres de développement personnel d'inspiration zen et New Age et pratiquer le yoga, etc., en commençant par l'intérieur et non l'extérieur ; vais méditer régulièrement et perdre du poids. Ai tout préparé : bougie et tapis de yoga dans la salle de bains, et vais méditer tranquillement et apaiser mon esprit avant d'emmener les enfants chez le médecin, en veillant à me laisser du temps pour : a) prévoir quelque chose à emporter pour le goûter, et b) retrouver les clés de la voiture.

Voici la liste des autres résolutions :

À FAIRE

* Perdre 15 kg.
* Me mettre sur Twitter, Facebook, Instagram et WhatsApp au lieu de me sentir vieille et larguée, parce que tout le monde sauf moi est sur Twitter, Facebook, Instagram et WhatsApp.
* Cesser d'avoir peur d'allumer la télévision, et retrouver tout simplement le mode d'emploi de la télé, de la box, du lecteur de DVD et des télécommandes, les lire et me faire un briefing personnel,

si bien qu'allumer et éteindre la télé et changer de chaîne deviendra une source de plaisir et d'amusement au lieu de me laisser complètement effondrée.

* Faire le ménage régulièrement dans ma vie, en débarrassant la maison de toutes les possessions superflues, notamment dans le placard sous l'escalier, de façon à ce que nous n'ayons que ce dont nous avons besoin, une place pour chaque chose et chaque chose à sa place, comme dans le zendo bouddhiste ou chez les spécialistes du bien-vivre chez soi, genre Martha Stewart.

* Dans la foulée, demander à maman de cesser de m'envoyer des paquets pleins de sacs à main inutilisés, d'« étoles », de soupières Wedgwood, etc., en lui rappelant que les années de rationnement sont passées depuis un bout de temps et que ce qui manque à l'heure actuelle, c'est la place, pas les biens matériels (surtout dans le monde urbain occidental).

* Commencer à écrire mon adaptation de *Hedda Gabbler* afin de retrouver une vie professionnelle d'adulte.

* Attaquer pour de bon l'écriture dudit scénario au lieu de passer la journée à commencer à chercher quelque chose, puis à errer vaguement de pièce en pièce en me tracassant au sujet d'e-mails, de SMS et de factures auxquels il faut répondre, à penser aux trajets en voiture pour aller à l'école ou chez des amis, ou au kart, épilation des jambes, rendez-vous chez le médecin, soirées de parents d'élèves, gardes d'enfants, bruits bizarres du réfrigérateur, déblayage du placard sous l'escalier, raisons pour lesquelles la télé ne marche pas, et finalement me rasseoir en constatant que je ne sais plus ce que je cherchais au départ.

* Ne pas porter les trois mêmes choses tout le temps, mais inspecter ma garde-robe et trier des ensembles lookés, comme ceux des célébrités vues à l'aéroport ou à des événements commerciaux et photographiées dans *Grazia*.

* Ranger le placard sous l'escalier.
* Trouver pourquoi le réfrigérateur fait ce bruit.
* Ne passer qu'une heure par jour sur la messagerie et tout régler à ce moment-là au lieu de rester toute la journée à tourner dans le cybermanège infernal en allant des e-mails aux infos affichées sur la page d'accueil de la messagerie, à l'agenda, à Google, à des sites de shopping et de vacances, tout en envoyant des SMS, et sans répondre à mes e-mails pour autant.
* Ne pas ajouter Twitter, Facebook, WhatsApp et le reste au cybermanège infernal quand j'y serai inscrite.
* Répondre à tous les messages immédiatement, de façon à ce que l'e-mail devienne un moyen de communication simple et efficace au lieu d'une boîte de courrier entrant terrifiante, pleine de motifs pour culpabiliser un max et de bombes chronophages prêtes à exploser.
* M'occuper des enfants mieux que Chloe la nounou.
* Mettre au point un programme régulier avec les enfants pour que chacun – surtout moi – sache où il en est et ce qu'il est censé faire.
* Lire des livres de développement personnel sur l'art d'être parent, notamment 1-2-3, Magie, Être un parent plus calme, serein… et Bébé made in France, afin de m'occuper des enfants mieux que Chloe.
* Être plus gentille avec Talitha, Jude, Tom et Magda en retour de leur gentillesse envers moi.
* Aller au cours de Pilates une fois par semaine, à celui de zumba deux fois par semaine, à la gym trois fois par semaine et au yoga quatre fois.

NE PLUS FAIRE

* Boire tellement de Coca Light avant le yoga que la séance devient un exercice pour se retenir de péter.
* Arriver en retard à l'école quand je conduis les enfants.

* Adresser un doigt d'honneur aux gens quand je suis au volant.

* M'énerver contre le lave-vaisselle, le sèche-linge et le micro-ondes quand ils émettent un signal sonore indiquant qu'ils ont fini, perdre du temps à singer méchamment le lave-vaisselle en lui dansant autour, disant : « Coucou, je suis un lave-vaisselle, j'ai lavé la vaisselle. »

* M'énerver contre maman, Una ou Sainte Nicolette.

* Appeler Nicolette « Nicorette ».

* Mâcher plus de 10 gommes Nicorette par jour.

* Cacher les bouteilles de vin pour que Chloe ne les voie pas.

* Manger du fromage râpé à même le paquet devant le réfrigérateur, et en faire tomber partout.

* Crier sur les enfants au lieu de toujours leur parler d'une voix calme, comme celle d'une annonce de répondeur électronique.

* Boire plus d'une canette de Red Bull et de Coca Light (une de chaque) par jour.

* Boire plus de deux cappuccinos non décaféinés par jour. Ou trois.

* Manger plus de trois Big Mac ou paninis jambon-fromage de chez Starbucks par semaine.

* Répéter aux enfants « Un... deux... » sur le ton de l'avertissement alors que je n'ai pas décidé ce que je ferai à « trois ».

* Rester au lit le matin à remâcher des idées morbides ou érotiques, au lieu de me lever dès 6 heures, et de me préparer pour la conduite à l'école aussi soigneusement que Stella McCartney, Claudia Schiffer ou assimilées.

* Partir dans des délires hystériques quand quelque chose ne va pas, au lieu de l'accepter calmement et de rester solide comme un grand arbre au milieu de la tempête.

Mais comment accepter ce qui est arrivé ?...
Allons, pas question de... Rhââ ! C'est l'heure de

partir pour le rendez-vous chez le médecin et je n'ai rien préparé pour le goûter, ni écrit, ni médité, ni localisé ces FOUTUES CLÉS DE VOITURE ! PUTAIN !

Réseaux sociaux :
le parcours de la débutante

Samedi 21 avril 2012
*78 kg ; minutes passées sur vélo d'appartement : 0 ;
minutes passées à nettoyer le placard : 0 ; minutes
passées à apprendre comment utiliser télécommandes : 0 ; résolutions tenues : 0.*

21:15. Les enfants dorment et la maison est
silencieuse et sombre. Seigneur, ce que je peux
me sentir SEULE ! Tout le monde à Londres est en
train de bien se marrer avec ses amis au restaurant avant de s'envoyer en l'air.

21:25. Bon. C'est tout à fait normal d'être seule
le samedi soir. Je vais tout simplement ranger le
placard sous l'escalier et puis je m'entraînerai sur
mon vélo.

21:30. Peut-être pas.

21:32. Viens de jeter un coup d'œil dans le frigo.
Je vais peut-être opter pour un verre de vin avec
du fromage râpé.

21:35. Non ! On oublie le vin et le fromage ! Vais
aller sur Twitter ! Grâce au développement des
réseaux sociaux, on n'a plus désormais à se sentir
seul et coupé du monde.

21:45. Suis bien sur le site de Twitter, mais ne comprends rien. C'est un flot ininterrompu de charabia tenant lieu de conversation avec @ceci et @cela. Comment peut-on être censé savoir ce qui se passe ?

Dimanche 22 avril 2012
21:15. OK. Suis sur Twitter. Dois me trouver un nom. Quelque chose qui fait jeune : BridgetoTop ?

21:46. Peut-être pas.

22:15. JoneseyBJ !

22:16. Mais pourquoi ça me marque @?JoneseyBJ@ ? At ? Attente ? Atchoum ?

Lundi 23 avril 2012
80 kg (horreur !) ; followers sur Twitter : 0.

21:15. N'arrive pas à comprendre comment insérer photo. Il y a juste un espace ovoïde. Pas de panique ! Peut-être photo de moi avant ma conception.

21:46. Bon. Vais attendre followers.

21:47. Pas de followers.

21:50. En fait, ne vais pas attendre followers. Marmite surveillée ne bout jamais.

22:00. Me demande si j'aurai un jour des followers.

22:12. Toujours pas de followers. Pfff. On se demande à quoi sert Twitter si on est censé parler à des gens et qu'il n'y a personne à qui parler.

22 : 15. Followers : 0. Sens monter bouffée de honte et de panique : peut-être qu'ils sont en train de gazouiller tous ensemble et qu'ils m'ignorent parce qu'ils me trouvent antipathique.

22 : 16. Peut-être même qu'ils sont en train de me tailler un costard en gazouillant derrière mon dos.

22 : 30. Super. Je suis non seulement seule et coupée du monde, mais à l'évidence antipathique.

Mardi 23 avril 2012
79,5 kg ; calories : 4 827 ; nombre de minutes passées à tripatouiller rageusement des dispositifs technologiques : 127 ; nombre d'équipements technologiques consentant à faire ce qu'ils étaient censés faire : 0 ; nombre de minutes passées à faire quelque chose d'agréable à part consommer 4 827 calories et tripatouiller des équipements technologiques : 0 ; nombre de followers sur Twitter : 0.

7 : 06. Viens de me souvenir que suis sur Twitter. Gonflée à bloc. Me sens partie prenante dans immense révolution sociale, et jeune. N'y ai pas consacré assez de temps hier soir ! Peut-être que des milliers de followers auront fait leur apparition pendant la nuit ! Des millions. Suis vrai phénomène viral ! Trop impatiente de voir combien de followers sont arrivés !

7 : 10. Ah.

7 : 11. Toujours pas de followers.

Mercredi 25 avril 2012
80 kg ; nombre de fois où suis allée voir combien j'avais de followers : 87 ; followers : 0 ; calories :

4 832 (*très mal, mais faute des followers inexistants*).

21:15. Toujours pas de followers. Ai mangé :

* 2 croissants au chocolat
* 7 Babybel (dont 1 entamé)
* ½ sac de mozarella râpée
* 2 Coca Light
* 1 saucisse ½ que les enfants avaient laissée au petit déjeuner
* une moitié de cheeseburger de chez McDonald's trouvée au réfrigérateur
* 3 cookies marshmallow-chocolat
* 1 barre de chocolat au lait Cadbury (grosse).

Mardi 1er mai 2012
11:45. Viens d'être mise sur la liste blanche par Twitter pour être allée voir 150 fois en une heure combien j'avais de followers.

Mercredi 2 mai 2012
79 kg ; followers : 0.

21:15. Ne vais plus aller sur Twitter ni vérifier le nombre de mes followers. Vais peut-être aller sur Facebook.

21:20. Viens juste d'appeler Jude pour savoir comment m'y prendre pour aller sur Facebook. « Méfie-toi, m'a-t-elle dit. C'est un bon moyen de garder le contact, mais tu vas te retrouver à regarder des tonnes de photos d'ex en train d'enlacer leur nouvelle petite amie, et puis t'apercevoir qu'ils t'ont supprimée de leur liste d'amis. »

Hmm. Pas grands risques de ce côté-là. Vais essayer Facebook.

21 : 30. Jude m'a rappelée en rigolant : « Je te déconseille d'aller sur Facebook pour l'instant ! Je viens d'avoir un message me disant que Tom est en train de regarder les profils de rencontres sur Facebook. Il a dû cocher une case par mégarde et l'info a été expédiée à tous ses contacts, y compris ses parents et ses anciens professeurs de psychologie. »

Le ventre flasque

Mercredi 9 mai 2012
79,5kg ; followers : 0.

9 : 30. Urgence ! N'ai plus de dos. Enfin, pas au sens littéral, mais j'ai l'impression d'avoir les épaules directement attachées aux fesses. J'étais juste en train de regarder si j'avais des followers sur Twitter, puis j'ai fermé brusquement mon ordinateur portable, rejeté la tête en arrière en poussant un soupir méprisant, et clac ! tout le haut de mon dos s'est contracté d'un coup. C'est comme si je n'avais jamais remarqué jusque-là que j'avais un dos. Maintenant il me fait un mal de chien, et qu'est-ce que je vais faire ?

11 : 00. Je rentre juste de chez l'ostéopathe. Elle a dit que ça n'avait rien à voir avec Twitter, mais avec des années passées à soulever les enfants ; qu'il fallait que je m'entraîne à plier les jambes au lieu de courber le dos quand je veux soulever quoi que ce soit – autrement dit à m'accroupir comme une Africaine de la brousse –, ce qui semble assez inélégant, bien que je ne souhaite pas être désobligeante à l'égard des Africaines de la brousse qui sont bien entendu tout à fait gracieuses.

Quand elle m'a demandé si j'avais d'autres symptômes et que j'ai parlé d'« aigreurs d'estomac », elle m'a palpé le ventre et a soudain lâché :

70

« Seigneur ! Jamais je n'ai touché un ventre aussi flasque. »

En fait, à cause de mon âge, tout le milieu de mon corps a refusé de redevenir tel qu'il était avant mes grossesses, et mes boyaux se baladent à leur aise. Absolument répugnant. Pas étonnant qu'ils pendouillent sur mon survêtement noir aussi mollement que du porridge.

« Que faire ?

— Il va falloir vous attaquer à ce ventre, a-t-elle dit. Et il faudra perdre cette graisse. Il y a un excellent centre de traitement de l'obésité à l'hôpital St. Catherine.

— TRAITEMENT DE L'OBÉSITÉÉÉ !!! ai-je glapi, descendant de la table de soins et me rhabillant. J'ai peut-être un poil de graisse superflue, mais je ne suis pas obèse !

— Non, non, s'est-elle hâtée de rectifier. Vous n'êtes pas obèse. C'est juste un traitement très efficace si vous voulez sérieusement perdre du poids. Ce qui est très dur quand on a de jeunes enfants.

— Exactement, ai-je renchéri. C'est très bien de savoir ce qu'il faut manger, mais si vous vous retrouvez au milieu de restes de poissons panés et de frites à dix-sept heures tous les soirs et que vous devez dîner ensuite, c'est beaucoup plus compliqué.

— C'est vrai. Au centre, on vous prescrit des substituts de repas, donc il n'y a pas de discussion possible, a dit l'ostéopathe. Vous ne mettez rien d'autre dans votre bouche. »

Je me demande quels commentaires feraient Tom, Jude et Talitha à cette remarque, ouaf, ouaf.

Suis partie furieuse, et sur une impulsion soudaine, suis retournée dans le cabinet pour demander : « Vous me suivrez sur Twitter ? »

21 : 15. Une fois rentrée, me suis regardée dans la glace. Consternation. Sans mon vaste haut noir, je commence à ressembler à un héron. Mes bras et mes jambes sont restés les mêmes, mais le haut de mon corps ressemble à un grand volatile avec un gros bourrelet de graisse au milieu, si bien qu'avec des vêtements, on dirait qu'il est prêt à être servi à Noël avec des airelles et de la sauce ; et sans vêtements, il a l'air de sortir d'une marmite écossaise où il aurait mariné toute la nuit dans une garniture de foin, en prévision d'un repas de famille élargie un lendemain de Hogmanay[1]. Talitha a raison. Le secret, c'est de contrecarrer la fixation automatique de la graisse (attention, expression inacceptable et démodée va suivre...) de l'Âge Mûr.

Jeudi 10 mai 2012
79 kg ; followers : 0.

10 : 00. Viens de parler au Centre. Ce qui est encourageant, c'est qu'il y a eu une hésitation : suis-je assez obèse pour être acceptée ? Pour la première fois de ma vie, me suis trouvée en train de mentir sur mon poids et de m'ajouter des kilos.

10 : 10. Vais transformer mon corps progressivement en chose mince et ferme, avec une ceinture de muscles toniques autour de la taille, tenant fermement les boyaux.

---

1. Nouvel an écossais.

10 : 15. Ai mis machinalement restes du petit déjeuner des enfants dans ma bouche.

Jeudi 17 mai 2012
79 kg ; followers sur Twitter : 0.

9 : 45. Sur le point de partir pour le Centre de traitement de l'obésité. Vais être comme ces gens qu'on voit aux infos dans les enquêtes médicales, assis dans une salle d'hôpital, en chemise de patient, l'air honteux, à qui l'on prend la tension pendant qu'ils répondent aux questions d'un reporter impeccablement mince et bien habillé qui parle devant eux d'un ton grave et soucieux de « l'épidémie d'obésité ».

22 : 00. Le centre a été FANTASTIQUE. Après les premiers moments horribles où j'ai dû demander « Le Centre de traitement de l'obésité » et le répéter de plus en plus fort à la réceptionniste, en m'efforçant de rentrer la tête dans mon manteau, j'ai finalement trouvé le Centre et vu un homme si gros qu'il roulait bel et bien sa graisse sur un chariot devant lui. Apparemment, il s'était fait repérer par une femme tout juste un peu moins grosse qui lui demandait sur le ton aguichant de quelqu'un qui essaye d'établir une connivence : « Et vous êtes obèse depuis l'enfance ? »

Les gens me regardaient avec une sorte d'admiration dont je n'avais plus fait l'objet depuis l'époque où j'avais vingt-deux ans et où j'allais vêtue d'une chemise psychédélique nouée au-dessus de mon ventre plat. Ai compris qu'ils devaient me considérer comme l'un des cas du Centre ayant atteint la fin de son « programme » avec succès. Ai éprouvé un sentiment d'assurance inhabituel. Et me suis dit que ce n'était pas bien et que cela révélait un manque de respect envers les autres patients.

De plus, après avoir vu la graisse transportée sur un chariot comme un élément annexe du corps, j'ai commencé à la considérer comme quelque chose de réel et de concret. Je m'aperçois que dans le passé, j'ai été dans le déni en ce qui concerne le rapport entre la consommation et la graisse : comme si la graisse était une réaction déraisonnable et aléatoire de la nature plutôt que le résultat direct de ce qu'on met dans sa bouche.

« Nom », m'a demandé le préposé à la réception qui, chose alarmante, était très gros lui-même. Quand même, les gens qui travaillent au Centre devraient avoir compris ça, non ?

Toute l'affaire était très technique et complexe : prises de sang, électrocardiogrammes et consultations. Une fois passé le moment de gêne lorsqu'ils ont voulu inscrire sur ma fiche « multipare âgée », tout est allé comme sur des roulettes. Il paraît que monter sur une balance est sans intérêt. Ce qui compte, c'est d'entrer dans des vêtements d'une voire deux ou trois tailles au-dessous. Et les gens qui sont très gros – ceux qui ont vingt-cinq à cinquante kilos en trop – peuvent perdre beaucoup de poids en une semaine, jusqu'à six kilos ! C'est de la graisse qu'ils perdent. Mais quand on essaie de perdre seulement dix à quinze pour cent de son poids, si on perd plus d'un kilo, ce n'est pas la graisse qui est éliminée, ce sont d'autres choses (hélas).

Donc, le principal, ce n'est pas le poids, mais le pourcentage graisse/muscle. Si vous faites un régime express, ce que vous perdez, c'est du muscle, qui est plus lourd que la graisse. Donc vous pesez moins, mais vous avez davantage de graisse. Ou de choses assimilées. Bref, le résultat des courses est que je suis censée faire de la gym.

Mon régime va se réduire à des desserts protéinés au chocolat et des barres protéinées au chocolat, plus une petite portion de protéines et de légumes le soir. Et je ne dois rien mettre d'autre dans ma bouche. (Sauf des pénis – pourquoi mon esprit a-t-il pensé une chose pareille ? Faut pas rêver. Encore qu'après la journée d'aujourd'hui, je me dis brusquement que c'est dans l'ordre du possible.)

Métamorphose

Jeudi 24 mai 2012
81 kg (aïe) ; kilos perdus : 0 ; followers sur Twitter : 0 ; nombre de barres protéinées au chocolat consommées : 28 ; nombre de desserts protéinés au chocolat consommés : 37 ; nombre de repas remplacés par des barres ou des desserts protéinés au chocolat : 0.

Rentrée du Centre où l'on m'a pesée à l'issue de la première semaine de traitement.

« Bridget, a dit l'infirmière, vous êtes censée remplacer les repas par les produits protéinés, mais pas les manger en plus. »

J'ai regardé le graphique d'un œil morose, puis bafouillé : « Vous voulez bien me suivre sur Twitter ?

— Je ne suis pas sur Twitter, a-t-elle répondu. Je vous conseille d'oublier Twitter la semaine prochaine et de ne manger que les produits indiqués. Rien d'autre. D'accord ? »

21 : 15. Les enfants dorment. Oh là là, ce que je me sens seule ; pas de followers sur Twitter, grosse et affamée. Ras le bol des foutus repas contre l'obésité. Je déteste le moment de la journée où les enfants dorment. Au lieu de me sentir seule, je devrais me détendre et passer en mode « fun ». Bon. Ne vais pas me morfondre. Résolutions pour les trois prochains mois :

* Perdre 35 kilos
* Gagner 75 followers sur Twitter
* Écrire 75 pages de scénario
* Apprendre à faire marcher la télévision
* Trouver des enfants du même âge que les miens dans le voisinage de façon à passer des soirées sympas au lieu de soirées totalement désorganisées suivies d'orgies de fromage râpé.

Oui ! C'est ce qu'il faut que je fasse. C'est contre nature pour des enfants d'être isolés dans des maisons individuelles avec un ou deux adultes attachant beaucoup trop d'attention à leur bien-être et redoutant de les laisser jouer dans la rue par crainte des pédophiles. Bien sûr qu'il devait y en avoir quand nous étions petits, mais la peur des pédophiles induite par les médias a complètement changé la façon d'élever les enfants. J'ai besoin d'autres parents avec qui parler spontanément et boire du vin, et on finirait comme une famille élargie à l'italienne, à dîner sous un arbre pendant que les enfants jouent. Parce que, comme dit le proverbe, « Il faut un village entier pour élever un enfant ».

On peut en dire autant pour ce qui est d'amener une célébrité jusqu'au tapis rouge.

En fait, j'ai repéré de l'autre côté de la rue une femme sympathique qui semble avoir des enfants – quoique « sympathique » ne soit peut-être pas le mot juste. Elle est follement bohème, avec une crinière noire surmontée de choses qu'on verrait plutôt dans une jardinerie ou une animalerie que sur une tête. L'ensemble pourrait avoir l'air bizarre sans sa beauté brune, tout aussi bohème et exotique. Je l'ai déjà vue avec d'autres gens qui entrent chez elle et en sortent : des enfants, des jeunes – babysitters, mecs-nounous, amants ? –, parfois un beau type au physique rugueux qui pourrait être un mari ou un artiste en visite, et de temps à autre un bébé. Peut-être qu'elle a des enfants du même âge que les miens ?

Je me sens requinquée. Demain sera un autre jour.

Jeudi 31 mai 2012
79 kg.

Yessss ! Perdu 2 kg depuis la semaine dernière. Suis revenue au poids que j'avais au début du régime. D'après l'infirmière, il y a peu de graisse là-dedans, surtout d'« autres choses ». Elle dit aussi que je dois commencer à faire de l'exercice, du vélo, par exemple, au lieu de rester le cul sur une chaise toute la journée.

Jeudi 7 juin 2012
77,5 kg !

10 : 00. Ai adopté le système de location de vélos de notre maire original (c.-à-d. plein de bon sens), Boris Johnson. Ai acheté une clé pour un Boris Bike[1], et ai emprunté un vélo ! Ai soudain l'impression de faire partie de l'univers cool des cyclistes de Londres, tout un monde de gens jeunes et insouciants qui ont renoncé à la voiture, préférant être minces et écolos ! Je vais aller à vélo au Centre de traitement de l'obésité.

1. Équivalent londonien du Vélib' à Paris.

10 : 30. Viens de rentrer traumatisée de mon trajet à vélo. Complètement terrifiant. Je cherchais toujours ma ceinture de sécurité et descendais chaque fois qu'une voiture approchait. Peut-être que je vais aller au Centre en longeant le canal.

11 : 30. Viens de rentrer de mon trajet le long du canal. Il s'est très bien passé jusqu'au moment où quelqu'un m'a jeté un œuf depuis un pont. Ou alors c'était un oiseau qui accouchait prématurément ? Vais nettoyer l'œuf, renoncer au Boris Bike et aller au Centre en bus. J'aurai peut-être le cul sur un siège, mais au moins, je serai propre et en vie au lieu de morte et couverte d'œuf.

Jeudi 14 juin 2012
75,7 kg !

Passe mon temps à me déshabiller, à monter sur la balance, puis à enlever ma montre, mon bracelet, etc., et à regarder le cadran avec ravissement. Ça me donne envie de continuer mon régime.

Mercredi 20 juin 2012
13 : 00. Rentre du club de sport – ce qui est bien, mais très pénible, évidemment ! Et puis aussi, je me demande quelle loi stipule que lorsqu'il n'y a qu'une seule autre personne dans le vestiaire à part vous, son casier doit toujours être celui qui se trouve directement au-dessus du vôtre ?

Maintenant, je vais retourner sur Twitter et rencontrer des gens.

13:30

<@**Dalaï Lama** Comme un serpent se dépouille de sa peau, nous nous dépouillons sans cesse de notre passé.>

Voyez ? Le Dalaï Lama et moi sommes en cyber-harmonie. Je me suis dépouillée de ma graisse comme un serpent.

Mercredi 27 juin 2012

9:30. Ai commencé mon adaptation de *Hedda Gabbler*. C'est vraiment d'actualité, parce que ça parle d'une fille qui vit en Norvège – je vais transférer le lieu à Queen's Park – et qui se dit que ses « jours de gloire » sont passés, qu'aucun prince charmant ne l'épousera, et qu'il est temps de se ranger ; alors elle choisit un homme ennuyeux et terne – un peu comme quelqu'un qui prend la dernière chaise dans le jeu des chaises musicales quand la musique s'arrête. Peut-être que je vais aussi lui faire suivre un régime et trouver des millions de followers sur Twitter.

10:00. Peut-être pas. Followers sur Twitter : 0

Jeudi 28 juin 2012
72 kg ; kilos perdus : 7 !

Incroyable ! Ai perdu 7 kg. Ce qu'il y a de bizarre, c'est qu'alors qu'au fil des années, des centaines de régimes ont échoué ou duré cinq jours, celui-ci...

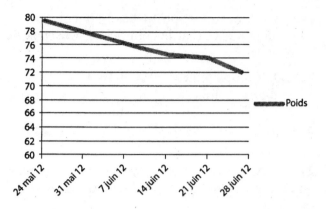

... marche. Sans doute parce que je suis obligée d'aller au Centre chaque semaine, de me faire peser, de faire mesurer mon taux de graisse corporelle, et que je sais que je ne peux pas tricher et me dire que je suis au régime dissocié quand j'ai envie d'une pomme de terre au four et à celui des Weight Watchers quand je veux un Mars. Je viens aussi de m'apercevoir que je rentre à nouveau dans une robe que je portais avant d'être enceinte (c'est vrai qu'elle a la forme d'une tente) et ça me stimule au point d'être follement optimiste.

Jeudi 12 juillet 2012
70 kg ; kilos perdus : 9 ; pages de scénario écrites : 0 ; followers sur Twitter : 0.

21 : 15. Oh là là, ce que je me sens seule. Bon. Vais me mettre sérieusement à Twitter.

21 : 20. Le Dalaï Lama a 2 millions de followers, mais lui ne suit personne. C'est normal. Un dieu ne peut pas être un suiveur. Me demande s'il tweete ses maximes spirituelles lui-même, ou s'il confie à son assistant le soin de les penser et de les envoyer ?

21 : 30. Complètement effondrée : Lady Gaga a 33 millions de followers ! Je me demande même pourquoi j'essaie. Twitter est un concours géant de popularité où je suis condamnée à arriver dernière.

21 : 35. Ai envoyé SMS à Tom pour lui expliquer que Lady Gaga avait 33 millions de followers et moi aucun.

21 : 40. <Tu es censée suivre des gens. Sinon, comment veux-tu qu'ils sachent que tu es sur Twitter ?>
   <Mais le Dalaï Lama ne suit personne.>
   <Tu n'es ni un dieu ni Lady Gaga, ma puce. Il faut que tu sois entreprenante. Suis-moi : @TomKat37.>

22 : 00. @TomKat37 a 878 followers. Comment a-t-il fait ?

Vendredi 13 juillet 2012

22 : 15. J'ai un follower ! Vous voyez. Les gens commencent à remarquer mon style.

22 : 16. <Oh. @TomKat37 Tu vois ? Tu as un follower. Maintenant, continue.>
   C'est seulement Tom.

Jeudi 17 juillet 2012
69 kg ; followers sur Twitter : 1.

Midi. Jour de gloire historique. Expédition shopping chez H&M. Quand j'ai demandé à la vendeuse de m'apporter un 44, elle m'a regardée comme si j'étais folle et m'a dit : « C'est un 42 qu'il vous faut. »

J'ai ricané : « Jamais je n'entrerai dans un 42. » Elle l'a apporté et ça m'allait. Je fais un 42 !

Et j'ai un follower. Je suis presque un phénomène viral.

Jeudi 26 juillet 2012
67,5 kg ; pages de scénario écrites : 25 ; followers : 1.

Yesss ! Suis descendue au-dessous de la barre des 70 kilos (encore que je me sois pesée sur une jambe en me tenant légèrement au lavabo).

Suis complètement dans l'écriture de mon scénario. Ai décidé de l'intituler *Les Feuilles dans ses cheveux*, ce qui est la réplique la plus célèbre de Hedda dans la pièce. Même si elle n'est culte que parce que personne ne comprend ce qu'elle veut dire.

Lundi 30 juillet 2012
67 kg ; followers sur Twitter : 50 001.

21 : 15. Ai autre follower. Mais il est bizarre. Il a 50 000 followers.

21 : 35. Qu'est-ce que c'est ? On dirait une sorte de vaisseau spatial rôdant silencieusement au-dessus de moi. Peut-être que je devrais lui tirer dessus ?

21 : 40. Il s'appelle XTC Communications.

22 : 00. Ai tweeté le scénario du follower bizarre à Tom, qui m'a répondu.

<@**TomKat37** @JoneseyBJ C'est un spambot, ma puce. Un programme informatique pour t'envoyer

83

du pourriel, du courrier superflu. C'est simplement du marketing.>

22 : 30. Hi, hi. Viens de répondre.

   <@**JoneseyBJ** @TomKat37 Pour ce qui est du superflu, j'ai ce qu'il faut. Tu aurais dû le voir en lumière rasante ce matin, mon superflu !>

Mardi 31 juillet 2012
Followers sur Twitter : 50 001.

14 : 00. CINQUANTE MILLE ET UN FOLLOWERS. Me sens fabuleuse ! Viens d'acheter repulpant à lèvres ! Ça fait drôle d'impression, mais ça a l'air de marcher.

15 : 00. Me demande si les doigts grossissent si je mets du repulpant à lèvres dessus ?

Mercredi 1ᵉʳ août 2012
Followers. Retour à 1.

7 : 00. Mfff. Le spambot vient de partir, on dirait, emportant avec lui 50 000 followers. Rhâââa ! Les enfants sont réveillés.

21 : 15. Vais juste aller sur Twitter.

21 : 20. Tom a retweeté mon tweet sur le spambot et 7 followers sont arrivés.

21 : 50. Oui, mais qu'est-ce que je dois faire, maintenant ? Leur dire bonjour ? Que je suis contente de les accueillir ?

21 : 51. Les suivre ?

22 : 00. Paralysée et muette. Syndrome de timidité face aux médias. Peut-être que je n'irai plus sur Twitter.

Jeudi 2 août 2012
64 kg ; kilos perdus : 15 ; augmentation masse musculaire : 5 % (sic).

13 : 00. Prise d'un vertige euphorique ! Reviens du Centre, où l'infirmière m'a dit que j'avais dépassé le but à atteindre et que j'étais une patiente modèle. Puis suis retournée chez H&M pour vérifier ma taille : je fais un 40.

Suis mince sans être un héron ! Suis Jemima Kahn ! Suis Uma Thurman !

14 : 00. Viens de faire un petit saut chez Marks & Spencer et d'acheter un gâteau à la mousse au chocolat, histoire de fêter ça. J'ai tout mangé comme un ours polaire, à grands coups de patte.

Vendredi 3 août 2012
65,7 kg (état d'urgence).

10 : 00. Le gâteau au chocolat a, je le jure, directement transité de ma bouche à mon ventre, où il stagne sous la peau, comme la poche à l'intérieur d'un cubi bon marché. Il faut que je laisse de côté le scénario, ma carrière et que j'aille en salle de sport.

Midi. Jamais je ne retournerai à la salle de sport. Jamais je ne perdrai le poids repris, jamais. Rien à cirer. Je bouillais de rage pendant que j'étais couchée sur le ventre, le derrière en l'air, à essayer de soulever un poids avec mes chevilles. Je me suis retournée pour regarder et j'ai vu tout le monde se contorsionner de façon ridicule sur des machines : on se serait cru dans un tableau de Jérôme Bosch.

Pourquoi les corps sont-ils si difficiles à maîtriser ? Pourquoi ? « Coucou ! je suis un corps, et je vais stocker la graisse, ou alors, il faut que tu te mettes à JEÛNER et à fréquenter des CENTRES DE TORTURE humiliants, que tu renonces à manger des bonnes choses et à te torcher. » Je hais les régimes. Tout ça, c'est la faute de la SOCIÉTÉ. Je vais devenir vieille et grosse, manger ce que je veux, je NE BAISERAI PLUS JAMAIS, et je BALADERAI MA GRAISSE SUR UN CHARIOT.

Samedi 5 août 2012
Poids : inconnu (n'ose pas regarder).

23:00. Aujourd'hui, ai consommé les choses suivantes :

* 2 muffins aux fruits confits (482 calories chacun)
* petit déjeuner anglais complet, avec saucisses, œufs brouillés, bacon, tomates et pain frit
* 1 pizza de chez Pizza Express
* 1 Banana Split
* 2 tubes de bonbons Rolo
* La moitié d'un cheesecake au chocolat de chez Marks & Spencer (en fait, si je suis honnête, un cheesecake entier)
* 2 verres de chardonnay
* 2 paquets de chips oignon-fromage
* 1 paquet de fromage râpé
* 1 serpent de gomme de 30 cm acheté au cinéma Odeon
* 1 sac de pop-corn (grand)
* 1 hot-dog (grand)
* Restes de 2 hot-dogs (grands).

HIN, HIN, HIN ! ET VOILÀ LE TRAVAIL ! Société, je t'emmerde !

Jeudi 9 août 2012
69 kg, poids pris depuis la semaine dernière : 5 kg.
(Mais peut-être que le gâteau au chocolat est encore
intact dans l'estomac ?)

14 : 00. Ai bien failli ne pas aller au Centre tant
j'avais honte.

L'infirmière a jeté un seul regard à la balance,
m'a conduite *manu militari* chez le médecin, puis
m'a envoyée en salle de thérapie de groupe, où tout
le monde parlait de ses « rechutes boulimiques ».
En fait, ça a été un très bon moment. Mon histoire
était sans conteste la meilleure et tout le monde a
eu l'air très impressionné.

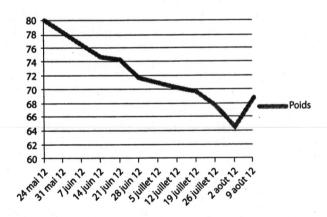

21 : 15. Malgré le sermon de l'infirmière – ou
peut-être pour en prouver le bien-fondé (« il faut
trois jours pour installer une habitude et trois
semaines pour la perdre ») – je n'ai qu'une envie :
remanger du fromage et du gâteau, et retourner la

semaine prochaine au Centre pour épater encore plus tout le monde.

21 : 30. Viens d'appeler Tom, la bouche pleine de fromage râpé qui tombait partout, et je lui ai tout raconté.

« Nooon ! Tu ne vas pas commencer à essayer d'enfoncer les obèses qui rechutent ! Et Twitter ? Tu as suivi tes followers ? Suis donc Talitha. »

21 : 45. Tom vient de me tweeter l'adresse de Talitha.

21 : 50. @TalithaduBol a 146 000 followers. Du coup, je déteste Talitha. Déteste Twitter. Ai encore envie de manger du fromage. Ou Talitha.

21 : 52. Viens de tweeter à Tom : <@**JoneseyBJ** <@TomKat37 Talitha a 146 000 followers.>

@**TomKat37** @JoneseyBJ T'en fais pas, ma poule, ce sont surtout des gens avec qui elle a couché ou été mariée.>

22 : 00. Talitha a réagi par un tweet.

@**TalithaduBol** @TomKat37 @JoneseyBJ Les chéris, c'est TERRIBLEMENT vulgaire de lâcher le monstre aux yeux verts[1] sur Twitter.>

Vendredi 10 août 2012
Followers : 75, puis 102, puis 57, et maintenant, sans doute 0.

7 : 15. 75 followers sont apparus mystérieusement et en silence pendant la nuit.

---

1. « The green-eyed monster » : c'est ainsi que Iago désigne la jalousie dans *Othello, acte III, scène 3.*

21:15. 102, maintenant. Écrasée par sentiment de responsabilité, comme si j'étais l'officiante d'un culte et que, si je disais ce qu'il ne faut pas, tout le monde allait sauter dans un lac, par exemple. Vais peut-être prendre un verre de vin.

21:30. Je dois à l'évidence assumer mon statut de leader et adresser un message à mes followers.

<@**JoneseyBJ** Bienvenue à tous mes fidèles, que j'accueille volontiers à mon culte.>

<@**JoneseyBJ** Mais prière de ne rien faire de bizarre, comme sauter dans un lac, par exemple, même si je le suggère, au cas où je serais torchée.>

21:45. <@**JoneseyBJ** Aïe ! 41 d'entre vous, mes fidèles, avez disparu aussi vite que vous étiez apparus.>

<@**JoneseyBJ** « Reviens, veux-tu… »>

Jeudi 16 août 2012
62 kg ; pages de scénario écrites : 45 ; followers : 97.

16:30. Le nombre de followers a diminué ou grandi, un peu comme le nez de Pinocchio. Manifestement, c'est un signe ou un présage. Mon poids diminue à nouveau. J'ai terminé l'acte II de mon scénario – enfin, si on veut – et je viens juste d'apercevoir la voisine bohème-rebelle.

J'essayais de garer la voiture, ce qui est impossible dans notre rue, parce qu'elle est étroite, qu'on y stationne des deux côtés et qu'elle est courbe. J'avais juste fait quatorze débuts de créneau et je venais finalement de passer en mode braille, ce qui consiste à faire entrer la voiture en force en poussant les autres à l'avant et à l'arrière. Le parking en braille est toléré dans notre rue parce que tout le monde le pratique ; et puis le jour où un camion de livraison passe comme un tank en rayant tous les véhicules, quelqu'un relève son numéro et tout le monde se fait rembourser ses gnons par l'assurance.

« Mammmaaaaaaan ! a dit Billy. Il y a quelqu'un dans la voiture que tu as bousculée. »

La voisine bohème-rebelle était assise sur le siège du conducteur et criait quelque chose aux enfants assis derrière elle. Je savais que nous avions des affinités. Elle est sortie de la voiture, suivie par ses deux enfants aux cheveux noirs et à l'air sauvage. Ils semblaient avoir le même âge que Billy et Mabel : le garçon, l'aîné, et la fille plus jeune ; parfait ! La voisine a regardé son pare-chocs, puis moi avec un large sourire, et a disparu dans la maison d'en face.

Le contact est établi ! Nous sommes sur le chemin de l'amitié. Tant qu'elle ne se comporte pas comme le spambot.

Jeudi 23 août 2012
61 kg ; kilos perdus : 18 (incroyable) ; tailles de vêtements perdues : 3.

Jour de gloire historique. N'ai pas grossi. On m'a dit au Centre que je suis maintenant descendue à un poids normal et que je dois passer au programme « Stabilisation » ; que perdre encore du poids ne se justifierait que pour des raisons esthétiques, et ils ne pensent pas que c'est nécessaire !

Pour le prouver, suis retournée chez H&M, et fais un 38.

Ai écrit la moitié du scénario, et sais maintenant avec certitude que j'ai une voisine avec des enfants du même âge que les miens ; j'ai 79 followers sur Twitter et JE FAIS UNE TAILLE 38. Vous voyez ! Peut-être que je ne suis pas complètement nulle.

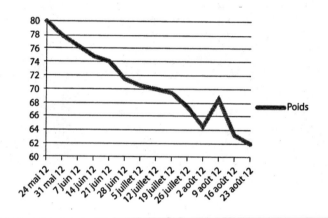

Lundi 27 août 2012
Actes du scénario écrits : 2,25 ; followers sur Twitter : 87.

Mabel est vraiment marrante. Elle était assise à regarder droit devant elle d'un air mystérieux.

« Qu'est-ce que tu fais ? » a demandé Billy. Ses yeux bruns fixaient sa sœur avec intensité, légèrement amusés. Mark Darcy. Mark Darcy réincarné sous la forme d'un enfant.

« Je fais un concours à qui regardera l'autre le plus longtemps.

— Avec qui ?

— La chaive », a dit Mabel, comme si c'était la chose la plus évidente du monde.

Billy et moi avons éclaté de rire, puis il s'est arrêté et m'a regardée : « Tu commences à rire, maman ? »

L'enfer des mariés-fiers-de-l'être

Samedi 1ᵉʳ septembre 2012
61 kg ; pensées positives : 0 ; perspectives amou-
reuses : 0.

22 : 00. Régression majeure. Rentre juste du pot annuel d'anniversaire de Magda et Jeremy. Étais en retard parce qu'il m'avait fallu vingt minutes pour remonter ma fermeture éclair malgré tout le temps passé au yoga à essayer de nouer les mains derrière mes omoplates tout en m'efforçant de ne pas péter.

Sur le seuil, les souvenirs ont ressurgi : les années où j'étais debout sur ce même seuil avec Mark en grand pardessus bleu marine, la main posée sur mon dos ; l'année où je venais de découvrir que j'étais enceinte de Billy et où nous nous apprêtions à l'annoncer à tout le monde ; l'année où nous y avions amené Mabel, bien couverte et sanglée sur son petit siège auto. C'était un tel bonheur de faire des choses avec Mark. Jamais je ne me posais de questions à propos de ce que je portais parce qu'il me regardait tout essayer avant de partir, m'aidait à choisir la meilleure tenue, me disait que je n'avais pas l'air grosse et remontait et baissait toutes les fermetures éclair. Il avait toujours quelque chose de gentil et de drôle à dire quand je faisais une bêtise, et trouvait toujours la repartie qu'il fallait si j'étais la cible d'une remarque vipérine (le genre de réflexion qui vous flingue alors que vous étiez en train de deviser agréablement ; vous continuez comme si de rien n'était, mais en vous demandant ce qui a bien pu vous frapper pour laisser une douleur aussi cuisante).

À l'intérieur, j'entendais de la musique et des rires. J'ai lutté contre le désir de partir ventre à terre. Mais la porte s'est ouverte sur Jeremy, le mari de Magda.

J'ai vu que Jeremy percevait très bien mon malaise, la faille béante à l'intérieur de moi. Où était Mark, son vieil ami ?

« Ah, te voilà ! Parfait », a-t-il dit, camouflant sa propre douleur comme il le faisait toujours depuis le jour J. Le pur produit d'une public school ! « Entre, entre. Super. Les enfants vont bien ? Ça pousse ?

— Non, ai-je répondu, par pur esprit de rébellion. Ils sont ratatinés par le chagrin et ils resteront nains toute leur vie. »

À l'évidence, Jeremy n'a jamais lu de livre zen et la notion d'« être là » et de laisser l'autre être là aussi, sans rien forcer, lui est totalement inconnue. Mais pendant un quart de seconde, il a gardé le silence et nous nous sommes retrouvés tout simplement là, face à face : extrêmement tristes pour la même raison. Alors il s'est mis à toussoter et a repris comme si de rien n'était : « Viens par ici. Vodka-tonic ? Donne-moi ton manteau. Tu as la ligne, dis donc. »

Il m'a fait entrer dans le salon familier où Magda, postée près du bar, a joyeusement agité la main. Magda, que j'ai rencontrée à l'université de Bangor, est en fait ma plus vieille amie. J'ai regardé autour de moi tous ces visages que je connaissais depuis vingt-cinq ans, bobos de la première heure, aujourd'hui plus avancés en âge. Tous ces couples qui s'étaient mariés à la suite, comme des dominos qui s'effondrent en série, lorsque passé trente ans ils étaient encore ensemble : Cosmo et Woney, Pony et Hugo, Johnny et Mufti. Et j'ai eu la même impression que depuis vingt ans, celle d'être le vilain petit canard, incapable de participer à leur conversation parce que j'en étais à un stade différent de ma vie, bien que nous ayons le même âge. Comme s'il y avait eu un tremblement de terre et que ma vie se déroulait des années après la leur, dans le mauvais sens.

« Oh, Bridget ! Ça fait plaisir de te voir. Dis donc, tu as drôlement minci. Comment vas-tu ? »

Alors apparaissait un éclair de panique dans leurs yeux quand ils se rappelaient que j'étais veuve, etc. « Comment vont les enfants ? Ils se débrouillent bien ? »

Ces scrupules n'encombraient pas Cosmo, le mari de Woney, un gestionnaire de fonds prospère et plein d'assurance malgré son apparence de petit tonneau : il a ouvert la conversation avec la délicatesse d'un éléphant dans un magasin de porcelaine.

« Alors, Bridget, toujours seule ? Tu as l'air très en forme. Quand vas-tu te remarier ?

— Cosmo, est intervenue Magda, indignée, arrête ! »

L'état de veuve – contrairement à celui de célibataire et trentenaire qui permet aux Mariés-fiers-de-l'être de dire tout ce qu'ils veulent parce que c'est manifestement votre faute si vous vous retrouvez seule – a cet avantage qu'il oblige en général les autres à faire preuve d'un minimum de tact. Sauf les gens comme Cosmo, bien entendu.

Il a continué à mettre les pieds dans le plat : « Quand même, ça fait longtemps maintenant. Tu ne vas pas porter éternellement ton costume de veuve.

— J'entends bien, mais tu sais... »

Woney s'est mise de la partie : « C'est très difficile pour les femmes d'un certain âge qui se retrouvent seules.

— Je t'en prie, ne dis pas "d'un certain âge", ai-je ronronné en essayant d'imiter Talitha.

— Tiens, prends Binko Carruthers, par exemple. Ce n'est pas un apollon. Pourtant, dès la minute où Rosemary l'a quitté, il a croulé sous les femmes. Croulé ! Elles se jetaient toutes à son cou.

— Elles le prenaient d'assaut, oui, a renchéri Hugo allègrement. Dîners, théâtre, bref, le pied pour lui.

— Sans doute, mais ce sont toutes des femmes mûres, non ? » a dit Johnny.

Grr. Des femmes « mûres » est encore pire que « d'un certain âge », avec ses implications méprisantes quand l'adjectif est utilisé pour la gent féminine.

« Et alors ? a demandé Woney.

— Ah, ben tu sais, a continué Cosmo, toujours aussi léger, si un mec a la perspective d'une nouvelle vie, tu peux être sûre qu'il choisira quelqu'un de plus jeune, une fille appétissante, féconde et... »

J'ai perçu un bref éclair de souffrance dans l'œil de Woney. Woney n'est pas une adepte de l'école de Talitha, qui consiste à travailler son apparence. Elle a laissé les bourrelets de graisse de l'âge mûr s'installer librement sur l'arrière de son corps et devant, au-dessous de son soutien-gorge. Sa peau retombe, épuisée, dans les plis de son expérience, sans être lissée par des séances de soins du visage, des peelings et des fonds de teint réfléchissant la lumière. Elle a laissé ses cheveux jadis longs et brillants grisonner et les a coupés court, ce qui ne fait qu'accentuer les lignes flasques de son menton (que, d'après Talitha, on peut rapidement rendre invisibles grâce à une superposition de vêtements bien coupés encadrant harmonieusement le visage), qu'elle souligne encore en choisissant la version Zara de la robe noire structurée à col montant volanté pour laquelle Maggie Smith a une prédilection dans *Downton Abbey*.

J'ai le sentiment que Woney s'est laissée aller ainsi, ou plutôt n'a pas cherché à « travailler son apparence », non pas à cause d'un quelconque « féminisme », mais pour plusieurs raisons cumulées : le sens très britannique et vieux jeu de l'honnêteté personnelle ; la paresse ; une forme de confiance en soi, et la conviction qu'elle ne se définit pas par son physique ni sa sexualité ; enfin – et sans doute surtout – parce qu'elle se sent aimée inconditionnellement pour ce qu'elle est, bien que ce soit par Cosmo qui, malgré sa petite taille, sa silhouette ovoïde, ses dents jaunes, son crâne chauve et ses sourcils broussailleux, est à l'évidence persuadé d'être aimé inconditionnellement par toute femme qui a la chance de l'avoir.

Mais l'éclair dans l'œil de Woney a montré le défaut de sa cuirasse et, l'espace d'une seconde, j'ai éprouvé un élan de sympathie pour elle. Jusqu'à ce qu'elle enchaîne :

« Ce que je veux dire, c'est que les célibataires hommes de l'âge de Bridget n'ont que l'embarras du choix. Personne n'est allé frapper à la porte de Bridget, hein ? Si elle était un homme, avec sa maison, ses revenus et deux jeunes enfants dépendants, elle serait submergée par des femmes qui ne demanderaient qu'à s'occuper d'elle. Mais regardez-la. »

Cosmo m'a examinée des pieds à la tête : « Oui, c'est vrai. Il faudrait la caser, dit-il. Mais je ne vois pas du tout qui pourrait être candidat, parce que tu sais, passé un certain âge… »

En pensant à Talitha, j'ai explosé :

« Bon, ça va bien ! Qu'est-ce que vous entendez par "un certain âge" ? À l'époque de Jane Austen, nous serions tous déjà morts. Nous sommes partis pour être centenaires. Nous ne sommes pas encore au milieu de notre vie. Ah si, réflexion faite, c'est exactement le milieu ! Seulement voilà, l'expression "un certain âge" suggère une apparence donnée… » Brusquement paniquée, j'ai jeté un coup d'œil à Woney, me sentant m'enfoncer dans un trou qui s'élargissait. « … l'impression qu'on a passé un cap de non-retour, qu'on n'est plus consommable. Ce n'est pas une fatalité. Mais enfin, pourquoi supposez-vous que je n'ai pas de petit ami sous prétexte que je ne m'en vante pas ? Peut-être que si, justement, j'ai des petits amis ! »

Ils me regardaient tous avec des yeux écarquillés, salivant presque.

« Alors ? a demandé Cosmo.

— Tu as des petits amis ? » a lancé Woney du ton qu'elle aurait pris pour dire : Tu couches avec un Martien ?

« Oui, ai-je menti effrontément.

— Alors, où sont-ils ? a demandé Cosmo. Pourquoi ne les voit-on jamais ? »

J'avais très envie de dire à propos de ces petits amis imaginaires : « Je ne voudrais pas les amener ici parce qu'ils vous trouveraient tous trop vieux, mal élevés et figés dans vos comportements. » Mais je me suis abstenue pour une raison assez comique, à savoir que, comme toujours depuis vingt ans, je ne voulais pas leur faire de peine.

J'ai donc eu recours à la parade habile et socialement acceptable que j'utilisais depuis vingt ans, et déclaré : « Il faut que j'aille aux toilettes. »

Assise sur le siège, je me répétais : « Tout va bien. Tout va bien. » Ai remis du repulpant à lèvres et suis redescendue. Magda se dirigeait vers la cuisine et tenait – ô symbole – une assiette vide ayant contenu des saucisses.

« Ne fais pas attention à ces horribles Cosmo et Woney, m'a-t-elle dit. Ils sont au trente-sixième dessous parce que Max est parti à l'université. Cosmo est à la veille de prendre sa retraite, si bien qu'ils vont se retrouver tous les deux pendant les trente prochaines années à se regarder en chiens de faïence, assis à leur table années 1970 achetée chez Conran Shop.

— Merci, Mag !

— C'est toujours jouissif de voir les choses aller mal pour les autres. Surtout quand ils viennent d'être grossiers avec vous. »

Magda est un amour, comme toujours.

« Écoute-moi, Bridget, et laisse-les dire. Mais tu dois tourner la page et passer à l'étape suivante. Il faut que tu trouves quelqu'un. Tu ne peux pas continuer comme ça. Je te connais depuis assez longtemps pour savoir que tu es capable d'évoluer. »

22 : 25. Pas si sûr. Je ne vois pas comment je pourrais changer d'état d'esprit. Pas en ce moment. C'est que si l'on veut que les choses aillent bien, il faut se sentir bien à l'intérieur, et pas seulement avoir l'air de se sentir bien. Aaaah chouette ! Téléphone ! Peut-être... un soupirant ?

22 : 30. « Oh, allô ma chérie » – ma mère. « Je t'appelle pour voir comment on s'organise à Noël. Juste deux secondes parce que Una ne veut pas se faire faire son massage crâno-facial à la thalasso vu qu'elle sort de chez le coiffeur, et son rendez-vous est dans quinze minutes. Soit dit en passant, je me demande pourquoi elle s'est fait faire un brushing alors qu'elle a un massage crâno-facial et un cours d'Aqua-Zumba dans la matinée. »

J'ai vaguement essayé de comprendre de quoi il était question. Depuis que maman et Tatie Una ont emménagé à St. Oswald's House, les appels téléphoniques sont toujours du même style.

St. Oswald's House est un village seniorial haut de gamme près de Kettering. À ceci près qu'on n'a pas le droit de l'appeler « village-seniorial ». Ce « village non seniorial » est un village pour retraités bâti autour d'un imposant manoir victorien, presque un château. Comme on l'annonce avec pléthore d'adjectifs sur le site, il y a un lac et un parc « où sont en liberté des espèces rares » (c.-à-d. des écureuils) ; un bar-bistrot, la BRASSERIE 120 ; un restaurant plus chic, ENVIES DE... ; et un café, CAUSE CAFÉ ; sans compter des salles de travail (pour des réunions, pas pour les accouchements), des « suites » pour les familles en visite, une collection de maisons et de villas « superbement agencées » et, comme ma mère ne se lasse jamais de me le répéter, un jardin à l'italienne créé par le paysagiste Russell Page en 1934.

En plus de tout cela, il y a Viva, le centre de fitness – avec piscine, spa, salle de sport, institut de beauté et coiffeur –, source de la plupart des ennuis.

« Bridget, tu es là ? Tu n'es pas encore en train de ruminer ton chagrin ?

— Si ! Non ! » ai-je répondu d'un ton le plus léger et allègre possible.

« Si, Bridget ! Tu rumines. Ça s'entend à ta voix. »

Grrr. Je sais que maman a traversé une sale période après la mort de papa. Entre le diagnostic et les obsèques, le cancer du poumon a emporté papa en six mois. La seule consolation, c'est qu'il a pu tenir Billy dans ses bras juste avant de mourir. Cela a été très dur pour maman de se retrouver seule face au couple Una et Geoffrey. Depuis cinquante-cinq ans, ils étaient les meilleurs amis de papa et maman et, comme ils ne se lassaient jamais de me le répéter, ils me connaissaient depuis l'époque où je courais toute nue sur la pelouse. Mais après la crise cardiaque de Geoffrey, il n'y a plus eu moyen de retenir maman et Una. Si elles sont tristes aujourd'hui, maman en pensant à papa et Una à Geoffrey, elles le montrent rarement. Il y a quelque chose dans cette génération de la guerre qui lui donne la capacité d'aller vaillamment de l'avant. Peut-être que c'est lié aux œufs en poudre et aux beignets de baleine ?

« Il est exclu que tu restes là à te désoler parce que tu es veuve, ma chérie. Il faut que tu t'amuses ! Pourquoi tu ne viens pas sauter dans le sauna avec Una et moi ? »

Ça partait d'un bon sentiment, mais qu'est-ce qu'elle s'imaginait ? Que j'allais sortir en courant de la maison, planter les enfants là, puis faire une heure et demie de voiture pour me déshabiller, me faire crêper les cheveux et « sauter dans le sauna » ?

« Donc, Noël ! Una et moi nous demandions si tu venais chez nous ou si... »

(Avez-vous remarqué que quand les gens vous donnent le choix entre deux options, c'est toujours la seconde qu'ils veulent vous voir adopter ?)

« ... Tu comprends, ma chérie, cette année, St. Oswald organise une croisière ! Et nous nous demandions si ça te ferait plaisir de venir ! Avec les enfants, évidemment. Destination les Canaries. Mais tu sais, il n'y a pas que des vieux. Et des escales sont prévues dans des coins très branchés.

— Ah oui, oui, une croisière, super », ai-je dit, me rappelant soudain que mon expérience d'amincissement au Centre de traitement de l'obésité m'avait donné l'idée de faire une croisière avec des plus de soixante-dix ans, histoire de me sentir jeune.

En attendant, mon esprit voyait se dérouler une scène où je courais derrière Mabel sur le pont d'un bateau de croisière à travers une forêt de cheveux crêpés et de fauteuils roulants électriques.

« Tu seras tout à fait à ta place, parce qu'en fait c'est pour les plus de cinquante ans, a-t-elle ajouté, pulvérisant son plan en une microseconde sans s'en douter.

— Ah, mais tu sais, nous aussi, on a des projets, ici ! ai-je déclaré avec entrain. Vous êtes les bienvenues, naturellement, mais ça sera un peu le bazar, alors si l'autre option est une croisière au soleil…

— Oh, non, ma chérie. On ne va pas te laisser tomber à Noël. Una et moi serions ravies de venir chez toi ! Ça serait génial de passer Noël avec les petits, c'est une période tellement difficile pour nous deux. »

Rhâââ ! Comment gérer maman, Una et les enfants sans aide, vu que Chloe partait en vacances ? Je ne voulais pas me retrouver face au même scénario que l'an passé, où j'avais eu toutes les peines du monde à empêcher mon cœur de se briser quand j'avais dû faire le père Noël sans Mark, où je sanglotais devant le plan de travail de la cuisine pendant que maman et Una critiquaient ma sauce à cause des grumeaux et faisaient des commentaires sur ma façon d'élever mes enfants, de tenir ma maison comme si, au lieu de les avoir invitées, je les avais appelées pour jouer les analystes-système.

« Je vais y réfléchir, ai-je dit.

— Ah, mais le problème, ma chérie, c'est qu'on doit réserver les couchettes d'ici demain.

— Allez-y, faites vos réservations pour vous deux, maman, parce que, honnêtement, je n'ai pas encore réfléchi à...

— Ah, mais tu peux annuler jusqu'à quinze jours avant le départ, a-t-elle dit, pleine d'espoir.

— D'accord dans ce cas, ai-je dit, d'accord. »

Nickel. Une croisière pour quinquagénaires à Noël. Comme tout paraît sombre et sinistre autour de moi.

23 : 00. Pardi ! Je portais encore mes lunettes noires prescrites par l'ophtalmo. Ouf !

Peut-être que j'étais comme une vague qui se prépare à se briser ; et maintenant que je me suis écrasée, une autre va arriver sans tarder ! Parce que, comme on dit dans *Les hommes viennent de Mars et les femmes de Vénus*, les femmes sont comme des vagues tandis que les hommes s'apparentent à des élastiques, qui reviennent toujours vers la caverne où ils sont attachés.

À ceci près que le mien n'est jamais revenu.

23 : 15. Il faut arrêter, maintenant. Comme le dit le tweet du Dalaï Lama : <@DalaïLama On ne peut éviter la douleur. On ne peut éviter le deuil. Le contentement vient de l'aisance et de la souplesse avec laquelle nous évoluons dans le changement.>

Vais peut-être aller au yoga pour travailler ma souplesse.

Ou sortir avec les copains et me torcher.

Un plan

Dimanche 2 septembre 2012
Unités d'alcool : 5 (mais difficile à dire avec les mojitos – peut-être 500 ?).

« Il est temps de l'emmener à la Citadelle », a dit Tom en attaquant son quatrième mojito au Quo Vadis.

La Citadelle fait depuis peu partie intégrante du microcosme de Tom. Dirigé par un client de son cabinet de psychothérapeute, c'est un « speakeasy » de Hoxton, style troquet clandestin américain.

« On a l'impression de se trouver dans une vidéo musicale réglée au cordeau, a ajouté Tom avec enthousiasme, les yeux brillants. Il y a tous les âges, jeunes et vieux, blancs et noirs, gays et hétéros. On y a vu Gwyneth ! Et puis, c'est un bar éphémère !

— Oh, non ! a dit Talitha. Combien faut-il de minutes pour qu'un "pop-up" cesse d'être hyper-tendance ?

— Oui, bon…, a dit Jude. Qui se soucie de se rencontrer dans la vraie vie maintenant ?

— Mais enfin, Jude, il y a des gens en chair et en os dans la vraie vie. Et des boissons illégales, des orchestres country, des canapés – on peut parler, danser, flirter sur les canapés.

— Et pourquoi tu te donnerais toute cette peine avant d'avoir découvert en un clic si le mec ou la fille est divorcé/séparé/avec enfants, s'il préfère le saut à l'élastique ou le cinéma, s'il fait des fautes d'orthographe, s'il sait éviter d'utiliser l'expression "lol" ou "copine" au premier degré. Et s'il pense que le monde serait plus agréable s'il était interdit aux gens avec un QI bas de se reproduire ?

— Oui, eh bien en tout cas, on sait qu'on n'a pas affaire à une photo datant de quinze ans, a répliqué Tom.

— C'est parti », a dit Talitha.

Résultat : on va tous à la Citadelle à Hoxton jeudi prochain.

Mercredi 5 septembre 2012
Actes du scénario écrits : 2,5 ; tentatives pour trouver babysitters : 5 ; babysitters trouvées : 0.

Catastrophe. Ai oublié de demander à Chloe si elle pouvait garder les enfants demain soir ; or elle va assister à la demi-finale nationale des championnats de tai-chi, à laquelle participe Graham.

« J'aurais bien aimé vous dépanner, Bridget, seulement le tai-chi compte énormément pour Graham. Mais pas de problème pour conduire les enfants à l'école vendredi matin, donc vous n'aurez pas à vous lever. »

Qu'est-ce que je peux faire ?

Ne peux pas demander à Tom puisqu'il va à la Citadelle, même chose pour Jude ou Talitha. En plus, Talitha ne pratique pas les enfants ; elle dit qu'elle l'a fait et qu'elle ne se sert des siens que si elle a besoin d'être escortée à des ventes aux enchères caritatives.

21:30. Viens d'appeler maman.

« Oh, chérie, je t'aurais volontiers dépannée, mais demain, c'est le dîner de Viva ! On prépare un jambon au Coca. Tout le monde cuisine tout au Coca-Cola en ce moment ! »

Daniel en preux chevalier

Mercredi 5 septembre 2012 (suite)

« Jones, petite coquine ! a dit Daniel en prenant sa voix de velours quand je l'ai appelé. Dis-moi ce que tu portes, la couleur de ta culotte et comment vont mes filleuls ? »

Daniel, mon ex-petit ami. Un dragueur impénitent et l'ancien ennemi juré de Mark. Mais depuis que Mark a été tué, il a vraiment fait de son mieux, soit dit à son honneur. Après un an de rivalité féroce, ils se sont finalement réconciliés quand Billy est né – bien que cela se soit passé dans des conditions un peu regrettables dont je parlerai une autre fois –, et Daniel est effectivement le parrain des enfants.

Mais le mieux de Daniel n'est pas le mieux de tout le monde. La dernière fois qu'il a invité les enfants chez lui, il l'avait en fait proposé parce qu'il voulait en mettre plein la vue à une fille en se vantant d'avoir des filleuls et… Disons seulement qu'il les a déposés à l'école avec trois heures de retard et que, quand j'ai récupéré Mabel, elle arborait un chignon natté d'une incroyable complexité.

« Mabel, quelle coiffure fabuleuse ! » ai-je dit, croyant que Daniel avait fait venir quelqu'un de chez John Frieda à 7 h 30 du matin pour la coiffer et la maquiller intégralement.

« F'est la maîtreffe qui l'a fait, a répondu Mabel. Daniel m'a broffé les feveux avec une fourfette. » Et elle a ajouté : « Il y avait du firop d'érable deffus. »

« Jones ? Tu es toujours là, Jones ?

— Oui, ai-je dit en sursautant. Ils vont bien, mais...

— SOS babysitting, Jones ?

— Est-ce que...

— Mais bien sûr. À quand pensais-tu ? »

J'ai rentré le cou dans les épaules : « Demain ? »

Il y a eu un bref silence. À l'évidence, Daniel avait prévu quelque chose.

« Demain, c'est parfait. Je suis dispo, m'étant fait jeter par toutes les femelles de moins de quatre-vingt-quatre ans. » Aïïïïïe.

« Il se peut qu'on rentre très tard. Ça pose un problème ?

— Ma chère amie, je suis un oiseau de nuit.

— Tu ne vas pas... Enfin, tu ne vas pas venir avec un top model ou...

— Non, non, non, Jones. C'est moi qui serai un modèle, Le Babysitter Parfait. Les Sept Familles, *Hirondelles et Amazones*. De la nourriture saine et bourrée de vitamines. Et à propos...

— Oui ? ai-je dit d'un ton soupçonneux.

— Tu portes quel genre de culotte, là ? Une culotte de grand-mère ? Une mignonne petite culotte de mamie ? Tu la montreras à papy demain soir ? »

J'adore toujours Daniel, mais quand même pas au point de marcher dans ses délires foireux.

Le babysitter modèle

Jeudi 6 septembre 2012
60 kg (t.b.) ; unités d'alcool : 4 ; rencontres sexuel-lement orientées pendant les cinq dernières années : 0 ; rencontres sexuellement orientées au cours des cinq dernières heures : 2 ; rencontres sexuellement orientées embarrassantes au cours des cinq der-nières heures : 2.

Le jour de la sortie à la Citadelle était arrivé. Billy était très excité à l'idée que Daniel allait venir. « Est-ce qu'Amanda sera là ?

— Amanda, qui est-ce ? ai-je demandé.

— La dame aux gros lolos qui est venue la der-nière fois.

— Non ! Mabel, qu'est-ce que tu cherches ?

— Ma broffe à feveux », a-t-elle dit, l'air sombre.

Malgré l'agitation ambiante, j'ai réussi à leur donner le bain, à les coucher, à les faire dormir et à avoir le temps de me préparer avant l'arrivée de Daniel, puisque nous ne devions pas aller à la Citadelle avant 22 heures.

J'avais opté pour un jean à taille haute (une marque dont le nom avait de quoi refroidir : Not Your Daughter's Jean[1]) et une chemise de cow-boy,

---

1. Marque de jeans ciblée, « Pas le jean de votre fille ».

pensant que cette tenue collerait bien avec le thème country.

Daniel est arrivé en retard, vêtu d'un costume comme d'habitude, les cheveux plus courts maintenant, toujours aussi beau, avec son sourire irrésistible, les bras chargés de cadeaux complètement inappropriés – pistolets en plastique, Barbies presque nues, paquets de bonbons géants, doughnuts fourrés, et un DVD louche, à demi dissimulé, que j'ai préféré ignorer compte tenu de mon retard, colossal à présent.

« Hou, hou, Jones ! a-t-il dit. Tu as fait un régime ? Jamais je n'aurais cru te revoir avec cette silhouette. »

C'est horrible de remarquer la différence de regard que les gens portent sur vous quand vous êtes grosse et quand vous ne l'êtes pas, quand vous êtes toute pomponnée et quand vous êtes juste normale. Pas étonnant que les femmes soient aussi peu sûres d'elles. Je sais que c'est également le cas des hommes. Mais avec tous les moyens dont dispose la femme moderne, vous pouvez vous métamorphoser complètement en une demi-heure.

Et même alors, vous trouvez que vous pourriez être plus à votre avantage. Regardez donc parfois les panneaux publicitaires où s'étalent des photos de mannequins sublimes et regardez les vraies gens qui circulent au-dessous. C'est un peu comme si on était sur une planète où toutes les créatures de l'espace seraient petites, vertes et grosses. Sauf quelques-unes, grandes, minces et blondes. Et que toute la publicité était réservée aux grandes blondes avec des brushings qui les font paraître encore plus grandes et plus blondes. Et où toutes les petites créatures vertes passeraient leur vie à se désoler parce qu'elles ne sont ni grandes, ni minces, ni blondes.

« Jones ? Tu es toujours là ? J'ai dit : "Je suppose qu'il n'est pas question de baiser ?"

— Non, ai-je répliqué, atterrissant dans le présent. Exclu. Mais ce n'est pas pour autant que je ne te suis pas reconnaissante pour la soirée de babysitting. » Et j'ai mouliné à toute vitesse une série de recommandations et de remerciements avant de filer, offensée en tant que féministe par les avances de Daniel et leur arrière-goût de racisme anti-grosses, mais plutôt flattée comme femme.

Moyennant quoi, quand je suis arrivée chez Talitha, Tom a éclaté de rire.

« Ben quoi ? ai-je demandé.

— Tu nous la joues Dolly Parton ?

— On ne peut plus trop compter sur notre cul dans un jean à notre âge », a dit Talitha fermement en faisant son entrée avec un plateau de mojitos. « Il faut trouver autre chose.

— Je ne veux pas ressembler à une vieille peau habillée en minette, ai-je rétorqué. Ni à une pute.

— Soit. Mais il faut quand même que tu mettes en valeur quelque chose qui puisse brancher sexe. Juste une chose. Les jambes ou les seins. Pas les deux, évidemment.

— Une jambe et un sein, peut-être ? » a suggéré Tom.

En fin de compte, j'ai opté pour une tunique courte à manches longues en soie noire très coûteuse de Talitha et des cuissardes Saint Laurent à talons vertigineux.

« Mais je ne peux pas marcher avec ça.

— Tu n'en auras pas besoin, mon chou », a dit Talitha.

Dans le taxi, j'ai commencé à penser à Mark : il aurait adoré les cuissardes.

« Arrête ! a dit Tom en voyant mon expression. Il aimerait que tu profites de la vie. »

Ensuite, je me suis mise à paniquer à propos des enfants. Talitha m'a pris le téléphone des mains et a envoyé un texto :

<Daniel, rassure Bridget sur sort enfants, dis-lui qu'ils dorment tranquillement et que tu enverras SMS à la moindre alerte.>

Pas de réponse. Nous avons tous fixé le téléphone avec inquiétude.

Et puis la mémoire m'est soudain revenue. « Daniel ne sait pas envoyer de SMS. » Et j'ai ajouté en gloussant : « Il est trop vieux. »

Talitha a mis son téléphone sur haut-parleur et l'a appelé.

« Daniel, mon vieux salaud !

— Talitha ! Ma chérie ! C'est toi, en vrai ! Rien que de penser à toi, je me sens d'un coup incroyablement excité. Tu fais quoi en ce moment ? Et de quelle couleur est ta culotte ? »

Grrr. Il était censé GARDER LES ENFANTS.

« Je suis avec Bridget, a-t-elle répondu sèchement. Comment ça se passe ?

— Impeccable. Une perfection. Les enfants dorment à poings fermés. Je patrouille devant les portes, les fenêtres et dans les couloirs comme une sentinelle. Je serai irréprochable.

— Parfait. »

Elle a refermé son téléphone. « Tu vois ! Les enfants dorment. Tout va très bien aller. Maintenant, arrête de t'angoisser. »

La Citadelle

La Citadelle se trouvait dans un entrepôt en brique avec une porte en métal sans enseigne et un interphone. Tom a composé le code, nous sommes entrés en chancelant sur nos talons déments et avons monté un escalier en béton qui ressemblait à celui d'un parking et puait la pisse.

Une fois à l'intérieur, toutefois, quand Tom a donné nos noms à l'homme qui contrôlait la liste des invités, j'ai senti une bouffée d'excitation et d'audace m'envahir. Des murs en brique, des balles de paille tout autour de la salle, ce qui m'a vaguement fait regretter ma tenue de Dolly Parton ; des canapés moelleux, un orchestre et un bar dans le coin où servaient des jeunes qui en rajoutaient, regardant nerveusement autour d'eux comme si un shérif allait descendre de cheval, attacher sa bête et débarquer en chapeau de cow-boy pour tout interrompre. Il était difficile de distinguer les têtes des gens avec cet éclairage artistique, mais il était d'emblée visible que tous n'étaient pas des ados, et qu'il y avait...

« ... des mecs très sexy dans la salle, a murmuré Talitha.

— Allez, ma puce, a dit Tom, il faut te remettre en selle.

— Je suis trop vieille, ai-je protesté.

— Et alors ? Il fait pratiquement noir.

« — De quoi je vais parler ? ai-je bafouillé. Je n'y connais rien en musique pop.

— Bridget, a dit Talitha, on est ici pour que tu redécouvres ton moi intérieur sensuel. Ça n'a rien à voir avec la conversation. »

J'avais l'impression de revenir à l'adolescence, avec le même sentiment vertigineux de doute et de possibilités infinies. Cela me rappelait les soirées où j'allais à seize ans et où, dès que les parents nous avaient déposés, les lumières s'éteignaient, tout le monde se vautrait par terre et commençait à embrasser le premier ou la première dont on avait vaguement croisé le regard. Comme des bêtes.

« Regarde ce mec, dit Tom. Il te mate ! Il te mate !

— Tom, arrête ! » ai-je dit sans bouger les lèvres et j'ai croisé les bras sur ma poitrine en essayant de faire que le bas de ma tunique rejoigne les cuissardes.

« Un peu de nerf. PASSE À L'ACTION. »

Je me suis forcée à regarder, en essayant de me composer un regard de braise. Mais le beau mec était en train de baratiner une sublime Barbie en minishort et pull tombant sur l'épaule.

« Oh là là, c'est dégoûtant, elle n'a pas l'âge d'être née, cette fille, a dit Jude.

— Vous allez me trouver vieux jeu, mais j'ai lu dans *Glamour* qu'il fallait toujours que le short soit plus long que le vagin », a murmuré Talitha.

Ça nous a tous défrisés et notre assurance s'est écroulée comme un château de cartes.

« Mais enfin, est-ce qu'on a l'air d'un quatuor de travelos sur le retour ? a gloussé Tom.

— Il se passe ce que j'ai toujours redouté, ai-je déclaré. On finit comme une bande de vieux cons tragiques, qui s'imaginent que le curé en pince pour eux parce qu'il a parlé de ses burettes.

— Mes chéris, est intervenue Talitha, je vous interdis de continuer dans cette veine. »

Talitha, Tom et Jude sont alors partis danser, pendant que je restais là à bouder sur une balle de foin en pensant : Je voudrais rentrer faire un câlin à mes petits, entendre leur respiration, savoir qui je suis et ce qui compte pour moi. Une façon éhontée d'utiliser mes enfants pour maquiller le fait que j'étais vieille et larguée.

Là-dessus, deux jambes en jean se sont pliées pour s'asseoir à côté de moi sur la balle de foin, ce qui a modifié mon point de vue de base sur la question. J'ai senti son odeur – de MÂLE, ma chérie, comme aurait dit Talitha – quand il s'est penché sur mes cheveux. « Tu veux danser ? »

Aussi simple que ça. Je n'avais pas besoin d'élaborer un scénario, de chercher quoi dire ou quoi faire, mais seulement de diriger mon regard vers ses beaux yeux bruns et hocher la tête. Il m'a pris la main et m'a tirée avec un bras puissant, puis enlacée pour me conduire vers la piste de danse, ce qui était une chance, compte tenu des cuissardes. Heureusement que c'était un slow, sinon je me serais cassé une cheville. Il avait un perfecto, un sourire qui lui plissait le visage et, dans l'obscurité, ressemblait à ce genre d'homme qui fait les pubs pour les 4 × 4. Il a mis une main sur ma taille et m'a plaquée contre lui.

En posant mon bras sur son épaule, j'ai soudain compris ce que voulaient dire Tom et Talitha : « Le sexe, c'est le sexe, un point c'est tout. »

Des bouffées de désir, oubliées depuis longtemps, ont commencé à me parcourir, comme le monstre de Frankenstein quand on le branchait sur l'électricité, mais en plus romantique et sensuel. Je me suis surprise à passer instinctivement mes doigts dans les petits cheveux sur la nuque de l'inconnu. Il m'a serrée encore un peu plus, révélant de façon indubitable la nature de ses intentions. Pendant que nous tournions lentement au rythme de la musique, j'ai vu le regard de Tom et Talitha fixé sur moi avec un mélange d'étonnement et de respect. J'avais l'impression d'être une ado de quatorze ans qui a dragué son premier mec. Je leur ai adressé une grimace pour les empêcher de faire une sottise, car j'ai senti que l'inconnu ébauchait un mouvement irrésistible de mâle alpha et approchait lentement ses lèvres des miennes.

Et on s'est embrassés. Soudain, tout s'est précipité ; je me serais crue en train de conduire une voiture de course en talons aiguilles. Tout était en état de marche, malgré des années au garage. J'ai paniqué. Une minute avant, j'étais bloquée de partout et puis hop, voilà que je n'avais plus d'entraves. Qu'est-ce que j'étais en train de faire ? Et les enfants ? Et Mark ? Et puis, qui c'était, cet insolent, d'abord ?

« Allons dans un endroit plus tranquille », a-t-il murmuré. Tout ça, c'était une manœuvre. Sinon, pourquoi m'aurait-il invitée à danser ? Il avait l'intention de m'assassiner et puis de me manger !

« Il faut que je parte ! Tout de suite !

— Quoi ? »

J'ai levé vers lui des yeux terrifiés. Il était minuit. J'étais Cendrillon et il fallait que je retourne dans le monde des berceaux et des nounous, de l'insomnie et de la sensation d'être totalement asexuée et condamnée à rester seule jusqu'à la fin de mes jours... Mais est-ce que ça ne valait pas mieux que d'être assassinée ?

« Absolument désolée ! Faut que j'y aille. Super. Merci !

— Partir ? Oh là là, ce visage ! »

En descendant tant bien que mal l'escalier qui sentait l'urine, je me sentais encore gonflée à bloc par sa dernière phrase. « Ce visage ! » J'étais Kate Moss ! J'étais Cheryl Cole ! Mais une fois dans le taxi, cependant, un coup d'œil à mon air égaré, à mes traits bouffis d'alcool, à mon mascara qui dégoulinait sous mes yeux a quelque peu détruit cette idée.

« Il veut dire le visage d'une multipare âgée qu'il a eu la courtoisie d'embrasser, et qui se figure alors qu'il a l'intention de l'assassiner ! a lancé Tom, hurlant de rire.

— Et puis de la manger », a ajouté Talitha, et tout le monde a éclaté de rire.

« Qu'est-ce que tu as dans le crâne ? a dit Jude entre deux éclats de rire hystériques. Tu es complètement malade : il était super sexy !

— Pas de panique », a dit Talitha en reprenant son sérieux et en s'efforçant de s'installer avec élégance sur le siège du taxi qui sentait le curry. « J'ai son numéro. »

00:10. Viens juste de rentrer sur la pointe des pieds. Tout est calme et sombre. Où est Daniel ?

00:20. Ai descendu l'escalier sans bruit et allumé la lumière. On aurait cru qu'une bombe avait explosé dans le sous-sol. Des familles de lapins Sylvanian s'alignaient d'un bout à l'autre de la pièce, la console était encore allumée, sur le sol étaient éparpillés coussins et chaises, poupées Barbie, dinosaures miniatures, mitraillettes en plastique, cartons de pizza, sacs de doughnuts et emballages de chocolats ; un pot de glace caramel au chocolat de Häagen-Dazs, fondue, était renversé sur le canapé. Les enfants allaient sans doute vomir pendant la nuit ; en tout cas, ils s'étaient bien amusés. Mais où était Daniel ?

Suis entrée sans bruit dans leur chambre. Ils dormaient à poings fermés, le visage barbouillé de chocolat, la respiration paisible. Pas de Daniel. Ai commencé à paniquer.

Ai redescendu l'escalier quatre à quatre pour aller voir le canapé-lit du salon : rien. Suis remontée aussi vite dans ma chambre, ai ouvert la porte et poussé une exclamation : Daniel était dans le lit. Il a levé la tête et a plissé les yeux pour tenter d'y voir dans l'obscurité.

« Bon sang, Jones, a-t-il dit. Ne me dis pas que ce sont des… cuissardes ! Je peux voir d'un peu plus près ? »

Il a repoussé le drap. Il était à moitié nu.

« Viens là, Jones, a-t-il dit. Je promets de ne pas poser un doigt sur toi. »

J'étais légèrement ivre, excitée par un récent baiser, et maintenant par la vue de Daniel à moitié nu, l'air diabolique dans la pénombre : tout cela m'a fait rétropédaler vers mes années de trentenaire célibattante. Une fraction de seconde plus tard, je me laissais tomber dans le lit avec les cuissardes. « Tu sais, Jones, a commencé Daniel, ce sont des bottes très très coquines, et cette petite tunique, elle est très très sexy. » Encore une fraction de seconde, et je suis revenue au présent en accéléré pour reprendre conscience de... ma foi, de tout, à la vérité.

« Aaahhh ! Pas question ! Désolée, vraiment. Super sympa ! » ai-je bafouillé en m'extrayant du lit.

Daniel m'a regardée, stupéfait, puis a éclaté de rire. « Jones, Jones, tu es toujours aussi secouée ! »

Je suis sortie en attendant qu'il se lève et se rhabille. Puis, en plein milieu de mes excuses et de mes remerciements pour la soirée de babysitting, il y a encore eu un moment où je me suis sentie tellement paumée et excitée que j'ai bien failli lui sauter dessus et me mettre à le dévorer tout cru. C'est alors que son téléphone a sonné.

« Désolé, désolé, a-t-il dit. Non, ma beauté, j'ai été retenu au boulot. Oui, je sais, MERDE ! » Daniel a pris son ton furieux. « Mais écoute, enfin ! Je te l'avais dit, que j'avais une présentation du projet, avec à la clé de gros enjeux et... D'accord, d'accord, je serai là dans un quart d'heure, oui, oui... Mmm. J'ai hâte de te voir briller comme un soleil... »

Briller comme un soleil ?

« ... j'ai hâte de plonger dans... »

J'ai poussé un soupir de soulagement de ne pas avoir succombé à la vieille routine, et j'ai réussi à le faire partir, puis me suis bagarrée avec les bottes de Talitha pour les enlever. J'ai remis assez d'ordre dans le salon pour que Chloe ne démissionne pas, et me suis effondrée dans mon lit solitaire.

00:55. Mais maintenant, me sens excitée, les nerfs à vif. Ai l'impression d'être passée en l'espace d'une soirée du désert total côté hommes à un autre univers où il en pleut littéralement.

Retombées

Vendredi 7 septembre 2012
7 : 00. Nue comme un ver, avec un mal au crâne d'enfer. Et je dois conduire les enfants à l'école.

7 : 01. Non ! Chloe doit s'en charger. C'était censé être une grasse matinée. Mais suis réveillée quand même.

7 : 02. Rhâââ ! Viens juste de me rappeler ce qui s'est passé hier soir avec l'Homme au Perfecto. Et Daniel.

7 : 30. Traumatisée en entendant en bas de vagues bruits indiquant que Chloe est en train de faire tout ce que je suis censée faire, moi : donner à Mabel un Weetabix sur lequel elle a le droit de mettre une cuillerée de sucre ; et à Billy deux tranches de bacon avec du Ketchup, mais pas de pain.

7 : 45. Sentiment de culpabilité terrible. Impression d'être une sorte de personnage à la Joan Crawford, le visage constellé de taches de rouge à lèvres et qui dit : « Bonjour, mes chéris, je suis votre maman, vous vous souvenez ? Vous vous appelez comment, déjà ? »

8 : 00. La porte claque, les bruits s'arrêtent.

8:01. La porte s'ouvre à nouveau et les bruits recommencent : on cherche le cartable de Mabel.

8:05. La porte reclaque.

8:15. Silence. Le lit est blanc et frais. C'est super d'être étendue nue à ne rien faire. Ai l'impression qu'un sortilège est rompu : comme si la Belle – enfin, pas la Belle, mais plutôt la vieille mère au bois dormant avec deux enfants – avait été réveillée par un baiser. Le printemps a effleuré les branches d'hiver ratatinées. Des feuilles et des bourgeons apparaissent et se déploient de tous les côtés.

8:30. Signal de SMS entrant ! Peut-être Talitha ! Qui m'envoie le numéro de l'Homme au Perfecto ! Peut-être même l'Homme au Perfecto lui-même avec plaisanterie pour dédramatiser l'affaire et me proposer un rendez-vous ! Suis baisable !

C'était l'école maternelle.

<Merci de ne pas oublier de rapporter cet après-midi la feuille d'autorisation pour la sortie au zoo.>

Souvent femme varie

Samedi 8 septembre
Nombre d'appareils électroniques contrariants dans la maison : 74 ; appareils électroniques qui font bip : 7 ; appareils électroniques dont je sais me servir : 0 ; mots de passe : 18 ; mots de passe dont je me souviens : 0 ; minutes passées à penser au sexe : 342.

7 : 30. Viens d'émerger d'un rêve sensuel délicieux, où se côtoyaient Daniel et l'Homme au Perfecto. Me sens soudain très différente : sensuelle, féminine. Ce qui me fait culpabiliser à mort, comme si j'étais infidèle à Mark ; et pourtant... c'est tellement sexy de se sentir femme et sensuelle, avec un côté sexy qui est sensuellement... Ah. Les enfants sont réveillés.

11 : 30. Toute la matinée a été totalement câline et paisible. Nous l'avons commencée tous les trois dans mon lit, où l'on s'est serrés tendrement pour regarder la télévision. Après quoi, on a pris le petit déjeuner, on a joué à cache-cache, et les enfants ont dessiné des monstres Moshi qu'ils ont coloriés. Ensuite on a fait une course d'obstacles, toujours en pyjama, pendant que le poulet rôtissait dans le four en dégageant une odeur délicieuse.

11 : 32. Suis mère parfaite et femme sensuelle avec des possibilités sensuelles. Ce que je veux dire, c'est qu'un type du genre de l'Homme au Perfecto pourrait être compatible avec ce scénario et...

11 : 33. Billy : « On peut se servir de l'ordinateur, puisque c'est samedi ? »

11 : 34. Mabel : « Veux regarder *Bob l'éponge*. »

11 : 35. Brusquement écrasée par la fatigue, et saisie de l'envie de lire les journaux dans un silence total. Juste pendant dix minutes.

« Mammmaaan ! La télé est caffée ! »

Me suis rendu compte avec horreur que Mabel avait les télécommandes en mains. Me suis mise à appuyer au hasard sur les boutons ; l'écran est devenu neigeux et j'ai entendu un violent crépitement.

« La neive ! » s'est écriée Mabel, enthousiaste, juste au moment où le lave-vaisselle se mettait à biper.

« Maman ! a dit Billy. L'ordinateur n'a plus de batterie.

— Eh bien, rebranche-le ! » ai-je répondu en plongeant la tête dans le placard plein de fils au-dessous de la télévision.

« Fait nuit », a annoncé Mabel tandis que l'écran devenait noir et que le bip du sèche-linge se joignait à celui du lave-vaisselle.

« Le chargeur ne marche pas.

— Eh bien, passe sur la console !

— Elle ne marche pas.

— C'est peut-être la connexion Internet.

— Maman ! J'ai débranché la borne d'accès, je ne peux plus la rebrancher. »

Sentant que le voyant de mon humeur virait dangereusement au rouge, j'ai grimpé l'escalier en vitesse en disant : « C'est l'heure de s'habiller. Je suis gentille, je vais vous chercher vos vêtements. »

Puis je me suis précipitée dans leur chambre et j'ai éclaté :

« Putain de technologie de chiotte ! Je ne demande qu'une chose : QU'ON ME LÂCHE LA GRAPPE ET QU'ON ME LAISSE LIRE LE JOURNAL TRANQUILLE ! »

Soudain, à ma grande horreur, je me suis avisée que l'interphone de surveillance était branché ! Oh, non ! J'aurais dû m'en débarrasser il y a des années, mais je ne l'ai pas fait car je suis une maman solo, je suis hyperangoissée, j'ai peur de la mort, etc. Ai dévalé l'escalier encore une fois et trouvé Billy en train de sangloter convulsivement.

« Oh, Billy, je te demande pardon. Je ne l'ai pas fait exprès. C'était l'interphone ?

— Noooooon ! a-t-il crié. La console est bloquée.

— Mabel, tu as entendu maman dans l'interphone ?

— Non, a-t-elle dit en regardant la télévision, ravie. La télé est réparée. »

L'écran affichait une page demandant le mot de passe Virgin pour la télé.

« Billy, c'est quoi, le mot de passe Virgin ? ai-je demandé.

— Ce n'est pas le même que celui de ta carte bancaire, 1066[1] ?

---

1. Date célèbre en Angleterre, puisque c'est celle de la bataille de Hastings, où Guillaume le Conquérant vainquit Harold, le

— D'accord. Je m'occupe de la console et toi, tu entres le mot de passe, ai-je dit juste au moment où l'on sonnait à la porte.

— Mot de passe non valide.

— Mammmaaan ! a dit Mabel.

— Chut ! Tous les deux ! ai-je glapi. Il y a QUELQU'UN À LA PORTE ! »

Ai remonté l'escalier au pas de course, la tête emplie d'un magma de pensées confuses : « Je suis une mère au-dessous de tout, la perte de leur père a laissé en eux un grand vide qu'ils essaient de combler avec de la technologie », et j'ai ouvert la porte.

C'était Jude, très glamour, mais larmoyante, avec une gueule de bois.

« Oh, Bridge, s'est-elle écriée en me tombant dans les bras, encore un samedi matin toute seule, je craque !

— Que s'est-il passé ?... Raconte à maman... », ai-je répondu avant de me rappeler que Jude était une pointure de la finance.

« Tu sais, le type que j'ai rencontré sur Match. com et avec qui je suis sortie la veille de la soirée à la Citadelle ? Celui avec qui j'ai eu une soirée flirt ?

— Oui ? » J'essayais de me rappeler vaguement duquel il s'agissait.

« Il ne m'a jamais rappelée. Et puis hier soir, j'ai reçu un SMS collectif où il disait que sa femme venait d'avoir une petite fille de 3,3 kilos.

— Putain, c'est dégueulasse ! Monstrueux !

— Toutes ces années où je ne voulais pas d'enfants, les gens me serinaient que je changerais

_____

roi anglo-saxon, et commença sa conquête de l'Angleterre.

d'avis. Ils avaient raison. Je vais faire décongeler mes ovules.

— Jude. Tu as fait un choix. Ce n'est pas parce que tu tombes sur une ordure que ton choix était mauvais. C'est le bon choix pour toi. Les enfants, c'est… c'est… » J'ai jeté un coup d'œil assassin vers le sous-sol.

Elle m'a tendu son téléphone où s'affichait un Instagram de l'Ordure tenant son bébé dans ses bras « … Tout doux, tout mignon, tout rose, 3,300 kilos ; et tout ce que je fais, moi, c'est travailler, enchaîner les coups d'un soir, et me retrouver toute seule le samedi matin. Et…

— Viens dans la cuisine, ai-je dit d'un ton lugubre. Je vais t'en montrer, moi, du tout-doux-tout-mignon. »

Nous avons descendu l'escalier d'un pas lourd et nous sommes trouvées face à Billy et Mabel qui, tels deux chérubins, brandissaient un dessin disant « Maman, on t'aime ».

« On va débarrasser le lave-vaisselle, maman, pour t'aider », a annoncé Billy.

Au secours ! Qu'est-ce qui ne tournait pas rond chez eux ?

« Merci, les enfants », ai-je ronronné, en poussant Jude pour qu'elle remonte et repasse la porte avant qu'ils ne se surpassent, en vidant la poubelle du recyclage, par exemple.

« Je vais faire décongeler mes ovules », a sangloté Jude, qui s'est assise avec moi sur les marches devant la maison. « La technologie était primitive à l'époque, voire fruste, mais ça pourrait marcher si… enfin, je pourrais trouver un donneur, et… »

Brusquement, la fenêtre du dernier étage de la maison d'en face s'est ouverte en grand et deux télécommandes ont volé, atterrissant avec un bruit sec près des poubelles.

Quelques secondes plus tard, la porte d'entrée s'est ouverte à la volée et la voisine bohème-rebelle est apparue, vêtue d'une paire de mules roses duveteuses, d'une chemise de nuit de grand-mère et d'un petit chapeau melon, les bras chargés d'ordinateurs portables, d'iPad et d'iPod. Elle a descendu les marches en chancelant et a flanqué les appareils électroniques dans la poubelle, suivie par son fils et deux copains qui gémissaient en chœur : « Noooooon ! J'ai pas fini mon niveauuuuu ! »

— Tant mieux ! s'est-elle égosillée. Quand j'ai signé pour avoir des enfants, je n'ai pas signé pour me faire régenter par une collection d'objets inanimés et une bande de TECHNO-DÉBILES qui ne savent rien faire que regarder un écran et tricoter des pouces en s'attendant à ce que j'assure le service comme si j'étais un croisement d'informaticien et de concierge d'hôtel cinq étoiles. Avant que je veuille avoir des enfants, tout le monde me serinait que je changerais d'avis. Et tu sais quoi ! Maintenant que je t'ai eu et élevé, eh bien J'AI CHANGÉ D'AVIS ! »

Je l'ai regardée fixement en pensant : il faut que je devienne amie avec elle.

« En Inde, il y a des enfants de votre âge qui vivent dans la rue et s'y débrouillent parfaitement, a-t-elle poursuivi. Alors vous n'avez qu'à vous asseoir sur ce pas de porte et au lieu de consacrer toute votre énergie mentale à vous concentrer sur la meilleure façon d'atteindre le niveau suivant de Minecraft, pensez donc à la façon de ME FAIRE CHANGER D'AVIS. Et ne vous avisez pas de toucher à la poubelle, sinon je vous vends à Hunger Games[1]. »

Là-dessus, elle a rejeté en arrière sa tête enchapeautée et a claqué la porte.

« Mammmmaaaan ! » Des cris et des pleurs montaient de mon propre sous-sol. « Mammmmaaaan ! »

« Tu veux changer d'avis ? ai-je demandé à Jude.

— Non, non, c'est bon », a-t-elle répondu, rassérénée, et elle s'est levée. « Tu as complètement raison. J'ai fait le bon choix. J'ai juste un reste de gueule de bois. Le temps que je prenne mon petit déjeuner avec un Bloody Mary à Soho House et que je lise le journal, tout ira bien. Merci Bridge. Je t'adore. Bye ! »

Elle a pivoté, sanglée jusqu'aux genoux dans ses spartiates Versace, et s'est éloignée avec son look fabuleux de lendemain de soirée.

J'ai reporté mon regard de l'autre côté de la rue. Les trois garçons étaient assis en rang sur le seuil. « Ça va ? » ai-je demandé.

Le fils aux cheveux noirs a souri : « Ouais, c'est bon. Ça lui arrive de péter un câble. Elle sera calmée d'ici deux minutes. »

Il a regardé derrière lui pour voir si la porte était toujours fermée et a sorti de sa poche un iPod. Les autres ont commencé à glousser, ont descendu d'une marche et se sont penchés sur l'iPod.

---

1. Tiré d'une trilogie adaptée au cinéma, Hunger Games met en scène un jeu de téléréalité sadique sur le thème de la survie qui réunit des jeunes et les oblige à se livrer à un jeu de massacre où le dernier survivant est le vainqueur.

Une vague de soulagement énorme m'a submergée. Je suis rentrée chez moi d'un pas allègre, me souvenant soudain que le mot de passe pour tous les appareils était 1890, l'année où Tchekhov a écrit *Hedda Gabbler*.

« Mammmaaaaan ! »

J'ai empoigné la console, la télécommande de Virgin et tapé 1890. Là-dessus, l'écran s'est immédiatement illuminé.

« Voilà, ai-je annoncé. Vos écrans marchent. Vous n'avez plus besoin de moi. Vous n'avez besoin que de vos écrans. Je vais – me faire – une tasse – de café », ai-je scandé.

J'ai jeté les télécommandes sur le fauteuil et me suis dirigée vers la bouilloire d'un pas aussi décidé que celui de la voisine bohème, ce qui a déclenché l'hilarité de Billy et Mabel.

« Maman ! s'est esclaffé Billy, tu as tout rééteint. »

20 : 30. Le reste de la journée a été tranquille et douillet. Billy a eu sa dose de console, Mabel a regardé *Bob l'éponge* blottie contre moi sur le canapé, après quoi nous sommes tous allés faire un tour sur Hampstead Heath. J'ai pensé sans arrêt à l'Homme au Perfecto, au plaisir que j'avais éprouvé à être de nouveau embrassée, à me sentir sexy. Peut-être que Tom n'a pas tort, qu'il faut que je redevienne une femme à part entière et que j'aie quelqu'un dans ma vie. Peut-être que ce ne serait pas un mal, et peut-être que je vais appeler Talitha pour avoir le numéro de ce type.

La vague qui s'écrase

Dimanche 9 septembre
61 kg ; calories : 3 250 ; nombre de fois où ai regardé si j'avais SMS de l'Homme au Perfecto : 27 ; SMS de l'Homme au Perfecto : 0 ; pensées coupables : 47.

2 : 00. Rien ne va plus. Viens juste d'envoyer SMS à Talitha. En fait, non seulement elle a pris le numéro de l'Homme au Perfecto, mais elle LUI A DONNÉ LE MIEN. J'ai l'angoisse qui me poignarde l'estomac : si elle lui a donné mon numéro, pourquoi n'a-t-il pas appelé ?

5 : 00. N'aurais jamais dû me laisser approcher par un homme, jamais. Avais complètement oublié le cauchemar du « Pourquoi n'a-t-il pas appelé ? ».

21 : 15. Les enfants dorment et sont fin prêts pour le lundi matin. Mais moi, je suis au trente-sixième dessous. Pourquoi l'Homme au Perfecto n'a-t-il envoyé aucun SMS ? Pourquoi ? À l'évidence, parce qu'il pense que je suis vieille et flippée. Je ne peux m'en prendre qu'à moi-même. Je devrais me contenter d'être une mère, de ramener mes enfants dans une maison où ils trouvent un plat en train de mijoter dans une cocotte sur l'Aga et un gâteau roulé à la confiture comme dessert ; de leur lire *Hirondelles et Amazones*, de les mettre au lit et... et quoi, hein ? Regarder *Downton Abbey*, fantasmer sur Matthew, et recommencer le lendemain matin à servir des Weetabix ?

21 : 16. Viens d'appeler Talitha et de tout lui expliquer. Elle arrive.

21 : 45. « Sers-moi un verre, s'il te plaît. »

Je lui ai versé sa vodka-soda habituelle.

« Tout ça s'est déclenché parce qu'un type que tu as rencontré cinq secondes ne t'a pas envoyé de SMS. Tu as accepté l'idée que tu pourrais te remettre à vivre, et maintenant, tu as l'impression que ça te passe sous le nez. Pourquoi ne lui envoies-tu pas un texto ?

— Ne jamais courir après un homme, ça ne sert qu'à vous rendre malheureuse », ai-je répondu pour qu'elle me lâche, récitant notre mantra favori de quand nous étions trentenaires et célibataires. « Anjelica Huston n'a jamais appelé une seule fois Jack Nicholson.

— Chérie, il faut bien que tu comprennes que tu es complètement à côté de la plaque. Tout a changé depuis ton époque de célibataire. Les SMS n'existaient pas. Les e-mails non plus. On se téléphonait. En plus, les jeunes femmes prennent plus facilement l'initiative aujourd'hui, et les hommes, comme toujours dès qu'ils en ont l'occasion, sont plus paresseux. Il faut au moins te montrer encourageante.

— N'envoie rien ! » ai-je dit, prise de panique, en me penchant pour lui enlever mon téléphone des mains.

« T'inquiète. Mais c'est bon, quand j'ai échangé vos numéros, je lui ai discrètement glissé un mot et je lui ai dit que tu avais perdu ton mari…

— Tu as QUOI ?

— C'est mieux que d'être divorcée. Beaucoup plus romantique et original.

— En somme, tu utilises la mort de Mark pour jouer les mères maquerelles et me vendre ? »

On a entendu un bruit de pas dans l'escalier et Billy est apparu en pyjama rayé, à moitié endormi.

« Maman, j'ai pas fait mes maths. »

Talitha a vaguement levé les yeux au ciel avant de se reconcentrer sur le téléphone.

« Dis "Bonjour, je suis content de te voir" à Talitha et regarde-la en face », ai-je dit machinalement. Pourquoi les parents serinent-ils : « Dis s'il te plaît », « Dis bonjour », « Dis merci de m'avoir invité » ? Parce que si on n'apprend pas aux enfants à faire ça avant qu'ils soient libres de leurs mouvements, ce n'est plus la peine de…

« Je peux pas regarder Talitha en face, parce qu'elle envoie un texto.

— Bonjour, chéri », a dit Talitha sans lever les yeux. « Il est adorable.

— Mais si, tu as fait tes maths, Billy. Tu te souviens, les problèmes ? On les a faits quand tu es rentré de l'école vendredi.

— OK, qu'est-ce que tu penses de ça ? » Talitha a levé les yeux, puis les a reposés sur le téléphone.

« Mais il y avait une autre feuille, a insisté Billy. Regarde, c'est celle-là. Celle de techno. »

Oh non, pas la technologie ! Billy a passé les six dernières semaines à fabriquer une petite souris avec des bouts de feutre, et puis voilà qu'on lui distribue des « feuilles » posant de mystérieuses questions abstraites. J'ai regardé la feuille avec la dernière question en date : « Quel était ton but en fabriquant la souris ? »

Billy et moi avons échangé un regard désespéré. Ils s'attendent à vous voir atteindre quel niveau de synthèse avec une question pareille ? Au sens philosophique, je veux dire. J'ai donné un crayon à Billy. Il s'est assis à son bureau, puis m'a tendu la feuille.

« Fabriquer une souris.

— Bien, ai-je dit. Parfait. Et maintenant, je remonte te mettre au lit ? »

Il a opiné, mis sa main dans la mienne et dit : « Bonsoir, Talitha.

— Dis bonsoir à Talitha », ai-je dit machinalement en me dirigeant vers l'escalier avec lui.

« Maman ! Je viens de le faire. »

Mabel dormait dans le lit du bas, toujours la tête à l'envers et les cheveux dans la figure, étreignant Salive.

« Tu me fais un câlin ? » a demandé Billy en s'installant dans le lit du haut. J'ai pensé à Talitha qui s'impatientait dans la cuisine, et j'ai grimpé dans le lit avec Billy, Puffle 1, Mario et Horsio.

« Maman ?

— Oui », ai-je répondu, avec un pincement au cœur, redoutant une question sur papa ou sur la mort.

« C'est quoi, la population de la Chine ? »

Seigneur, quand il s'inquiète de toutes ces questions, on dirait Mark. Quelle idée de me compliquer la vie à propos de SMS à envoyer à un inconnu avec une barbe de trois jours et un blouson de cuir, rencontré dans un bar, et qui avait sans doute...

« Maman ?

— Quatre cents millions, ai-je menti sans ciller.

— Ah bon. Pourquoi la Terre se réduit d'un centimètre par an ?

— Hum... » J'ai réfléchi. « Est-ce que le monde se réduit d'un centimètre par an ? Ça concerne toute la planète ou juste les terres émergées ? Ça a à voir avec le réchauffement climatique ? Ou le pouvoir énorme des vagues et... » À ce moment-là, j'ai senti le léger soupir de détente de Billy qui s'endormait.

Je suis redescendue ventre à terre, hors d'haleine. Talitha a levé les yeux, l'air très contente d'elle.

« Bien. J'espère que tu vas apprécier. C'était un vrai défi. »

Elle m'a tendu le téléphone.

<Me suis enfin remise de mon malaise après avoir pris la fuite devant le Prince Charmant et sa Citadelle. C'était tellement torride que j'ai eu peur de partir en fumée ou de me transformer en citrouille. Qu'est-ce que tu fais ?>

« Tu n'as pas envoyé ça ?

— Pas encore. Mais c'est bon. Il faut toujours leur caresser l'ego dans le sens du poil. Tu t'imagines ce que le pauvre type a dû penser quand tu l'as planté là comme ça sans un mot d'explication ?

— Est-ce que ça ne fait pas un peu...

— C'est une question, et ça reprend le fil. Ne coupe pas les cheveux en quatre, il faut seulement... »

Elle a pris mon doigt et a appuyé sur le bouton « Envoi ».

« Je ne pourrais pas avoir encore une petite goutte de vodka ? »

L'esprit en ébullition, je me suis dirigée vers le frigo, mais juste comme j'en ouvrais la porte, il y a eu un « ping » indiquant l'arrivée d'un SMS. Talitha s'est jetée sur le téléphone. Un sourire satisfait s'est étalé sur son visage impeccablement maquillé.

<Salut. C'est Cendrillon ?>

« Allons, Bridget, a-t-elle dit fermement en voyant les sentiments contradictoires qui s'affichaient sur ma figure, un peu de courage. Il faut te remettre en selle dans l'intérêt de tout le monde, y compris... », et elle a hoché la tête en direction de l'étage au-dessus.

En dernière analyse, Talitha avait raison. Mais les choses n'auraient pas pu être plus désastreuses avec l'Homme au Perfecto. Comme elle l'a dit elle-même alors que nous étions toutes les deux assises sur le canapé, à ramasser les miettes après l'affaire : « Tout est de ma faute. J'ai oublié de t'avertir. Quand tu sors d'une relation très longue, la première histoire est toujours la plus ratée. Il y a trop d'enjeux. Tu t'imagines que l'autre est une planche de salut, ce qui est faux. Et un baromètre déterminant ton indice de performance. Performante, tu l'es, et ce n'est pas lui qui va te le prouver. »

Avec l'Homme au Perfecto, j'ai transgressé toutes les règles élémentaires du Code des usages de la rencontre. Mais soit dit à ma décharge, à ce stade, je ne savais même pas qu'il existait un Code.

L'art de foirer la rencontre

Mercredi 12 septembre 2012
60 kg (1 de perdu à force de tricoter des pouces en envoyant des SMS) ; minutes passées à fantasmer sur l'Homme au Perfecto : 347 ; nombre de fois où ai regardé s'il m'avait envoyé un SMS : 37 ; SMS reçus de l'Homme au Perfecto : 0 ; nombre de fois où ai vérifié arrivée e-mail de l'Homme au Perfecto bien qu'il n'ait pas mon adresse e-mail : 12 (débile) ; nombre de minutes de retard à l'école additionnées : 27.

14:30. Mmmm. Je rentre juste d'un déjeuner avec l'Homme au Perfecto à Primrose Hill. Il ressemblait encore plus à une publicité pour les voitures, avec un blouson marron cette fois-ci, et des lunettes aviateur. Il ne faisait pas un temps de saison pour une journée d'automne : chaud, ensoleillé, avec un ciel bleu.

SUPER

Je l'aime. Je l'aime.

PAS SUPER

Il a à peu près mon âge, divorcé, deux enfants. Et il s'appelle Andy. Cool, comme prénom.

140

ANDY ??

Quand je me suis assise à la table, il a ôté ses lunettes de soleil. Il avait des yeux comme des lacs. Des lacs d'eau claire, claire comme une eau tropicale...

NE PAS S'EMBALLER

... à ceci près qu'ils sont bruns. Je l'aime. Les dieux de la Rencontre sont avec moi.

TENTER DE GARDER UN MINIMUM D'OBJECTIVITÉ

Il comprend VRAIMENT les problèmes des parents isolés. Il a dit des choses comme : « Quel âge ont tes enfants ? »

Pendant tout le déjeuner, j'ai eu l'impression d'être un jeune chien dangereusement excité résistant à l'envie de se masturber contre sa jambe.

ÉVITER DE TIRER DES CONCLUSIONS PRÉMATURÉES
OU DE FANTASMER

Ça sera super de faire l'amour le dimanche matin et puis de prendre le petit déjeuner avec tous les enfants, pensais-je, de rire, d'emménager ensemble, de vendre nos deux maisons et d'en acheter une d'où ils pourront tous aller à l'école à pied. Juste au moment où je me demandais si on pourrait n'avoir qu'une voiture et ne plus se prendre la tête à propos des cartes de stationnement, il m'a interrompue en me demandant : « Tu veux un café ? »

Je l'ai regardé en clignant des yeux, désorientée, et j'ai évité de justesse de dire : Tu crois qu'on pourrait se débrouiller avec une seule voiture ?

Quand l'addition est arrivée, j'ai absolument tenu à sortir ma carte de crédit en disant « Non, c'est moi » et « Si on partageait ? ».

« C'est pour moi », a-t-il dit en me regardant d'un drôle d'air. Peut-être qu'il savait déjà que lui aussi était amoureux de moi ?

RÉAGIR A CE QUI SE PASSE VRAIMENT ET NON A CE QUE VOUS VOUDRIEZ QU'IL SE PASSE

Après le déjeuner, je n'avais pas envie d'en rester là et j'ai suggéré qu'on monte se balader à Primrose Hill. Un moment délicieux. Quand nous sommes revenus à sa voiture, j'espérais contre toute attente qu'il m'embrasserait à nouveau, mais il m'a juste fait une rapide bise sur la joue en disant : « Prends soin de toi. » J'ai complètement paniqué. « Tu crois qu'on devrait se revoir ? » ai-je bafouillé. C'était peut-être un peu trop direct, mais je CROIS que j'ai eu raison.

EH NON

« Bien sûr, a-t-il dit avec un sourire satisfait. Je pensais que tu allais t'enfuir en hurlant. » Il m'a adressé son sourire plissé et il est remonté dans sa voiture.

Ce qu'il peut être drôle !

NE PAS LE LAISSER PERTURBER VOTRE VIE NI VOTRE ÉQUILIBRE

Enfin, ça n'a pas de sens. On ne peut pas rester au lit toute la journée à se MASTURBER quand on a un scénario à écrire et des enfants dont il faut s'occuper.

Jeudi 13 septembre 2012

ÉVITER DE SE FOCALISER SUR UNE IDÉE
OU DE FANTASMER AU VOLANT

8:30. En fait, quand j'ai dit « Est-ce que tu crois qu'on devrait se revoir ? », il n'a pas dit « Non », il a dit « Bien sûr ».

Donc, ça veut dire « oui », non ? Mais alors, pourquoi n'a-t-il pas évoqué la prochaine fois quand nous nous sommes dit au revoir ? Et pourquoi n'a-t-il pas envoyé de SMS ? RHÂÂÂ !

9:30. En tournant à un carrefour, me suis trouvée derrière un taxi qui s'était arrêté carrément au milieu de la rue, sans rime ni raison. Derrière moi s'est formée une longue file de voitures.

Ai déboîté pour doubler le taxi en regardant le chauffeur de travers comme pour lui dire : « Vous ne voyez donc pas le foutoir que vous avez mis en vous arrêtant en plein milieu de la rue ! Vous ne pouvez pas vous ranger sur le côté ? » Et puis j'ai vu devant moi qu'une autre voiture arrivait, conduite par un type qui pointait son bras et articulait « Reculez. Vous, là. RE-CU-LEZ ! » comme si j'étais une demeurée.

Non, mais je rêve, ai-je pensé. Les hommes au volant ! (Exception faite pour l'Homme au Perfecto qui, j'en suis sûre, est un conducteur très respectueux.) « Coucou, on est là, on est des mâles alpha ! On va foncer sur les femmes sans défense et les obliger à... »

« Maman, a dit Billy, le taxi s'est arrêté pour que l'autre voiture puisse passer. » Brusquement, j'ai compris ce que Billy voulait dire. La voiture en face était DÉJÀ LÀ, et le chauffeur de taxi, qui est après tout un conducteur expérimenté, n'était pas en train d'attendre un client, mais de laisser passer la voiture déjà engagée dans la rue. Du coup, j'étais dans la position de la femelle alpha, conductrice de 4 × 4 (à ceci près que je ne conduisais pas un 4 × 4) qui a doublé un chauffeur de taxi expérimenté et essayé de faire reculer une voiture déjà engagée, avec une technique de chasse-neige agressif, brandissant une mention TB en Philosophie, Politique et Économie à Cambridge (à ceci près que c'était en réalité une mention passable en Littérature à Bangor).

Ai essayé d'articuler un « Désolée ! » à l'adresse de tout le monde, tout en faisant marche arrière, mais ils m'ont tous toisée avec un air qui voulait dire « Pauvre Angleterre ! » et que je prends très souvent moi-même quand je conduis les enfants à l'école le matin.

« Eh bien, ai-je dit d'un ton enjoué après avoir tourné au carrefour, quels cours as-tu aujourd'hui, Billy ? Éducation physique ?

— Maman. »

Je me suis retournée pour le regarder. Les mêmes yeux. Le même ton quand je ne suis pas exactement au mieux de mes compétences.

« Quoi ?

— Tu dis ça parce que tu te sens bête ? »

144

Vendredi 14 septembre 2012

NE PAS LE LAISSER VOUS FAIRE PERDRE
VOTRE SENS COMMUN

Viens d'établir le contact avec la voisine bohème-rebelle, mais j'étais tellement ahurie que j'ai tout foiré. Je revenais de ma voiture quand je l'ai vue entrer chez elle coiffée d'un bonnet en laine à plusieurs pointes avec des pompons aux extrémités, des Doc Martens à plate-forme et un vêtement qui tenait à la fois de la vareuse d'officier allemand de la Seconde Guerre mondiale et de la crinoline à ourlet volanté.

« Bonjour, a-t-elle dit soudain. Moi, c'est Rebecca. C'est vous qui habitez en face ? Vous n'avez pas perdu des tas de kilos ?

— Si », ai-je répondu, ravie, avant de me lancer dans un monologue nerveux : « On dirait que vous avez eu vos enfants en même temps que moi ? Quel âge ont-ils ? Quel joli bonnet… » Tout s'est très bien passé jusqu'à ce que Rebecca mette un terme à l'échange en lançant : « Eh bien, venez frapper le jour où vous voudrez qu'ils "fassent joujou ensemble". Ce n'est pas le genre de vocabulaire qui vous donne envie de vous tirer une balle ?

— Hahaha ! C'est rien de le dire ! » ai-je répondu en m'appuyant deux doigts sur la tempe de façon tout à fait déplacée. « Ça serait cool. Bye ! » Là-dessus, j'ai traversé la route en pensant : Super ! On peut devenir amies et je pourrais la présenter à l'Homme au Perfecto et…

« Hou, hou ! » a soudain crié Rebecca.

Je me suis retournée.

« Ce n'est pas votre fille ? »

Merde ! J'avais complètement oublié que Mabel était avec moi. Elle était debout, perplexe, devant chez Rebecca, abandonnée sur le trottoir.

NOTER L'EFFET QU'IL PRODUIT SUR VOUS :
QUELQUE PART DANS LA LISTE,
ENTRE LES RUBRIQUES « LASCIVE »
ET « AVALANT UN MEDICAMENT CONTRE LES AIGREURS
D'ESTOMAC », IL DEVRAIT Y AVOIR LE MOT
« HEUREUSE »

21 : 15. Toujours pas de texto. Tout ce scénario autour de l'Homme au Perfecto m'angoisse au dernier degré et me donne une sensation très déplaisante au creux du ventre.

Règle n° 1
du Code des rencontres

Samedi 15 septembre

20 : 15. OUIII ! Téléphone !

21 : 00. « Allô, allô, ma chérie ! » – ma mère – oh non ! J'ai paniqué, me demandant si l'Homme au Perfecto pouvait envoyer un SMS pendant qu'elle occupait le téléphone.

« Bridget ? Bridget ? Tu es toujours là ? Tu as décidé pour la croisière ?

— Hum, tu sais, je crois que ça risque d'être un peu…

— Non, non, ne t'inquiète pas, je comprends. La plupart des gens qui vivent à St. Oswald seront là avec leurs petits-enfants. C'est LA période de l'année où l'on est avec ses petits-enfants. Julie Enderbury et Michael emmènent toute la famille au Cap-Vert.

— Et les petits-enfants d'Una ? ai-je demandé, soucieuse de rétablir l'équilibre.

— C'est le tour des beaux-parents.

— Bien, bien. »

Les beaux-parents. L'amiral Darcy et Elaine sont adorables avec Billy et Mabel et ont toujours des initiatives parfaites. Ils les invitent chacun à son tour, pour des sorties bien pensées et courtes où ils les gâtent. Mais je ne crois pas qu'ils pourraient nous inviter tous pour Noël. De son vivant déjà, Mark les invitait dans la grande maison de Holland Park, mais il louait toujours par agence les services d'un cuisinier pour s'occuper du repas. Il disait que ça n'avait rien à voir avec ma cuisine, mais que ça nous permettait à tous d'être détendus et de profiter les uns des autres. Mais quand j'y pense, pourquoi ne pouvaient-ils pas « se détendre » si c'était moi qui faisais la cuisine ? Peut-être que ça avait un rapport, finalement.

« Bridget ? Tu es là ? Il est hors de question que tu restes toute seule, a dit maman. Ce n'est pas pour demain, et tu peux récupérer tes arrhes jusqu'à quinze jours avant le départ.

— Parfait ! Ça nous laisse tout le temps de voir, ai-je dit gentiment. Noël, c'est dans longtemps. »

Maintenant, elle est partie à son cours d'Aqua-Zumba. Si seulement papa était là pour faire contrepoids, rire de tout avec moi et me prendre dans ses bras. Je voudrais vider une bouteille de vin et me cuiter à bloc.

21 : 15. Aha, viens d'entendre Chloe qui rentrait de sa soirée à Camden. Elle couche ici, sur le convertible du salon, pour pouvoir dormir un peu plus longtemps avant de conduire les enfants à l'école demain.

21 : 30. Je crois que je vais prendre un petit verre de vin, maintenant qu'elle est là, histoire de me remonter le moral.

21:45. Me sens beaucoup mieux. Vais mettre de la musique. Peut-être Queen, *Play the Game*. Une perspective joyeuse est toujours bonne, surtout sous forme musicale. Mmmm. L'Homme au Perfecto. Si seulement il m'envoyait un texto, alors on pourrait se voir et passer à des choses...

22:00. Peut-être un autre 'ti verre de vin.

22:05. J'adore Queen.

22:20. Mmmm. Je danse...
  « *This is your life !... Don't play hard to get*[1] *!...* »

22:20. Voyez bien qu'ccccc'est vrai. *Love runs... pumping through my veeeeiiiiiins*[2] *!* Je kiffe l'Homme au Perfecto. Être ssssur la défensive, cccccc'est nul. L'amour, çççççça coule de sssssssource.

22:21. Vvvoyez ? Pas jouer l'inaccessssible. Pourquoi j'lui enverrais pas te-hic ! -sto ?

---

1. C'est ta vie... Ne joue pas l'inaccessible...
2. L'amour coule et bat dans mes veines.

RHÂÂÂ ! Vous voyez, c'est ça l'ennui aujourd'hui ! Si on en était à l'époque des lettres, je n'aurais même pas eu le courage de chercher un stylo, une feuille de papier, une enveloppe, un timbre, l'adresse de l'Homme au Perfecto, pour sortir finalement à 23 h 30 de la maison en quête d'une boîte aux lettres en laissant les deux enfants endormis chez moi. Tandis qu'un simple effleurement du doigt et hop ! un SMS part comme une bombe atomique ou un missile.

23:35. Viens d'appuyer sur ENVOYER. Nnnn-hickel !

NE PAS ENVOYER DE SMS BOURRÉE

L'art de foirer la rencontre
(persiste et signe)

Dimanche 16 septembre 2012
60 kg (gonflée par les émotions ; poids perdus : 500 g ; règles du code transgressées : 2.)

« Non ! a dit Talitha, assise dans mon salon avec Tom, Jude et moi. Ça n'est pas "cool".

— Pourquoi ? » ai-je demandé en regardant mon texto d'un œil perplexe.

<Super simpa te voir mercredi. A refer très vite !> a lu Tom, avant d'éternuer de rire.

« Eh bien, primo, tu es clairement torchée », a dit Jude en levant brièvement les yeux de son appli OkCupid.com.

« Deux, tu envoies ça à 23 h 30, a poursuivi Tom. Trois, tu lui as déjà dit que tu aimerais le revoir, alors ça fait franchement pot de colle.

— Et quatre, tu as mis un point d'exclamation, a ajouté Jude d'un ton tranchant.

— Tu ajoutes de l'affect artificiel, a dit Tom. Ça donne un ton forcé, genre collégienne faussement spontanée et enthousiaste qui a réussi à faire asseoir la fille qui dirige l'équipe de netball à côté d'elle à déjeuner et qui essaie mine de rien de faire amie-amie avec elle.

— Et il n'a pas répondu, a ajouté Jude.

— J'ai tout fait foirer ?

— On va considérer ça comme la naïveté du petit lapinou au milieu d'une troupe de coyotes affamés », a dit Tom.

Presque aussitôt, un signal de texto a retenti.

<Quel est ton programme de babysitting ? Plus au point que ton orthographe, j'espère ? Samedi soir OK ?>

J'ai regardé les autres avec l'expression d'un manifestant contre la guerre en Irak apprenant qu'il n'y avait pas d'armes de destruction massive. Puis je suis montée sur un petit nuage – non bio-chimique – d'excitation.

« "Quel est ton programme de babysitting ?" ai-je chantonné en dansant dans la pièce. Il est tellement PRÉVENANT.

— Il essaie de te sauter, a dit Jude.

— Ne reste pas plantée là, a dit Tom, impatient. Réponds au texto. »

J'ai réfléchi quelques instants, puis ai envoyé le SMS suivant :

<Samedi soir parfait, juste besoin d'une corde pour attacher les enfants.>

Réponse immédiate : <Je préfère le ruban adhésif.>

« Il est marrant, a dit Tom. Avec juste une pointe de SM, ce qui est cool. »

Nous nous sommes regardés, satisfaits. Un triomphe pour l'un était un triomphe pour tous.

« On ouvre une autre bouteille », a dit Jude se dirigeant à pas silencieux vers le frigo avec ses grosses chaussettes bouclées et sa combi-jogging. Elle s'est arrêtée pour me planter un baiser sur le crâne en passant. « Bravo, tout le monde. Bravo. »

L'art de foirer la rencontre : l'escalade

Mercredi 19 septembre
60,5 kg, poids pris : 500 g ; règles du code transgressées : 2.

21 : 15. Chloe ne peut pas venir samedi soir. Au lieu de mobiliser mon énergie à trouver une remplaçante, ai tellement fantasmé sur le dîner en ne pensant qu'à ce que j'allais mettre, à la façon dont il allait me regarder quand je ferais mon apparition en robe de soie bleue, que je n'ai rien organisé du tout. Aargh, SMS de l'Homme au Perfecto !

   <Ça te dit, un ciné samedi ? Argo ?>

21 : 17. *Argo* ? *Argo* ? Un film pour une PREMIÈRE SORTIE ? Ça ne va pas du tout ! *Argo* est un film de mecs ! La robe de soie bleue serait trop habillée pour un ciné. De toute façon, Chloe ne peut pas venir samedi, alors ?

21 : 20. Viens d'envoyer : <Si on dînait ? Aimerais faire connaissance.>

21:21. Moi : <En plus, pbs babysitter samedi soir. Possible vendredi ??>

22:00. Oh là là. Pas de réponse de l'Homme au Perfecto. Sorti, peut-être ? Avec une autre femme ?

23:00. L'Homme au Perfecto : <Vendredi pas possible. La semaine prochaine ? Vendredi ? Ou samedi ?>

Dimanche 23 septembre
21:15. Insupportable. L'Homme au Perfecto m'a ignorée tout le week-end.

Il est dégoûté de moi, à l'évidence. Si tant est qu'il ait jamais eu du goût pour moi au départ.

22:00. Vais tenter de remettre les choses sur les rails.

<Désolée pour changements plans. Ravie te voir samedi. Mettrai talons aiguilles pour me faire pardonner. Et la babysitter dort chez moi.>

NE JAMAIS PRÉPROGRAMMER PREMIÈRE FOIS AU LIT

Lundi 24 septembre
62 kg ; kilos pris : 2 ; SMS de l'Homme au Perfecto (peut-être résultat de prise de poids, bien qu'il ne m'ait pas vue) : 0.

21:15. Pas de réponse de l'Homme au Perfecto. Il pense que suis une pouffe aux abois.

Jeudi 25 septembre
61,5 kg ; SMS de l'Homme au Perfecto : 1 (pas engageant).

11:00. Viens de recevoir réponse !

<Super. On se retrouve chez E&O à Notting Hill. 19 h 45 ? Hâte de voir talons.>

Il me déteste.

Samedi 29 septembre 2012

Nombre de fois où j'ai changé de tenue pour le rendez-vous : 7 ; minutes de retard au rendez-vous : 25 ; pensées positives pendant le rendez-vous : 0 ; SMS envoyés à l'Homme au Perfecto : 12 ; SMS reçus de l'Homme au Perfecto : 2 ; règles du Code des rencontres transgressées : 13 ; résultats positifs de toute l'affaire : 0.

ÊTRE À L'HEURE, ET SE SOUVENIR
QUE C'EST PLUS IMPORTANT QUE DE CHANGER
DE TENUE OU SE MAQUILLER,
UN PEU COMME QUAND ON PREND L'AVION

19:00. Ai passé si longtemps à enfiler des fringues et à les ôter de nouveau que le taxi est parti ; il n'est pas revenu et, maintenant je ne trouve pas de taxi dans la rue. Ai envoyé série de SMS hystériques auxquels j'ai reçu une seule réponse : <Taxis partout ici.>

20:00. Arrivée à l'Electric. Ai pris la voiture, mais vu mon retard, j'ai dû la laisser au parking des résidents, où je suis sûre d'avoir un P.V. L'Homme au Perfecto n'est pas là.

S'ASSURER QUE VOUS PENSEZ L'UN ET L'AUTRE
ALLER AU MÊME ENDROIT À LA MÊME HEURE

20:10. Oh merde, merde ! Il n'a pas dit l'Electric, il a dit E&O.

20 : 15. Complètement affolée. Viens de lui envoyer SMS disant que je m'étais trompée de restaurant. Maintenant, il faut que je cavale jusqu'à E&O.

ARRIVER DÉTENDUE ET SOURIANTE
COMME DÉESSE DU CALME ET DE LA LUMIÈRE

Suis arrivée à E&O à 20 h 25 pour me trouver face à une femme maître d'hôtel qui m'a visiblement prise pour une folle à qui l'on devait refuser l'accès.

Je me suis rendu compte que je ne voyais pas l'Homme au Perfecto et dans la panique, je n'arrivais plus à me souvenir de son nom.

J'ai fini par le repérer, à ma grande horreur très absorbé, avec une tablée de bobos, du genre qui travaillent dans la pub, et il a fallu que je m'approche et lui touche l'épaule pour qu'il s'aperçoive de ma présence ; il a voulu me présenter, mais j'ai vu que lui non plus ne se souvenait pas de mon nom. Il voulait que je me joigne à eux, mais le restaurant ne pouvait pas mettre un couvert de plus, si bien qu'on nous a installés à une table pour deux, d'où l'Homme au Perfecto a jeté à plusieurs reprises des coups d'œil vers celle de ses amis branchés, qu'il trouvait manifestement beaucoup plus marrants que moi.

C'est alors que les amis en question nous ont invités tous les deux à une soirée. Tout en pensant « Nooooon ! », j'ai dit « Oui, super ! ».

Arrivée à cette fête pourrie, j'ai aussitôt perdu l'Homme au Perfecto et suis allée me planquer dans les toilettes.

Quand je l'ai retrouvé, il fumait du hasch. Je n'en avais pas fumé depuis quinze ans, et encore, je n'avais pris que deux bouffées qui m'avaient fait basculer dans le délire, au point que je croyais que les gens m'ignoraient alors qu'ils étaient en train de me parler. Moyennant quoi, j'ai cédé à l'insistance des amis de l'Homme au Perfecto et j'ai tiré deux tafs du joint qui circulait. Aussitôt, j'ai été défoncée et parano.

Il a dû s'en rendre compte car il m'a chuchoté : « Tu veux qu'on aille là ? », en désignant une porte fermée. J'ai hoché la tête sans rien dire.

Nous nous sommes retrouvés dans une chambre d'amis au lit couvert de manteaux. Il a fermé la porte, m'a plaquée contre elle, m'a embrassée dans le cou tout en glissant sa main sous ma jupe et a murmuré : « Tu ne m'as pas dit que ta babysitter passait la nuit chez toi ? »

J'ai hoché la tête sans un mot.

NE PAS COUCHER AVANT D'ÊTRE PRÊTE

J'étais non seulement pétée et en plein délire, mais je n'avais pas fait l'amour depuis quatre ans et demi et j'étais complètement terrifiée. Et s'il me trouvait répugnante une fois nue ? Et si je couchais avec lui et qu'il ne me rappelait jamais ? Et si j'avais oublié comment on faisait ?

« Ça va ? »

ÉVITER DE FILER SANS ARRÊT AUX TOILETTES ET D'Y STATIONNER, SINON IL CROIRA QUE VOUS AVEZ UN PROBLEME DE DROGUE OU DE TRANSIT

J'ai hoché la tête sans rien dire et réussi à articuler : « Je fais juste un saut aux toilettes. »

Il m'a jeté un drôle de regard, et s'est assis sur le lit.

Quand je suis revenue, il était toujours assis au même endroit. Il s'est levé, a refermé la porte et s'est remis à m'embrasser dans le cou en repassant ses mains sous ma robe.

« On va chez moi ? » a-t-il demandé.

J'ai hoché la tête sans rien dire, et j'ai juste réussi à articuler : « Mais... »

NE PAS ENVOYER DE SIGNAUX CONTRADICTOIRES

« Écoute, si tu n'as pas envie...

— Non, non ! Si, si, mais... », ai-je bafouillé.

C'EST VOUS QUI DECIDEZ QUAND VOUS COUCHEZ, PAS LUI. ET FAITES-VOUS CLAIREMENT COMPRENDRE

« Tu as bien dit que ta babysitter restait la nuit ? »

NE PAS METTRE LA PRESSION

« C'est juste que je n'ai couché avec personne depuis quatre ans et demi.

— QUATRE ANS ET DEMI ??? Grands dieux ! Je ne te mets pas la pression.

— Je sais. C'est juste que je viens seulement de rencontrer enfin quelqu'un qui me plaît.

— Quoi ?? »

158

NE PAS MONTRER VOS POINTS VULNÉRABLES.
ATTENDEZ QU'IL VOUS CONNAISSE ASSEZ
POUR COMPRENDRE

« Ce que je veux dire, c'est que je t'ai rencontré, mais je te connais à peine, et si jamais je ne te plais pas une fois nue ? Peut-être que je ne me souviendrai plus comment on fait, et puis je suis veuve, alors peut-être que je vais m'imaginer que je trompe mon mari et me mettre à pleurer, et puis il faudra que j'attende un coup de téléphone qui ne viendra peut-être pas !

— Et moi ? J'ai aussi rencontré quelqu'un qui me plaît. »

ÊTRE TOUJOURS CLASSE, JAMAIS CRASSE

« Qui ça ? me suis-je exclamée, indignée. Tu as rencontré quelqu'un d'autre depuis quinze jours ? Qui est-elle ? Comment as-tu pu ?

— Je parlais de toi. Écoute, mets-toi à la place du mec en face de toi : est-ce qu'elle a envie que je l'appelle ? Est-ce qu'elle a envie de coucher avec moi ?

— Oui, bien sûr, je comprends…

— Bon, alors… » Il s'est remis à m'embrasser. Il essayait de me faire basculer sur le lit, alors que j'étais assise, assez raide, sur son genou.

NE PAS LUI DONNER L'IMPRESSION
QU'IL EST PRIS AU PIEGE

« Mais si on fait l'amour, me suis-je écriée à nouveau, tu me promets de m'appeler et de me revoir, ou peut-être pourrions-nous fixer une date maintenant ! Comme ça, ça serait réglé !

— Écoute. » L'espace d'une seconde, j'aurais juré qu'il ne se souvenait toujours pas de mon prénom. « Tu es une fille super. Je crois seulement que tu n'es pas prête. Je ne veux pas avoir la responsabilité de faire du mal à qui que ce soit. Je vais te mettre dans un taxi ce soir et, promis, je t'appellerai.

— D'accord », ai-je dit, piteuse. Puis je l'ai suivi dans la salle où se déroulait la soirée, ai fait des signes de tête muets tandis qu'il prenait congé des uns et des autres. Il m'a trouvé un taxi. Quand je me suis retournée pour agiter la main, je l'ai vu qui regagnait la fête.

FAITES-VOUS DE BEAUX SOUVENIRS

Me suis aperçue dans le rétroviseur du taxi. J'avais les cheveux en bataille, les yeux style Alice Cooper, le mascara dégoulinant et l'air ravagé, comme le soir où je l'avais quitté à la Citadelle.

23 : 20. Suis finalement rentrée chez moi sur la pointe des pieds afin que Chloe ne s'aperçoive pas que ma soirée avait été un désastre.

Dimanche 30 septembre
60 kg ; minutes de sommeil : 0 ; kilos perdus à cause du stress et de la contrariété : 1 ; livres perdues à cause de la mise en fourrière : 245.

5 : 00. Pas fermé l'œil de la nuit. Suis un échec ambulant, une vieille peau répugnante, nulle avec les hommes.

8 : 00. Viens juste de tenter une sortie discrète pour récupérer la voiture avant qu'elle soit embarquée à la fourrière, mais suis tombée nez à nez avec Mabel, Billy et Chloe qui sortaient de la cuisine pour aller au parc.

« Maman ! a dit Billy, je croyais que tu n'étais pas là cette nuit.

— Ça ne s'est pas bien passé, alors ? » a dit Chloe d'un ton compatissant, la mine fraîche et rose.

La voiture avait été emmenée à la fourrière et il a fallu que j'aille la récupérer dans un infâme dépotoir entre la A40 et la ligne de chemin de fer pour la Cornouaille, et que je verse une somme supérieure au salaire hebdomadaire de Chloe pour qu'on me la rende, sans arrêter de penser : « Quel gâchis, pour une fois que j'avais trouvé quelqu'un qui me plaisait, j'ai tout fait foirer. Jamais je ne trouverai personne d'autre. Non seulement je suis un repoussoir à mecs, mais en plus, je suis incompétente. Enfin, peut-être qu'il m'enverra un SMS. Ou qu'il m'appellera. »

Vendredi 5 octobre 2012
61 kg ; appels de l'Homme au Perfecto : 0 ; SMS de l'Homme au Perfecto : 0.

9 : 15. Il ne s'est pas manifesté.

Lundi 8 octobre 2012
60 kg (je dépéris, je vieillis) ; appels de l'Homme au Perfecto : 0 ; SMS de l'Homme au Perfecto : 0.

7 : 00. Toujours rien. Dois me jeter dans le travail et faire avancer mon scénario.

Mardi 9 octobre 2012
SMS à l'Homme au Perfecto : 1 ; SMS de l'Homme au Perfecto : 0 ; nombres de mots écrits pour le scénario : 0 ; règles du Code transgressées : 2.

Toujours rien.

S'IL PREND LE LARGE, NE PAS FAIRE DE VAGUES
RESTER DANS LE SILLAGE

23:00. Vais peut-être envoyer un texto à l'Homme au Perfecto.

ÊTRE AUTHENTIQUE

2:30. Moi : <Salut. Merci pour la fête de samedi. Passé une super soirée.>

Mercredi 10 octobre 2012
SMS de l'Homme au Perfecto : 0.

Pas de réponse.

Vendredi 19 octobre 2012
SMS de L'Homme au Perfecto : 1 ; SMS un tant soit peu encourageants de l'Homme au Perfecto : 0 ; mots écrits pour le scénario : 0.

10:00. L'Homme au Perfecto : <Salut. Pas de souci. On est tous passés par là.>

Samedi 27 octobre 2012
Aucune nouvelle de l'Homme au Perfecto.

Dimanche 28 octobre 2012

NE PAS HARCELER EN ENVOYANT DES SMS
À HEURES IMPROBABLES

5:30 : Vais peut-être envoyer SMS à l'Homme
au Perfecto !
  <Ça va ?>

Je me suis dit, c'est un signal d'une âme à une
autre, au milieu des cendres fumantes du gâchis
que nous avions fait accidentellement, comme
deux abrutis malgré tout unis par un lien indes-
tructible : l'Adam de Léonard de Vinci tendant
la main vers les doigts de Dieu sur la fameuse
fresque.

Vendredi 2 novembre 2012
*Perspective d'un quelconque futur contact avec un
mâle de l'espèce humaine : 0.*

11:30. SMS de l'Homme au Perfecto.
  <Très bien mais débordé. Pars demain à Zurich où
  resterai peut-être quelque temps. Passe un bon
  Noël.>
Fin de l'histoire.

« Autant en rire, a dit Talitha. Ne le laisse pas
entamer ton estime de toi. Ni ton potentiel sexuel.
Ni rien. »
Il était clair, toutefois, qu'il fallait faire quelque
chose.

Étude intensive
du Code des rencontres

Soir après soir, une fois les enfants couchés, j'étudiais comme pour un cours de télé-enseignement sur la meilleure façon de séduire. Les enfants ont paru se rendre compte qu'un grand projet se mettait en œuvre et ils se sont comportés avec la déférence appropriée. Par exemple, quand Mabel arrivait dans ma chambre à minuit, serrant Salive contre elle pour me dire qu'elle avait fait un mauvais rêve, elle chuchotait : « Ekfcuve-moi, maman, mais j'ai une fourmi géante qui me mange l'oreille », tout en louchant respectueusement à travers ses cheveux ébouriffés sur les piles de livres impressionnantes éparses sur mon lit. Bien entendu, j'ai tweeté, et mes followers ont grimpé jusqu'au nombre époustouflant de 437.

Bibliographie :

J'ai commencé avec mes archives historiques, les grands classiques de mes trente ans :

Les hommes viennent de Mars et les femmes de Vénus
Le Couple, mode d'emploi
Laisser l'amour vous trouver

Ce que veulent les hommes
Ce que veulent les hommes en secret
Ce que veulent les hommes en réalité
Ce que veulent les hommes au fond
Comment pensent les hommes
À quoi pensent les hommes quand ils ne pensent
pas au sexe

Mais cela ne suffisait pas, finalement. Je suis allée sur Amazon, où j'ai trouvé un choix de soixante-quinze pages de livres de développement personnel sur l'art de la rencontre.

Le Piège du célibat : comment le déjouer et trouver l'amour durable
Les Trois Profils les plus porteurs pour des rencontres réussies en ligne
Multipliez vos rencontres par 4
Cinq conseils à l'intention des mères célibataires pour trouver l'âme sœur
Amenez-le à vous supplier d'être sa petite amie en 6 étapes simples
100 % amour : 7 étapes pour trouver scientifiquement l'amour de votre vie
L'Amour sans peur : 8 règles simples pour changer vos rencontres
Les Lois de l'amour : 9 règles essentielles pour une relation durable et heureuse
La Rencontre en 10 leçons tirées de Sex and the City
Aimantez le dialogue : les 12 meilleurs sujets pour la conversation et la drague
Vingt règles d'internetiquette pour les rencontres en ligne

Drapeau rouge : 50 principes pour savoir si vous devez le garder ou le jeter

Les 99 règles des rencontres en ligne

Le Nouveau Code : Le savoir-vivre pour la génération digitale (par les auteurs du Code : secrets pour capturer l'homme idéal)

L'Ancien Code des rencontres (auteurs différents des deux ci-dessus)

Les Règles non écrites

Les Règles tacites

Les Règles spirituelles pour les rencontres amicales, amoureuses et les unions

Changer les règles

L'amour ne connaît pas les règles

Transgresser les règles

Rencontres, fornication et idylle : qui savait qu'il y avait des règles ?

L'Anti-code : maintenant que vous l'avez, comment vous en débarrasser ?

Détox de 30 jours pour accros aux rencontres

Le Zen et l'art de tomber amoureux

Secrets de geisha

Pourquoi les hommes aiment les salopes

Vous êtes irrésistible

Laisse tomber, il ne te mérite pas

La Stratégie

Deuxième rendez-vous garanti : tout ce qu'il faut dire et faire lors du premier pour assurer le second

Comment arriver au troisième rendez-vous

Soyez celle qu'ils rêvent tous de rencontrer : le troisième rendez-vous et après

Comment arriver à une cinquième rencontre après avoir fait l'amour à la quatrième

Et maintenant ? Sauter l'obstacle de la cinquième rencontre
Mars et Vénus se rencontrent
L'Art de la guerre au service de la rencontre
Manuel de survie pour les cas extrêmes : la rencontre
Rendez-vous avec des morts
Le Suicide romantique
La Rencontre : rien de plus simple

On pourrait croire qu'il y a de quoi se prendre la tête, mais pas du tout ! Il y avait plus de consensus que de désaccords entre les pros de la rencontre. J'ai étudié avec sérieux, cochant les passages et prenant des notes, cherchant des similitudes comme s'il s'agissait des grandes religions ou des doctrines philosophiques mondiales, et les ai distillées jusqu'à en extraire la substantifique moelle, autrement dit les principes-clés :

CODE DES USAGES DE LA RENCONTRE

* Ne pas envoyer de SMS bourrée.
* Être toujours classe, jamais crasse.
* Être à l'heure.
* Être authentique dans les échanges.
* Ne pas se tromper de lieu de rendez-vous.
* Ne pas déstabiliser votre partenaire. Être rationnelle, logique et cohérente.
* Ne pas se focaliser sur une idée ou fantasmer.
* Ne pas se focaliser sur une idée ou fantasmer au volant.
* Réagir à ce qui se passe réellement et non à ce que vous voudriez voir se passer.
* À la première rencontre, accepter ses suggestions (sauf s'il propose d'aller voir des danses folkloriques,

des combats de chiens ou carrément de vous sauter le premier soir, etc.).

* Assurez-vous qu'il vous rend heureuse.

* Tenter de garder un minimum d'objectivité.

* Quand il vient, l'accueillir, quand il s'en va, le laisser partir.

* Éviter d'être défoncée ou cuite à mort.

* Être calme et souriante comme une déesse de la lumière.

* Laisser les choses s'épanouir comme des pétales à leur propre rythme – par ex. ne pas demander à fixer un troisième rendez-vous parce que vous êtes morte d'inquiétude en faisant l'amour pendant le second.

* Porter une tenue sexy mais dans laquelle vous vous sentez bien.

* Rester calme, assurée et concentrée sur ce que vous faites – envisager la méditation, l'hypnose, la psychothérapie, les psychotropes, etc.

* Ne pas trop donner l'impression d'une femme forte, privilégiez les gestes sensuels – c.-à-d. caresser la tige de son verre à pied.

* Ne pas préprogrammer votre premier contact sexuel.

* Ne pas précipiter ce premier contact.

* Ne pas lui donner l'impression qu'il est pris au piège.

* Ne jamais mentionner aucun des sujets suivants : vos ex, le fait que vous vous sentez trop grosse, peu sûre de vous, vos problèmes, les questions que vous vous posez, l'argent, la cellulite, le Botox, la liposuccion, le peeling facial, le plan de table pour la réception du mariage, les babysitters (à moins qu'il ne soit aussi parent solo), le mariage, la religion (à moins que vous ne veniez de comprendre qu'il est mormon et polygame, auquel cas, bourrez-vous la gueule, abordez à la suite tous les sujets précités en bafouillant comme une malade, et filez en disant que vous vous sentez grosse et que vous devez rentrer à cause de la babysitter).

* Engranger de beaux souvenirs.
* Ne pas envoyer de SMS bourrée.

Bien entendu, cette immense somme de connaissances était entièrement théorique : un peu comme celle d'un philosophe assis dans sa tour d'ivoire (NB : une vraie tour d'ivoire, pas Tourdivoire.com, le site de rencontres), et qui élabore des théories sur la façon dont la vie devrait être vécue sans la vivre lui-même.

La seule expérience sur laquelle je pouvais m'appuyer était celle de l'Homme au Perfecto. En examinant les erreurs que j'avais commises avec lui à travers le prisme de mon discernement tout neuf et nourri d'observations savantes, j'ai pu mettre du baume sur mon sentiment d'incompétence et d'échec, refouler l'impression que j'étais sotte, peu attachante et espérer que si j'avais pris un râteau avec lui (à supposer qu'il y ait eu quoi que ce soit d'autre à espérer), tout n'était peut-être pas définitivement perdu avec les autres mâles de l'espèce. De plus, j'avais continué à faire partie des Twittos, et du coup, le nombre de mes followers avait grimpé jusqu'au chiffre astronomique de 537.

Cependant, il y avait une autre section qui restait entièrement vierge : LE CODE DES USAGES POUR FAIRE DES RENCONTRES.

Dans le chagrin jusqu'au cou

Lundi 26 novembre 2012
60 kg ; nombre de followers impressionnés par ma connaissance des livres de développement personnel sur les rencontres et le Code des usages : 568 ; perspectives amoureuses : 0.

12 : 30. Rentre d'Oxford Street. Tout est métamorphosé par une orgie de lumières, de vitrines romantiques et de chansons festives provoquant le sentiment alarmant que les fêtes de Noël se sont brusquement mises en avance rapide, qu'elles sont sur nous, et que j'ai oublié d'acheter la dinde. Que vais-je faire ? Je ne suis pas prête à passer l'examen d'aptitude-à-se-soumettre-à-l'hystérie-des-autres, ni à assumer en supplément des tâches quotidiennes une couche deux fois plus épaisse de choses à faire avant Noël. Et, pire encore, à avaler la couleuvre du noyau familial parfait, avec le foyer, la fête de famille, les émotions douloureuses et les inévitables souvenirs des Noëls passés, l'obligation de faire le père Noël toute seule et…

13 : 00. La maison paraît sombre, désolée et solitaire. Comment puis-je faire avancer l'écriture de mon scénario quand j'ai cette impression ?

13:05. Oh, mais voilà qui est mieux. J'avais encore mes lunettes fumées sur le nez. Quand même, je n'arrive pas à me résoudre à aller chercher le sapin et à sortir toutes les décorations que Mark et moi avions achetées ensemble et... au moins, on a cette croisière de St. Oswald comme perspective...

13:20. Oh là là ! Qu'est-ce que je vais faire à ce sujet ? Il faut que je donne confirmation à maman d'ici deux jours. Les enfants vont se noyer et ça sera une horreur ; mais si je n'y vais pas, je vais me retrouver toute seule avec les enfants, à essayer de me mettre au diapason, alors que je suis toute seule. Seeeuule !

Dimanche 2 décembre 2012
21:15. Viens de téléphoner à Jude. « Inscris-toi sur Internet. »

21:30. Me suis inscrite pour un essai gratuit sur Parentsolo.com. Ai suivi le conseil de Jude et légèrement menti sur mon âge : qui va regarder un profil au-dessus de cinquante ans, hein ? Mais il ne faut pas dire à Talitha que j'ai pensé une chose pareille ! N'ai pas mis de photo ni créé de profil ni rien.

21:45. Ooh ! J'ai un message ! Déjà ! Vous voyez qu'il y a des gens sur ces sites, et...

Ah. C'est d'un homme de quarante-neuf ans qui a pour pseudo « 5foisparnuit ».

Euh, c'est... c'est...

Viens de cliquer sur son message : Salut, beauté ! lol :)

Viens de cliquer sur sa photo. Un type de quarante-neuf ans lourdement tatoué, en robe de latex noire très courte et perruque blonde.

Mark, au secours. Mark !

21 : 50. Allons, allons. Un pied devant l'autre. Il faut que je tourne la page, que j'avance. Il FAUT que j'arrête de me dire : « Si seulement Mark était là. » Il faut que je cesse de penser à la façon dont il dormait, le bras passé autour de mes épaules, comme s'il me protégeait, à l'intimité physique, l'odeur de son aisselle, la courbe du muscle, la barbe qui commençait à pousser sur son menton. L'impression que j'avais quand je l'entendais répondre au téléphone à un appel officiel, sa façon de passer en mode sérieux et pro, et puis il me regardait en plein milieu de la conversation avec ses yeux bruns, si ardents et si vulnérables en même temps. Ou Billy qui demandait : « On fait des puzzles ? » Alors son père et lui passaient des heures à assembler des puzzles incroyablement compliqués, parce qu'ils étaient tous les deux supérieurement intelligents. Il faut que j'arrête d'être toujours au bord des larmes. Je ne peux pas continuer à laisser la tristesse contaminer toutes les jolies choses qui se passent avec les enfants : Salive qui est choisie pour être l'Enfant Jésus dans la première pièce de Noël de Mabel (elle, elle faisait une poule) ; le premier concert de Christmas Carols de Billy ; le Noël où Billy et Mabel m'ont acheté une machine à café Nespresso (aidés par Chloe) et Mabel me disant à l'oreille en cachette tous les soirs que c'était une « furprive ». Je ne peux pas passer encore un Noël comme ceux-là. Je ne peux pas avoir encore une année comme celles-là. Je ne peux pas continuer à être un désastre ambulant.

22 : 00. Viens d'appeler Tom : « Bridget, il faut que tu fasses ton deuil. Tu n'en as pas encore fini. Écris une lettre à Mark. Va jusqu'au bout de ta douleur. Vautre-toi dedans jusqu'à saturation. V-A-U-T-R-E T-O-I ! »

22 : 15. Viens de monter voir les enfants. Les ai trouvés dans le même lit, celui du haut. Maladroitement, j'ai monté l'échelle et me suis glissée auprès d'eux. Billy s'est réveillé et a dit : « Maman ?

— Oui, ai-je chuchoté.

— Où est papa ? » J'ai senti mon cœur se déchirer de chagrin pour Billy et l'ai attiré à moi, terrifiée. Pourquoi avions-nous tous le cafard ce soir ?

« Je ne sais pas, ai-je commencé, mais... » Billy s'était rendormi. Je suis restée dans le lit du haut, à l'étroit, serrant les deux petits contre moi.

23 : 00. En larmes maintenant. Suis assise par terre, entourée de coupures de presse et de documents. Je me moque de ce que maman me dit, je vais donner libre cours à mon chagrin. Parce que je ne peux plus continuer comme ça.

23 : 15. J'ai ouvert la boîte des coupures de presse et j'en ai pris une.

```
    Mark Darcy, l'avocat britannique
spécialisé dans la défense des droits
de l'homme, a été tué dans la région
de Wau, au Sud-Soudan, quand le véhi-
```

cule blindé dans lequel il circulait a sauté sur une mine. Darcy, dont l'autorité en matière de litiges transfrontaliers et de résolution de conflits est mondialement reconnue, et Anton Davinière, représentant helvétique du Conseil des droits de l'homme aux Nations unies, ont tous deux trouvé la mort dans cet accident, d'après l'agence Reuters.

Mark Darcy était une personnalité de premier plan en matière de représentation des victimes, résolution de crises internationales et application de la justice dans le contexte des transitions démocratiques. Les organismes internationaux, les gouvernements, les groupes d'opposition et les personnalités publiques faisaient régulièrement appel à lui pour les problèmes les plus variés. C'était un membre actif d'Amnesty International. Hommages et condoléances affluent de toutes parts, notamment des chefs d'État, des organismes caritatifs et de particuliers.

Mark Darcy laisse derrière lui une veuve, Bridget, un fils, William, âgé de deux ans, et un bébé de trois mois, Mabel.

23:45. La boîte, les coupures de presse et les photos sont tombées par terre, autant de souvenirs qui m'aspirent vers le fond.

Cher Mark,

Tu me manques tant. Je t'aime tant.

Ça semble banal. Comme quand on essaie d'écrire une lettre après la mort de quelqu'un. « Toutes mes condoléances. » Pourtant, quand les gens m'ont écrit après ta mort, cela m'a fait du bien, même s'ils ne savaient pas trop quoi dire et se montraient maladroits.

Seulement, Mark, il faut l'admettre, je n'arrive pas à me débrouiller toute seule. Je n'y arrive vraiment, vraiment pas. Je sais que j'ai les enfants, des amis, et que j'écris Les Feuilles dans ses cheveux, mais sans toi je suis si seule. J'ai besoin de toi pour me réconforter, me conseiller, comme nous l'avons dit pour notre mariage. Et me tenir dans tes bras. Me dire quoi faire quand je ne sais plus où j'en suis. Me dire que tout va bien quand je me sens au-dessous de tout. Et remonter ma fermeture éclair. Et défaire ma fermeture éclair... Oh là là, la première fois que tu m'as embrassée, j'ai dit : « Les garçons bien n'embrassent pas comme ça », et tu as répondu : « Eh si, qu'est-ce que tu en sais ? » Ce que je sais, moi, c'est que tu as laissé un vide horrible dans mon cœur et dans mon lit.

Et je voudrais que notre vie... Je ne supporte pas que tu ne les voies pas grandir.

IL FAUT QUE J'AVANCE ET QUE JE FASSE CONTRE MAUVAISE FORTUNE BON CŒUR. *La vie ne se passe pas toujours comme on veut et j'ai beaucoup de chance d'avoir Billy et Mabel, et d'être à l'abri de tout souci matériel car tu t'étais occupé de la maison et du reste. Je sais que tu étais obligé d'aller au Soudan, je sais que tu avais travaillé longtemps pour faire libérer les otages et je sais que tu avais tout fait pour assurer la sécurité de l'entreprise. Tu n'y serais pas allé si tu avais pensé qu'il y avait un pareil risque. Tu es toujours prudent. Ce n'est pas ta faute.*

Mais j'aurais aimé qu'on élève les enfants ensemble et qu'on partage tous les petits moments. Comment Billy va-t-il pouvoir comprendre ce que c'est, être un homme, sans son père ? Et Mabel ? Ils n'ont pas de papa. Ils ne te connaissent pas. Et nous aurions pu être ensemble à la maison pour Noël si... Ça suffit ! Interdit de dire « aurais pu », « aurais dû » ou « si seulement ».

Je suis désolée d'être une mère si nulle. Pardonne-moi, je t'en prie. Je suis désolée d'avoir passé quatre semaines à étudier des livres sur les rencontres, d'avoir diffusé une version bidon et virtuelle de moi-même qu'un homme en mini-robe de latex a pu consulter, et d'être malheureuse à propos de tout ce qui ne concerne pas le fait que tu n'es plus là pour moi. Je t'aime.

Je t'embrasse.

Bridget. Xxxx

23 : 46. Un bruit sourd. L'un des deux est sorti du lit.

Minuit. Mabel était descendue de son lit et sa petite silhouette en pyjama, debout, se détachait sur la fenêtre. Je suis allée me mettre à genoux à côté d'elle.

« Tu vois la lune », a-t-elle dit. Elle s'est tournée vers moi et m'a confié d'un air solennel : « Elle me ffuit. »

La pleine lune brillait, toute blanche, au-dessus de notre petit jardin. J'ai commencé : « Tu sais, Mabel, la lune... »

Elle m'a coupée : « Et... fe hibou. »

J'ai regardé dans la direction indiquée par son doigt. Sur le mur du jardin se tenait une chouette, toute blanche au clair de lune. Elle nous regardait, l'œil fixe et rond. Je n'avais jamais vu de chouette effraie. Je croyais que l'espèce n'existait plus, sauf à la campagne et dans les zoos.

« Faut fermer les rideaux », a dit Mabel, et elle a commencé à le faire avec autorité et sérieux. « Tout va bien. Ils nous protègent. »

Elle est remontée dans le lit du haut. « Fais la prinfeffe Bébé. »

Encore sous le choc d'avoir vu la chouette, je lui ai pris la main et j'ai récité la berceuse que Mark avait faite pour elle quand elle était née.

« La princesse Bébé est aussi gentille qu'elle est belle, aussi douce qu'elle est mignonne, et aussi bonne qu'elle est jolie. Où qu'elle aille et quoi qu'elle fasse, papa et maman l'aimeront toujours. Parce qu'elle est toute belle et parce qu'elle est...

— ... Mabel ! a-t-elle terminé.

— Et les pensées... » La voix ensommeillée de Billy.

J'entendais celle de Mark tandis que je poursuivais : « Toutes les pensées s'en vont. Comme les petits oiseaux dans leur nid et les petits lapins dans leur terrier. Les pensées n'ont plus besoin de Billy et de Mabel ce soir. La terre tournera sans eux. La lune brillera sans eux. Mabel et Billy ont besoin d'une seule chose : dormir. Mabel et Billy ont besoin d'une seule chose... »

Ils dormaient tous les deux. J'ai ouvert les rideaux pour voir si je n'avais pas rêvé. Elle était toujours là et me regardait, l'œil fixe et rond. Je l'ai regardée longtemps moi aussi, avant de refermer les rideaux.

Noël

Vendredi 7 décembre 2012

Followers sur Twitter : 602 (ai crevé le plafond des 600) ; mots écrits pour mon scénario : 15 (léger progrès, mais ça ne vaut rien) ; invitations pour Noël (début de journée) : 1 ; invitations pour Noël (fin de journée) : 10 ; idées sur marche à suivre face à l'affluence soudaine d'invitations largement incongrues pour jeunes enfants : 0.

9 : 15. Bien. Résolutions pour Noël

À FAIRE

* Cesser d'être triste, de songer à vivre en fonction des hommes ou de chercher à le faire ; penser aux enfants et à Noël.
* Passer un bon Noël et prendre un nouveau départ.
* Mettre partout une ambiance de Noël et apprécier la fête.
* Ne pas avoir peur de faire un Noël traditionnel et festif.
* Avoir une attitude plus bouddhiste à propos de Noël. Même si c'est une fête chrétienne et, donc, non bouddhiste.

À ÉVITER

* Commander sur la rubrique « Père Noël » d'Amazon des monceaux de saloperies en plastique impossibles à ouvrir à cause du blister et des douze attaches de fixation à leur support en carton. Au lieu de quoi, encourager Billy et Mabel à choisir sur

ladite rubrique un ou deux cadeaux intelligents. En bois, peut-être.

* Participer à la croisière de St. Oswald. Mais faire ce qu'il faut pour avoir un Noël festif.

15:15. Bien ! Tout le monde au poste de combat ! Ai envoyé mail à presque tous les gens que je connais, Magda, Talitha, Tom, Jude, les parents de Mark, plusieurs mères de l'école, disant : « Qu'est-ce que vous faites pour Noël ? »

16:30. Viens de rentrer de l'école et m'occupais de mon petit monde quand Rebecca, la voisine, est venue sonner. Elle portait un pantalon de golf écossais, un petit haut décolleté à volants, une grosse ceinture cloutée avec des chaînes et, sur la tête, un rouge-gorge dans un nid que j'ai reconnu pour l'avoir vu dans la vitrine de Noël de Graham & Greene[1].

« Salut ! Ça vous dirait de venir chez moi ? »

Nous étions tous fous de joie. Depuis le temps ! Nous sommes descendus dans la cuisine très *Downton Abbey* de Rebecca : parquet sombre, plafond à grosses poutres, vieille table d'école en bois, photographies, chapeaux, tableaux, une énorme statue d'un ours et vieilles portes-fenêtres donnant sur un monde clandestin de sentiers en brique et d'herbes hautes ; il y avait une statue grandeur nature d'une vache avec une couronne sur la tête, des lustres dans les arbres et une enseigne de motel en contreplaqué disant « Chambres libres ».

Nous avons passé une soirée hyper cool, assises à la table de la cuisine à boire du vin et à don-

---

1. Magasin d'ameublement contemporain.

ner des morceaux de pizza aux enfants, pendant que les filles habillaient le chat de Rebecca avec des écharpes et des robes de poupée ; les garçons ont poussé les hauts cris quand nous leur avons demandé de quitter la console de jeux.

« Est-ce que c'est normal d'avoir peur de son propre fils ? a demandé Rebecca en regardant vaguement de leur côté. Oh, merde ! ÉTEIGNEZ-MOI CETTE PUTAIN DE CONSOLE ! »

Il n'y a rien de plus agréable qu'une amie qui affirme que ses enfants se tiennent plus mal que les vôtres.

J'ai exposé ma théorie sur les bienfaits d'une éducation à l'italienne, où toute la famille est rassemblée sous un arbre pendant que les enfants jouent. Rebecca a rempli à nouveau les verres et expliqué que sa théorie éducative était de se conduire le plus mal possible pour que les enfants se rebellent et finissent par devenir comme Saffron[1] dans *Absolutely Fabulous*. Nous avons fait des projets de dîners décontractés dans la cuisine, parlé de vacances que nous ne prendrions jamais : du cabotage dans les îles grecques grâce à une sorte de pass InterRail pour ferries, et pas de bagages, même pour les enfants, hormis une brosse à dents, un maillot de bain et un sarong vaporeux.

Finalement, au moment où nous nous apprêtions à partir, vers 21 heures, Rebecca a dit : « Qu'est-ce que vous faites pour Noël ?

---

1. Personnage de la série *Absolutely Fabulous*. Très raisonnable, écolo et fleur bleue, à l'inverse de sa mère, Eddy, et de l'inséparable amie de celle-ci, Patsy, toutes deux adeptes de l'excès trash à tous les niveaux.

— Rien !

— Venez donc chez nous !

— Avec plaisir ! » ai-je répondu, dans l'enthousiasme du moment.

22 : 00. Aïe, aïe, aïe ! Viens de regarder mes mails. Ai déclenché vague géante de culpabilité chez les parents et amis. Suis passée de « rien à faire à Noël » à tout un tas d'invitations inenvisageables. Les projets suivants ont été mis en place :

TOM : On emmène les enfants le rejoindre au marché de Noël des drag queens à Berlin.

JUDE : On emmène les enfants chez sa mère, un petit pavillon HLM qu'elle refuse de quitter (je ne veux pas savoir pourquoi) dans les bas quartiers de Nottingham, puis on ira tirer la grouse (sic) avec son père et ses amis dans le nord de l'Écosse.

TALITHA : Je viens avec les enfants les rejoindre (je cite) « sur la mer Noire, pour une fiesta-vodka sur un bateau de luxe avec un groupe improbable de blanchisseurs d'argent russes des plus douteux ».

L'AMIRAL DARCY ET ELAINE : À cause de nous, ils annulent leur Noël aux Antilles pour le passer avec mes enfants qui vont saloper leur collection de céramiques et mettre sens dessus dessous leur impeccable demeure du XVIIIe siècle à Grafton Underwood en cherchant une connexion Internet.

DANIEL : Il nous propose de partager son weekend romantique dans une chambre d'une ville d'Europe encore non spécifiée avec une dénommée Helgada.

La maman de Jeremy, l'ami de Billy : Elle nous invite à célébrer Hanoucca avec le père de Jeremy, la grand-mère, quatre tantes, dix-sept cousins et le rabbin de Golders Green, bien que ça fasse un certain temps qu'ils n'aient pas mis les pieds à la synagogue.

La maman de Cosmata : Elle nous invite à aller regarder son aîné qui joue les figurants dans le *Ring* de Wagner à Berlin.

Et il y a toujours la croisière de St. Oswald pour les plus de cinquante ans.

Je me demande si les enfants ne s'amuseraient pas au marché de Noël des drag queens ? Oh là là là là ! Juste au moment où je devenais amie avec Rebecca, je la plante en beauté.

22 : 15. Viens d'appeler Magda.

« Viens chez nous, a-t-elle dit fermement. Tu ne peux rien faire de tout ça avec deux enfants, ni rester chez toi en comptant sur une voisine que tu viens juste de rencontrer. Viens chez nous dans le Gloucestershire. Je vais inviter le couple qui a la ferme en face – ils ont des enfants du même âge que les tiens, et c'est tout ce qu'il faut à des gamins. De plus, il n'y a rien qu'ils risquent d'abîmer et on a gardé toutes les consoles. Ne t'occupe pas des autres. Envoie tout de suite un mail à chacun pour dire que tu as un projet parfait pour les enfants. Et promets à ta maman que tu fêteras Noël à St. Oswald en rentrant. Tout se passera très bien. »

Lundi 31 décembre 2012

Et tout s'est très bien passé ! Noël a été très agréable. Maman n'a rien trouvé à redire au projet de fêter Noël après Noël, et elle a pris un pied géant à sa croisière ; elle m'a appelée, intarissable sur un certain Paul, le chef pâtissier, et un type qui passait son temps à entrer dans les cabines de tout le monde. Rebecca a trouvé que la surenchère des invitations était démente et que les plus tentantes étaient le marché des drag queens ou le bateau des blanchisseurs d'argent, et que, sinon, elle se proposait pour offrir du vin et de la nourriture calcinée.

La soirée du 24 et le jour de Noël ont été vraiment agréables chez Magda et Jeremy. Magda et moi avons passé la soirée du 24 à emplir les chaussettes, à emballer la pile géante de cochonneries que « Papa Noël » avait bien entendu fini par commander sur Amazon, et à les mettre sous l'arbre. Et je crois sincèrement que Billy et Mabel ont trouvé ça super. Ils ne se souviennent pas vraiment de Noël avec Mark. Billy n'en a connu que deux et il était tout petit… Les jours suivants, il y a eu des allées et venues fréquentes entre chez Rebecca et chez nous ; nous avons traversé la rue avec des plats qui avaient brûlé, en nous lamentant à propos des jeux vidéo. Et l'année prochaine sera beaucoup plus faste !

Deuxième Partie

Folle de lui

Journal de 2013

Mardi 1ᵉʳ janvier 2013
Followers sur Twitter : 636 ; résolutions de ne plus prendre de résolutions : 1 ; résolution en question tenue : 0 ; résolutions prises : 3.

21 : 15. Ai pris une décision. Vais changer radicalement. Cette année, ne vais pas prendre de résolutions de début d'année, mais me centrer sur une chose : rendre grâce d'être telle que je suis. Les résolutions de nouvel an reviendraient à exprimer une insatisfaction au lieu d'une reconnaissance bouddhiste.

21 : 20. En fait, je vais peut-être me contenter de résolutions basiques, un peu comme ma future garde-robe.

À FAIRE

* Me concentrer sur mon rôle de mère au lieu de penser aux hommes.
* Si, par un hasard peu probable, je rencontre des hommes séduisants, mettre le Code des usages en pratique pour devenir une pro des rencontres.
* Oh, et puis merde. Trouver quelqu'un qui baise bien, avec qui je m'amuse et me sens belle, et pas une vraie tache, et m'envoyer en l'air.

La mère parfaite

Samedi 5 janvier 2013
9 : 15. Bon ! M'occuper de deux enfants sera une promenade de santé maintenant que j'ai lu *Être un parent plus calme, serein, heureux*, qui recommande simplement de donner deux avertissements et d'annoncer une conséquence ; et aussi *Bébé à la française*, où l'on voit comment se comportent les enfants français dans un cadre un peu analogue à l'école et composé d'un cercle de proches structuré dont ils connaissent les règles ; s'ils les transgressent, vous appliquez les principes d'*Être un parent plus calme* ; et à l'extérieur, vous ne les traitez pas comme s'ils étaient le centre du monde, vous portez d'élégants vêtements français et vous vous envoyez en l'air.

11 : 30. La matinée entière a été absolument délicieuse. La journée a commencé avec nous trois dans mon lit, à faire un câlin. Puis, petit déjeuner. Puis on a joué à cache-cache. Ensuite, on a téléchargé des jeux de coloriage de *Plantes contre Zombies*. Vous voyez, c'est facile ! Il suffit de se consacrer complètement à vos enfants, d'avoir un cadre et de...

11 : 31. Billy : « Maman, tu veux jouer au foot ? »

11 : 32. Mabel : « Nooon ! Maman, tu veux me foulever et me faire tourner ? »

11:40. Venais de me réfugier aux toilettes quand ils ont crié « Maman ! » en chœur. « Suis au petit coin ! ai-je rétorqué. Attendez une minute. »

Des cris ont retenti.

« Bon, ai-je dit avec entrain en me ressaisissant et en sortant des toilettes. Si on allait faire un tour ?

— Je ne veux pas aller faire un tour.

— Je veux jouer à l'ordiiiiiiiiiiiiiiiiiiiiiiiii. »

Les deux se sont mis à pleurer aussi sec.

11:45. Suis retournée au petit coin, et me suis mordu la main sans ménagement, en sifflant : « Je n'en peux plus, je me déteste, je suis une mère nulle. »

J'ai déchiré une feuille de papier toilette en mille morceaux et faute d'un geste plus majestueux, l'ai jetée dans la cuvette. Me suis rajustée et suis sortie à nouveau, un grand sourire aux lèvres. Et là, j'ai vu distinctement Mabel se diriger vers Billy en se dandinant, lui taper sur la tête avec Salive et s'asseoir innocemment pour jouer avec ses familles de lapins pendant que Billy se remettait à hurler.

11:50. DOUX JÉSUS ! Je n'ai QU'UNE ENVIE, partir en week-end avec quelqu'un et m'envoyer en l'air.

11:51. Suis retournée aux toilettes, me suis mis une serviette sur la figure et ai lâchement étouffé mon hurlement : « Tout le monde va la FERMER, oui ou merde ? »

La porte s'est ouverte à la volée sur Mabel qui m'a regardée avec de grands yeux solennels : « Billy me fait des mivères », a-t-elle déclaré avant de retourner dans le salon en criant : « Maman mange une ferviette ! »

Billy s'est précipité, alléché, puis la mémoire lui est revenue : « Mabel m'a tapé avec Salive.

— C'est pas vrai.

— Si !

— Mabel, je t'ai vue taper ton frère avec Salive », suis-je intervenue.

Mabel m'a regardée par en dessous, sourcils froncés, puis elle a glapi : « Il m'a tapée avec un… avec un MARTEAU !

— C'est pas vrai ! a gémi Billy. On n'a pas de marteau.

— Mais si ! » ai-je rétorqué, indignée.

Ils ont de nouveau fondu en larmes en chœur.

« Chez nous, on ne se tape pas, ai-je dit en désespoir de cause. On ne se tape pas. Je vais compter jusqu'à… jusqu'à… Ça ne se fait pas de se taper. »

Oh là là. Phrase ridicule : « Ça ne se fait pas » suggère que je suis trop lâche ou trop manipulatrice pour trouver ou utiliser un mot définissant avec précision ce que c'est réellement que « taper » (c.-à-d. très mal, résolument moche, etc.). Résultat : « taper » devient simplement une action exclue d'un ensemble flou de choses qui « se font ».

Mais Mabel se fichait pas mal de savoir si taper se faisait ou non. Elle a saisi une fourchette sur la table, en a donné un coup à Billy puis a couru se cacher derrière le rideau.

« Mabel, tu as dépassé les bornes, ai-je dit. Donne-moi cette fourchette.

— Oui, maîtresse, a-t-elle dit en jetant la fourchette par terre et en courant vers le tiroir pour en chercher une autre.

— Mabel ! Attention, maintenant je vais dire… DEUX ! »

Et je me suis figée, me demandant : Qu'est-ce que je vais pouvoir dire en arrivant à trois ?

« Allez ! On va se promener dans le parc », ai-je lancé avec entrain, pensant que ce n'était pas le moment d'aborder de front le problème de la bagarre.

« Noooooooon ! Je veux jouer à Wizard101 !

— Veux pas aller dans la voiture ! Veux regarder *Bob l'éponge*. »

Ai senti monter en moi une bouffée d'indignation en voyant que les valeurs des enfants étaient si entièrement perverties par les dessins animés américains, les jeux sur l'ordinateur et la culture de consommation en général. Je me suis souvenue de ma propre enfance, et j'ai éprouvé l'envie soudaine de leur chanter des chansons de jeannettes pour les inspirer, leur donner de sains principes.

« Quand elles vont camper sous la tente, pour les jeannettes tout est bon…, ai-je commencé.

— Maman ! » a dit Billy avec l'air sévère de son père, pendant que je continuais mon refrain sur les préparatifs pour un camp, l'éloge de la vie saine, les drapeaux flottant au vent, etc.

« Arrête, a enjoint Mabel.

— … de bons gros cailloux bien ronds !

— Maman, arrête ! a dit Billy.

— Youkaïdi ! » ai-je conclu avec une vocalise finale. « Youkaïda ! »

J'ai baissé les yeux et les ai vus me regarder avec appréhension, comme si j'étais un zombie échappé de *Plantes contre Zombies*.

« Est-ce que je peux aller sur l'ordinateur ? » a demandé Billy.

Avec calme et autorité, j'ai ouvert le réfrigérateur pour puiser dans l'énorme réserve de chocolats rangée sur l'étagère du haut.

« Pastilles de chocolat », ai-je annoncé en dansant avec le paquet, essayant d'imiter un animateur de fêtes sur le thème des contes de fées. « Suivez les pastilles pour voir où elles mènent !! Il y en a deux rangées », ai-je ajouté pour éviter tout autre conflit et posant soigneusement les pastilles deux par deux sur les marches de l'escalier et jusqu'à la porte d'entrée, sans tenir compte du fait que des livreurs avaient pu auparavant laisser des traces de caca de chien incrustées dans la moquette.

Les deux ont trotté derrière moi dans l'escalier, obéissants, et ont enfourné les pastilles sans doute encrottées dans la bouche.

En allant à la voiture, j'ai réfléchi au parti à prendre à propos du coup donné par Mabel. À l'évidence, d'après *Bébé à la française*, la punition devait se situer en dehors du cadre (mais puisque la traînée de pastilles en chocolat menait hors de la maison, la règle était respectée) et selon *Être un parent plus calme*, il faudrait simplement établir une stratégie à la Donald Rumsfeld : une politique de la terre brûlée, tolérance zéro, et au troisième avertissement, on vous élimine.

« Mabel ? » ai-je commencé pour préparer le terrain tandis que nous démarrions.

Silence.

« Billy ? »

Silence.

« La Terre appelle Mabel et Billy ? »

Ils semblaient l'un et l'autre partis dans une sorte de transe. Si seulement ça s'était passé à la maison, j'aurais pu m'asseoir une minute et parcourir la rubrique Style du *Sunday Times*.

J'ai décidé de laisser la transe suivre son cours : aller dans le sens du courant et profiter du moindre moment de calme pour m'éclaircir les idées. C'était en fait très agréable de conduire, le soleil brillait, les gens circulaient dehors, il y avait des amoureux dans les bras l'un de l'autre et...

« Maman ? »

Ah ! J'ai saisi l'occasion et adopté un ton d'homme d'État, genre Obama.

« Oui. Maintenant, j'ai quelque chose à vous dire. À Billy, et surtout à toi, Mabel : il est interdit de se taper dans notre famille. Je vous le dis maintenant : chaque fois que quelqu'un se retient de taper – ou de piquer –, il aura une étoile d'or. Je vous le dis, chaque fois que quelqu'un tapera, il aura un mauvais point. Et je vous le dis, moi qui suis non violente, et qui suis votre mère, je promets une petite récompense de son choix à celui qui aura cinq étoiles d'or à la fin de la semaine.

— Un lapin Fylvanian ? a dit Mabel, tout excitée. Une famille cucureuil ?

— Oui, une famille écureuil.

— Elle n'a pas dit "écureuil", elle a prononcé un gros mot. Et moi, je pourrai avoir un bonus de couronnes sur Wizard101 ?

— Oui.

— Attends. Combien vaut une famille d'écureuils ? Est-ce que je pourrai avoir la même somme en couronnes ? » Mark Darcy, le négociateur de choc, version enfant. « Combien d'argent elle perd, Mabel, pour avoir dit un gros mot ?

— J'ai pas dit de gros mot.

— Si.

— Non. J'ai dit "cucureuil".

— Combien de couronnes a perdu Mabel pour avoir répété le gros mot ?

— Et voilàààà ! On est arrivés à notre parc préféré ! » ai-je annoncé en garant la voiture sur le parking.

C'est hallucinant de voir à quelle vitesse tout se calme dès qu'on est dehors, sous le ciel bleu et le clair soleil d'hiver. Je me suis dirigée vers les arbres à escalader, restant tout près tandis que Billy et Mabel se pendaient comme des lémuriens, tête en bas, aux branches les plus accessibles.

L'espace d'une seconde, j'ai regretté qu'ils ne soient pas des lémuriens.

13:00. Ai eu l'envie soudaine de consulter Twitter pour voir combien j'avais de followers et ai sorti mon iPhone pour regarder.

13:01. « Mammmaaaaan : Mabel est coincée dans l'arbre ! »

Alarmée, j'ai levé les yeux. Comment avaient-ils fait pour grimper aussi haut alors que trente secondes plus tôt ils s'amusaient en bas de l'arbre ? Mabel était maintenant à trois mètres du sol, agrippée au tronc, plus comme un koala qu'un lémurien, et elle glissait dangereusement.

« Attends, j'arrive. »

J'ai ôté ma parka et me suis péniblement hissée dans l'arbre pour me positionner au-dessous de Mabel et la soutenir en passant une main ferme sous ses fesses. Je regrettais d'avoir mis un jean à la taille aussi basse et un string montant aussi haut.

« Maman, je ne peux pas descendre non plus », a dit Billy, accroupi sur une branche à ma droite où il oscillait comme un oiseau mal assuré.

« Hum, ai-je dit. Ne bouge pas. »

Je me suis appuyée de tout mon poids contre l'arbre, plaçant un pied sur une branche un peu plus haute afin de me rapprocher de Billy et j'ai mis la main sous les fesses de celui-ci, gardant mon autre main sous celles de Mabel tandis que je sentais mon jean taille basse glisser de plus en plus sur les miennes. « Du calme, de l'équilibre ! Tenez bon et... »

Aucun de nous trois ne pouvait bouger. Qu'allais-je faire ? Allions-nous rester éternellement figés contre l'arbre comme trois lézards ?

« Ça va, là-haut ?

— F'est monffieur Wallaka », a dit Mabel.

J'ai regardé tant bien que mal derrière moi.

C'était en effet Mr. Wallaker qui courait, en pantalon de jogging et T-shirt gris ; on aurait dit qu'il s'entraînait pour le parcours du combattant.

« Tout va bien ? » a-t-il redemandé en s'arrêtant brusquement au-dessous de nous. Il était sacrément baraqué pour un prof, mais avait toujours son même œil froid et critique.

« Oui, non, c'est super, ai-je gazouillé. On... on est juste en train de grimper à l'arbre !

— Je vois ça. »

Gagné ! me suis-je dit. Maintenant, il va aller raconter partout à l'école que je suis une mère irresponsable qui laisse ses enfants grimper aux arbres. Le jean avait glissé, découvrant la raie de mes fesses et le haut de mon string en dentelle noire.

« Eh bien, parfait. Je m'en vais alors. Au revoir !

— Au revoir », ai-je lancé joyeusement par-dessus mon épaule. Et puis je me suis ravisée. « Hem ! Mr. Wallaker ?

— Ouiii ?

— Est-ce que vous ne pourriez pas... ?

— Billy, a-t-il dit. Lâche ta mère, cramponne-toi à la branche et assieds-toi dessus. »

J'ai récupéré mon bras engourdi et l'ai passé autour du dos de Mabel.

« Bon, alors maintenant, regarde-moi. Je vais compter jusqu'à trois, et tu feras exactement ce que je te dis de faire.

— OK, a dit Billy joyeusement.

— Un... deux... et... saute ! »

Je me suis penchée en arrière et j'ai hurlé en voyant Billy sauter de l'arbre. Que faisait Mr. Wallaker ?

« Et... roule ! »

Billy a atterri, a fait une curieuse roulade de style militaire et s'est relevé, souriant d'une oreille à l'autre.

« Et maintenant, Mrs Darcy, si vous voulez bien m'excuser... » Mr. Wallaker s'est hissé sur les branches inférieures. « Je vais attraper... » Qui donc ? Moi ? Mon string ? « ... Mabel », a-t-il dit en tendant les bras de part et d'autre de moi pour mettre ses grandes mains autour du petit corps grassouillet de Mabel. « Et vous, dégagez-vous et sautez. »

J'ai fait de mon mieux pour ignorer le trouble exaspérant que provoquaient la proximité de Mr. Wallaker et son odeur, et j'ai obéi. J'ai sauté en essayant de remonter mon jean. Il a cueilli Mabel au creux de son bras d'un geste vigoureux, l'a assise sur son épaule, puis l'a déposée sur l'herbe.

« J'ai dit "cucureuil", a déclaré Mabel en le regardant gravement.

— Ce n'est pas pour autant que tu sais grimper aux arbres, a-t-il répondu. Mais maintenant, ça va, tout le monde ?

— Vous voulez jouer au foot avec moi ? a demandé Billy.

— Désolé mais je suis attendu... euh, la famille. Bon, évitez les branches du haut. »

Il s'est remis à courir, battant l'air de ses paumes, bras tendus. Pour qui se prenait-il ?

Brusquement, je l'ai hélé sans réfléchir : « Mr. Wallaker ! »

Il s'est retourné. Je n'avais pas la moindre idée de ce que j'avais voulu lui dire. J'ai cherché désespérément et j'ai crié : « Merci ! » Puis, sans raison aucune, j'ai ajouté : « Vous voulez me suivre sur Twitter ?

— Certainement pas », a-t-il dit d'un ton sans réplique. Et il s'est remis à courir.

Pfff. Sale pète-sec. D'accord, il nous a descendus de l'arbre, mais ce n'est pas une raison.

Une aiguille
dans une meule de tweets

Samedi 5 janvier (suite)
Followers sur Twitter : 652 ; followers susceptibles de me plaire : 1.

16 : 00. Tout cet épisode avec l'arbre, Mr. Wallaker et son je-rejoins-ma-femme-et-mes-enfants, m'a laissé l'impression d'être anormale, comme si tout le monde passait son samedi après-midi sur le modèle de la famille traditionnelle : papa qui joue au ping-pong avec ses fils tandis que maman va lécher les vitrines et se faire faire une beauté des mains et des pieds avec sa petite fille tirée à quatre épingles. Ooohh ! On sonne !

21 : 00. C'était Rebecca ! Avons passé une soirée délicieuse, assises à la table de sa cuisine pendant que les enfants couraient tout autour de nous. Je me sentais encore un peu anormale : Rebecca, elle, a un mari, ou du moins un « compagnon », puisqu'ils ne sont pas mariés. Un grand et beau mec toujours habillé en noir, qui a souvent l'air assez déglingué. Un musicien. J'ai parlé à Rebecca de ma paranoïa à propos des familles nucléaires et elle a ricané. « Les familles nucléaires ? Je ne vois pas Jack pendant des mois. Il est toujours par monts et par vaux, à un concert ou en tournée, et quand il se pointe, j'ai l'impression d'avoir un ado défoncé à la maison. »

Après quoi, on est rentrés à la maison, on a regardé *Britain's Got Talent*[1] pendant que je préparais le dîner (c.-à-d. que je mettais du pop-corn au micro-ondes). Maintenant, les enfants dorment, Billy et Finn sont en face, Mabel et Oleander ici.

Dimanche 6 janvier 2013
Followers sur Twitter : 649 (j'ai envie de twee-ter aux followers qui disparaissent : « Pourquoi ? Pourquoi ? »).

20 : 00. Encore une bonne journée avec Rebecca et les enfants. Une autre bonne soirée avec Mabel et Billy sur mon lit, où on a regardé tous les trois les résultats de *Britain's Got Talent* pendant que je consultais mon compte Twitter sur mon iPhone, et tweetais à mes followers (649) des commentaires percutants sur le programme en cours, p. ex. :

<@**JoneseyBJ** Oh là là #Chanson Chevaune t. émouvante, trop top.>

20 : 15. Ooh. Ai eu une réponse à mon commentaire, d'un dénommé @_Roxster !

<@**_Roxster** @JoneseyBJ ! #Chanson Chevaune "trop top"? Mes larmes se mélangent à mon vomi.>

« Maman ? a dit Billy.

— Quoi ? ai-je répondu distraitement.

— Pourquoi tu souris comme ça ? »

---

1. Cette émission de ITV a inspiré *La France a un incroyable talent* sur M6.

Ne pas tweeter cuitée

Jeudi 10 janvier 2013
*Followers sur Twitter : 652 ; followers revenus :
1 ; nouveaux followers : 2 ; unités d'alcool (préfère ne pas y penser. Mais – trémolos dans la
voix – est-ce que je ne mérite pas un peu de bonheur ?).*

21 : 30. Chloe viendra encore dormir ici après sa
soirée avec Graham à Camden. Très agréable de
s'asseoir à la fin de la journée et de se mettre au
courant de l'actualité grâce à Twitter en buvant
un ou deux verres de vin blanc bien mérités.

22 : 00. Waouh ! Titre hallucinant : « Lasagnes au
bœuf 100 % cheval. »

22 : 05. Hi hi : viens de tweeter.
   <@**JoneseyBJ** Attention : on a découvert cro-
quettes de poisson 90 % hippocampe.>
   Ça va être re-tweeté aussi sec et m'apporter
autant de followers qu'un spambot !
   Vais peut-être me voter un autre verre de vin.
Enfin, Chloe est là, alors, pas de problème.
   J'adore le ton amical et chaleureux de mon flux
Twitter. Pas comme celui de certains, où tout le
monde se crache dessus. Vraiment, on a l'impres-
sion de retourner au temps de Robin des Bois,
avec tous ces petits fiefs et ah…

22 : 30. Tout le monde me bave dessus. Et sur mon tweet.

<@_**Sunnysmile** @JoneseyBJ Tu crois que c'est une blague neuve ? Tu ne lis donc personne sauf toi-même sur Twitter ? Narcissique ou quoi ?>

Ai vraiment besoin d'un autre verre de vin après ça.

22 : 45. Bon. Vais répondre à Sunny-machinchouette et lui claquer le museau. On n'a plus le droit de faire ses propres blagues ?

23 : 00. <@**JoneseyBJ** @_Sunnysmile Si tu n'arrêtes pas de faire la teigne, je cesse de te suivre. Ici, on répand joie et énergie positive en tweetant. Un peu comme les oiseaux.>

23 : 07. <@**JoneseyBJ** "Ils ne peinent ni ne gazouillent." Hum. Si, ils gazouillent. C'est des oiseaux, quand même.>

23 : 08. <@**JoneseyBJ** Et puis, qu'ils aillent se faire voir. C'est con, les oiseaux, ça bat des ailes et ça gazouille à qui mieux mieux. Coucouroucoucou, suis un noiseau !>

23 : 15. <@**JoneseyBJ** Horreur des oiseaux. Vous vous souvenez de ce film, "Les Oiseaux" ! Ça devient CANNIBALE, ces bestiaux.

23 : 16. <@**JoneseyBJ** Z'arrachent les yeux des gens qui ont des choucroutes style années 1960. Saloperies d'oiseaux.>

23 : 30. <@**JoneseyBJ** 85 followers sesssont bbarrés. Pourquoi ? Qu'esssj'aifait ? Partez pas !>

<@**JoneseyBJ** Nooon. Followers se barrent, une hémorragie.>

<@**JoneseyBJ** Nooooon ! Horreur des zozios. Horreur de tweeter. Horreur des moragies. Vaismecoucherdirect ! >

Un lendemain qui ne gazouille pas

Vendredi 11 janvier 2013
Followers perdus : 551 ; followers restants : 103 ;
nombre de mots écrits pour Les Feuilles dans ses
cheveux *: 0.*

6 : 35. Vais regarder mon compte Twi… Rhâââ !
Viens de me souvenir que j'ai posté des délires
alcoolisés et incohérents hier soir, ai débité de
pauvres vannes sur les oiseaux à des centaines
d'inconnus. Oh là là ! J'ai une de ces casquettes…
et il faut que j'accompagne les enfants à l'école.
Ah mais non, ça va, c'est Chloe qui s'en charge.
Vais me rendormir.

10 : 00. Allons, il y a moyen de réparer ça, comme
n'importe quel désastre de relations publiques.
Exception faite, peut-être, de l'actuel désastre de
Lance Armstrong.

10 : 15. Bon. *Les Feuilles dans ses cheveux.* Il faut
que j'avance.

11 : 15. En fait, peut-être que je pourrais faire
carrière dans les relations publiques ! Oh, merde,
11 h 15, il faut que je me mette au scénario.
Mais d'abord, je dois poster des excuses plates et
franches à mes quelques followers restants.

<@**JoneseyBJ** Toutes mes excuses re #tweet-hic d'hier soir sur les oiseaux.>

11:16. <@**JoneseyBJ** Les oiseaux charment nos oreilles et nos yeux avec leurs plumes et leurs chansons ! Et ils régulent les vers. On ne touche pas aux oiseaux !>

11:45: Vais peut-être citer le Dalaï Lama pour faire bonne mesure <@**JoneseyBJ** Comme un serpent se dépouille de sa peau, nous nous dépouillons sans cesse de notre passé. (@ DalaïLama)>

21:15: Bien. Enfants dorment. Vais retourner sur Twitter.

21:15. Ouh là là. Tweet de @_Roxster ! Yesss ! Au moins, lui, il n'est pas parti, dégoûté.

<@_**Roxste**r @JoneseyBJ @DalaïLama – une fois la gueule de bois passée ? Vous vous rendez compte que vous avez été sélectionnée dans un #tweetezcuité ?>

21:17. Au secours. Tout le monde se fout de moi et retweete mes messages cuités sur les oiseaux. Il faut que j'essaie de limiter les dégâts.

<@**JoneseyBJ** #Cuicuis cuités. Suis vraiment désolée, je regrette d'avoir été une – quel est le féminin de Twitto ? Twitta ? twitteuse ? twittarde ?>

<@_**Roxster** @JoneseyBJ Je crois que le terme approprié est "twittasse">

<@**JoneseyBJ** @_Roxster Vous êtes un accro de la grammaire ou de la goujaterie ?>

<@_**Roxster** @JoneseyBJ *Voix prétentieuse* du précité : du verbe latin twitto, twittas, twittat.>

Il est marrant. Et pas mal. Et il a l'air jeune. Je me demande qui c'est ?

< **@JoneseyBJ** @_Roxster Roxster, si vous continuez comme ça, vos 103 Twittos restants vont vous demander des sachets pour vomir.>

<@**_Roxster** @JoneseyBJ Pourquoi ? Ils ont tous la gueule de bois parce que eux aussi, ils tweetaient-cuités sur les oiseaux hier soir ?>

Mmmmmmmmmmmmmmmmmmmmmm. Insolent, ce petit jeune.

< **@JoneseyBJ** @_Roxster Merci de cesser vos impertinences, sinon je vais être obligée de vous claquer le museau.>

<@**_Roxster** @JoneseyBJ Ça vaut toujours mieux que de claquer du bec devant vos followers perdus : 48 de chute !>

<**@JoneseyBJ** @_Roxster Aïe ! Ils me prennent pour une névrosée complètement pétée.>

<@**_Roxster** @JoneseyBJ Qui parle de péter ?>

<**@JoneseyBJ** @_Roxster Non, Roxster. J'ai dit "pétée". Vous semblez faire une fixation malsaine sur le vomi et les pets.>

Roxster m'a retweeté le message d'un de ses followers : <@**Raef_P** @Rory Attaleur Dans cinq pétantes. Devant atelier fartage ?>, et il a ajouté :

<@**_Roxster** @JoneseyBJ Les bobos chicos font du ski en France.>

<**@JoneseyBJ** @_Roxster C'est quoi, le fartage ?>

<@**_Roxster** @JoneseyBJ Passer à la cire.>

22:00. La cire ? La France ? Suis soudain saisie d'angoisse à l'idée que Roxster n'est pas un charmant jeune homme qui me trouve marrante, mais un gay qui gravite vers Talitha et moi comme vers des drag queens pathétiques et ravagées, à la gueule de Judy Garland ou Lily Savage.

22:05. Viens d'appeler Talitha pour avoir son opinion.

« @_Roxster ? Ça me dit quelque chose. C'est l'un de mes followers ?

— C'est un des MIENS ! » ai-je dit, indignée. Puis j'ai concédé : « Mais il vient peut-être de chez toi.

— Il est adorable. Roxster. Roxby quelque chose. Dans l'émission, j'ai eu un type qui est venu faire de la pub pour des boîtes à recycler la nourriture dessinées par un styliste. Roxby est venu avec lui. Il travaille pour une organisation de bienfaisance écolo. Un type sympa. Très beau mec. Fonce ! »

22:15. <@**JoneseyBJ** @_Roxster Vous allez en France pour vous faire épiler à la cire, Roxster ?>

<@_**Roxster** @JoneseyBJ *Voix masculine et grave* Jonesey, je ne suis absolument pas gay, et je parle des snowboards qu'on passe à la cire.>

<@**JoneseyBJ** @_Roxster "Coucou ! je suis jeune. Je fais du snowboard en pantalon baggy qui laisse voir mon caleçon au lieu de skier élégamment avec une capuche doublée de fourrure.">

<@_**Roxster** @JoneseyBJ Vous aimez les hommes jeunes, Jonesey ?>

< @**JoneseyBJ** @_Roxster *Glaciale, voire polaire* Pardon ? Qu'est-ce que vous sous-entendez AU JUSTE ?>

<@_**Roxster** @JoneseyBJ *Caché derrière le canapé* Quel âge avez-vous, Jonesey ?>

<@**JoneseyBJ** @_Roxster Oscar Wilde : Ne faites jamais confiance à une femme qui accepte

de vous dire son âge. Si elle vous dit ça, elle vous dira n'importe quoi. Quel âge avez-vous, Roxster ?>

<@_**Roxster** @JoneseyBJ 29 ans.>

Scénariste

Lundi 14 janvier 2013
Followers sur Twitter : 793 (suis #héroïne délire oiseaux) ; tweets : 17 ; invitations désastreuses acceptées : 1 (ou peut-être 3 en une) ; mots écrits pour scénario : 0.

10:00. Bien. Dois me mettre au travail !

10:05. Oooh. La nouvelle coupe de Michelle Obama, avec sa frange, me plaît bien. Peut-être que je devrais me faire la même ? Et puis bien sûr suis ravie par le second mandat d'Obama. Bien. Au Travail.

10:20. On dirait qu'il y a plein de gens sympas au pouvoir : Obama, ce nouvel archevêque de Canterbury qui travaillait auparavant et qui proteste contre la rapacité des banques ; et Kate et William. Bon. Au travail. Ah ! Téléphone !

11:00. C'était Talitha. « Ma chérie ! Tu as fini ton scénario ?

— Oui, ai-je dit. Enfin, si l'on veut. » À la vérité, entre l'épisode de l'Homme au Perfecto, l'étude sur les rencontres et Twitter, *Les Feuilles dans ses cheveux* piétine. Encore que : les feuilles peuvent-elles piétiner ?

« Bridget ? Tu es toujours là ? Il tient debout, oui ou non ?

— Oui ! ai-je menti.

— Alors envoie-le-moi. Serguei est "en affaires" avec des gens du cinéma et je crois que je peux jouer là-dessus pour te trouver un agent.

— Merci ! ai-je dit, les larmes aux yeux.

— Tu me l'envoies aujourd'hui ? C'est possible ?

— Oui... enfin, sous quarante-huit heures ?

— D'accord. Mais dépêche-toi de finir, hein ? Entre deux tweets à des toy boys ? N'oublie pas que Twitter ne doit pas devenir une obsession. »

11 : 15. Absolument impératif de ne pas aller sur Twitter aujourd'hui, mais de terminer le scénario. Il me reste la fin. Oh, et puis le milieu. Et revoir le début. Je vais peut-être juste jeter un rapide coup d'œil sur Twitter pour voir si @_Roxster m'a envoyé d'autres messages. Aaah ! Téléphone.

« Oh, allô, ma chérie... » – ma mère. « Je t'appelle juste à propos de la projection des diapos de la croisière et de la fête des Casques samedi en huit. C'était super, ce déjeuner de Noël après Noël à Cause Café, et je m'étais dit... »

Me suis efforcée de résister à la tentation d'envoyer un tweet irrévérencieux sur la croisière maternelle. Même en plein milieu de son récit, maman ne risquait pas d'aller sur Twitter.

« Bridget ! Tu es toujours là ?

— Oui, maman, ai-je dit, essayant de m'arracher à Twitter.

— Bridget ?

— Oui maman, ai-je répondu, me mettant mentalement au garde-à-vous.

— Ah ! Alors, tu viens ?

— Hum. Tu peux me répéter ce dont il s'agit ? »

Elle a soupiré. « C'est une fête où on tire son chapeau, enfin, son casque, pour fêter l'achèvement des nouveaux pavillons des Loges ! C'est la coutume pour tous les établissements de St. Oswald chaque fois qu'une construction est terminée. Nous portons tous des casques, et nous les jetons en l'air !

— Quand est-ce, déjà ?

— Samedi en huit. Tu viendras, ma chérie, parce que Mavis aura Julie, Michael et tous les petits-enfants.

— Alors, je peux venir avec les enfants ? »

Un léger silence.

« Oui, bien entendu, chérie, c'est l'idée mais...

— Mais quoi ?

— Rien, rien, ma chérie. Tu veilleras bien à ce que Mabel mette la robe que je lui ai envoyée ? »

J'ai soupiré. J'ai beau essayer de convaincre Mabel de mettre les tenues sympas achetées par maman – bottes-de-moto-short-collants de H&M rayon enfants, ou robes de fête meringuées –, ma fille a des idées bien arrêtées sur ce qu'elle veut porter, en général une mode à mi-chemin entre Disney et les Amish, avec un T-shirt scintillant, des leggings et une jupe longue à volants. J'ai l'impression d'appartenir à une génération totalement ringarde et larguée par le look des jeunes.

« Bridget ! » a dit maman, exaspérée, ce qui se comprenait peut-être. « S'il te plaît, ma chérie, viens. Peu importe s'ils ne se tiennent pas bien.

— Mais enfin, ils se tiennent bien !

— Tu sais, les autres enfants sont plus grands. Toi, tu as eu les tiens très tard, et bien sûr, quand on les élève seule, c'est plus difficile de...

« — Je ne suis pas sûre d'être libre samedi en huit.

— Oh, ma chérie, fais un effort. Tout le monde ici aura ses petits-enfants, et c'est très dur pour moi d'être toute seule.

— D'accord, maman. Maintenant, je suis en retard pour aller chercher Mabel.

— Est-ce que je t'ai parlé du problème qu'il y a ici en ce moment ? » a-t-elle commencé avec la volubilité qu'elle déploie toujours chaque fois que j'annonce que je dois partir. « Nous avons un de ces types qui s'introduisent dans toutes les chambres. Kenneth Garside, il s'appelle. Il passe son temps à coucher avec toutes les femmes.

— Il te plaît, Ken Garside, maman ? ai-je demandé d'un ton innocent.

— Ne dis pas de bêtises, ma chérie. On ne veut pas d'homme quand on arrive à mon âge. Tout ce qu'ils veulent, eux, c'est quelqu'un pour s'occuper d'eux. »

C'est une chose intéressante, les âges auxquels les hommes et les femmes se désirent le plus respectivement :

20 ANS : Les femmes ont la main, sans conteste, parce que tout le monde veut les baiser, donc elles sont en position de pouvoir. Et les hommes de vingt ans et quelque sont très branchés sexe, mais leur carrière n'est pas encore jouée.

TRENTAINE : Les hommes sont en position de pouvoir. Je pense sincèrement que la trentaine est l'âge le pire pour une femme côté rencontres : le tic-tac de l'horloge biologique très injuste se fait entendre de plus en plus fort, une horloge qui, grâce à la mise au point des techniques de congélation d'ovules à la Jude, se transformera avec un peu de chance en horloge digitale silencieuse ne nécessitant pas de fonction « réveil ». Entre-temps, les hommes perçoivent cette urgence comme des requins sentent l'odeur du sang mais, simultanément, ils peaufinent leur carrière, donc la balance penche de plus en plus en leur faveur jusqu'à la…

QUARANTAINE : Je n'en suis pas absolument sûre, parce que cette décennie, je l'ai passée en grande partie avec Mark. Il y a peut-être égalité ? Si l'on enlève les bébés de l'équation. Ou peut-être les hommes se croient-ils au top parce qu'ils désirent des femmes plus jeunes alors qu'ils s'imaginent que les femmes du même âge qu'eux les désirent. Mais en secret, celles-ci désirent des hommes plus jeunes. Et les hommes plus jeunes aiment bien les femmes plus âgées, parce qu'elles n'attendent pas d'eux qu'ils soient soutiens de famille et qu'elles ne songent plus à faire des enfants.

CINQUANTAINE : C'était l'âge de la « Femme invisible » décrite par Germaine Greer et étiquetée inconsommable : la ménagère de plus de cinquante ans tout juste bonne à se mettre devant des sitcoms. Mais aujourd'hui, avec la tendance Talitha qui investit dans le look, les femmes du style Kim Cattrall, Julianne et Demi Moore, etc., tout ça se met à changer !

SOIXANTAINE : L'équilibre se modifie du tout au tout : les hommes se rendent compte qu'ils n'iront pas plus loin dans leur carrière et que, à la différence des femmes, au lieu de se faire des amis, ils se sont bornés à parler golf et autres choses du même ordre. De plus, les femmes prennent davantage soin d'elles-mêmes : regardez Helen Mirren et Joanna Lumley !

SOIXANTE-DIX ANS ET PLUS : Les femmes ont la main, à l'évidence. Elles se pomponnent, savent prendre soin de leur intérieur, cuisiner et...

« Bridget, tu es toujours là ? »

Conclusion : ai accepté d'emmener les enfants à St. Oswald pour la fête des Casques en l'honneur des nouveaux pavillons des Loges, la projection des diapos de la croisière, suivie par un thé familial à Cause Café. Et n'ai pas avancé d'un mot dans mon scénario.

Mardi 15 janvier 2013

21 : 30. Ai passé la nuit dernière et toute la journée à écrire, écrire, écrire et viens d'envoyer par e-mail *Les Feuilles dans ses cheveux* à Talitha.

Mercredi 16 janvier 2013

61 kg (hélas : passé trop de temps le cul sur une chaise) ; mais, agents : 1 !

11 : 00. Viens d'avoir un appel d'un agent ! Malheureusement, j'avais une poignée de fromage râpé dans la bouche, mais cela n'a pas eu d'incidence car je n'ai pas eu besoin de parler.

« J'ai Brian Katzenberg en ligne pour vous, a dit la secrétaire.

— Alors, a dit Brian sans préliminaires. Nous avons une connaissance commune, Serguei. Et je sais que Serguei veut que ce scénario trouve preneur.

— Vous l'avez lu ? ai-je demandé avec empressement. Ça vous plaît ?

— Génial. Je vais le dispatcher immédiatement chez les clients qu'il est susceptible d'intéresser. Dites-le tout de suite à Serguei et je suis ravi de vous avoir rencontrée.

— Merci, ai-je bafouillé.

— Vous direz bien à Serguei que c'est fait ?

— Oui, promis ! »

23 : 05. Viens d'appeler Talitha pour la remercier.

« Tu le diras à Serguei ? ai-je demandé. L'agent avait l'air de beaucoup tenir à ce qu'il en soit informé tout de suite.

— Oh là là. Oui, je le dirai à Serguei. Je ne sais pas ce qu'ils magouillent. Mais je suis très fière de toi parce que tu as fini, ma chérie. »

Tombe la neige !

Jeudi 17 janvier 2013
*SMS sur la neige : 12 ; tweets sur la neige : 13 ;
flocons de neige : 0.*

20 : 00. SMS de l'école.
<Chers Parents. Neige abondante prévue pour
demain. Merci de consulter vos SMS et de ne pas
vous mettre en route avant 8 heures. Nous vous
préviendrons par SMS si l'école est fermée pour
cause de neige.>

20 : 15. Grande excitation. On peut tous sécher
l'école et aller faire de la luge ! Bien entendu, personne n'arrive à dormir. On passe son temps à
ouvrir les rideaux pour voir s'il neige à la lumière
des réverbères.

20 : 30. Toujours pas de neige.

20 : 45. Toujours pas de neige. Bon, il est vraiment temps d'aller dormir, maintenant.

21 : 00. Fini par convaincre les enfants de dormir en disant : « Il faut dormir, il faut dormir, si
vous ne dormez pas maintenant, vous n'aurez pas
le droit de profiter de la belle neige demain ! »
J'ai répété ça comme un perroquet. Mensonge
éhonté : avec qui d'autre irais-je dans la neige
demain ?

21:45. Toujours pas de neige. Vais peut-être aller faire un tour sur Twitter.

21:46. @_Roxster est en train de tweeter à propos de la neige !

<@**_Roxster** Qui d'autre attend la neige avec impatience ?>

21:50. <@**JoneseyBJ** @_Roxster Moi. Mais où est-elle ? "Coucou, je suis la neige, mais je n'existe pas !">

22:00. Tweet de @_Roxster !

<@**_Roxster** @JoneseyBJ Jonesey, vous êtes encore en train de délirer ? Ou vous aimez la neige autant que moi ?>

22:15. Ai continué à flirter avec @_Roxster

<@**JoneseyBJ** @_Roxster Vous pétez la forme, dites-moi ! >

<@**_Roxster** @JoneseyBJ Et comment !>

Talitha s'y est mise aussi : <@**TalithaduBol** @JoneseyBJ @_Roxster Très drôle, vous deux. Et maintenant, AU DODO !>

22:30. Mmmm. J'adore Twitter. J'adore sentir qu'il y a quelqu'un, quelque part, qui s'intéresse à toutes les petites choses qui me font vibrer.

23:00. Toujours pas de neige.

Vendredi 18 janvier 2013
Nombre de fois où j'ai regardé s'il neigeait : 12 ; flocons : 0 ; tweets de @_Roxster : 7 ; tweets prétendument à tous mes followers mais en fait adressés à @_Roxster : 6 (légèrement moins que lui, t.b.).

7:00. Réveil, tout le monde s'est précipité à la fenêtre pour voir. Pas de neige.

7:15. C'est tentant de rester en pyjama, même sans neige, mais me suis forcée à forcer tout le monde, moi la première, à s'habiller au cas où le SMS d'annulation de la journée d'école n'arriverait pas.

7:45. Pas de texto. Mais peut-être un tweet de @_Roxster ?

7 : 59. Toujours pas de texto. Toujours pas de tweet de @_Roxster. En essayant de gérer au mieux la déception de tout le monde et la mienne, je me suis enfourné trois chipolatas roulées dans du bacon et j'ai demandé après coup : « Quelqu'un d'autre en veut ? »

8:00. Pas de texto de l'école. Il vaut mieux y aller.

9:00. Ai déposé Mabel et quand suis arrivée à la section primaire, ai trouvé une ambiance survoltée et contagieuse. Mr. Wallaker alignait les garçons derrière des murs de neige imaginaires et les faisait se bombarder de boules de neige imaginaires. Ai résisté à la tentation d'envoyer un tweet à Roxster de peur qu'il soit rebuté par le fait que j'aie des enfants.

« La neige est pour aujourd'hui, Mrs Darcy ! a dit Mr. Wallaker, se matérialisant soudain à côté de nous. Vous allez grimper aux arbres ?

— Je sais. J'ai attendu toute la nuit qu'elle tombe, ai-je dit, sans relever l'allusion aux arbres. Mais où est-elle ?

— Elle arrive de l'ouest ! Il neige dans le Somerset. Vous aimez la neige ?

— La neige ponctuelle, ai-je dit d'un air sévère.

— Elle a peut-être été retenue sur la M4, a-t-il dit. L'autoroute est fermée pour cause de neige à l'entrée n° 13.

— Ah ! ai-je dit, reprenant espoir.

— Attendez, est intervenu Billy, l'air soupçonneux. Comment la neige peut-elle être bloquée par la neige ? »

Il y a eu un léger éclair amusé dans les yeux de Mr. Wallaker, puis le visage de Billy s'est fendu d'un large sourire. C'était agaçant, on aurait dit qu'ils s'amusaient tous les deux à mes dépens.

« Bonne journée ! » ai-je lancé sans trop savoir pourquoi. Puis je suis partie en dérapant sur la neige, pour me remettre à mes tweets, je veux dire à mon scénario. Pourquoi avoir mis des bottes à talons ?

9:30. Rentrée à la maison. Bien ! *Les Feuilles dans ses cheveux.*

9:35. Rapidement tweeté à @_Roxster, je veux dire à mes followers, la blague de Mr. Wallaker.

9:45. <@**JoneseyBJ** Apparemment, la neige a été bloquée par la neige sur l'autoroute M4, mais elle arrive sous peu.>

10:00. Cinq personnes ont retweeté mon tweet ! Douze autres followers sont apparus.

10:15. Annonces répétées de : ALERTE À LA NEIGE à la télévision.

10:30. Il a commencé à neiger !

11:00. La couche devient de plus en plus épaisse. Je vais sans arrêt à la fenêtre pour la regarder.

11 : 45. En contemplation devant le miracle de la neige. On dirait que quelqu'un a joliment surligné tous les arbres. La couche a quatre centimètres sur la table dehors. C'est comme un glaçage sur un gâteau. Ou de la crème… Peut-être pas quatre centimètres. J'envisage de sortir avec une règle pour mesurer, et puis je me rends compte que c'est ridicule. Il faut que j'avance dans mes multiples tâches.

Midi. Oh là là. Tweet de @_Roxster.

<**@_Roxster** @JoneseyBJ Et si on séchait le travail et qu'on partait toutes affaires pétantes faire de la luge ??>

Ai cligné des yeux, scotchée par ce message. Est-ce que @_Roxster était en train de m'inviter à sortir avec lui ? Sérieux ? Mais j'ai l'air d'une folle avec mes cheveux dressés sur la tête et… Mais je pourrais me les laver et me mettre en tenue. On ne vit qu'une fois et il neige ! Ai tweeté <**@JoneseyBJ** @_Roxster OK pour moi. Et pour vous ?>

Juste au moment où j'avais tweeté, arrivée d'un SMS.

<MATERNELLE ET PRIMAIRE. Compte tenu du temps et des prévisions météo, merci de venir chercher vos enfants dès que possible et de les ramener chez vous. L'école fermera à 13 h 30.>

12 : 15. Qu'est-ce que je vais faire ? Je ne peux pas m'attendre à ce que ce mec de vingt-neuf ans beau comme un dieu ait brusquement envie de faire de la luge avec deux enfants et une femme plus âgée coiffée comme un pétard. Tout l'intérêt d'une femme plus âgée, c'est qu'elle est censée être soignée, avec des bas noirs, style mère française,

Catherine Deneuve et Charlotte Rampling. Il faut que j'aille récupérer les enfants, mais comment puis-je planter Roxster, alors que le Code des rencontres recommande de faire comme quand on danse, c.-à.-d suivre, mais...

Autre SMS :

<Les enfants de la maternelle et du primaire sont rassemblés dans la grande salle de l'école. Merci de venir chercher vos enfants dès que possible.>

C'est l'état d'urgence !

12:30. Ai dévalé l'escalier pour sortir les luges du placard, passé un rapide coup de chiffon dessus pour les débarrasser des araignées, etc.

12:50. Ouvert la porte et vu que la rue était complètement couverte de neige. Ça a viré au blizzard, à l'évidence, situation très dangereuse ! Très excitée. Mais quoi faire pour @_Roxster ? Dois m'occuper des enfants en priorité.

13:00. OK. Suis maintenant complètement équipée pour le ski ; pas sûre qu'un casque soit nécessaire, mais les lunettes, si. Ai mis pêle-mêle dans le coffre bottes de neige, salopettes, doudounes, gants, kit de survie, pelle, torche, eau, chocolat et luges.

20:00. Journée absolument fantastique. Suis arrivée à bon port après un trajet grisant où ai dérapé sans arrêt. Mais même dans ces conditions, ai dû ôter les lunettes de ski pour mettre celles de vue afin de pouvoir lire les tweets de @_Roxster :

<@_**Roxster** @JoneseyBJ Désolé Jonesey – ai fait numéro du mec insouciant, mais gros mensonge. Ai boulot et ne peux pas partir comme ça

pour aller jouer dans la neige. Pas comme vous, à l'évidence.>

Effondrée. Me suis fait planter pour r.d.v. dans la neige.

Ai monté la colline en me dandinant comme Lance Armstrong quand il a posé le pied sur la Lune – je veux dire Neil Armstrong – à cause de ma combinaison de ski passée par-dessus mon jean, ma veste et tout le reste, et pensant : OK, pas besoin de répondre à Roxster maintenant puisqu'il m'a, techniquement parlant, plantée pour le projet luge. Et j'ai suivi à la lettre le Code des rencontres puisque j'ai réagi positivement, et non agressivement, et...

Ai fait mon entrée dans la grande salle de l'école, où les enfants de maternelle et du primaire étaient rassemblés, et ai vu Sainte Nicorette habillée comme une sorte de reine des neiges – bottes de neige blanches, brushing parfait, énorme sac en vernis noir couvert de strass, et long manteau blanc avec un machin en fourrure blanche drapé sur les épaules – en train de rire de façon provocante avec Mr. Wallaker.

Tiens, tiens. Pas gêné, celui-là. Marié, et il drague Nicorette. Quand je suis entrée, il s'est retourné et est parti d'un rire franc.

Il rirait moins s'il savait que j'avais peut-être rendez-vous pour faire de la luge avec un toy boy, hein ?

Suis Catherine Deneuve et Charlotte Rampling.

« Mamaaan ! » Billy et Mabel ont accouru vers moi, les yeux brillants. « On peut aller faire de la luge ?

— Oui, j'ai apporté les nôtres dans la voiture ! »
ai-je dit et, regardant Mr. Wallaker avec hauteur,
j'ai rajusté mes lunettes de ski et suis sortie de la
salle en me drapant dans mon mystère – enfin,
autant que le permettait ma tenue.

22:00. Journée fabuleuse. C'était génial de faire
de la luge. Rebecca et tous ceux d'en face sont
montés aussi à Primrose Hill. On aurait dit une
carte postale, c'était magique. La neige était
épaisse et cotonneuse, et Primrose Hill pratiquement déserte au début, si bien qu'on pouvait glisser vraiment vite dans les allées. Et @_Roxster a
tweeté au milieu de l'après-midi.

<@_**Roxster** @JoneseyBJ Vous voulez faire de
la luge plus tard ? Je peux ce soir si c'est OK pour
vous. Mais ça risque de vous faire sortir sur sol
très glissant. Préférez-vous autre soir ?>

C'était trop difficile de répondre à cause des
doigts gelés ; et j'ai dû mettre mes lunettes de vue
pour lire les tweets tout en courant derrière les
luges pour éviter des collisions. Je n'ai donc pas
répondu tout de suite, savourant le plaisir d'être
la dernière à envoyer un message, et de savoir que
Roxster voulait me rencontrer !

Au fil des heures, de plus en plus de gens sont
venus, et le sol a commencé à geler et à devenir
comme une patinoire ; alors tout le monde est
rentré à la maison, et on a pris du chocolat chaud,
puis on a dîné. C'était très joyeux et pendant que
Rebecca surveillait les enfants, je me suis éclipsée
cinq minutes pour aller sur Twitter : un rapide
coup d'œil dans le miroir m'a fait comprendre que
ce soir ne serait pas très indiqué pour un rendez-
vous avec un garçon plus jeune.

Au milieu d'un flux de commentaires incohérents sur la neige, il y avait un autre tweet de @_Roxster.

<@**_Roxster** @JoneseyBJ Jonesey ? Vous êtes morte dans la neige ?>

< @**JoneseyBJ** @_Roxster Presque. Descentes épiques dans la poudreuse. OK pour un autre soir.>

<@**_Roxster** @JoneseyBJ Yesss ! Vous avez des préférences ?>

Vous voyez, une communication simple et authentique. Voilà le travail ! Ai répondu :

<@**JoneseyBJ** @_Roxster Je consulte mon agenda extrêmement chargé...>

<@**_Roxster** @JoneseyBJ Vous voulez dire la grosse pile de manuels de rencontres ?>

Je n'y crois pas ! Est-ce que Roxster lisait mes tweets à l'époque de l'Homme au Perfecto ?

<@**JoneseyBJ** @_Roxster *Ignorant imperturbablement les impertinences du petit jeunot* Vous pensiez à quand ?>

<@**_Roxster** @JoneseyBJ Mardi ?>

Suis redescendue dans la cuisine avec un grand sourire. Tout est merveilleux ! J'ai rendez-vous avec un toy boy canon de vingt-neuf ans, beau mec et marrant, et ma cuisine est pleine d'enfants aux joues roses, de bonnes odeurs de cuisine, de luges et de bittes (je veux dire « bottes » : d'où elle sort, celle-là ?).

Ne pas tweeter
sur un rendez-vous
pendant ledit rendez-vous

Dimanche 20 janvier 2013
Followers sur Twitter : 873 ; tweets de @_Roxster : 7.

11:00. Les tweets cartonnent. De plus en plus de followers ont fait leur apparition depuis l'épisode où j'ai tweeté-cuité sur les oiseaux. N'ai pu m'empêcher de remarquer que Roxster s'est moins manifesté depuis l'accord sur la date. Mais peut-être qu'étant un homme, il considère qu'il est passé au niveau suivant, comme dans un jeu vidéo, et qu'il est inutile de se répéter.

11:02. En fait, ferais mieux d'envoyer un tweet pour mettre tout le monde au courant.
<@**JoneseyBJ** *Gazouillis satisfait, agaçant, genre c'est bientôt le printemps et j'ai rendez-vous avec un mystérieux inconnu de Twitter* Bonjour tout le moooonde ! >

11:05. Aïe ! Ai perdu deux followers. Pourquoi ? Pourquoi ? Est-ce que le ton de mon tweet n'était pas un peu trop satisfait ? Ferais bien d'en envoyer un autre.
<@**JoneseyBJ** Désolée d'avoir à l'évidence fait fuir plusieurs followers avec autosatisfaction matinale. Bien sûr que tout va aller de travers et que je vais me faire planter.>

11 : 15 : Super. Ai perdu encore trois followers. Dois me rappeler que je ne dois pas abuser des tweets le matin. Ou peut-être même dans l'absolu, car je semble avoir plus de followers quand je ne tweete pas que quand je tweete.

Roxster a tweeté ! Vous voyez que je suis récompensée d'avoir fait preuve d'une maîtrise de moi-même héroïque.

<@_**Roxster** @JoneseyBJ *Vexé, scandalisé* Vous planter, Jonesey ??>

<@**JoneseyBJ** @_Roxster Roxster ! Vous êtes revenu ! J'essayais juste de rétablir l'équilibre après le ton fanfaron d'un précédent tweet qui avait déplu à des followers. Ça tient toujours ?>

<@_**Roxster** @JoneseyBJ Jonesey, je suis peut-être jeune, mais je ne suis ni un goujat ni un escroc.>

Autre tweet a suivi : <@_**Roxster** @JoneseyBJ OK. Je vous retrouve devant la station de métro Leicester Square à 19 h 30 ? On pourrait aller chez Nando ? Ou se faire des fish and chips ?>

21 : 45. Aussitôt effondrée. La station Leicester Square ?? La station Leicester Square ?? Mais je vais me geler ! Et puis me suis souvenue de l'un des principes de base du Code des usages :

À LA PREMIÈRE RENCONTRE, ACCEPTER SES SUGGESTIONS

<@**JoneseyBJ** @_Roxster *Voix ronronnante* Ah, mais quelle idée charmante ! >

<@_**Roxster** @JoneseyBJ * Grondement viril* À mardi, baby.>

Vous voyez, hein ? Hein ? C'est bien mieux que d'essayer de tout manipuler.

21 : 50. Soudain en panique à l'idée de rencontrer quelqu'un que j'ai connu sur Twitter à la station Leicester Square alors que je suis une maman solo.

21 : 51. Viens d'appeler Tom, qui va passer.

22 : 50. Hélas, ai dû attendre pour avoir l'avis de Tom, car il était lui aussi en plein questionnement à cause d'un architecte hongrois nommé Arkis, et il a insisté pour me montrer tous ses SMS, sa photo et ses messages sur l'appli « Bourru » de son iPhone.

« Bourru, c'est tellement mieux que Vorace. com. Avant, c'était Barbu ; maintenant, la tendance est plutôt à la barbiche fashion, vêtements près du corps et grandes lunettes, mais pas genre George Michael.

— Alors, quel est le problème ? ai-je demandé d'une voix ferme et précise, comme si c'était moi la psy et non pas Tom.

— J'ai bien peur qu'avec Arkis, ce soit tout dans le texto et rien dans le pantalon. Il passe son temps à envoyer des SMS très hot tard le soir, mais rien d'autre.

— Tu as proposé une rencontre ?

— J'ai dit que j'aimerais mieux le connaître, seulement j'ai envoyé mon message à une heure du matin, parce que j'avais envie d'être rassuré, et tout ce que j'ai récolté, c'est l'inverse de ce que je voulais : il ne s'est plus manifesté pendant deux jours. Et quand il a écrit, il n'a fait aucune allusion à mon message. Il s'est juste remis à me parler de mes photos sur Bourru et maintenant je me promène avec une douleur au plexus parce que je crois qu'il pense…

— Ne m'en parle pas ! J'ai vécu ça avec l'Homme au Perfecto. C'est comme si l'autre était investi d'un énorme pouvoir, que c'était un géant impressionnant, doté de tous les talents pour les rencontres et que c'était lui qui allait te noter.

— Exactement, a répondu Tom avec tristesse. Mais il a dit qu'il voulait aller voir *Zero Dark Thirty*.

— Alors ? Propose d'y aller avec lui, enfin ! ai-je dit d'un ton autoritaire. Sinon, c'est à qui fera baisser les yeux à l'autre et ça peut durer longtemps. »

Quand Tom a paru satisfait de mon plan de soutien psychologique, je suis passée en douceur à mes propres soucis.

« Bien sûr qu'il faut le rencontrer, ce @_Roxster, du moment que c'est dans un lieu public. Talitha dit que c'est un type correct. On sera tous joignables. Et c'est tout à fait normal et sain de se rencontrer dans le cyberespace. »

J'adore la façon dont Tom et moi échangeons nos places d'experts en l'art des rencontres – alors que ni lui ni moi n'avons la moindre idée sur la question, pour commencer. On a parfois l'impression que dans cet espace, il y a une mer humaine avec des millions de scies qui vont et viennent en même temps, comme des ânes qui agitent la tête. Et, selon le moment, chacun se trouve à une extrémité ou l'autre de la scie.

23 : 00. Le ciel est avec moi aujourd'hui. Roxster vient juste de tweeter à nouveau.

<@**_Roxster** @JoneseyBJ Il fait un froid de gueux dehors, Jonesey. Si on se retrouvait plutôt au bar du Dean Street Townhouse ?>

Aaaah ! Il a pensé à tout. Il est non seulement beau mais prévenant. Ai répondu :

<@**JoneseyBJ** @_Roxster Parfait. Au Townhouse, alors.>

<@**_Roxster** @JoneseyBJ À très vite, baby.>

Mardi 22 janvier 2013

60 kg (toujours !) ; nombre de tenues essayées et jetées par terre : 5 (je m'améliore) ; tweets envoyés alors que je suis censée me préparer : 7 (stupide) ; mais followers sur Twitter : 698 (il faut mettre en balance les avantages de l'action rapportée en live et les inconvénients du retard que cela engendre).

18 : 30. Bien. Presque prête. Talitha, Jude et Tom ont été informés de l'endroit où je vais et sont prêts à venir à mon secours si quoi que ce soit dérape. Décidée à ne pas faire même erreur que la dernière fois et arriver en retard. Le seul problème, c'est que je ne peux pas m'empêcher de tweeter en me préparant. Comme si j'éprouvais l'obligation d'informer en permanence mes followers de ce que je fais.

<@**JoneseyBJ** Qu'est-ce qui est le plus important : se faire belle ou être à l'heure ? Je veux dire s'il n'y a pas d'autre choix ?>

Waouh ! Flopée de réponses et de commentaires.

<@**JamesAP27** @JoneseyBJ À l'heure, évidemment. Comment pouvez-vous être aussi vaniteuse ? C'est très dissuasif.>

Hummm ! Bon. Celui-là, je vais me le payer.

<@**JoneseyBJ** @JamesAP27 Ce n'est pas de la vanité, mais de la considération pour les autres : le souci de ne pas les surprendre ou leur faire peur.>

18:45. Merde et remerde ! Ai mis du mascara waterproof sur mes lèvres : il avait le même emballage que le brillant à lèvres et il ne veut pas partir. Oh non ! Vais être en retard et avec les lèvres noires.

19:15. Bon. Suis dans le taxi, et me frotte toujours les lèvres. J'ai le temps d'envoyer quelques tweets. Après tout, c'est excitant de tweeter en live, et cela semble intéresser les followers.

<@**JoneseyBJ** Dans le taxi à présent – Très Femme Influente, calme et posée, réceptive et empathique...>

<@**JoneseyBJ** ... déesse de la joie et de la lumière ! *Glapit au chauffeur* Noooon ! Ne descendez pas cette putain de Regent Street ! Laissez-moi à Oxford Circus, espèce de...>

<@**JoneseyBJ** ...*Se pince le nez et parle comme sur la radio de la police*... arrivée au Dean Street Townhouse. Souhaitez-moi bonne chance. Terminé.>

<@**JoneseyBJ** *Chuchote* Il est À TOMBER.>

<@**JoneseyBJ** Il y a beaucoup à dire en faveur d'un homme plus jeune, du moment qu'il ne l'est pas assez pour être légalement votre petit-fils.>

<@**JoneseyBJ** Il sourit ! Il s'est levé, très gentleman.>

C'est vrai, Roxster était canon ; encore plus beau que sur sa photo, mais surtout, il avait l'air joyeux. On aurait dit qu'il était toujours sur le point d'éclater de rire.

« Hellooo. » J'allais instinctivement prendre mon téléphone pour tweeter : < Et il a une voix sublime> quand il a posé sa main sur la mienne et le téléphone.

« Pas de tweet.

— Mais je n'ai pas..., ai-je dit sottement.

— Jonesey, vous avez twittassé ou tweeté-cuité pendant tout le temps du trajet. J'ai tout lu. »

Rencontre avec toy boy

Mardi 23 janvier 2013 (suite)

Je me suis recroquevillée dans mon manteau, penaude. Roxster a ri.

« Ce n'est pas grave. Qu'est-ce que vous prenez ?

— Un vin blanc, s'il vous plaît », ai-je dit d'un air piteux, tendant instinctivement la main vers mon téléphone.

« Parfait. Et je vais devoir confisquer ça jusqu'à ce que vous ayez eu le temps de vous poser. »

D'un seul mouvement fluide, il a pris mon téléphone, l'a mis dans sa poche et a appelé la serveuse.

« C'est pour pouvoir mieux m'assassiner ? » ai-je demandé en fixant sa poche avec un mélange d'excitation et d'inquiétude, me disant que si je devais alerter Tom ou Talitha, il faudrait que je le plaque au sol et que j'allonge le bras pour récupérer mon portable.

« Non. Je n'ai pas besoin du téléphone pour vous assassiner. Mais je n'ai pas envie que mes faits et gestes soient rapportés en direct à toute la twittosphère en haleine. »

Il m'a tendu le verre. Quand il a tourné la tête, j'ai contemplé goulûment le dessin élégant de son profil : le nez droit, les pommettes, les sourcils harmonieux. Il avait des yeux noisette pétillants.

Il était si... jeune. Une peau de pêche, des dents blanches, des cheveux épais et brillants, un peu trop longs pour être à la mode, arrivant à son col. Et ses lèvres avaient cet ourlet pâle qui n'existe que chez les jeunes.

« J'aime bien vos lunettes.

— Merci », ai-je dit sans broncher. (Ce sont des lunettes progressives qui me permettent de voir en toutes circonstances et aussi de lire. Je les avais mises en espérant qu'ainsi il ne remarquerait pas que j'étais vieille au point d'avoir besoin de lunettes de lecture.)

« Je peux vous les enlever ? » a-t-il demandé d'une voix qui m'a donné l'impression qu'il pensait plutôt à... mes vêtements.

« Bien sûr », ai-je dit en avalant une gorgée, me rappelant mais un peu tard que j'étais censée m'appuyer au dossier de mon siège et le regarder en caressant d'un geste sensuel le pied de mon verre.

« Vous êtes beaucoup plus jolie que sur votre photo.

— Roxster, ma photo est celle d'un œuf[1].

— Je sais.

— Vous n'avez pas eu peur que je sois un travesti de cent kilos ?

— Si. J'ai huit de mes colocs planqués dans le bar pour me protéger.

— Impressionnant. Moi, j'ai une troupe de tueurs à gages gays alignés devant toutes les vitrines de l'autre côté de la rue au cas où vous essaieriez de m'assassiner puis de me manger.

---

1. Sur Twitter, la photo de profil (PP) des nouveaux arrivants est celle d'un œuf.

— Tout indiqués pour faire le pet. »

Au lieu d'avaler ma gorgée de vin, j'ai pouffé et me suis étouffée en même temps ; alors, j'ai senti un reflux monter dans ma gorge.

« Ça va ? »

J'ai agité la main. Ma bouche était emplie d'un mélange de vin et de remontée acide. Roxster a saisi une poignée de serviettes en papier et me les a tendues. J'ai filé vers les toilettes, les serviettes plaquées sur la bouche. À peine à l'intérieur, j'ai craché le mélange dans le lavabo. Me suis demandé si je devrais ajouter au Code des usages de la rencontre : « Ne pas se vomir dans la bouche au début du premier rendez-vous. »

Je me suis rappelé à mon grand soulagement avoir une brosse à dents d'enfant au fond de mon sac et des chewing-gums, et me suis lavé minutieusement la bouche.

Quand je suis sortie des toilettes, Roxster nous avait trouvé une table et était en train de regarder son téléphone.

« Je croyais que c'était moi, l'obsédé du vomi, a-t-il dit sans relever les yeux. J'étais juste en train de tout raconter sur Twitter.

— Vous n'avez pas fait ça !

— Nooon. » Il s'est mis à rire. « Ça va mieux ? » Il riait tellement qu'il n'arrivait presque plus à parler. « Pardon ! Je ne peux pas croire que vous vous êtes vomi dans la bouche à notre premier rendez-vous. »

Je riais aussi quand j'ai brusquement réalisé qu'il avait dit « notre premier rendez-vous ». Et « premier » impliquait clairement qu'il y en aurait d'autres, en dépit du vomi.

« Et maintenant, vous allez péter ? a-t-il demandé comme le garçon approchait avec les menus.

— Roxster, ça suffit », ai-je gloussé. Honnêtement, il avait sept ans d'âge mental, mais c'était marrant, parce que je me sentais de plain-pied avec lui. Et peut-être que c'était quelqu'un qui ne serait pas complètement horrifié par les manifestations intempestives de fonctions corporelles si fréquentes à la maison.

En ouvrant le menu, je me suis rendu compte que je n'avais plus mes lunettes.

J'ai regardé les lettres floues et j'ai paniqué. Roxster n'a rien remarqué. Il semblait entièrement fasciné par la nourriture. « Mmm. Mmm. Qu'est-ce que vous allez prendre, Jonesey ? »

Je l'ai regardé avec des yeux de lapin pris dans la lumière des phares.

« Tout va bien ?

— J'ai perdu mes lunettes, ai-je marmonné, penaude.

— Elles doivent être sur le bar », a-t-il dit en se levant. Admirant son physique avantageux de jeune homme, je l'ai regardé aller vers l'endroit où nous avions pris un verre, inspecter le comptoir et interroger le barman.

« Elles n'y sont pas », a-t-il annoncé en revenant, l'air un peu inquiet. « Ce sont des lunettes chères ?

— Non, non, ce n'est pas grave », ai-je menti. Elles étaient chères et je les aimais beaucoup.

« Voulez-vous que je vous lise le menu ? Je peux aussi vous couper votre viande si vous voulez. »

Et il s'est remis à rire. « Il faudra faire gaffe à votre dentier.

— Roxster, ces vannes sont de très mauvais goût.

— Je sais, je sais, désolé. »

Après qu'il m'a lu le menu, je me suis efforcée d'appliquer le Code en caressant délicatement le pied de mon verre, mais cela semblait inutile, car Roxster m'avait déjà coincé un genou entre ses deux jeunes cuisses vigoureuses. Je me suis rendu compte que malgré l'excitation du moment, j'étais absolument décidée à retrouver mes lunettes. On laisse si facilement passer ce genre de détail parce qu'on est gêné ou qu'on a l'esprit branché sexe ; or ce sont de très très jolies lunettes.

« Je vais regarder sous le tabouret de bar, ai-je annoncé quand nous avons eu commandé.

— Attention à vos genoux !

— Arrêtez ! »

Nous nous sommes retrouvés tous les deux accroupis sous les tabourets. Deux très jeunes filles, assises à nos anciennes places, nous ont regardés avec des mines de pimbêches. Brusquement, je me suis sentie morte de honte : avoir rendez-vous avec un garçon beaucoup plus jeune et le forcer à regarder sous les jambes de minettes pour chercher mes bésicles.

« Il n'y a pas de lunettes ici, OK ? » a dit l'une des deux en me toisant avec insolence. Roxster a levé les yeux au ciel, replongé sous ses genoux en disant : « Pendant que j'y suis... » et a exploré le sol à tâtons. Les minettes sont restées de glace. Roxster s'est redressé triomphalement, brandissant les lunettes.

« Elles étaient là », a-t-il dit en me les mettant sur le nez. « Et voilà, chérie. » Il m'a planté un baiser sur la bouche en jetant aux filles un regard narquois et m'a reconduite à la table.

Nous n'avons pas eu d'effort à faire pour que la conversation roule spontanément, ni pour passer au « tu ». Son vrai nom est Roxby McDuff et il travaille effectivement pour une association caritative écologique, a rencontré Talitha pendant son émission, et a sauté de la liste Twitter de Talitha à la mienne.

« Alors comme ça, tu suis les cougars ?

— Je n'aime pas cette expression.

— Elle renvoie à celle qui chasse plutôt qu'à... l'objet de la chasse. »

Mon trouble devait se voir, car il a ajouté d'une voix douce : « J'aime bien les femmes plus âgées. Elles savent un peu mieux ce qu'elles font. Elles ont un peu plus de répondant. Et toi ? Qu'est-ce que tu fais ici, avec un homme plus jeune rencontré sur Twitter ?

— J'essaie juste d'élargir un peu mon cercle », ai-je lancé d'un ton désinvolte.

Roxster a planté ses yeux dans les miens sans ciller.

« Pour ça, je peux certainement t'aider. »

Où la joie se mélange au vomi

Mardi 22 janvier 2013 (suite)

Quand l'heure du départ est venue, nous sommes restés debout dans la rue, un peu gênés.

« Comment vas-tu rentrer ? » m'a-t-il demandé, ce qui m'a aussitôt attristée car, à l'évidence, il n'avait pas l'intention de me raccompagner, même s'il n'était bien sûr pas question que je le lui demande. Bien sûr que non.

« En taxi ? » ai-je suggéré. Il a eu l'air surpris. J'ai pris conscience que je n'étais jamais venue à Soho qu'avec Talitha, Tom et Jude, et que nous partagions toujours un taxi, ce qui doit paraître à une personne jeune un luxe extravagant. Seulement il n'y avait aucun taxi à l'horizon.

« Tu ne veux pas que j'appelle un hélicoptère ? Ou si on prenait le métro ? Tu sais prendre le métro ?

— Mais enfin ! » ai-je dit. Encore que, pour être honnête, je n'avais pas du tout l'habitude de me retrouver dans la foule de Soho tard le soir sans les amis. C'était pourtant assez excitant, car Roxster m'a pris le bras et m'a conduite à la station de métro de Tottenham Court Road.

« Je t'accompagne en bas », a-t-il dit. Quand nous sommes arrivés aux portillons, je me suis aperçue que je n'avais pas mon Oyster Card. J'ai essayé d'acheter un ticket aux automates, mais impossible.

« Viens là, a-t-il dit en sortant une carte de secours, et il m'a fait passer avec lui aux portillons et accompagnée jusqu'au bon quai. Le métro approchait.

« Vite, donne-moi ton numéro de portable, puisque je ne t'ai pas assassinée. » Je le lui ai donné à toute vitesse et il l'a enregistré. Les portes s'ouvraient, le flot des passagers sortait.

Puis soudain, sans préambule, Roxster m'a embrassée sur les lèvres. « Mmmm, vomi, a-t-il dit.

— Oh, non ! Je me suis lavé les dents !

— Tu avais apporté une brosse à dents ? Tu vomis toujours à tes rendez-vous ? »

Devant mon expression horrifiée, il s'est mis à rire et a dit : « Non, tu n'as pas le goût de vomi. »

Les gens s'entassaient dans le wagon. Il m'a embrassée à nouveau, doucement, me regardant avec ses yeux noisette joyeux, cette fois les lèvres entrouvertes pour m'effleurer délicatement la langue avec la sienne. C'était TELLEMENT mieux que cet idiot d'Homme au Perfecto complètement obsédé...

« Vite, les portes se ferment ! » Il m'a poussée dans le wagon où je me suis fait une petite place. Les portes se sont refermées et je l'ai regardé tandis que le métro s'éloignait, debout, se souriant à lui-même : un toy boy absolument craquant.

Suis descendue à Chalk Farm, sur un petit nuage et excitée au dernier degré. Le « ping » d'un texto entrant a retenti. Roxster.

<Tu es rentrée chez toi ou tu tournes en rond, per-
due ?>

J'ai répondu :

<SOS, suis à Stanmore[1]. Tu as pu te débarrasser
du goût de vomi ?>

Pas de réponse. J'aurais dû m'abstenir de cette
dernière phrase.

Nouveau texto !

<Non, parce que je n'arrive pas à retrouver mes
lunettes de lecture. Tu vas bientôt te resservir de
la brosse à dents d'urgence ?>

<C'est ce que je suis en train de faire.
Mmmmmmmmmmmmmmmmmmmmmmmmmm.>

23:40. J'ai un peu pressé le mouvement pour
faire partir Chloe afin de pouvoir continuer
l'échange de SMS. En voilà un ! J'adore retrouver le monde du flirt. C'est tellement romantique.
Oh !

<J'adore le goût de ton vomi.>

Ai répondu : <Oh, Roxster, tu n'as pas relu tes
manuels des rencontres, hein ?>

Longue pause. Aïe. Je m'étais plantée. Au lieu
du marivaudage, j'avais pris le ton d'une maîtresse d'école. J'avais déjà tout foiré.

23:45. Suis juste montée voir les enfants. Billy,
tout mignon, en train de dormir avec Horsio ;
Mabel enfouie sous sa couette, la tête à l'envers,
avec Salive. En tout cas, si je suis nulle pour les
rencontres, j'arrive à garder les enfants en vie.

23:50. Suis redescendue quatre à quatre pour
regarder mon portable. Rien.

---

1. Terminus de la Jubilee Line, dans la banlieue nord de
Londres.

Qu'est-ce que j'ai fait ? Le téléphone est devenu une sorte de dieu tout-puissant et bienveillant ou une bombe à retardement, et il a le pouvoir de me rendre heureuse ou malheureuse selon ce qu'il dit. C'est complètement fou. Suis une maman solo, ne peux pas me permettre d'être ballottée à tout vent au gré des SMS d'un parfait inconnu qui a l'âge d'être mon fils.

23:55. Arrivée d'un SMS :
<Tu étais très belle, c'était un baiser merveilleux et j'ai passé une soirée délicieuse.>
Bouffée de bonheur. Et puis me suis avisée qu'il n'avait pas proposé d'autre rendez-vous. Que faire : répondre ou laisser courir ? Laisser courir. Jude dit que dans des messages suivis, il ne faut jamais être la dernière à textoter.

23:57. Si seulement il était ici, si seulement il était ici. À ceci près que, bien sûr, je ne ramènerais jamais un jeune mec à la maison. Bien sûr que non.

Mercredi 23 janvier 2013
5:15. Heureusement qu'il n'est pas là. Mabel vient juste de faire irruption dans ma chambre à grand bruit. Mais au lieu d'être en pyjama avec les cheveux dans la figure, elle était habillée en uniforme d'école. La pauvre puce ! Je crois qu'elle est obsédée par le fait que j'ai toujours *l'air d'être en retard*, que le matin, je ne suis pas très coordonnée ; si bien qu'elle a décidé de s'habiller très à l'avance. Je la comprends, mais Chloe arrive à 7 heures, fraîche comme une rose et prête pour la journée, elle aide calmement les enfants à s'habiller, leur prépare le petit déjeuner, les laisse regar-

der la télé sans piquer des crises imprévisibles à propos des intrigues et des voix suraiguës et surexcitées de *Bob l'éponge*. À 8 heures, ils sont dehors et attendent devant le mur de l'école que la porte s'ouvre.

Enfin, j'ai fait tout ça hier, et nous étions devant le mur à 8 h 25, ce qui est bien, non ? On ne va pas passer dix minutes assis sur un mur ? Bien que ça contribue peut-être à améliorer le relationnel avec les autres parents.

Bref, je l'ai recouchée sans la déshabiller et suis allée me recoucher moi-même. Seulement je n'ai pas entendu le réveil.

En attendant
le second rendez-vous

Jeudi 24 janvier 2013
21 : 15. Les enfants dorment. Presque quarante-huit heures ont passé depuis le dernier SMS de Roxster. Décidée à ne pas demander l'avis des amis parce que si je dépends d'eux pour orchestrer ma relation, c'est qu'il y a quelque chose qui cloche sérieusement.

21 : 20. Viens d'appeler Talitha et lui ai lu le dernier message.

<Tu étais très belle, c'était un baiser merveilleux et j'ai passé une soirée délicieuse.>

« Et tu n'as pas réagi ?

— Non. Il n'a pas proposé qu'on se revoie ni rien. C'est comme s'il avait dit qu'il avait passé un moment super et tiré un trait dessus.

— Oh, chérie.

— Quoi ?

— Qu'est-ce que je vais faire de toi ? Ça fait combien de temps qu'il t'a envoyé ce texto ?

— Deux jours.

— DEUX JOURS ! Et il l'a envoyé le soir, juste après le rendez-vous ? OK. Attends. Poste ça. »

Le « ping » du SMS de Talitha a retenti.

<Me suis enfin remise de ma honte d'avoir vomi pendant notre première rencontre. J'ai passé une

soirée délicieuse moi aussi. Et c'était un baiser merveilleux. Tu fais quoi ?>

J'ai rappelé Talitha aussitôt.

« C'est super, mais le "Tu fais quoi ?", ce n'est
pas un peu... ?

— Tu ne vas pas nous faire une explication de
texte. Envoie ça. Franchement, s'il met trois jours
à répondre parce qu'il est vexé, je ne lui jetterai
pas la pierre. »

J'ai envoyé le SMS. Je l'ai aussitôt regretté et
j'ai foncé sur le réfrigérateur. Je venais de sortir
un morceau de fromage et une bouteille quand le
signal d'un message a retenti.

<Jonesey ! Je m'inquiétais et me demandais si tu
t'étais étouffée avec ton vomi. Suis à l'Holiday Inn
de Wigan. J'ai une réunion avec le bureau de recyclage du conseil municipal. Et toi, tu fais quoi ? Tu
cherches tes lunettes ?>

<Réfléchis deux secondes, Roxster ! Si je cherchais
mes lunettes, je ne pourrais pas lire le texto.>

<Tu aurais pu demander à quelqu'un de l'Assis-
tance aux personnes âgées de t'aider. Week-end
chargé en perspective, Jonesey ?>

Ouais !!!! Roxster est merveilleux. Je n'ai
même pas besoin d'envoyer de SMS à Talitha
ou de vérifier le Code des rencontres pour
voir si c'est une invitation. C'en est une. Sans
ambiguïté. Oh non ! C'est la fête des Casques à
St. Oswald ce week-end. Et je ne peux pas dire
à Roxster que ma mère est dans un village de
retraités parce que sa mère a peut-être le même
âge que moi.

<Tu parles, incroyablement glamour, mon week-
end. *Penaude* Je vais voir ma mère à côté de
Kettering.>

Puis, me rappelant qu'il fallait lui faciliter les choses pour proposer un rendez-vous, j'ai ajouté :

<Mais je suis là le week-end suivant et il est impératif que tu sois puni de ton impertinence.>

Il y a eu une pause angoissante.

<Vendredi soir ? Mais je mettrai un livre dans mon caleçon.>

<Un guide pour les rencontres ?>

<Cinquante nuances pour élargir son cercle. Vendredi OK ?>

<Parfait.>

<Bien. Bonne nuit, Jonesey. Il me faut ma dose de sommeil si je veux être frais pour le conseil municipal de Wigan.>

<Bonne nuit, Roxster.>

Bas les casques

Samedi 26 janvier 2013

*61 kg (glissement inquiétant vers l'obésité impu-
table à ma mère) ; SMS de Roxster : 42 ; minutes
passées à imaginer rencontre avec Roxster : 242 ;
babysitters disponibles pour me permettre d'aller à
un rendez-vous avec Roxster : 0.*

10 : 30. Le jour de la fête des Casques à St. Oswald
est arrivé. Le téléphone a sonné juste au moment
où je m'efforçais de convaincre Mabel de quitter
son T-shirt Disney et les leggings violets qu'elle
avait enfilés subrepticement pendant que j'étais
au premier (Mabel refuse l'idée que des leggings
sont plus proches des collants que du pantalon
et qu'il faut vraiment mettre quelque chose par-
dessus) et de passer l'ensemble robe et cardigan
de la Saint-Valentin que maman avait envoyé
pour elle : une robe blanche très années 1950,
avec des impressions de cœurs rouges, une jupe
en corolle et une grosse ceinture rouge nouée à
l'arrière.

« Bridget, tu ne vas pas être en retard, j'espère ?
Parce que Philip Hollobine et Nick Bowering
prennent la parole à 13 heures précises pour que
nous puissions déjeuner ensuite.

— Qui c'est, Philip Hollobine et Nick
Bowering ? » ai-je demandé, toujours perplexe
devant la façon qu'a ma mère de balancer des

noms dont personne n'a entendu parler comme si elle citait des célébrités de Hollywood.

« Mais si, tu connais Philip, ma chérie. Philip ? Le député de Kettering ! Il s'implique vraiment dans les fêtes de St. Oswald, même si Una dit que c'est parce qu'il sait qu'il aura sa photo dans le journal puisque Nick travaille au *Kettering Examiner*.

— Et qui est Nick ? » ai-je demandé en sifflant à Mabel « Mais ESSAIE-LA juste, ma chérie ! », écho surréaliste d'une autre époque où ma propre mère essayait de me forcer à enfiler des ensembles BCBG de chez Fraser House.

« Mais si, tu connais Nick, ma chérie ! Le P-DG de GLT ! » Et elle a ajouté rapidement : « De la Gestion des loisirs de Thornton ! Je veux aussi te présenter. » Sa voix a soudain baissé d'une octave : « Paul, le chef pâtissier. » Quelque chose dans la façon dont elle a prononcé ce prénom, à la française, m'a mis la puce à l'oreille. « Tu ne vas pas te mettre en noir, hein ? Porte une couleur vive ! Rouge, pour la Saint-Valentin ! »

11:00. Ai enfin réussi à décrocher maman du téléphone et à faire entrer Mabel dans la robe à vrai dire adorable offerte par sa grand-mère.

« Je portais des robes comme celle-ci, ai-je dit non sans nostalgie.

— Ah ? Tu es née à l'époque de la reine Victoria ?

— Non, ai-je rétorqué, indignée.

— À la Renaiffanfe, alors ? »

Me suis vite remise à penser à Roxster et aux textos à envoyer. Les SMS ont vraiment mis en relief la vie de tous les jours et je me sens à la fois coupable et irresponsable vis-à-vis de mes followers, car d'accro à Twitter, je suis devenue accro aux SMS.

Je m'aperçois que Twitter a eu un effet négatif sur ma personnalité, en me rendant complètement obsédée par mon nombre de followers, peu spontanée et regrettant un tweet sitôt envoyé, avec un sentiment de culpabilité si je ne relatais pas les événements les plus banals de ma vie à mes followers, quitte à en faire disparaître immédiatement un certain nombre à chaque fois.

« Maman ! a dit Billy. Pourquoi tu regardes dans le vide comme ça ?

— Pardon ! » ai-je répondu en jetant un coup d'œil à l'horloge. « Oh là là ! On est en retard ! » Et j'ai aussitôt commencé à courir en tous sens, donnant des ordres brouillons et répétitifs : « Mettez vos chaussures, mettez vos chaussures », comme un perroquet. Au beau milieu de cette agitation, j'ai reçu un SMS de Chloe me disant qu'elle était dans l'impossibilité ab-so-lue de garder les enfants vendredi soir.

Catastrophe ! Voilà qui compromet gravement le rendez-vous avec Roxster. Rebecca va passer le week-end dans sa « belle-famille » (bien qu'elle ne soit pas mariée), Tom est à Sitges pour un anniversaire (il s'est trouvé une suite avec terrasse de quarante mètres carrés et baignoire équipée pour la chromothérapie à 297 livres plus les taxes), Talitha ne pratique pas les enfants et Jude va à un second rendez-vous, ce qui est bon signe. Comment vais-je bien pouvoir me débrouiller ?

Pendant que nous foncions – en retard – vers Kettering, j'ai soudain eu une idée de génie : et si je demandais à maman de garder les enfants ? Elle pourrait peut-être inviter Billy et Mabel à St. Oswald's House pour la nuit !

Le pénis des bernacles

Sommes arrivés à St. Oswald's House, où l'ambiance générale, entièrement transformée, tenait à la fois du salon de la Maison et du Jardin et de la cérémonie de plantation d'arbres par un membre de la famille royale. Les drapeaux rouge et blanc de GLT flottaient partout, il y avait des plateaux garnis de verres de vin blanc posés sur des tables en plastique, et des jeunes filles en tenue très austère, style « meilleure employée du mois », qui tenaient des bloc-notes et scannaient l'assistance en quête de nouveaux arrivants aimant rire mais souffrant d'une légère incontinence.

En suivant les indications, j'ai contourné à la course le flanc du bâtiment avant de déboucher dans le jardin à l'italienne, où la cérémonie avait déjà commencé. Grâce à un système de sonorisation, Nick – ou Phil – s'adressait à un groupe de seniors portant des casques de chantier fantaisie. Ai tendu à Mabel le panier de cœurs en chocolat que nous avions apporté et qu'elle a aussitôt fait tomber sur le gravier. Il y a eu un instant de calme, puis : a) Billy a marché dessus, b) Mabel a éclaté en sanglots de désespoir si perçants que Nick – ou Phil – a arrêté son discours et que tout le monde s'est retourné pour regarder, c) Billy a à son tour éclaté en sanglots de désespoir, d) maman et Una, avec leurs volumineuses choucroutes crêpées et des tenues pastel identiques évoquant les robes-manteaux de la mère de Kate Middleton, ont foncé vers nous, e) Mabel a essayé de ramasser les cœurs en chocolat, mais sa détresse et son humiliation étaient telles que je l'ai prise dans mes bras comme la Vierge Marie, et me suis aperçue un peu tard que plusieurs pastilles en chocolat étaient maintenant sandwichées entre l'ensemble à la Shirley Temple de ma fille et mon manteau pastel style Grace Kelly acheté chez J. Crew.

« Ce n'est pas grave », ai-je chuchoté, tenant le petit corps grassouillet secoué par les sanglots. « Les cœurs, c'était pour la galerie. C'est toi qui comptes. » Maman est arrivée à ce moment-là, très affairée : « Oh, je t'en prie, laisse-MOI la prendre, a-t-elle dit.

— Mais... », ai-je protesté. Trop tard. Le manteau bleu glacier était maintenant taché de chocolat lui aussi.

« Oh, mer... credi ! » s'est exclamée maman en reposant Mabel d'un geste rageur, ce qui a provoqué chez celle-ci une recrudescence de sanglots à plein volume ; elle a pressé son petit corps taché de chocolat contre une de mes jambes de pantalon crème, l'entourant de ses bras, tandis que Billy commençait à brailler : « Je veux rentreeeeeeeeer à la maisoooooooon ! »

Un signal de SMS a retenti : Roxster !
<Jonesey. Suis au Muséum d'histoire naturelle. Sais-tu que de toutes les créatures du monde, ce sont les bernacles qui ont pénis le plus grand par rapport à leur corps ?>

De saisissement, j'ai laissé tomber le téléphone, manquant de peu la tête de Mabel. Maman s'est baissée pour le ramasser.

« Qu'est-ce que c'est que ça ? a-t-elle dit. En voilà, un drôle de message !

— Ce n'est rien, ai-je bafouillé en attrapant l'appareil. C'est juste... le poissonnier !! »

En fond sonore, le discours de Nick – ou Phil – atteignait une sorte de crescendo qui a culminé avec le cri « Tirons nos chapeaux ! » que les résidents seniors ont repris en chœur, en jetant leurs casques en l'air. Là-dessus, Billy a de nouveau fondu en larmes, gémissant : « Moi aussi, je voulais tirer mon chapeau. » Mabel a dit « Crotte, alors ! » et Billy, que la tension rendait furieux d'une façon que je ne connais que trop, s'est tourné vers moi en disant : « Tout ça, c'est de ta faute, et je vais te tuer ! »

Avant d'avoir compris ce qui se passait, la tension m'était montée à la tête et j'ai lâché la vapeur en criant : « C'est moi qui te tuerai d'abord !

— Bridget ! a dit maman, au bord de l'apoplexie.

— C'est lui qui a commencé ! ai-je répliqué.

— C'est pas vrai. C'est toi qui as commencé par être en retard ! »

Tout a viré au cauchemar intégral. Mais pas moyen de s'en échapper.

Nous avons tous pris le chemin des toilettes à l'extérieur de la grande maison afin de nettoyer nos vêtements.

J'ai réussi à me glisser dans un des box pour répondre à Roxster au sujet du pénis géant des bernacles.

<Ah bon ? Eh ben dis donc ! À quel stade ?>

<Attends, vais voir si peux exciter bernacle.>

Je suis sortie des cabinets avec des taches encore plus étalées car je les avais fait pénétrer dans le tissu. Il y a eu un interlude de calme pendant que maman était partie se changer et que les enfants étaient brièvement distraits par un clown qui gonflait des ballons en leur donnant la forme d'animaux. Le clown s'ennuyait manifestement, car Mabel et Billy étaient les deux seuls petits-enfants de moins de trente-cinq ans, mis à part les deux arrière-petits-enfants, qui étaient des bébés. J'ai envoyé un SMS à Roxster à propos des ballons en forme d'animaux. Ce à quoi il a répondu :

<Tu peux lui demander d'en faire un en forme de bernacle avec une érection ?>

Moi : <Il faut que ce soit à l'échelle ?>

Hi hi. Ce qu'il y a de magique dans les textos, c'est qu'ils vous permettent d'avoir une connivence immédiate et affective, permettant à chacun de faire un commentaire en direct de votre vie sans que cela prenne du temps ou implique des rendez-vous ou bien toutes ces choses compliquées et ennuyeuses qui ont lieu dans le vieux monde ennuyeux d'avant l'apparition du cyber-monde. Excepté le sexe, il serait parfaitement possible d'avoir une relation complète, beaucoup plus intime et saine que bien des mariages traditionnels, sans rencontrer la personne !

Peut-être que c'est une solution d'avenir. Le sperme sera donné, congelé par l'intermédiaire du site de rencontres qui vous aura mis en contact au départ. Mais ensuite, eh bien, les femmes finiront exactement comme moi, à courir comme des folles d'un enfant – qui a fait quelque chose de sale et de complexe dans les toilettes – à l'autre – qui est coincé entre le frigo et la porte du frigo. Peut-être que la solution d'avenir, ce sont les cyberenfants un peu comme ces jouets japonais, les Tamagotchi, qui vous donnent l'illusion d'être des parents pendant deux jours environ, le temps que vous vous en lassiez – combinés avec des peluches. Seulement, la race humaine s'éteindrait et... aaah, autre SMS de Roxster.

<Ça risque d'être compliqué. Mais j'aimerais qu'il prenne un ballon rose chair.>

Moi : <Les bernacles ne sont pas roses.>

Roxster : <Tu apprendras que le gland de mer géant, qui vit sur la côte ouest de l'Amérique, est rose vif. Mais je suis sûr que ton clown n'est pas sans le savoir.>

« Bridget, tu es toujours en train de parler avec ton poissonnier ? » Ma mère avait revêtu une autre tenue style mère de Kate Middleton, seulement cette fois-ci elle était d'un rose gland de mer. « Pourquoi ne vas-tu pas chez Sainsbury's ? Ils ont une poissonnerie extraordinaire ! Enfin, viens ! Tu sais que Penny Husbands-Bosworth s'est remariée ? » a-t-elle commencé, en mode volubile, m'entraînant loin du scénario enfants et ballons.

« Ashley Green ! Tu te souviens d'Ashley ? Du cancer du pancréas de Wyn ? Elle avait à peine disparu derrière les panneaux du crématorium que Penny sonnait chez Ashley avec un ragoût de saucisses.

— Ce n'est pas prudent de laisser les enfants...

— Ils ne risquent rien, ma chérie, avec leurs ballons. Et puis Penny disait qu'on devrait vraiment te présenter Kenneth Garside ! Il est seul. Toi aussi, et...

— Maman ! » ai-je sifflé tandis qu'elle m'entraînait vers la pièce portant le nom alarmant de « salle polyvalente ». « Ce n'est pas le type qui entrait dans toutes les cabines pendant la croisière ?

— Ma foi, oui, c'est vrai, ma chérie. Mais en réalité, c'est un homme qui est TRÈS porté sur la chose, et il a besoin d'une femme plus jeune. Il n'a que soixante-neuf ans.

— SOIXANTE-NEUF ANS ! » ai-je crié tandis que le signal d'un SMS de Roxter retentissait. Maman a saisi mon téléphone.

« Encore le poissonnier ! » a-t-elle dit, le visage réprobateur, en me montrant le message.

<60 cm au repos, 1,2 m en érection.>

« Qui est ce poissonnier ? Oh, mais regarde ! Voilà Kenneth. »

Kenneth Garside, pantalon gris et pull rose, a esquissé un petit pas de danse en venant vers nous. Pendant une seconde, j'ai cru me trouver face à Tonton Geoffrey, le mari d'Una, l'ami de papa, avec son style de pantalon, ses pulls de golf, ses petits pas de danse, ses « Comment vont tes amours ? » et « Quand va-t-on te voir mariée ? ».

J'ai commencé à tomber dans un puits de chagrin en pensant à papa et à ce qu'il aurait dit de tout ça. Mais Ken Garside m'a fait revenir sur terre en dévoilant une énorme rangée de fausses dents d'un blanc éclatant au milieu de son visage carotte et en me disant d'un ton qui m'a révulsée : « Bonjour, jolie dame. Je suis Ken69. C'est mon âge officiel, mes préférences secrètes et le nom de mon profil sur les sites de rencontres. Mais je n'aurai peut-être plus besoin d'aller sur Internet maintenant que je vous ai rencontrée ! »

Beuark ! ai-je pensé. Puis j'ai aussitôt frémi devant ma propre hypocrisie, car un simple calcul mental m'a amenée à la conclusion terrifiante que la différence d'âge entre Roxster et moi était de quatre ans supérieure à celle entre moi et Kenneth Garside. Enfin, son âge officiel.

« Hahaha ! a dit maman. Tiens, voilà Paul, j'ai quelque chose à lui dire à propos des flans. » Et elle a filé vers un homme en tenue de chef, me laissant avec les fausses dents éblouissantes de Kenneth Garside juste au moment où, Dieu merci, Una a commencé à taper sur un verre avec une cuillère. « Mesdames, messieurs ! La projection des diapos de la croisière va maintenant commencer ! »

« Puis-je vous offrir mon bras ? » a dit Kenneth, prenant le mien d'autorité. Il est entré avec moi en se pavanant dans la salle de bal où des rangées de chaises crème à dorures chichiteuses se remplissaient, face à un écran géant sur lequel s'affichait une photo du paquebot de croisière.

Quand nous nous sommes assis, Kenneth Garside a dit : « Mais qu'est-ce qu'on a là sur son pantalon ? » et s'est mis à me frotter le genou avec son mouchoir. Pendant ce temps, Una est montée sur l'estrade et a commencé : « Chers amis, chères familles, la récente croisière de St. Oswald a été le point d'orgue d'une année déjà très remplie et très épanouissante. »

« Arrêtez », ai-je sifflé à Kenneth Garside, essayant de repousser sa main de mon genou.

« Tout est numérisé à présent, a poursuivi Una. Et maintenant, je vais commenter le diaporama, et certains pourront revivre ces instants merveilleux qui vont faire rêver les autres ! »

La photo du paquebot a cédé la place à une mosaïque de petites photos, et on a zoomé sur une de maman et Una montant à bord et agitant les bras.

« Les hommes préfèrent les blondes ! » a déclaré Una, faisant écho à la bande sonore du diaporama, où Marilyn Monroe et Jane Russell chantaient *Two Little Girls from Little Rock*, accompagnant une photo de maman et Una rendant un hommage grotesque au film, couchées côte à côte sur un lit de leur cabine, regardant coquettement la caméra et levant chacune une jambe.

« Waouh ! » a dit Kenneth.

Soudain, la bande sonore a été remplacée par un jingle électronique familier et le diaporama a cédé la place à un dessin animé aux couleurs criardes où un dragon crachait le feu sur un sorcier borgne et violet. Pétrifiée, j'ai compris qu'il s'agissait de Wizard101. Est-ce que par hasard... Est-ce que Billy pouvait s'être connecté et... Soudain, la page de Wizard101 a disparu pour être remplacée par ma page d'e-mails entrants affichant « Bienvenue, Bridget », avec une liste de sujets de mails dont le premier, de Tom, s'intitulait « Le cauchemar de la croisière de St. Oswald ». Que FABRIQUAIT Billy ?

« Excusez-moi, excusez-moi », ai-je dit, saisie par la panique, me frayant un chemin jusqu'au bout de la rangée dans la consternation générale, et m'efforçant de ne pas croiser le regard de maman.

Je suis sortie au trot dans l'entrée et suis retournée dans la pièce des ballons où j'ai trouvé Billy, complètement concentré sur ce qu'il faisait, en train de taper furieusement sur un MacBook Air, qui était relié à de multiples câbles et prises Ethernet sur une petite table.

« Billy !

— Attends ! Il faut que je finisse ce niveaaaau ! Je ne suis pas allé voir tes e-mails. J'étais juste en train d'essayer de retrouver mon mot de passe.

— Sors de là ! » ai-je hurlé. Je l'ai forcé *manu militari* à se lever, j'ai fermé les fenêtres Wizard101 et Yahoo ! et l'ai tiré vers l'endroit où se trouvaient les ballons juste au moment où un homme avec des lunettes à monture d'acier faisait irruption dans la pièce et se ruait vers l'ordi portable, l'air traumatisé.

« Quelqu'un a touché à ça ? » a-t-il demandé, incrédule, en promenant son regard autour de la pièce. J'ai fixé Billy, espérant qu'il allait se taire ou mentir. Il a froncé les sourcils, pensif, et je voyais qu'il se souvenait de tous mes fichus sermons sur l'importance de l'honnêteté et de la franchise. J'avais envie de lui crier : « Pas maintenant ! Il est permis de mentir quand maman a besoin que tu le fasses ! »

« Oui. C'est moi, a dit Billy d'un ton contrit. Je suis désolé. Je ne voulais pas lire les e-mails de maman, mais j'avais oublié mon mot de passe. »

21 : 15. À la maison et au lit à présent. Après cette journée désastreuse, le problème de la garde des enfants vendredi reste entier. Ai essayé d'en toucher deux mots à maman lorsque le tumulte s'est apaisé, mais elle s'est bornée à me regarder d'un œil froid en disant qu'elle avait Aqua-Zumba.

21:20. Viens d'appeler Magda, mais elle file à Istanbul pour une petite escapade avec Woney et Cosmo.

« J'aimerais pouvoir te dépanner, Bridge, a-t-elle dit. Moi, j'ai toujours pu compter sur ma mère pour les urgences de babysitting. Ça doit être un problème d'avoir des enfants sur le tard. Est-ce que les enfants sont trop jeunes pour que tu puisses aider ta mère, ou est-ce qu'elle est trop vieille pour t'aider ?

— Ni l'un ni l'autre. Elle a Aqua-Zumba. »

Vais devoir essayer Daniel.

22:45. Viens d'appeler Daniel.

« Tu couches avec qui, Jones ?

— Personne.

— J'exige de le savoir.

— Mais personne, je t'assure, c'est seulement que...

— Je vais te punir.

— Je me disais juste que ça te ferait plaisir de les avoir.

— Jones. Tu as toujours été totalement et catastrophiquement nulle pour mentir. Je suis mort de jalousie. J'ai l'impression d'être un vieux con largué.

— Daniel, ne sois pas ridicule, tu es follement viril et séduisant, tu fais jeune et tu es incroyablement sexy...

Coucher ou ne pas coucher ?

Mercredi 30 janvier 2013
Arguments pour coucher avec Roxster : 12 ; arguments contre : 3 ; pourcentage de temps passé à décider si je dois ou non coucher avec Roxster, à me préparer à l'éventualité de coucher avec Roxster et à imaginer la chose, comparé au temps que cela me prendrait probablement de coucher avec lui : 585 %.

21 : 30. Viens d'appeler Tom. « ÉVIDEMMENT, TU COUCHES AVEC LUI, a dit Tom. Il est grand temps de le perdre, ton repucelage, sinon il va devenir un obstacle de plus en plus sérieux. Et puis l'occasion fait le larron. Combien de fois as-tu la maison pour toi toute seule ? En plus, d'après Talitha, c'est un mec bien. »

Ai appelé Talitha pour comparer les points de vue :

« Qu'est-ce que je t'ai dit ? Qu'il ne fallait pas coucher trop tôt !

— Tu as dit "Pas avant de te sentir prête", tu n'as pas dit "trop tôt" », ai-je précisé. Puis j'ai cité l'argument de Tom et ajouté, pour renforcer ma position :

« Ça fait des semaines qu'on s'envoie des SMS. C'est sûrement équivalent à ces situations de chez Jane Austen, où ils s'écrivaient des lettres pendant des mois, et puis hop ! ils se mariaient.

— Bridget. Coucher au deuxième rendez-vous avec un type de vingt-neuf ans rencontré sur Twitter n'est pas une de "ces situations de chez Jane Austen".

— Mais c'est toi qui as dit, je cite : "Il faut lui trouver un mec."

— Oui, bon, je sais. Et Roxster semble avoir toutes les qualités requises. Vas-y au feeling, ma chérie. Mais sois prudente, tiens-nous au courant et utilise une capote.

— Une capote ! Non, je ne vais pas pouvoir coucher avec lui ! Je ne vais jamais oser me mettre à poil devant lui !

— Mets une combinaison, ma chérie.

— Comme celle du plombier ?

— Va chez La Perla – non, pas chez La Perla, ça coûte les yeux de la tête. Va chez Princesse tam.tam et achète-toi deux petites camisoles sexy en soie noire. Je crois que la dernière fois que tu t'es sérieusement occupée de lingerie, ça s'appelait des nuisettes. Ou peut-être une noire et une blanche. Avec ça, tu montres tes jambes et ton décolleté, qui sont toujours ce qui se maintient le mieux ; quant à la zone centrale – qu'on n'a pas nécessairement envie de montrer –, eh bien, elle reste masquée. D'accord ? »

Jeudi 31 janvier 2013

10 : 00. Viens d'ouvrir mes e-mails.

De : Brian Katzenberg
Sujet : Votre scénario

10 : 01. Yessss ! Mon scénario a été accepté !

10 : 02. Ah.

De : Brian Katzenberg
Sujet : Votre scénario

Nous avons eu deux ou trois réactions à propos de votre scénario. Mais personne n'a donné suite. Les thèmes sont excellents, mais les gens veulent quelque chose qui soit plus proche de la comédie romantique. Je continue à prospecter.

10 : 05. Ai envoyé message faussement optimiste :

Merci Brian. Je croise les doigts.

Maintenant, suis au trente-sixième dessous. Suis nulle comme scénariste. Vais aller dans les magasins faire une expédition lingerie.

Midi. Reviens d'acheter camisoles, même si je ne vais pas coucher avec Roxster. Bien sûr que non.

14 : 00. Rentre de me faire épiler les jambes et le maillot. Mais je ne vais pas coucher avec lui. Bien sûr que non.

À l'institut, Chardonnay m'a dit que je devrais me faire une épilation brésilienne, parce que c'est ce que les mecs jeunes s'attendent à voir aujourd'hui, et elle m'a dit que je devrais m'offrir plusieurs séances de traitement au laser.

« Mais, ai-je objecté, si la mode brésilienne passe et si on en revient à la touffe géante et généreuse comme chez les Français ? »

Là-dessus, Chardonnay m'a avoué qu'elle s'était fait faire un traitement au laser et qu'elle était lisse comme un bébé. Mais elle admet être inquiète : et si elle couche avec quelqu'un qui n'aime pas l'épilation intégrale ? Elle m'a confié qu'elle avait envisagé d'essayer cette lotion qui fait repousser les cheveux des chauves.

15 : 15. Totalement angoissée, ai opté pour une sorte d'épilation brésilienne aménagée : le « ticket de métro ». Impossible de faire l'amour avec qui que ce soit après ça, ce qui ne pose pas de problème puisque, de toute façon, je ne vais pas coucher avec lui.

Vendredi 1er février 2013
9 : 30. Après avoir déposé Billy et Mabel à l'école, ai fait une incursion furtive chez Boots pour acheter des préservatifs, ce que je pouvais difficilement faire avec les enfants à mes basques. (D'un autre côté, la présence des enfants aurait pu suggérer que cet achat était une attitude responsable face à la surpopulation du globe plutôt qu'un signe de conduite dissolue.)

J'attendais devant le comptoir quand j'ai eu l'impression que quelqu'un regardait dans mon panier. En levant les yeux, j'ai vu Mr. Wallaker au comptoir d'à côté ; à présent, il avait l'œil fixé droit devant lui, mais il avait manifestement vu les préservatifs parce que le coin de sa bouche frémissait. J'y suis allée au culot, gardant la tête haute, et j'ai dit : « Quel temps désastreux pour le match de rugby d'aujourd'hui, hein ?

— Oh, je ne sais pas. Parfois, c'est plutôt pas mal dans la boue, a-t-il dit en prenant son sac Boots avec un gloussement amusé. Bon week-end. »

Mouais. Il n'en rate pas une, ce Mr. Wallaker. Et puis d'abord, qu'est-ce qu'il faisait chez le pharmacien à neuf heures et demie du matin en semaine ? Il n'aurait pas dû être à l'école en train d'organiser une de ses rébellions militaires ? Il était sans doute en train d'acheter des capotes, lui aussi. Multicolores.

Sur le chemin du retour, ai commencé à paniquer à l'idée de confier les enfants à Daniel et l'ai appelé.

« Jones, Jones, Jones, Jones, Jones. Qu'est-ce que tu peux bien t'imaginer ? Les petits chéris seront bichonnés de façon méticuleuse, voire gâtés-pourris. Je vais les emmener, a-t-il annoncé avec majesté, au cinéma.

— Voir quoi ? ai-je demandé, inquiète.

— *Zero Dark Thirty*.

— QUOI ?

— C'est ce que nous autres humains appelons plaisamment "une blague", Jones. J'ai des billets pour *Les Mondes de Ralph*. Ou plus exactement, je vais très vite avoir des billets pour *Les Mondes de Ralph* maintenant que tu m'as rappelé cette merveilleuse soirée en perspective. Et puis, je les emmènerai dans un restaurant gastronomique, genre McDonald's, ensuite je leur lirai des classiques de la littérature enfantine jusqu'à ce qu'ils s'endorment en ronronnant. Et si tu me fais parvenir une brosse à cheveux, je leur donnerai des fessées avec s'ils ne sont pas sages. Bon, alors, AVEC QUI TU COUCHES ? »

À cet instant précis, le signal d'un texto a retenti sur mon téléphone : Roxster.

<Ça te dirait, un ciné, ce soir ? Les Misérables, par exemple ?>

UN CINÉ ? Rétropédalage frénétique. LES MISÉRABLES ??? Il ne sait donc pas que je me livre à une vraie course d'obstacles pour qu'on puisse coucher ensemble ? Nuisettes, épilation de maillot, capotes, Daniel et tout le déménagement des enfants en perspective ? Me suis rappelé le Code des usages, ai pris quelques inspirations profondes et ai envoyé SMS suivant :

<Super. C'est une comédie romantique ?>

<Ah, tu pensais à Pénis et Rāble ? la dernière comédie érotico-zoophile franco-britannique ?>

Et l'échange de SMS a continué, sur un ton de plus en plus scabreux.

17 : 00. Branle-bas de combat pour la nuit des enfants chez Daniel : Salive, plusieurs lapins, Horsio, Mario, Puffles 1, 2 et 3, familles Sylvanian, pyjamas, brosses à dents, dentifrice, crayons et livres de coloriage, une boîte entière de DVD au cas où Daniel serait à court d'idées, des livres convenables pour éviter que la lecture du soir soit un article de *Penthouse Forum*, numéros de téléphone d'urgence, trousse de pharmacie et manuel de premiers secours et, priorité entre toutes, brosse à cheveux.

Billy et Mabel piaffaient d'impatience.

Daniel est arrivé en Mercedes décapotée. J'ai dû lutter contre mon envie de lui demander de remettre la capote. Ce n'est pas très prudent de conduire des enfants en voiture décapotée, non ? Et si une grande planche leur tombait dessus de l'arrière d'un camion ?

« On remet la capote ? » a proposé Daniel à Billy en voyant ma tête. Aïe, me suis-je dit juste au moment où, devant l'air effaré de Billy, « On va juste pousser… ça… », a dit Daniel en ôtant prestement les magazines du siège avant ; sur le premier de la pile s'étalait en gras au-dessus d'une photo très bizarre le titre suivant : LAVAGE VOITURE LESBIEN !

« Il ne faut pas mourir idiot », a-t-il lancé gaiement en montant dans la voiture et en installant Billy sur le siège du passager. « Je m'occupe des freins et toi des boutons, d'accord ? »

Les enfants, oubliant totalement leur mère angoissée qui flippait à mort, ont hurlé de joie quand la capote a commencé à se refermer. Mais Mabel a soudain eu l'air inquiet.

« Tonton Daniel, t'as oublié de mettre nos feintures ! »

Quand j'ai eu persuadé Daniel d'installer Billy à l'arrière, en lui rappelant l'accident de Britney Spears, tout le monde a bouclé sa ceinture et j'ai agité la main tandis qu'ils s'éloignaient sans même tourner la tête.

Et je me suis retrouvée dans la maison vide. J'ai déblayé ma chambre de toutes les peluches, de *Fifi Brindacier* et *Comment éduquer ton dragon*, ainsi que des livres de développement personnel un peu embarrassants, puis ai commencé à faire disparaître du living les traces de présence enfantine, mais ai renoncé devant l'ampleur de la tâche. Et puis, je ne vais pas coucher avec lui, en tout état de cause. Après quoi, je me suis fait couler un bain chaud, y ai versé des sels parfumés et ai mis de la musique, en me rappelant que les deux choses les plus importantes étaient : a) d'être calme mais branchée sexe (ce qui n'était pas un problème) et b) d'aller au bon endroit à la bonne heure.

Second rendez-vous
avec mon toy boy

Vendredi 1ᵉʳ février 2013 (suite)

Je n'ai littéralement aucune idée de ce qui se passe dans *Les Misérables*, et il faudra vraiment que je revoie le film. Il paraît qu'il est excellent. Je ne pensais qu'à une chose : à la proximité du genou de Roxster et du mien. Il avait la main sur sa cuisse, et j'ai aussi laissé la mienne sur ma cuisse, si bien qu'il s'en serait fallu de quelques centimètres seulement pour qu'elles se touchent. C'était terriblement excitant, et je me demandais s'il était aussi excité que moi, mais sans en être certaine. Soudain, au bout d'un long moment, Roxster a tendu le bras et a mis sa main très naturellement sur ma cuisse droite, déplaçant le pouce de façon à faire glisser le tissu sur ma peau nue. Un geste très efficace, et sur lequel il n'y avait aucune méprise possible.

Comme les personnages continuaient à se jeter dans l'eau ou à mourir de coupes de cheveux désastreuses sur le grand écran, tout cela en chansons, j'ai regardé Roxster. Il fixait calmement l'écran, et seule une lueur dans son œil laissait supposer qu'il pensait peut-être à autre chose qu'à la misère version comédie musicale. Il s'est alors penché vers moi et a chuchoté : « On se casse ? »

Une fois dehors, nous nous sommes embrassés avec frénésie, puis, reprenant nos esprits, avons décidé d'aller au moins au restaurant. L'atout majeur de Roxster, c'est que même dans le vacarme d'une succession de restaurants de Soho plus bruyants et bondés les uns que les autres, la conversation avec lui était très drôle. Enfin, après avoir bu de nombreux verres, beaucoup parlé et beaucoup ri, nous avons atterri dans le restaurant où il avait réservé une table pour après le film.

Pendant le repas, il m'a pris la main et a glissé son pouce entre mes doigts. J'ai alors entouré son pouce de mes doigts et l'ai caressé d'une façon discrètement suggestive, sans franchir la ligne jaune de la vulgarité.

Pendant ce temps, nous n'avons ni l'un ni l'autre laissé transparaître dans nos propos que nous étions autre chose que les meilleurs des copains. C'était follement sexy. Suis allée aux toilettes avant de partir et ai appelé Talitha.

« Si tu le sens, ma chérie, vas-y. À la moindre alerte, appelle-moi. Je suis joignable à tout moment. »

Quand nous sommes sortis – encore Soho, mais cette fois-ci, un vendredi soir –, il n'y avait vraiment aucun taxi en vue.

« Comment vas-tu rentrer ? a-t-il demandé. Il est 1 heure du matin. Il n'y a plus de métros. »

J'ai chancelé. Après tous ces préparatifs, ces caresses du pouce, ces appels à Tom et à Talitha, nous n'étions que de bons copains ? Catastrophe !

« Jonesey, a-t-il dit avec un sourire jusqu'aux oreilles, est-ce que tu as déjà pris un bus de nuit ?

Je crois que je vais devoir te raccompagner chez toi. »

Dans le bus de nuit, j'avais l'impression que certaines parties des autres entraient dans certaines parties de moi-même dont je ne connaissais même pas l'existence jusqu'alors. J'avais la sensation d'être plus intime avec les membres de la communauté nocturne des passagers d'autobus que je ne l'avais jamais été avec quiconque. Roxster, cependant, semblait soucieux, comme si cet autobus de nuit était de sa faute.

« Ça va ? » m'a-t-il demandé silencieusement.

J'ai hoché la tête avec le sourire ; j'aurais pourtant préféré être serrée contre lui plutôt que contre l'étrange bonne femme avec laquelle j'étais en train de rejouer la scène de lavage de voiture lesbien que j'avais entrevue sur le magazine de Daniel.

Le bus s'est arrêté et les gens ont commencé à descendre. Roxster s'est frayé un chemin jusqu'à un siège vide et s'est assis, ce qui m'a paru très goujat et surprenant de sa part. Puis, quand tout le monde a été installé, il m'a attirée vers lui et m'a installée à sa place. J'ai levé les yeux pour lui sourire, fière d'être avec un garçon aussi beau et costaud, mais j'ai vu qu'il regardait vers le sol avec une expression horrifiée. Une femme était en train de vomir sans bruit sur ma botte.

À présent, Roxster essayait de contrôler son fou rire. C'était notre arrêt et, quand nous sommes descendus, il a passé un bras autour de mes épaules.

« Une soirée sans vomi est une soirée sans Jonesey, a-t-il déclaré. Attends ! » Il s'est dirigé à grands pas vers une supérette ouverte la nuit et est reparu avec une bouteille d'Évian, un journal et une poignée de serviettes en papier.

« Il va falloir que je prenne l'habitude d'avoir tout ça sur moi. Ne bouge pas. »

Il a versé de l'eau sur ma botte, s'est agenouillé et a essuyé le vomi. C'était terriblement romantique.

« Maintenant, je sens le vomi, a-t-il dit d'un ton navré.

— On pourra laver tout ça à la maison », ai-je répondu, le cœur bondissant d'avoir une raison de le faire entrer, même si le prétexte était du vomi.

Quand nous nous sommes approchés de chez moi, j'ai vu qu'il regardait partout, essayant de se repérer, et de voir dans quel genre d'endroit j'habitais. Une fois devant la porte, j'étais un paquet de nerfs ; mes mains tremblaient tellement en mettant la clé dans la serrure que je ne suis pas arrivée à l'ouvrir.

« Laisse-moi faire, a-t-il proposé.

— Entre », ai-je articulé d'une voix si ridiculement cérémonieuse qu'on aurait dit une serveuse dans un bar des années 1970.

« Est-ce qu'il faut que j'aille me cacher jusqu'à ce que la babysitter s'en aille ? a-t-il chuchoté.

— Il n'y a personne, ai-je répondu sur le même ton.

— Tu as laissé les enfants seuls ?

— Non ! j'ai pouffé. Les enfants sont chez leurs parrain et marraine », ai-je répondu, transformant Daniel en couple, au cas où Roxster penserait qu'il était un homme disponible sexuellement. Ce qu'est Daniel – enfin, tant qu'on ne le connaît pas.

« Alors la maison est à nous ! a tonné Roxster. Je peux aller laver ce vomi ? »

Je l'ai conduit aux toilettes, puis me suis précipitée en bas, me suis recoiffée, ai remis du blush, baissé les lumières, et pris brusquement conscience que Roxster ne m'avait jamais vue à la lumière du jour.

J'ai soudain eu une vision de toutes ces femmes d'un certain âge qui tiennent à rester toujours à l'intérieur, rideaux tirés, à la seule lumière du feu ou des chandelles, et qui, quand elles ont une visite, se mettent du rouge à lèvres partout parce qu'elles n'y voient rien.

Puis j'ai eu un terrible moment de culpabilité et de panique en pensant à Mark. J'avais le sentiment de lui être infidèle ; celui de sauter d'une falaise, d'être loin, loin de tout ce que je connaissais, loin de mon périmètre de sécurité. Je me suis penchée sur l'évier, avec l'impression que j'allais... ma foi... vomir comme il se doit, et soudain, j'ai entendu Roxster éclater de rire. Je me suis retournée.

Oh merde ! Il regardait le tableau de Chloe.

Chloe était persuadée que Billy et Mabel se comporteraient beaucoup mieux le matin s'ils avaient un PROGRAMME. Elle a donc fait un plan chronologique de la façon dont le matin doit se dérouler lorsqu'elle les emmène à l'école. C'était parfait, mais le seul ennui, c'est que c'était très grand, et que l'une des rubriques, que Roxster était en ce moment même en train de lire, disait :

7 h 55-8 h : Bisous et câlins avec maman !

« Est-ce que tu connais leur nom ? » a-t-il demandé. Puis, devant mon expression, il a ri et tendu ses mains pour que je les sente.

« Parfait, ai-je dit. Plus aucune odeur de vomi. Tu veux un verre de… » Mais Roxster était déjà en train de m'embrasser. Il ne se pressait pas. Il était très doux, presque tendre, mais il savait ce qu'il faisait.

« On monte ? a-t-il soufflé. Je veux des bisous et des câlins avec maman. »

J'ai commencé à angoisser, me demandant si, vue de derrière et de dessous, j'avais l'air d'avoir de grosses fesses, mais me suis aperçue que c'étaient les lumières qui préoccupaient Roxster, et qu'il les éteignait soigneusement au fur et à mesure. « Tss, tss, et le gaspillage de l'énergie, Jonesey ? » Ah, ces jeunes et leur souci de la planète !

Quand j'ai ouvert la porte, la chambre semblait très belle, juste éclairée par la lumière du couloir, et Roxster ne l'a pas éteinte, celle-ci. Il est entré et a refermé la porte à moitié. Quand il a ôté sa chemise, j'ai retenu mon souffle. On aurait dit une publicité, avec des plaquettes de chocolat comme on en voit sur les photos retouchées. Il n'y avait personne dans la maison, les lumières étaient baissées, ce garçon était charmant, je ne craignais rien avec lui, et il était beau comme un dieu.

Il a dit : « Viens ici, toi. »

Déflorée

Samedi 2 février 2013
11:40. Roxster vient de partir parce que les enfants doivent rentrer dans vingt minutes avec Daniel. Je n'ai pas pu résister à l'envie de mettre la chanson de Dinah Washington *Mad About the Boy*, et de danser rêveusement dans la cuisine. Je me sens si heureuse, incroyablement bien, comme si rien n'était plus un problème. Je circule dans la maison, je ramasse des objets et les repose, dans un état second. J'ai l'impression d'avoir été plongée dans quelque chose comme du soleil... ou du lait, ah non, pas du lait. Des flashs de la nuit dernière me reviennent sans cesse : Roxster allongé sur le lit, qui me regarde revenir de la salle de bains en nuisette, et me demande en riant si je porte ça parce que je suis « un peu ronde », puis l'enlevant et me disant que je suis beaucoup mieux sans. Moi, regardant le beau visage de Roxster au-dessus de moi, perdu dans l'action du moment, le léger espace entre ses deux incisives. Et puis, soudain, l'onde de choc très adulte de la pénétration, le choc exquis et inattendu après tellement, tellement longtemps, de le sentir tout entier à l'intérieur de moi ; puis, après un instant de pause, commencer à bouger, et me souvenir de l'extase qui peut naître de deux corps. C'est hallucinant, ce que peuvent faire des corps. Et quand j'ai

joui, bien trop tôt, l'expression lascive puis incrédule de Roxster qui m'observait et que j'ai bientôt senti secoué par le rire.

« Quoi ? ai-je dit.

— Je me demandais juste combien de temps ça allait durer. »

Roxster me prenant par les chevilles sous la couette et me tirant brusquement jusqu'au pied du lit avant d'éclater de rire ; et de remettre ça au bord du lit.

Moi, essayant de faire semblant de ne pas avoir d'orgasme au cas où il recommencerait à se moquer de moi.

Enfin, bien des heures plus tard, je me revois en train de caresser ses épais cheveux bruns comme il posait un instant la tête sur l'oreiller, et de passer en revue tous les détails de ses traits parfaits, les toutes petites rides, le front, le nez, la ligne de la mâchoire, la bouche harmonieuse. Le plaisir, le bonheur, l'ivresse d'être touchée après si longtemps par un garçon si jeune, si beau et si doué. Je me souviens d'avoir posé ma tête sur sa poitrine et parlé, parlé dans le noir jusqu'à ce que Roxster prenne mes lèvres et les pince en disant « Chhhut », tandis que j'essayais d'articuler entre ses doigts « Mais vvvveux pas arrêter de barler ». Et il m'a chuchoté gentiment, comme si j'étais une folle ou une enfant : « L'idée, ce n'est pas d'arrêter de parler, c'est de garder tout ça pour demain matin. »

Et puis... Oh merde, on sonne.

J'ai ouvert la porte avec un sourire radieux. Les enfants étaient débraillés, échevelés, barbouillés, mais avaient l'air ravi. Au premier coup d'œil,

Daniel m'a dit : « Jones, tu dois avoir passé une nuit d'enfer. Tu as l'air d'avoir vingt-cinq ans de moins. Tu vas venir sur mes genoux et tu me feras un compte rendu précis et détaillé de cette affaire pendant qu'ils regardent *Bob l'éponge*, tu veux ? »

Dimanche 3 février 2013
21 : 15. Le reste du week-end a été merveilleux. Les enfants étaient heureux parce que j'étais heureuse. Nous sommes sortis, avons grimpé aux arbres, puis regardé *Britain's Got Talent*. Roxster a envoyé un SMS à 14 heures disant que tout avait été merveilleux, sauf le vomi qu'il avait trouvé sur la manche de sa veste. Et j'ai dit que tout avait été merveilleux, sauf les saletés qu'il avait laissées sur les draps. Nous avons reconnu que notre âge mental était très bas, et l'avons démontré par les textos échangés ensuite.

J'ai vraiment de la chance, à l'âge que j'ai, d'avoir eu cette nuit avec quelqu'un de si jeune et si craquant. Je suis vraiment reconnaissante.

21 : 30. Aïe. Soudain, pour une raison inconnue, je me suis souvenue d'une réplique du *Dernier Roi d'Écosse* : « Je préfère coucher avec des femmes mariées. Elles sont si reconnaissantes. » Je crois que celui qui disait ça, c'était Idi Amin.

Retour au présent

2 Retour au présent

La nuit noire de l'âme

Samedi 20 avril 2013
*Textos de Roxster : 0 ; nombre de fois où ai regardé
si j'avais reçu un texto de Roxster : 4 567 ; poux
trouvés sur Billy : 6 ; poux trouvés sur Mabel : 0 ;
minutes passées à penser à Mark, au deuil, à la
tristesse, à la mort, à la vie sans Mark, à essayer
d'avoir une vie de femme à nouveau, à l'Homme
au Perfecto, aux rencontres désastreuses, à l'éducation des enfants et à l'ensemble de l'année passée : 395 ; idées préparées pour la réunion de lundi
avec les productions Greenlight pour le scénario :
0 ; minutes de sommeil : 0.*

5 : 00. Mais il n'y a pas eu que cette nuit-là. Entre
Roxster et moi, le courant est tout de suite passé,
et une semaine en est devenue deux, puis six, et
maintenant ça dure depuis onze semaines et un
jour.

En fait, si en théorie les choses étaient maté-
riellement compliquées avec Roxster, elles étaient
aussi étonnamment simples. L'ennui, c'est qu'il
habitait avec trois autres garçons de son âge.
Nous ne pouvions donc pas aller chez lui, car
cela m'aurait mise dans une situation à la *Beavis
et Butt-head*[1], où j'aurais dû gérer des monceaux

---

1. Série américaine des années 1990, récemment rediffusée
sur Canal+, qui met en scène deux adolescents assez déglin-

de vaisselle sale dans l'évier et des draps pleins de taches suspectes, tout en faisant semblant d'être une amie de sa mère, juste de passage entre ses draps douteux.

Parallèlement, je ne tenais pas à présenter déjà les enfants à Roxster et je ne voulais à aucun prix qu'ils me trouvent au lit avec lui. Mais – grâce au crochet à la porte de ma chambre – nous avons trouvé la solution. Et c'était merveilleux. C'est merveilleux. Merveilleux d'avoir une vie adulte distincte, de retrouver Roxster dans des pubs et des petits restaurants, d'aller au cinéma, de me promener à Hampstead avec lui, de m'envoyer somptueusement en l'air et d'avoir quelqu'un pour qui je compte. Même s'il n'a jamais vu mes enfants, ceux-ci font partie de notre dialogue et de l'échange de SMS qui est devenu le commentaire en direct de nos deux vies, où nous nous racontons ce que nous faisons, ce que nous mangeons, à quelle heure je les ai emmenés à l'école, la dernière frasque du patron de Roxster et autres précisions sur ce que mange Roxster.

Rétrospectivement, je crois que depuis le début, je suis dans un état de délire permanent, surfant sur l'ivresse de l'assouvissement et perdue dans une brume de bonheur. J'écris ces lignes à 5 heures du matin, on est samedi et je n'ai pas dormi de la nuit, tout cela me tourne dans la tête, les enfants se lèvent dans une heure, j'ai la réunion pour le film demain et je n'ai rien préparé, j'ai probablement des poux et Roxster n'a toujours pas envoyé de SMS.

---

gués, obsédés par la violence, le sexe et la musique heavy metal.

22 : 00. Toujours pas de SMS. Je pars en vrille. J'ai laissé des messages et des SMS à Jude, à Tom, à Talitha, mais personne n'a l'air d'être là. Jude a son rendez-vous avec le type de POF.Danse, à moins que ce ne soit POF.Médecins, et elle plante l'Infâme Richard, qui attend une fille imaginaire. Ah, téléphone !

C'était Talitha qui venait à mon secours. A refusé d'écouter mes doléances sur le thème : « C'est parce que je suis *trop vieille* ! » Ce à quoi elle a répliqué : « N'importe quoi, ma chérie ! » et m'a rappelé que dans *Les hommes viennent de Mars et les femmes de Vénus*, on dit bien que les hommes *de tout âge* éprouvent parfois le besoin de rentrer dans leur caverne.

« Et puis aussi, ma chérie, tu l'as vu jeudi soir. Tu ne peux pas t'attendre à avoir ce pauvre garçon un jour sur deux. »

Juste au moment où je me mettais au lit, le signal de SMS a retenti. J'ai sauté sur mon portable, pleine d'espoir. C'était encore Talitha.

<Arrête de te prendre la tête. C'est juste la météo des relations. Souviens-toi de tout ce que tu as appris. Tu es Navigatrice Confirmée dans Mer des Rencontres, et je te garantis que tu vas étaler au mieux ce petit coup de vent.>

Dimanche 21 avril 2013

62 kg (oh, non ! il faut que ça s'arrête) ; calories : 2 850 (idem ; mais c'est la faute de Roxster) ; minutes passées à jouer avec les enfants : 452 ; minutes passées à me faire du souci à propos de Roxster pendant que je jouais avec les enfants : 452 (espère que les services sociaux ne vont pas lire ça).

15 : 00. Toujours pas de sexo. Je veux dire de texto. Mais je me sens beaucoup plus calme à propos de Roxster aujourd'hui. Calme, zen, presque comme le Dalaï Lama. Quand il vient, nous l'accueillons ; quand il part, nous le laissons partir.

15 : 05. QUE ROXSTER AILLE SE FAIRE FOUTRE ! QU'IL AILLE SE FAIRE FOUTRE ! Faire le mort et ne pas envoyer de **SMS** après avoir été aussi... aussi PROCHES. Ce n'est pas humain. De toute façon, je ne le trouvais pas sympathique. La seule chose... la seule chose qui m'intéressait chez lui, c'était LE SEXE... comme un TOY BOY. Et c'est une BONNE CHOSE que les enfants ne l'aient jamais vu – parce que maintenant, c'est fini, et au moins ça ne les affectera pas. Mais où vais-je trouver quelqu'un avec qui je m'entendrai aussi bien, quelqu'un d'aussi drôle, d'aussi gentil, d'aussi beau et...

« Maman ? a lancé Billy. Combien y a-t-il d'éléments ?

— Quatre », ai-je répondu avec un entrain factice, atterrissant soudain dans le réel et la cuisine, un dimanche après-midi pourri. « L'air, le feu, le bois et... hum...

— Pas le BOIS ! Le bois n'est pas un élément. »

Ah. Je me suis alors rendu compte que « le bois » était venu d'un livre que j'avais lu sur le design et les matériaux bruts – à l'époque où j'avais l'intention de redécorer la maison dans l'esprit zendo –, et où l'on disait que dans une maison, il fallait de l'eau, du bois, de la terre et du feu. Pour ce dernier en tout cas, pas de problème !

« Il y a cinq éléments, a dit Billy.

— Mais non, ai-je protesté. Quatre.

— Non, cinq, a insisté Billy. L'air, la terre, l'eau, le feu et la technologie. Cinq.

— La technologie n'est pas un élément.

— Si !

— Non !

— Si. Ils le disent dans les Skylanders, sur la Wii : l'air, la terre, l'eau, le feu et la technologie. »

Je l'ai regardé avec des yeux écarquillés d'horreur. La technologie est-elle devenue un élément à présent ? C'est donc ça ? C'est le cinquième élément et ma génération ne comprend rien à rien, comme les Incas, qui avaient oublié d'inventer la roue ? À moins que ce ne soient les Incas qui aient inventé la roue et les Aztèques à qui l'idée n'était jamais venue ?

« Billy, ai-je demandé, qui a inventé la roue ? Les Incas ou les Aztèques ?

— Mammmmaaaan ! Elle a été inventée en Asie huit mille ans avant notre ère », a dit Billy sans lever les yeux.

Il avait réussi à se brancher sur son iPod sans que je m'en aperçoive.

« Mais qu'est-ce que tu FAIS ????? ai-je crié. Tu as utilisé ton temps. Tu n'as plus le droit de te brancher avant seize heures !

— Mais je n'ai pas joué à Skylanders pendant quarante-cinq minutes complètes. Je n'ai joué que trente-sept minutes parce que le programme chargeait et tu m'as PROMIS de ne pas compter le temps où je suis allé aux toilettes. »

Je me suis arraché les cheveux, essayant de ne pas penser aux lentes. Je ne sais pas quoi faire à propos de la technologie. Je l'interdis pendant la semaine et, pendant le week-end, la consommation ne doit pas dépasser deux heures et demie, par tranches de quarante-cinq minutes maximum, avec au moins une heure et demie entre deux tranches. Mais l'ensemble devient un algorithme complexe de niveaux à terminer, de temps de chargement, de moments passés aux toilettes et d'allées et venues de l'autre côté de la rue pour jouer aux cybermagiciens, si bien que je deviens FOLLE parce que ça transforme les enfants en créatures absentes. Je pourrais aussi bien être encore au lit, vu que...

« Billy, ai-je dit de ma plus belle voix d'hôtesse d'accueil, tu as eu ton temps sur écran. Veux-tu me donner cet iPad, je veux dire, iPod ?

— Ce n'est pas un iPod.

— Donne-moi ça, ai-je dit en regardant avec l'œil fixe de la Méduse le mince rectangle noir et maléfique.

— C'est une tablette.

— J'ai dit : LES ÉCRANS, ÇA SUFFIT !

— Maman. C'est ta tablette. C'est un livre. »

J'ai cillé, perplexe. C'était un machin technologique, mince, noir et par conséquent maléfique, mais...

« Je suis en train de lire *James et la Grosse Pêche*, de Roald Dahl. »

... c'était aussi un livre.

« Bon ! ai-je dit gracieusement, m'efforçant de retrouver ma dignité. Quelqu'un veut grignoter quelque chose ?

— Maman, t'es bête, a dit Billy.

— D'accord, je suis désolée », ai-je répondu sur un ton d'adolescente boudeuse. Je l'ai attrapé et serré contre moi peut-être un peu trop passionnément.

Soudain, signal de SMS entrant ! J'ai bondi sur le téléphone. Roxster ! C'était Roxster !

<Jonesey, je suis vraiment désolé de ne pas avoir été joignable. Ai oublié mon téléphone sur la table de la cuisine en partant à Cardiff vendredi et n'ai ton numéro nulle part ailleurs. Je t'ai envoyé des tweets et des e-mails comme un malade. Est-ce que les fourmis ont colonisé ton ordinateur ?>

Mon Dieu ! C'est vrai que Roxster m'avait dit qu'il partait ce week-end assister aux matchs de rugby à Cardiff. C'était pour ça qu'il voulait me voir le jeudi, quand je me suis aperçue que Billy avait des poux. Le week-end de rugby à Cardiff, c'était cette semaine !

Nous avons eu un délicieux échange de SMS qui a culminé ainsi :

<Je viens ce soir pour un câlin de réconciliation ? Même si on n'a pas fait de câlin de rupture ? Mais on pourrait peut-être voir ça après ?>

23:55. Mmmmmm. Rien de tel qu'une réconciliation au lit pour vous aider à pardonner à votre toy boy d'être parti assister à du rugby en oubliant son téléphone.

Mère battante

Lundi 22 avril 2013
60 kg (l'activité sexuelle m'a fait fondre) ; séances de baise : 5 ; minutes passées à trier mes idées pour la réunion : 0 ; idées sur ce que je vais dire pendant la réunion : 0 (aïe, aïe, aïe).

11 : 30. Salle d'accueil de la société de production

Oh là là, quelle idée de baiser toute la nuit ! Cette affaire de réconciliation/rupture nous a mis dans un tel état d'excitation sexuelle, Roxster et moi, que nous avons été tous les deux incapables de dormir. Je pendais tête en bas sur le côté du lit pendant que Roxster me tenait les deux jambes en l'air en m'éperonnant quand soudain...

« Mammmmaaaan ! » La poignée de la porte a commencé à être secouée.

Oh là là, que c'était dur de s'interrompre.

« Mammmaaan ! »

Alarmé, Roxster s'est retiré, si bien que j'ai dégringolé en arrière sur le sol...

« Maman ! Qu'est-ce qui a fait boum ?

— J'ai lâché mon livre et il est tombé, mon chéri », ai-je gazouillé, tête en bas. Ce sur quoi Roxster m'a soufflé : « Oui, mais moi, ce n'est pas un livre que je vais lâcher. »

J'ai commencé à me retourner de façon fort peu élégante, le derrière en l'air, et Roxster s'est mis à pouffer en me tirant pour que je m'assoie sur le lit, chuchotant : « Surtout, ne pète pas.

— Maman, t'es où ? Pourquoi la porte est fermée ? »

J'ai plongé de l'autre côté, essayant de rajuster ma nuisette pendant que Roxster se cachait derrière le lit. J'ai défait le crochet, entrouvert la porte et suis vite sortie en la refermant derrière moi.

« Ne t'inquiète pas, Billy. Maman est là, tout va bien. Qu'est-ce qu'il y a ?

— Maman, a dit Billy en me regardant bizarrement, pourquoi tu as les nénés à l'air ? »

Lorsque je suis revenue, après les avoir conduits à l'école, la matinée a été un cauchemar absolu : il a fallu mettre au point pour Chloe un organigramme complexe de trajets en voiture et de moments pour jouer en tenant compte des incompatibilités dues aux poux, me faire un brushing (ce qui a sûrement dispersé des lentes au premier stade de la gestation dans toute la salle de bains) et enfin retrouver la robe en soie bleu marine, qui se trouvait sur le sol de la penderie avec une tache de chocolat qu'il a fallu ôter avant de repasser la robe. Maintenant, je suis au siège de la société de production, j'attends la réunion pour le film et je n'ai rien préparé du tout.

Les bureaux font franchement peur : la salle de réception ressemble à une galerie d'art ; quant au comptoir de la réception, on dirait une sorte d'énorme baignoire en béton, et il y a un homme étendu face contre terre – peut-être un autre scénariste en herbe dont la « réunion exploratoire de prise d'option » a mal tourné.

12:05. Oh. C'est une sculpture. Peut-être plutôt une installation ?

12:07. Du calme, de l'assurance. Du calme, de l'assurance. Tout va bien. Il faut juste que je me souvienne de ce qu'il y a dans ce scénario.

12:10. Peut-être obtiendrai-je un BAFTA[1] de la meilleure adaptation cinématographique. « Je tiens à remercier Talitha, Serguei, Billy, Mabel, Roxster... mais trêve de coups de chapeau ! Je suis née il y a trente-cinq ans et... »

12:12. Bon, ça suffit. Il faut que je rassemble mes idées. Ce qui compte, c'est que cette adaptation moderne du texte en fait une tragédie féministe. Le fil narratif principal suit Hedda qui, au lieu d'être indépendante comme Jude, choisit d'épouser un universitaire moche et terne, qui achète un appartement à Queen's Park en tirant au maximum sur la corde de son budget ; puis elle est déçue par la lune de miel intellectuelle à Florence alors qu'elle aurait aimé aller à Ibiza, déçue par les performances sexuelles lamentables de son mari, alors qu'elle aurait aimé épouser son amoureux alcoolique beaucoup plus sexy. Et à son retour, elle est déçue aussi par la maison minable de Queen's Park sous la pluie, et elle finit par se tirer une balle dans la tête et... Rhâââ !

---

1. La British Academy of Film and Television Arts (BAFTA) couronne chaque année des lauréats dans le domaine du cinéma, de la télévision et des jeux vidéo.

17 : 00. L'arrivée d'une grande fille aux cheveux bruns, tout de noir vêtue, m'a tirée de ma rêverie. Derrière elle se tenait un jeune homme plus petit, aux cheveux coupés court d'un côté, long de l'autre. Ils m'ont adressé des sourires radieux, comme si j'avais déjà fait une bêtise et qu'ils essayaient d'endormir ma méfiance avant de me tuer et de me laisser sur le carreau comme la sculpture à l'entrée.

« Bonjour, moi, c'est Imogen, et lui, c'est Damian. »

Il y a eu un instant de silence gêné quand nous nous sommes serrés pour tenir dans l'ascenseur en acier brossé. Nous nous sommes regardés avec des sourires accrochés aux oreilles, sans savoir quoi dire.

« Très joli, cet ascenseur », me suis-je exclamée, ce à quoi Imogen a répondu : « Oui, hein ? » Les portes se sont ouvertes sur une salle de réunion à couper le souffle avec vue sur les toits de Londres.

« Vous voulez boire quelque chose ? » a demandé Imogen, désignant un buffet bas où s'étalait un assortiment de bouteilles d'eau design, Coca Light, café, biscuits au chocolat, barres protéinées, gâteaux secs à la farine d'avoine, une coupe de fruits, des chocolats et, curieusement pour cette heure de la journée, des croissants.

Juste au moment où je prenais un café et un croissant, afin de créer une agréable ambiance de petit déjeuner de travail, la porte s'est ouverte à la volée : un homme imposant, de haute taille, avec de grosses lunettes noires et une chemise blanche impeccablement repassée, a fait son entrée, l'air affairé et important.

« Désolé, a-t-il dit d'une voix profonde sans s'adresser à personne. J'étais en conférence téléphonique. OK. Où en sommes-nous ?

— Bridget, je vous présente George, le directeur des productions Greenlight », a dit Imogen juste au moment où mon téléphone commençait à émettre des « coin-coin » bruyants. Oh, Seigneur ! Billy avait manifestement joué avec mon signal de SMS.

« Désolée, ai-je dit avec un rire forcé. Je vais couper ça ! » Je me suis mise à fouiller dans mon sac pour essayer de trouver le téléphone au milieu des filaments de fromage râpé. Seulement, le hic, c'était que le coin-coin n'était pas un signal de SMS mais une des alarmes, et il se prolongeait parce qu'il y avait un tel foutoir dans mon sac que je n'arrivais pas à mettre la main sur mon portable. Tout le monde me regardait.

« Alors... », a dit George en me désignant la chaise à côté de lui tandis que je repêchais enfin le téléphone, essuyais un bout de banane écrasée et éteignais l'appareil. « ... Voilà. Votre scénario nous plaît.

— Ah, magnifique », ai-je répondu, mettant furtivement le téléphone sur vibreur et le posant sur mon genou au cas où Roxster, je veux dire Chloe ou l'école, enverrait un SMS.

« Il y a vraiment de belles choses là-dedans, a dit Imogen.

— Merci, ai-je répondu avec un sourire ravi. J'ai préparé quelques notes pour notre discussion et... »

Le téléphone a vibré. Chloe.

<La mère de Cosmata veut bien que Mabel vienne jouer chez elle parce que Cosmata et Thelonius ont aussi des poux, mais la mère d'Atticus refuse que Billy vienne puisqu'il a des poux. Billy a vomi à l'école, qui demande qu'on vienne le chercher maintenant, mais je ne peux pas parce que la mère de Cosmata ne veut pas de microbes chez elle, donc ne peux pas emmener Billy pour chercher Mabel chez Cosmata.>

Mon esprit a eu le tournis face à ce fatras de noms d'enfants évoquant des déclinaisons latines – Cosmo, Cosmas, Cosmata, Theo, Thea, Thelonius, Atticulus – et cet affreux problème des trajets en voiture et de la contamination, me demandant ce que feraient des mères battantes dans une situation pareille.

« Globalement, nous aimons beaucoup le ton et l'actualisation de l'histoire de Hedda, disait Imogen.

— Du *personnage* de Hedda », a rectifié George d'un ton sec. Imogen a légèrement rougi, comme si cette phrase était pour elle une sorte de rebuffade. Elle a poursuivi : « Pour nous, l'idée d'une femme mécontente de son sort, déchirée entre un mari épousé par raison et un homme follement créatif...

— Exactement, exactement, ai-je dit tandis que mon téléphone vibrait à nouveau. Ce que je veux dire, c'est que ça a beau se passer à une époque révolue, les femmes d'aujourd'hui sont toujours confrontées à ce genre de dilemme. Et je trouve que Queen's Park a tout à fait le genre de... »

Ai regardé furtivement le SMS. Roxster !

<Tu portes quoi et comment se passe la réunion ?>

« Bien sûr, bien sûr, a coupé George. Ce que nous pensons, c'est qu'il faut délocaliser l'action à Hawaï.

— HAWAÏ ? me suis-je exclamée.

— Oui. »

Me rendant compte que ce pouvait être un point crucial, j'ai rassemblé mon courage pour ajouter : « Vous savez, c'est censé se passer en Norvège. Et en novembre, quand il fait sombre et mauvais, c'est tout à fait la même atmosphère que celle d'une maison sombre et déprimante de Queen's Park.

— Ça pourrait se passer à Kauai, a dit Imogen d'un ton encourageant. Il y pleut tout le temps.

— Alors, au lieu d'avoir pour cadre une maison sombre et déprimante, l'action se situe...

— Sur un yacht ! a répondu Imogen. Nous voulons introduire une ambiance glamour des années 1960-70.

— Genre *La Panthère rose*, a ajouté Damian.

— Vous voulez dire que ça va être un dessin animé ? » ai-je demandé, tout en textotant furtivement sous le bureau :

<Robe en soie marine. Cauchemardesque.>

« Non, non. Le film original, vous savez, avec David Niven et Peter Sellers, a dit Imogen.

— Mais ça ne se passait pas à Paris et à Gstaad ?

— Si, bien sûr, mais c'est l'*ambiance* que nous recherchons. L'atmosphère, a poursuivi Imogen.

— Un yacht à Hawaï avec une atmosphère qui fait penser à Paris et à Gstaad ? ai-je dit.

— Où il pleut, a ajouté Imogen.

— Avec un ciel très très sombre et couvert », a renchéri Damian.

Je me suis affaissée sur ma chaise. Toute l'histoire tournait autour de la déception et se passait dans un décor miteux. Mais il est capital, comme dit Brian, mon agent, de ne pas être une emmerdeuse quand on est la scénariste.

Le téléphone a vibré. Roxster.

<TGB. C'est la robe sous laquelle j'avais ma tête la semaine dernière ?>

« Alors, a dit George, c'est Kate Hudson qui est Hedda.

— Oui, oui », ai-je opiné, et j'ai écrit « Kate Hudson » sur les notes de mon iPhone, tout en tapant rapidement <TGB ?> et en m'efforçant de ne pas penser à la tête de Roxster sous ma robe.

« Le mari terne sera joué par Leonardo DiCaprio et l'amoureux alcoolique sera… ?

— Heath Ledger, a répondu aussitôt Damian.

— Mais il est mort », a objecté Imogen juste au moment où Roxster répondait : <Très Gros Burger. Je veux dire Baiser.>

« Haha, bien sûr, bien sûr, a dit Damian. Pas Heath Ledger, mais quelqu'un dans son genre, seulement…

— Pas mort ? a suggéré Imogen, jetant à Damian un regard froid. Colin Farrell ?

— Pile-poil, a dit George. Je vois ça très bien. Je vois Colin Farrell. Pourvu qu'il soit dans une période calme en ce moment. Je crois que c'est le cas, d'ailleurs. Et l'autre fille ?

— L'amie ? Celle avec qui Hedda est allée à l'école ? » a demandé Imogen.

Mon téléphone a vibré.

<Billy a arrêté de vomir, donc je peux passer le prendre en premier. Mais la mère de Cosmata ne

veut toujours pas qu'il vienne à la porte. Puis-je le laisser dans la voiture ?>

« Alicia Silverstone, a dit Damian. Comme dans *Clueless*.

— Nan, nan, nan, a dit George.

— Non, a dit Damian, en désaccord avec lui-même.

— Vous savez quoi ? » George semblait pensif. « Je vois plutôt Hedda comme une sorte de Cameron Diaz. Et dans le rôle du mari terne, que pensez-vous de Bradley Cooper ?

— Mmm ! Oui, ai-je dit. Mais est-ce que Bradley Cooper n'est pas un peu sex...

— Jude Law dans *Anna Karénine*, est intervenue Imogen avec un sourire entendu, emboîtant le pas à George. Ou alors, on prend une distribution un peu plus âgée, avec George Clooney à contre-emploi ? »

J'avais l'impression d'évoluer dans une sorte d'univers crépusculaire où nous nous lancions les noms de gens incroyablement célèbres, qui n'auraient aucune envie de jouer là-dedans. Pourquoi la mère de Cosmata allait-elle s'imaginer que les lentes et les microbes pouvaient sauter du trottoir sur sa porte et pourquoi George Clooney voudrait-il jouer dans une adaptation moderne de *Hedda Gabbler*, située sur un yacht à Hawaï, dans un rôle à contre-emploi, écrite par moi ?

« Et si elle ne mourait pas ? » a dit George en se levant et en se mettant à arpenter la pièce. « Elle meurt, dans le livre, non ?

— Dans la pièce, a rectifié Imogen.

— Mais c'est essentiel, ai-je protesté.

— Oui, mais si on fait une comédie romantique...

— Ce n'est pas une comédie romantique, c'est une tragédie », ai-je répliqué. J'ai aussitôt regretté mon arrogance.

Le téléphone a vibré à nouveau. Chloe.

<Impossible de se garer dans la rue de Cosmata. Et sa mère ne veut pas venir au carrefour à cause du bébé.>

« Elle se tire une balle dans la tête, a dit Imogen.

— Elle se tire une balle ? *Une balle dans la tête ?* a dit George. Mais ça ne se fait pas !

— On ne peut pas dire "Ça ne se fait pas" quand il s'agit d'un suicide, a répondu Imogen.

— Si, c'est exactement ce qui est dit ! Dans la pièce originale ! » ai-je ajouté, m'efforçant de refouler mon irritation contre la mère de Cosmata. « "Bonté divine, on ne fait pas des choses comme ça !" »

Il y a eu un silence. J'ai compris que j'avais dit exactement ce qu'il ne fallait pas dire.

Imogen me fusillait du regard. Il fallait que je cesse de regarder mes SMS et que je me CONCENTRE. J'étais à l'évidence au milieu d'une lutte de pouvoir extrêmement complexe que je ne comprenais pas bien ; donc, l'un ou l'autre de mes enfants resterait en rade, et la fixation de Roxster sur la nourriture, inassouvie. Imogen m'avait soutenue quand j'avais dit qu'on ne pouvait pas émettre de doutes sur le fait que les gens se tiraient une balle – parce que le fait est que ça arrive, et pas seulement au théâtre ; mais ensuite, au lieu de soutenir Imogen qui me soutenait, j'avais soutenu George en disant que son point de vue était corroboré par ce que disaient…

« Ce que je veux dire, c'est que je suis d'accord avec vous, Imogen, ai-je déclaré. C'est très fréquent, que les gens se tirent une balle dans la tête. Enfin, très fréquent, non, mais ça arrive. Regardez par exemple, euh… » J'ai regardé autour de moi, l'air égaré, cherchant l'inspiration et souhaitant pouvoir taper « Célébrités contemporaines s'étant suicidées par balle » sur Google. Au lieu de quoi, j'ai envoyé en vitesse un SMS à Chloe.

<Achetez un masque chirurgical pour Billy.>

« Bien, a dit George en se rasseyant, l'air pro et important. On va vous donner deux jours. Il est exclu que Kate Hudson se suicide. C'est une comédie. C'est la comédie que nous aimons. »

Je l'ai regardé, atterrée. *Les Feuilles dans ses cheveux* n'est pas une comédie. C'est une tragédie. Est-ce que mon écriture a donné involontairement une coloration comique à la tragédie ? Le fait que Hedda Gabbler se suicide est capital. Mais, comme dit Brian, dans l'industrie du cinéma, l'intégrité artistique doit aller de pair avec le pragmatisme et… Nouveau SMS de Roxster !

<Suggère qu'ils fassent « Poux » en dessin animé style Pixar.>

Ce n'était pas une si mauvaise idée. Brusquement, le concept de *La Panthère rose* évoqué précédemment, combiné à la suggestion de Roxster, a fait naître dans mon cerveau une idée lumineuse.

« Genre *Tom et Jerry* ? » ai-je lancé. George, qui avait ouvert la porte pour partir, s'est arrêté net et s'est retourné.

« Oui, parce que *Tom et Jerry* est une comédie, mais des choses terribles arrivent aux deux héros. Surtout à Tom : il se fait écraser, électrocuter, mais d'une manière ou d'une autre...

— ... il se retrouve toujours en vie ! a dit Imogen en me souriant.

— Vous voulez dire qu'elle ressuscite ? a demandé George.

— Un mélange de *L'Amour de l'or*, *Urgences* et *La Passion du Christ* ! s'est écrié Damian avec enthousiasme. Mais sans la polémique autour de l'antisémitisme.

— Faites un essai, envoyez-nous la deuxième version d'ici jeudi et voyez ce que ça donne une fois réécrit, a dit George de sa voix grave. Bon, il faut que j'y aille. Conférence téléphonique. »

Mon portable a vibré. Roxster : <Il y a à manger, à ta réunion ?>

Après un échange d'adieux euphoriques – « Vous vous êtes *vraiment* bien débrouillée ! J'adore votre robe » – et des embrassades pendant lesquelles j'ai essayé de pencher la tête à un angle bizarre à cause des poux (et s'ils allaient se nicher dans la coupe asymétrique de Damian ?), je me suis assise à l'accueil pour regarder mes SMS.

Chloe : <Billy OK maintenant. Vais donc laisser la mère de Cosmata chercher Mabel, avant d'aller prendre Billy, puis de passer prendre Mabel ?>

Roxster : <Suis parti du bureau pour prendre douche froide histoire me calmer – à propos nourriture, pas des fantasmes sur robe et réunion. Merci me donner détail complet du buffet.>

Au lieu de passer en revue la réunion, d'appeler Brian pour qu'il m'obtienne un délai plus long, de me précipiter à la maison pour voir comment allait Billy et de réfléchir sérieusement à la façon de dire à Chloe qu'elle devait prendre les décisions elle-même quand j'avais des réunions importantes, j'ai répondu à Roxster avec une liste de tout ce qu'il y avait sur la table en ajoutant : <Je doute que ta tête aurait été sous ma robe.>

Des poux dans l'engrenage

Mardi 23 avril 2013

Minutes passées à écrire scénario : 0 ; minutes passées à m'occuper des poux des autres au lieu de me remettre au travail : 507 ; personnes que nous avons pu infester, les enfants et moi : 23 (dont Tom, Jude, tous les contacts récents de Jude, Talitha, Roxster, Arkis, Serguei, Grazina la femme de ménage, Chloe, Brian l'agent – mais seulement si les poux peuvent se transmettre par téléphone – et toute l'équipe des Productions Greenlight ; sans compter les personnes que les susnommés sont susceptibles d'avoir infestées).

9 : 30. Bien. C'est mon premier jour officiel de réécriture des *Feuilles dans ses cheveux*. Me sens au top et très fière ! Un peu comme si, jusqu'ici, c'était un hobby, mais que maintenant, c'était réel.

10 : 05. Grrr. Oui, mais c'est vraiment difficile. Sans vouloir jouer les divas, transposer *Hedda Gabbler* sur un yacht à Hawaï revient à changer la tonalité de toute la pièce et son sens. Ça fait surgir toutes sortes de difficultés qui n'existaient pas avec la petite maison de Queen's Park. Oh, chouette, un SMS !

10 : 45. C'était Tom. <Ta tête ne te démange pas ? Parce que la mienne, si. C'est peut-être psychosoma-

tique, mais on n'est pas restés tête contre tête l'autre jour quand on s'est embrassés en se quittant ?>

Paniquée, ai répondu : <C'est sûrement psycho-somatique. Je n'ai rien>. Mais déjà en écrivant le SMS, la tête me grattait.

Nouveau message de Tom : <Ai finalement couché avec Arkis samedi. Est-ce que je dois lui dire ?>

Me sens monstrueusement coupable. Si Tom a mis Arkis dans son lit, c'est le résultat de mois de discussions et de stratégie. Et voilà que j'ai potentiellement tout compromis !

11:00. Viens d'envoyer un texto à Tom avec la liste de tous les produits anti-poux et ai proposé de lui passer les cheveux au peigne fin s'il voulait venir à la maison.

11:15. Jude vient d'appeler et d'annoncer d'une voix sépulcrale :

« L'Infâme Richard a bloqué Isabella.

— Qui c'est, Isabella ?

— La fille inventée sur POF, tu te souviens ? Elle l'a planté samedi et maintenant... »

Jude était vraiment perturbée.

« Quoi donc ?

— L'Infâme Richard a remplacé son profil par un message disant qu'il n'était plus disponible parce qu'il avait rencontré quelqu'un. Je suis vraiment, vraiment blessée, Bridget. Comment a-t-il pu rencontrer quelqu'un aussi vite ? »

Ai essayé d'expliquer à Jude qu'Isabella n'existait pas, que l'Infâme Richard n'avait rencontré personne, qu'il essayait juste de se venger d'Isabella parce qu'elle l'avait planté, bien que ce soit une créature imaginaire ; ce qui a remonté le moral de Jude. Elle m'a dit : « Le type que j'ai rencontré samedi était sympa, tu sais, celui qui venait du site des amateurs de danse. Mais il a horreur de danser. Il dit qu'ils ont dû transférer son profil depuis un site de snowboard. »

Au moins, elle n'a fait aucune allusion à des poux.

Midi. Bien. Maintenant que Jude est calme et sereine à nouveau, je vais me remettre aux *Feuilles dans ses cheveux*.

L'ennui, c'est que les gens N'HABITENT pas sur des yachts. Peut-être que si, quand même, comme ceux qui vivent sur les péniches du canal. Mais est-ce que ceux qui possèdent des yachts ne vivent pas plutôt dans de grandes maisons et ne vont sur leur yacht que pour les vacances ? Ou pour leur lune de miel, ce qui serait plus pertinent en l'occurrence ?

12 : 15. Ai envoyé SMS à Talitha.
<Est-ce qu'on habite sur un yacht ?>
Talitha a répondu :
<Non. Sauf les membres de l'équipage et les blanchisseurs d'argent.>

12 : 30. Nouveau SMS de Talitha.
<Dis donc, ta tête ne te démange pas ? Parce que la mienne, si. Je n'ai pas emprunté ta brosse à cheveux la dernière fois qu'on est sorties ? Un peu inquiète à cause implications pour mes extensions.>
Oh, Seigneur ! Les extensions de Talitha ! Peut-on passer des extensions au peigne fin ?

Viens de recevoir autre SMS de Jude : <Dis donc, ta tête ne te démange pas ? Parce que la mienne, si.>

16:15. Merde ! Merde ! Bruits de portes et de voix, tout le monde est rentré.

17:00. Mabel a fait irruption, me tendant une lettre. Elle s'est assise sur le canapé et s'est mise à sangloter ; de grosses larmes roulaient sur ses joues.

> *À tous les parents des enfants de la maternelle.*
> *On a constaté qu'un enfant d'Églantine...*

Pourquoi tous les noms de classes de la maternelle ont-ils l'air de sortir d'un des sites pour cottages de vacances dans les Costwolds sur lesquels je continue à aller sur Google au lieu d'écrire *Les Feuilles dans ses cheveux* ?

> *... était infesté de poux. Merci de vous procurer un peigne spécial et des produits traitants et de vérifier soigneusement la tête de vos enfants avant de les conduire à l'école.*

« F'est moi, a sangloté Mabel. J'ai infefté Églantine. F'est moi "l'enfant d'Églantine".

— Ce n'est pas toi », ai-je dit en la prenant dans mes bras, et en l'infestant probablement à nouveau, ou vice versa. « Cosmata a des poux. Alors qu'on n'en a trouvé aucun sur toi. Peut-être ont-ils simplement dit "un enfant" alors qu'il s'agit de tout un tas de gens. »

Mercredi 24 avril 2013
80 kg (poids que j'ai l'impression de peser à nouveau) ; Nicorette mâchées : 29 (je parle du substitut de tabac, pas de la représentante des parents d'élèves) ; Coca Light : 4 ; Red Bull : 5 (terrible, je

flotte littéralement au plafond) ; paquets de fromage râpé : 2 ; tranches de pain de seigle : 8 ; calories : 4 897 ; minutes de sommeil : 0 ; pages écrites : 12. Quand même !

12 : 30. Bien. Absolument aucune raison de paniquer. Si une histoire est bonne, si ses thèmes peuvent s'appliquer à la vie moderne, peu importe le cadre où elle est située.

13 : 00. Faire passer à Hedda et à son mari pénible leur lune de miel ailleurs que sur un yacht, puis les faire revenir vivre sur un yacht ne tient pas debout.

13 : 15. Voudrais bien que la tête cesse de me démanger.

13 : 20. Ils sont peut-être allés faire un voyage dans l'Ouest américain ? Plausible, parce qu'une voiture devait les changer agréablement d'un yacht, hein ?

16 : 30. Je crois que je vais appeler Brian l'agent et en discuter avec lui. Franchement, ils sont là pour ça, les agents, non ?

17 : 00. Ai expliqué toute l'affaire à Brian tout en me grattant la tête comme une folle.

« Voilà ce qui se passe, a dit Brian. Apparemment, Greenlight a loué un yacht à Hawaï pour *Taf le dragon magique*, le film de junkies. Seulement le film est tombé à l'eau, alors ils ont besoin de rentabiliser le yacht à Hawaï.

— Oh, ai-je dit, déconfite. Moi qui croyais que la raison pour laquelle *Les Feuilles dans ses cheveux* plaisait tant à Greenlight, c'était...

— Alors qu'est-ce qu'on fait ? a lancé gaiement Brian. On s'arrange pour que *Hedda Gabbler* puisse marcher, transposé sur un yacht à Hawaï, hein ?

— Bien sûr », ai-je dit en hochant la tête avec énergie et infestant de poux la zone où je me trouvais, alors que Brian ne pouvait pas me voir puisque j'étais au téléphone. Encore heureux, sinon j'aurais aussi infesté Brian Katzenberg.

Jeudi 25 avril 2013
5:00. Au lit. J'écris comme une folle. Entourée d'un foutoir peu ragoûtant de paquets de Nicorette, tasses de café, pages de manuscrit couvrant le sol, canettes de Coca Light et de Red Bull. La tête me gratte en permanence. Je n'ai toujours pas réussi à finir des pages cohérentes, tout est plein de fautes d'orthographe, la mise en page est délirante, etc., etc. Je ne peux même pas échanger de SMS avec Roxster pour me remonter le moral puisqu'il dort.

10:00. Sans doute shootée par l'adrénaline à l'approche de la fin du délai, j'ai terminé mes « pages » et les ai envoyées par e-mail, ajoutant même une scène supplémentaire complètement idiote que j'ai torchée en vingt minutes chrono, où Hedda se jette du bateau à la fin, tandis que Lovegood, son ex alcoolique, en fait autant, et où ils reparaissent tous les deux en train de s'équiper en plongeurs sous-marins au fond de l'océan comme dans *Rien que pour vos yeux*. Moyennant quoi, cela donnera l'agréable impression que je n'ai pas mégoté sur le nombre de pages.

Maintenant, je vais dormir.

Rencontre
au sommet avec poux

Vendredi 26 avril 2013

12:30. La salle de conférences de Greenlight. Ouh là là. Quand je suis entrée, l'atmosphère était tendue. Tout le monde parlait et les conversations ont cessé à mon arrivée.

« Bridget, bonjour ! Venez vous asseoir ! a dit Imogen. Merci pour les pages. Il y a de très bonnes choses là-dedans. » (J'ai compris par la suite que « Il y a de très bonnes choses là-dedans » signifie « C'est nul ».)

Il régnait une ambiance lasse et éteinte, très différente de l'excitation de la semaine précédente. Ai éprouvé besoin impérieux de me gratter la tête.

« Quelle idée d'avoir mis un voyage en voiture alors que tous ces gens ont des yachts, a attaqué George d'emblée.

— C'est exactement ce que je me suis dit ! » ai-je répondu, me grattant rapidement le crâne comme pour illustrer ce dilemme, mais en réalité pour essayer d'apaiser la démangeaison la plus vive. « Si Hedda doit revenir et être déçue par son nouveau yacht, comment pourrait-elle y avoir passé sa lune de miel ?

— Oui, mais ils ne sont pas forcés de faire un voyage en voiture, ils pourraient aller à... à... »

Mon téléphone a vibré. Talitha.

<Le coiffeur qui s'occupe de mes extensions ne veut pas les enlever pour ne pas infester le salon.>

« Las Vegas ! a lancé Damian avec enthousiasme.

— Pas à *Las Vegas*, a dit George d'un ton méprisant. Les gens s'y marient, ils n'y passent pas leur lune de miel.

— Au Costa Rica, alors ? » a suggéré Damian.

Le téléphone a encore vibré.

Tom.

<Les poux, c'est la même chose que les morpions ?>

« Ou sur la Riviera maya ? a proposé Imogen.

— Le Mexique est exclu. Kidnappings, a dit George.

— Mais est-ce que c'est important ? » ai-je risqué, préférant ne pas commencer à penser aux implications effrayantes du message de Tom. « Puisque nous ne les voyons pas du tout pendant leur lune de miel, mais seulement à leur retour. »

Tout le monde m'a regardée fixement, comme si c'était une idée originale et génialissime.

« Elle a raison, a dit George. On ne voit pas la lune de miel. »

J'ai eu soudain l'estomac serré par l'impression que George s'intéressait beaucoup moins à la qualité de mon écriture qu'aux lieux de tournage. Je me suis dit qu'il fallait que j'envoie un message à Tom pour le rassurer sur la distinction poux/morpions, même si je n'avais pas de réponse définitive. En même temps, j'ai senti que c'était le moment de prendre la main si je voulais contrôler la réunion.

« Écoutez... », ai-je commencé d'un ton dont je savais déjà qu'il allait faire instit en retraite qui se la pète, tout en me grattant la tête et en pensant que si Roxster ne m'avait pas envoyé de SMS, c'était parce que lui aussi avait des poux, ou peut-être même des... « Je trouve cette idée du yacht géniale, ai-je déclaré hypocritement, mais elle complique l'adaptation. Il ne faut surtout pas oublier que *Les Poux dans ses cheveux* pose le...

— *Les Poux dans ses cheveux* ? a répété Imogen, portant soudain la main aux siens.

— Pardon, *Les Feuilles dans ses cheveux* », ai-je rectifié précipitamment. Maintenant, Damian se grattait la tête et George, qui était chauve, nous a regardés comme si nous étions complètement fous. Le téléphone a vibré. Roxster ! Non, c'était encore Tom.

<Est-ce que les lentes peuvent devenir des morpions... enfin, si elles... se déplacent ?>

« Ce qui compte, ai-je pontifié, ce qui compte et qu'il ne faut pas perdre de vue, c'est ceci... » Et j'ai ouvert mon ordinateur d'un geste ample. « J'ai noté les thèmes les plus importants. »

Tout le monde s'est rassemblé pour regarder mon écran, tout en restant à distance de ma tête. Juste au moment où, pour meubler le silence embarrassant alors que l'ordinateur se mettait en route, j'ajoutais : « Vous comprenez, cette pièce est, je crois, essentiellement *féministe*... » L'écran s'est allumé, et la page d'accueil rose et vert de Barbie apprentie Princesse est apparue.

Horreur ! Comment Mabel avait-elle eu accès à mon portable ?

J'ai commencé à appuyer sur les boutons pour trouver mes notes, mais George a dit d'un ton pressé : « Bon, pendant que vous cherchez, on n'a qu'à aller lire les pages, et commander à déjeuner.

— Lire les pages ? ai-je répété, stupéfaite. Mais vous ne les avez pas déjà lues ? »

Parce que, enfin, on venait juste d'en *discuter*, de mes pages. À quoi ça avait servi, que je passe des nuits blanches à boire du Red Bull en mâchonnant des Nicorette s'ils n'avaient même pas lu ce que j'avais écrit et...

« On vous retrouve après déjeuner », a dit George. Et ils ont tous quitté la salle de conférences.

13 : 05. Hum. Enfin. Au moins, je peux me gratter tranquillement, taper « poux de tête » et « morpions » sur Google, et me réconcilier avec le fait que la vie des insectes a définitivement dégoûté Roxster de moi.

13 : 15. Venais de taper « Les poux sont-ils des morpions ? » sur Doctissimo et étais en train de lire :

Les poux de tête et les morpions, aussi appelés poux de pubis, sont deux insectes différents.

Les poux de tête (généralement trouvés sur la tête) ont un corps plus long et plus mince que les poux de pubis, qui sont plus gros et robustes.

Les poux de tête ne vivent que sur la tête et ne peuvent survivre dans la région pubienne.

Les morpions ne vivent que dans la région pubienne.

Il existe aussi une troisième sorte de poux qui vit dans les autres régions pileuses du...

... quand la secrétaire de George est apparue derrière moi avec une carte de menus sans que j'aie eu le temps de rebasculer l'écran sur la page d'accueil de Barbie apprentie Princesse.

Ai vite fermé le portable, commandé une salade thaï au poulet ; et une fois la jeune femme partie – probablement pour dire à toute la compagnie que j'avais des morpions –, j'ai envoyé par e-mail à Tom le lien sur les poux/morpions.

13:30. Personne n'est revenu. J'ai commencé à paniquer parce que c'est moi qui vais chercher les enfants aujourd'hui. Tout de même, on pouvait raisonnablement penser qu'une réunion pour une dizaine de pages ne prendrait pas aussi longtemps ? Oooh, SMS. Roxster ?

Tom.
<Merci pour le lien. Rien de tout ça n'aide vraiment.>

Aïe. Voilà George, Damian et Imogen qui reviennent.

14:45. La réunion est terminée et j'ai deux secondes devant moi, puisque je dois être à la maternelle à 15 h 15. Heureusement, la réunion a été un peu plus positive *après* qu'ils ont lu les pages et mangé (vous voyez, c'est exactement la même chose avec Mabel et Billy !), à ceci près qu'ils veulent que je reprenne tout ce que j'ai déjà écrit parce que l'humour ne « se sent pas assez à la lecture », et le seul morceau que George veut laisser tel quel est la fin ridicule en plongeurs sous-marins à la James Bond.

Bien entendu, quand ils sont revenus après déjeuner, je n'avais toujours pas mes notes féministes sur l'écran. Et quand ils se sont rassemblés autour de moi, ils ont été accueillis par :

Les poux de tête et les morpions, aussi appelés poux de pubis, sont deux insectes différents...

Je pense avoir réussi à cliquer avant qu'ils aient lu, mais ils ont peut-être vu l'image des deux types de poux.

La discussion qui a suivi a été ponctuée par des e-mails de Talitha qui avait, évidemment, déjà mis la main sur une capillicultrice pour people à Notting Hill spécialisée dans les « affaires délicates », et m'envoyait un commentaire sur l'opération en cours.

<N'a pas encore trouvé de poux.>

<Oh, mon Dieu, j'en ai. Mais à 130 £ le soin pour m'en débarrasser, je ne suis pas sûre de la croire.>

J'étais trop polie pour demander à Talitha de cesser de m'envoyer des SMS, parce que je me sentais coupable et devais bien sûr la soutenir.

Ses textos sont devenus de plus en plus alarmants.

<Capillicultrice ne peut pas me garantir que j'en suis débarrassée parce qu'ils peuvent se loger dans les points de fixation de mes extensions.>

<Comment vais-je pouvoir continuer à me faire coiffer ? J'ai une émission de télé ! Je ne peux pas demander aux maquilleuses de me « donner un coup de peigne ». Et si Serguei a attrapé des poux, lui aussi ?>

<Le salon refuse de m'enlever mes extensions à cause des poux, alors la seule solution, c'est que je les enlève moi-même avec une bouteille d'huile spéciale.>

Talitha doit être dans tous ses états, parce que, normalement, jamais elle ne fait rien qui puisse vous culpabiliser. J'ai gâché la vie de Talitha et sa carrière. Et sa réputation.

Le moins que je puisse faire, c'est de lui proposer de venir à la maison pour que je les lui enlève.

Talitha est arrivée avec le projet brillant que nous prenions tous rendez-vous chez la capillicultrice demain ! « Au moins, ça te fera un souci de moins ! Et ça nous donnera une occasion de nous retrouver tous. Ça sera fun ! »

23 : 00. Ai passé une soirée fantastique à enlever les extensions de Talitha. C'était un vrai défi, parce qu'il a fallu faire pénétrer l'huile dans des bouts de mèches qui étaient collés, puis les retirer et les inspecter pour voir s'il y avait des lentes. C'était un peu comme l'épisode des *Misérables* où Anne Hathaway meurt des suites d'une coupe de cheveux, à ceci près que, dans le film, il y a plus de pleurs et de gémissements. Nous n'avons pas trouvé d'insectes, car la capillicultrice les avait tous enlevés, mais nous avons déniché pas mal de petits points noirs dans la colle.

Le pire, c'est que remettre des extensions coûtera des centaines de livres sterling.

« C'est de ma faute, je paierai, ai-je dit.

— Oh, ne sois pas ridicule, ma chérie, a répondu Talitha. Ce n'est pas ça le problème. Mon souci, c'est que je ne peux rien remettre avant une semaine au cas où nous aurions laissé passer une seule lente, vu que le cycle de reproduction est d'une semaine. Qu'est-ce que je vais faire ? »

Elle a brusquement paru perdre courage en se regardant, les cheveux (les vrais) pleins d'huile.

« Super ! J'ai l'air d'avoir cent ans. Que va dire Serguei ? Et j'ai mon émission. Oh, ma chérie, c'est ce que j'ai toujours redouté. D'être coincée sur une île déserte sans aucun spécialiste des extensions ni médecin esthétique pour me faire des injections de Botox, et de voir tous mes artifices s'évanouir. »

Je me suis efforcée de ne pas penser à ma théorie sur les perruques du dix-huitième siècle et je lui ai fait remarquer qu'il y avait fort peu de chances que son fantasme devienne réalité – personne n'est à son avantage avec les cheveux plaqués par l'huile pour enlever les extensions et les produits anti-poux. Après quoi je lui ai lavé les cheveux et fait un brushing. Elle était vraiment toute mignonne, avec ses cheveux duveteux comme ceux d'un poussin.

« Tu sais, la mode chez les célébrités, c'est de changer de look ! ai-je dit d'un ton encourageant. Regarde Lady Gaga ! Regarde Jessie J ! Tu pourrais porter... une perruque rose !

— Je ne suis pas *Jessie J* ! » a dit Talitha. Suite à quoi Mabel, qui avait observé les opérations avec des yeux solennels, a soudain lancé « Chabada ! Balabala ! » tout en nous regardant comme si elle s'attendait à nous entendre dire : « Non, c'est toi qui es Jessie J ! » Puis, dépitée, elle a chuchoté : « Pourquoi ef-ce que Talitha a l'air fi trifte ? »

Talitha nous a bien regardées.

« Ce n'est pas grave, mes chéries, a-t-elle déclaré comme si nous avions toutes les deux cinq ans. Je vais me faire poser quelques mèches chez Harrods. Elles me serviront toujours plus tard. Tant qu'il n'y a pas de lentes dedans. »

23 : 30. Talitha vient de m'envoyer un SMS : <Serguei adore mes vrais cheveux. Ça l'excite. Ah bah ! J'avais toujours cru qu'il me détesterait si nous étions coincés sur une île déserte et qu'il me voyait « au naturel ».> C'était vraiment le comble de la subtilité, parce qu'elle effaçait ainsi tout ce qu'elle aurait pu dire, volontairement ou non, pour me culpabiliser et retournait la situation de telle sorte que c'était moi qui semblais lui avoir rendu un service.

Talitha est vraiment un être humain très sophistiqué. Elle a une théorie sur les gens qui sont « à l'état de primitifs », c.-à-d. qui ne savent pas comment se comporter face aux autres êtres humains.

Je suis tout aussi sûre que si Talitha avait réellement cru que c'était de ma faute, autrement dit que j'avais fait exprès de l'embrasser et de la prendre dans mes bras, sans la prévenir que je pouvais avoir des poux, elle me l'aurait dit carrément.

Texto de Tom : <Poux très différents de morpions. Apparemment, n'ai ni l'un ni l'autre. Arkis pense que c'est une expérience marrante qui nous rapproche.>

Samedi 27 avril 2013
Poux et lentes trouvés : 32 ; argent dépensé concernant la destruction de ces derniers : 8,59 £.

L'expédition chez la capillicultrice a été, pour citer Billy, « très très fun » et tout le monde s'est beaucoup amusé. Des assistantes pleines de sollicitude et tout de blanc vêtues nous ont passé la tête à l'aspirateur et nous ont dit n'avoir rien trouvé. Après quoi, elles nous ont séchés au séchoir extrêmement chaud. C'était « très très fun » jusqu'à l'arrivée de la note : 275 livres ! Avec ça, nous aurions tous pu aller à Euro Disney, si nous nous étions documentés comme il faut sur Google.

« Comment ça marche, tout ça ? ai-je demandé. Nous n'aurions pas pu le faire à la maison avec le mini-aspirateur, et ensuite avec un sèche-cheveux ultra-chaud ?

— Oh, non ! a dit la capillicultrice d'un ton léger. Tout est fait spécialement. L'aspirateur vient d'Atlanta et le thermodestructeur est fabriqué à Rio de Janeiro. »

Au feu ! au feu !

Mercredi 1ᵉʳ mai 2013

Eh ben ! Ce matin, au lieu de rester dans la chambre quand je suis allée m'occuper des enfants, Roxster a dit : « Je crois que je devrais descendre pour le petit déjeuner.

— D'accord », ai-je répondu, un peu nerveuse au cas où une bagarre sanglante éclaterait entre les enfants, tout en me demandant si Roxster manifestait par là le désir de participer à la vie de famille ou simplement celui de satisfaire sa faim. « Laisse-moi le temps de le préparer, et puis tu descendras ! »

Tout allait à merveille ! Billy et Mabel étaient habillés, sagement assis à table, et j'ai décidé de faire cuire des saucisses ! Sachant à quel point Roxster apprécie le petit déjeuner à l'anglaise !!

Quand il est apparu, le teint frais et l'air joyeux, Billy n'a pas réagi et Mabel a continué à manger tout en regardant Roxster avec des yeux solennels qu'elle n'a pas détachés de lui. Il a ri : « Salut, Billy, salut Mabel. Moi, c'est Roxster. Il me reste quelque chose à manger ?

— Maman fait cuire des saucisses », a dit Billy en jetant un coup d'œil vers la cuisinière. Ses yeux se sont mis à briller. « Oh ! Elles brûlent !

— Elles brûlent ! Elles brûlent ! » a enchaîné Mabel, ravie. Je me suis précipitée vers la cuisinière, suivie par les enfants.

« Elles ne brûlent pas, ai-je protesté. C'est juste la graisse qui fume. Les saucisses cuisent normalement, elles... »

L'alarme à incendie a retenti. Curieusement, elle ne s'était encore jamais déclenchée. Un bruit d'enfer. Assourdissant.

« Je vais essayer de trouver où elle est, ai-je annoncé.

— On devrait peut-être commencer par éteindre le feu », a crié Roxster, qui a éteint le gaz, enlevé la poêle et le papier d'alu d'un seul geste fluide et les a posés dans l'évier en hurlant pour dominer le vacarme : « Où est la poubelle de recyclage pour les déchets alimentaires ?

— Là-bas ! » ai-je répondu tout en feuilletant frénétiquement divers dossiers rangés sur l'étagère des livres de cuisine pour voir si je retrouvais le livret d'instructions de l'alarme à incendie. Il n'y avait rien, hormis un guide d'utilisation pour un Magimix que nous n'avions plus. D'ailleurs, d'où sortait-elle, cette alarme à incendie ? Soudain, en regardant autour de moi, j'ai vu qu'il n'y avait plus personne. Où étaient-ils tous passés ? Avaient-ils décidé collectivement que j'étais nulle et qu'ils préféraient aller vivre chez Roxster et ses colocs, où ils pourraient jouer toute la journée à des jeux vidéo sans être interrompus, et manger des saucisses au barbecue cuites à point en écoutant la musique pop contemporaine au lieu de Cat Stevens chantant *Morning Has Broken* ?

L'alarme s'est arrêtée. Roxster est apparu en bas de l'escalier, souriant de toutes ses dents.

« Pourquoi s'est-elle arrêtée ? ai-je demandé.

— Je l'ai éteinte. Le code est écrit sur la boîte, ce qui ne ferait pas l'affaire d'un cambrioleur, mais c'est parfait pour un toy boy le jour où des saucisses prennent feu.

— Où sont les enfants ?

— Je crois qu'ils sont remontés. Viens là. »

Il m'a serrée contre ses épaules musculeuses. « Ce n'est pas grave. Plutôt marrant, même.

— Je n'en loupe pas une.

— Ce n'est pas vrai, a-t-il chuchoté. Incendies, invasions d'insectes, ce sont des choses qui arrivent à tout le monde. » On a commencé à s'embrasser. « Il vaut mieux arrêter, sinon il y aura d'autres saucisses en feu à éteindre », a dit Roxster.

Nous sommes montés en quête des enfants, qui étaient tranquillement retournés dans leur chambre et jouaient avec leurs dinosaures.

« Alors, on part à l'école ? ai-je lancé avec entrain.

— D'accord », a répondu Billy comme si de rien n'était.

Quand l'hétéroclite bande des quatre que nous formions est sortie dans la rue, une voisine collet monté habitant plus haut dans la rue nous a accueillis avec un regard soupçonneux et un : « Il y a eu un incendie chez vous ?

— Et comment, maman ! a rétorqué Roxster. Salut, Billy, salut, Mabel !

— Salut, Roxster », ont-ils répondu joyeusement. Sur ce, il m'a tapoté les fesses et s'est dirigé vers le métro.

Mais maintenant, je me mets à paniquer. Cela veut-il dire que les choses évoluent vers du sérieux ? Quand même, il est déconseillé que Roxster et les enfants tissent des liens, au cas où... Peut-être que je vais en fin de compte lui envoyer un SMS pour l'inviter à la fête chez Talitha !

10:35. Ai envoyé texto impulsivement : <Talitha t'a invité à grande fête chic et choc pour ses soixante ans le 24 mai. Anniv très glam et bonne bouffe en perspective ! Ça te dit ?> Mais le regrette déjà.

10:36. Pas de réponse. N'ai pas dit que je m'étais souvenue que c'était le trentième anniversaire de Roxster le même jour (pour éviter qu'il croie que je le collais et que toute mon attention était centrée sur lui) mais pourquoi ai-je précisé « soixante ans » ? Pourquoi ? Rien de plus dissuasif ! Pourquoi ne peut-on pas effacer les textos envoyés ?

10:40. Pas de réponse de Roxster. Rhâââ ! Téléphone ! C'est peut-être Roxster qui veut me larguer parce que j'ai une amie de soixante ans.

11:00. C'était George, des productions Greenlight. Avons eu une conversation assez fébrile où, en quelques minutes, George est passé d'une limousine à une boutique de cadeaux et aux procédures d'embarquement à bord d'un avion, tout en me faisant dans le même temps des commentaires sur ma réécriture et laissant tomber des remarques du genre : « Non ! Ne m'emballez pas ça ! J'ai un avion à prendre, si, emballez-le. »

J'ai fini par dire d'un ton assez pincé – tout en ouvrant un SMS de Roxster : « George, j'ai un peu de mal à suivre vos remarques, parce que vous semblez vous-même assez dispersé. »

Mais je ne suis pas sûre qu'il m'ait entendue parce que la communication a été coupée.

Hourra ! Le SMS de Roxster disait : <Idée super de fêter les soixante ans de Talitha en même temps que mes trente ans, surtout si la bouffe est aussi bonne que tu l'annonces. Du moment qu'on peut ensuite fêter dignement mon anniv dans ton boudoir.>

Autre SMS disant <On pourra dîner ensuite à la maison ? Hachis parmentier ?>

<Oui, Roxster.>

Puis un autre.

<Je kiffe le hachis parmentier.>

<Je sais, Roxster>, ai-je répondu patiemment.

Et j'en ai envoyé un autre à la suite.

<Ôte-moi d'un doute : tu veux dire deux dîners ? En comptant la soirée ?>

Le problème avec l'été

Mardi 7 mai 2013
62 kg (oh non, oh non, catastrophe) ; tenues portables pour l'été : 0 ; tenues portables pour la vie moderne : 1 (robe en soie marine).

9:31. L'été est arrivé ! Le soleil est enfin apparu, les arbres sont en fleurs et tout est merveilleux. Mais, oh non ! Mes avant-bras sont tout blancs !

9:32. J'éprouve le sentiment familier que je dois en profiter comme si c'était le seul et dernier jour de chaleur de l'année. Et puis il faut aussi penser à la saison d'été qui arrive, où tout le monde va se rendre à des festivals en tenue chic bohème comme Kate Moss, ou à Ascot, en robe style Kate Middleton, avec un bibi sur le crâne. Je n'ai prévu d'aller à aucune manifestation cet été, et n'ai pas de bibi.

9:33. Pfffou ! Il re-pleut.

Mercredi 8 mai 2013
9:30. S'habiller pour conduire les enfants à l'école est devenu un casse-tête. C'est cette période indécise où l'été n'a pas encore pris sa vitesse de croisière : quand vous partez de la maison en vêtements d'hiver, il se met à faire soleil et 26 degrés ; et si vous avez mis une robe d'été vaporeuse, il

se met à grêler et vous vous retrouvez gelée tout en remarquant que votre vernis à ongles de pieds est atroce. Je dois être soignée, faire attention à mes vêtements. Et aussi à mon travail d'écriture.

Jeudi 9 mai 2013
19 : 00. Rhâââ ! Viens de regarder *Bonne chance, Charlie* sur Disney Channel avec Mabel et de me rendre compte que la mère dans la série porte exactement ce que j'ai mis tout l'hiver – en dehors de la robe en soie bleu marine – : un jean noir rentré dans les bottes, ou un bas de jogging ajusté à pattes d'eph' à la maison, un T-shirt blanc à col rond porté sous un pull en V gris, noir ou de couleur neutre. Est-ce que ma façon de m'habiller monochrome que je croyais assez tendance devient aux yeux de Mabel l'équivalent des deux-pièces style chic décontracté que portaient jadis maman et Una ? Je vais essayer d'être un peu plus éclectique, comme la fille adolescente de la série.

Lundi 13 mai 2013
Minutes passées sur des sites de fringues : 242 ; minutes passées à regarder les actualités sur Yahoo! : 27 ; minutes passées à argumenter avec Mr. Wallaker : 12 ; minutes passées à écouter Jude : 32 ; minutes passées sur le programme des leçons : 52 ; minutes passées à faire un travail quelconque : 0.

9 : 30. Dois me mettre sérieusement à écrire, mais avant, vais juste jeter rapide coup d'œil aux sites de River Island, Zara et Mango, etc., pour avoir des idées de tenues d'été branchées.

12:30. Bien. Au travail ! Je vais juste regarder ma boîte de courrier entrant, qui ne m'a pas encore explosé à la figure.

12:45. Oh ! Dans les actualités de Yahoo!: *Biel déçoit en tailleur-pantalon vraiment pas sexy*. Non mais ! Est-ce que les femmes vont désormais être jugées sur la cote obtenue par leur tailleur-pantalon sur l'échelle du sexy ? Tout à fait pertinent pour l'adaptation de *Hedda*. Lecture vitale.

13:00. Folle d'indignation. Enfin, tout de même, les seuls modèles à imiter qu'on propose aux femmes de nos jours sont ceux de... de ces idoles des tapis rouges qui se pointent à des manifestations vêtues de tenues qu'on leur a prêtées, se font photographier pour *Grazia,* et puis rentrent chez elles où elles dorment jusqu'à midi avant de se faire prêter d'autres robes. Non que Jessica Biel fasse partie du lot. C'est une actrice. Mais quand même.

13:15. Aimerais bien être une idole des tapis rouges.

14:15. Vais peut-être sortir acheter *Grazia* de façon à ne pas décevoir dans une tenue vraiment pas sexy comme la mère dans *Bonne chance, Charlie*. Non que, bien entendu, la mère dans *Bonne chance, Charlie* ne soit pas sexy.

15:00. Rentre juste de chez le marchand de journaux où j'ai acheté le dernier numéro de *Grazia*. Me rends compte que mon style est ringard et à côté de la plaque, et que pour aller chercher les enfants à l'école, je dois porter un jean slim, des ballerines, une chemise boutonnée jusqu'au cou et un blazer, plus un sac énorme et des lunettes de soleil à la manière des célébrités à l'aéroport. Horreur ! Il est l'heure d'aller chercher Billy et Mabel.

17:00. Retour à la maison. Billy est sorti de classe, l'air traumatisé.

« Je suis avant-dernier au test d'orthographe.

— Quel test d'orthographe ? ai-je demandé, consternée, tandis que les autres garçons dévalaient les marches.

— C'était le super-ratage. Même Ethekiel Koutznestov a fait mieux que moi. »

Sentiment d'échec terrible. Tout le travail à la maison est absolument incompréhensible, avec des bouts de feuilles volantes, des images de divinités indiennes aux bras multiples et de recettes de toasts à finir de colorier dans divers manuels.

Mr. Pitlochry-Howard, le professeur principal de Billy, un binoclard à l'air soucieux, est venu vers nous d'un pas pressé.

« Il ne faut pas vous inquiéter pour le test d'orthographe », a-t-il dit avec une sollicitude maladroite. Mr. Wallaker s'est approché pour écouter. « Billy est très intelligent. Il a seulement besoin…

— Il a besoin d'une meilleure organisation à la maison, a coupé Mr. Wallaker.

— Mais vous comprenez, Mr. Wallaker, a objecté Mr. Pitlochry-Howard en rougissant légèrement, Billy a eu de gros problèmes…

— Oui, je sais ce qui est arrivé au père de Billy, a dit Mr. Wallaker à mi-voix.

— Il faut donc en tenir compte. Tout ira bien, Mrs Darcy. Ne vous en faites pas », a conclu Mr. Pitlochry-Howard. Après quoi il s'est éloigné, me laissant face à Mr. Wallaker que je regardais d'un œil noir.

« Billy a besoin de discipline et de repères, a-t-il déclaré. C'est cela qui va l'aider.

— Mais il a de la discipline. Quant à celle que vous pratiquez, il en a sa dose sur le terrain de sport. Et en classe d'échecs.

— Vous appelez ça de la discipline ? Attendez qu'il aille en pension.

— En pension ? » ai-je dit en pensant à la promesse que j'avais faite à Mark de ne jamais envoyer Billy en pension comme lui. « Il n'ira pas en pension.

— Et qu'est-ce que vous avez contre la pension ? Mes fils y sont. Cela repousse leurs limites, et leur apprend le courage, la bravoure...

— Et quand les choses ne vont pas ? Ce n'est pas important d'avoir quelqu'un pour les écouter quand ils n'ont pas gagné ? Et le rire, l'amour, les câlins, qu'est-ce que vous en faites ?

— Les câlins ? a-t-il répété, incrédule. Les câlins ?

— Oui. Ce sont des enfants, pas des machines à produire. Ils ont besoin d'apprendre à réagir quand les choses ne vont pas.

— Ils ont besoin d'apprendre à gérer leur travail à la maison. C'est plus important que d'être assis chez le coiffeur.

— Sachez que je suis une femme qui travaille, ai-je dit en me redressant de toute ma hauteur. J'écris une adaptation contemporaine de *Hedda Gabbler*, d'Anton Tchekhov, qui va bientôt être produite par une société cinématographique. Allez, viens, Billy », ai-je terminé en le conduisant d'autorité vers les grilles de l'école tout en marmonnant : « Non mais, je te jure ! Ce qu'il peut être autoritaire et désagréable, ce Mr. Wallaker !

— Moi je l'aime bien, Mr. Wallaker, a dit Billy, horrifié.

— Mrs Darcy ? »

Je me suis retournée, furieuse.

« Vous avez dit *Hedda Gabbler* ?

— Oui, ai-je répondu fièrement.

— D'Anton Tchekhov ?

— Oui.

— Je crois que vous verrez que c'est une pièce de Henrik Ibsen, et que Gabbler s'écrit – et se prononce – avec un seul *b*[1]. »

18:00. Merde. Viens de regarder sur Google et *Hedda Gabler* est bien de Henrik Ibsen, et s'écrit avec un seul *b*. *Hedda Gabbler, d'Anton Tchekhov*, s'étale maintenant sur la page de titre des scénarios distribués à la boîte de production. Tant pis. Si personne n'a rien remarqué chez Greenlight, pas la peine d'en parler maintenant. Je pourrai toujours prétendre que c'était de l'ironie au second degré.

21:15. La table de la cuisine est recouverte de tableaux. Les voici :

TABLEAU UN : JOUR OÙ LE TRAVAIL EST DONNÉ

p. ex. Lundi : maths, problèmes de mots et de suffixes, pour mardi matin. Mardi : colorier les divi-

---

1. En anglais, la prononciation est différente selon qu'il y a un *b* ou deux.

nités indiennes et commenter les travaux manuels
– pain, souris, etc.

TABLEAU DEUX : JOUR OÙ LE TRAVAIL DOIT ÊTRE RENDU

TABLEAU TROIS :

Tableau qui fait peut-être double emploi, car il
regroupe les éléments des deux autres tableaux, en
utilisant deux couleurs différentes.

TABLEAU QUATRE :

Jours où les travaux devraient idéalement être faits.

p. ex. Lundi : dessiner et colorier « blason familial »
pour la famille des suffixes en -ique. Colorier les
bras de la divinité indienne.

Aaaah, on sonne.

23 : 00. C'était Jude, en état de choc, qui est entrée
en titubant et a descendu les escaliers d'un pas
incertain.

« Il veut que je lui fasse lécher des trucs »,
a-t-elle dit d'une voix sans timbre en se laissant
tomber sur mon canapé, la main crispée sur son
téléphone, le regard fixe et sombre.

À l'évidence, je devais tout arrêter et écouter. En
fait, l'accro du snowboard, avec qui tout se passait
bien depuis trois semaines, s'était brusquement
révélé un accro des humiliations sexuelles.

« Bon, ce n'est pas dramatique », ai-je dit d'un
ton réconfortant, en dessinant une spirale délicate
dans la mousse de son Nespresso, un cappuccino
ristretto décaféiné, car depuis qu'on m'avait offert

cette nouvelle machine à Noël, j'avais un peu l'impression d'être une barista à Barcelone.

« Tu pourrais lui dire de... te lécher, toi ! ai-je dit en lui tendant le breuvage savamment élaboré.

— Non. Il veut que je lui dise des choses comme "Lèche les semelles de mes chaussures, nettoie la cuvette des WC avec la langue". Enfin, et l'hygiène, dans tout ça ?

— Tu pourrais lui faire faire des choses utiles, comme les travaux ménagers. Peut-être pas la cuvette des WC, mais la vaisselle ! » ai-je suggéré, essayant de faire passer la gravité de la situation avant ma déception en voyant que mon dessin sur la mousse du cappuccino n'avait pas provoqué d'éloges, pas même un commentaire.

« Je ne veux pas qu'il lèche ma vaisselle.

— Il pourrait lécher le plus gros et puis mettre les assiettes dans le lave-vaisselle.

— Bridget, il veut être humilié sexuellement, il ne veut pas laver la vaisselle. »

Je tenais vraiment à lui remonter le moral, d'autant que tout allait si bien pour moi en ce moment.

« Il n'y a rien d'humiliant qui pourrait te faire plaisir ? » ai-je demandé comme si j'essayais de convaincre Mabel d'aller à un anniversaire.

« Non. Il dit que les trucs du style *Cinquante nuances* ne le branchent pas du tout. Il faut que je le fasse se sentir répugnant. Par exemple, il voulait que je lui dise qu'il a un tout petit pénis. Ce n'est vraiment pas normal.

— Non, ai-je concédé. Ça n'est vraiment pas normal.

— Pourquoi a-t-il fallu qu'il fasse tout foirer ? Tout le monde se rencontre sur Internet maintenant. Avoir affaire à un tordu, il faut le faire ! »

Elle a lancé avec rage son iPhone sur la table, ce qui a bousculé le cappuccino et complètement effacé mon dessin sur la mousse.

« Ce monde-là, c'est un vrai zoo », a-t-elle dit, le regard perdu, l'air morbide.

Mise en scène !

Mardi 14 mai 2013
13 : 00. Ai fait une virée à Oxford Street, ravie de voir que Mango, Topshop, Oasis, Cos, Zara, Aldo, etc., ont tous lu le même numéro de *Grazia* que moi ! Voir les vêtements en vrai après avoir si longtemps regardé les sites, c'était un peu comme voir les stars de cinéma en vrai après les avoir regardées sur les magazines. Maintenant, j'ai la panoplie complète de la célébrité à l'aéroport : jean skinny, ballerines, chemise, blazer et lunettes de soleil ; mais pas le sac énorme – peut-être nécessaire – hors de prix.

Mercredi 15 mai 2013
Minutes gâchées à essayer de ressembler à idole des tapis rouges : 297 ; minutes passées à remettre la robe en soie marine : 2 ; nombre de fois où ai porté la robe en soie bleu marine depuis un an : 137 ; coût horaire de la robe en soie depuis son achat : moins de 3 £ – conclusion : robe en soie plus rentable que moi. Ce qui est satisfaisant. Et zen.

10 : 00. Pars pour réunion chez Greenlight avec ma nouvelle tenue ! *Les Feuilles dans ses cheveux* avance à la vitesse grand V. Un metteur en scène est pressenti : « Dougie » ! La réunion, comme d'habitude, est « préliminaire », de même que chez le dentiste, quand on sait qu'on va finir par subir la roulette.

10 : 15. Viens d'apercevoir mon reflet dans la vitrine d'un magasin. Ai l'air totalement ridicule. Qui est cette personne boutonnée jusqu'au cou, en jean skinny qui lui fait de grosses cuisses ? Vais retourner à la maison et remettre la robe en soie bleu marine.

10 : 30. Maison. Vais être en retard.

11 : 10. En courant comme une malade dans le couloir de Greenlight, vêtue de ma robe en soie marine, j'ai tamponné George. Ai freiné sur les chapeaux de roues, croyant qu'il était sorti de la réunion pour m'engueuler d'être en retard et de porter toujours la même tenue, mais il a seulement dit : « Ah, *Les Feuilles*. Oui, OK. Désolé, conférence téléphonique. J'arrive dans dix à quinze minutes. »

11 : 30. Beaucoup plus détendue maintenant, avec Imogen et Damian. Nous avons attendu tranquillement George et Dougie dans la salle du conseil en mangeant des croissants, des pommes et des Mars miniatures. Ai essayé d'aborder le sujet du jean skinny, mais Imogen s'est mise à parler de Net-a-porter, se demandant s'il valait mieux demander l'emballage cadeau, parce que c'était un vrai plaisir d'ouvrir le papier de soie noir, ou choisir l'emballage « éco » parce que c'était plus simple à réexpédier et meilleur pour la planète ; j'essayais de renchérir en faisant semblant d'acheter des choses sur Net-a-porter alors que je me contente de les regarder avant d'aller chez Zara, quand George a fait IRRUPTION dans la salle, sans Dougie, avec son habituelle allure d'homme hyperactif, genre je-brasse-de-l'air-à-tout-va, parlant avec sa voix grave tout en cliquant sur son iPhone pour consulter ses e-mails.

Je commençais à me dire vertueusement : l'ennui, avec George, c'est qu'il a toujours l'air d'être ailleurs... quand mon téléphone s'est mis à vibrer. Il est toujours sur le point de parler à quelqu'un d'autre, ou en train de parler à quelqu'un d'autre, ou de monter dans un avion ou d'en descendre. J'ai baissé les yeux vers mon téléphone en pensant : pourquoi, mais pourquoi George ne peut-il être à ce qu'il fait ? Genre : « Coucou, je vole, je suis un oiseau, pourquoi ne pas prendre le petit déjeuner tous ensemble en Chine ? »

Le SMS était de Roxster.

<Si je venais me glisser chez toi ce soir après que les enfants sont couchés ? Je pourrais te faire un récit au coup par coup du match de rugby d'hier soir ?>

Le problème qu'entraîne la distraction permanente de George, c'est qu'il faut condenser tout ce que l'on a à lui dire en l'espace d'un tweet. Notez que parfois, ça a du bon. En fait, j'ai remarqué que si, en vieillissant, les hommes ont tendance à devenir grognons et grincheux, les femmes deviennent volubiles, parlent pour ne rien dire et se répètent. Et, pour citer le Dalaï Lama, tout est un cadeau ; alors peut-être l'hyperactivité de George est-elle une façon de m'apprendre à ne pas trop parler, mais à... « Hello ? » George a surgi devant moi, ce qui m'a propulsée à nouveau dans le présent.

« Hello ! » ai-je dit vaguement, et j'ai appuyé en hâte sur le bouton d'envoi de mon SMS à Roxster. <Coup par coup tiré ?> Pourquoi George me disait-il « Hello » alors que nous nous étions déjà salués dix minutes plus tôt dans le couloir ?

« Vous êtes assise là, comme ça », a-t-il dit en faisant exactement la même imitation de moi que Billy : l'œil dans le vague et la bouche ouverte.

« Je réfléchis », ai-je dit en éteignant mon téléphone, qui a émis un coin-coin. Je l'ai prestement rallumé. Ou éteint.

« Eh bien, abstenez-vous. Ne réfléchissez pas. Bien. Il faut faire vite, je pars pour le Ladakh. »

Qu'est-ce que je disais ! Le Ladakh !

« Ah, vous faites un film au Ladakh ? » ai-je demandé innocemment, persuadée qu'il allait au Ladakh SANS RAISON AUCUNE, excepté : aller au Ladakh. Et j'ai baissé les yeux pour voir de qui venait le SMS qui avait fait cancaner le téléphone.

« Non, a dit George, fouillant activement dans ses poches en quête de quelque chose. Non, ce n'est pas au Ladakh, c'est... » Une lueur de panique a traversé son regard. « ... à Lahore. Je reviens dans cinq minutes. »

Il a foncé vers la sortie, sans doute pour demander à son assistante où il allait en réalité. Le SMS était de Jude.

<Il vient de me dire qu'il voulait que je lui pisse dessus.>

J'ai rapidement répondu.

<Tout le monde a ses petites manies tordues. Tu pourrais peut-être adapter sa demande d'humiliation, de temps en temps, pour lui faire plaisir.>

Jude : <En lui pissant dessus ?>

Moi : <Non. Dis-lui : pas question de te pisser dessus, mais je veux bien…>

Deux textos sont arrivés en même temps. Le premier ouvert était la réponse de Jude :

<Te marcher sur les couilles ? C'est une des choses qu'il demande. Quand même, ça les ferait éclater, non ?>

Ai ouvert l'autre texto, me disant que c'était peut-être de Roxster ? C'était de George.

<Ça vous intéresse de rencontrer votre nouveau metteur en scène, ou allez-vous rester là à textoter ?>

J'ai levé les yeux et j'ai failli m'étrangler. George avait réintégré la pièce sans que je m'en aperçoive et était assis de l'autre côté de la table avec un petit mec très hype portant chemise noire, barbe grisonnante de trois jours et lunettes rondes à la Steven Spielberg. Mais il avait un visage légèrement bouffi d'alcoolique, très différent de la mine joyeuse, genre « Je n'ai jamais fait de peeling mais j'ai l'air d'en avoir fait un » de Spielberg.

J'ai cligné des yeux, puis me suis levée d'un bond en tendant la main par-dessus la table avec un sourire ravi.

« Dougiiiiiiiiiiie ! Quel plaisir de vous rencontrer enfin. J'ai TELLEMENT entendu parler de vous ! Comment allez-vous ? Vous avez avancé ? »

Pourquoi faut-il que je devienne si « prout-prout ma chère » quand je me sens gênée ?

Heureusement, c'est le moment qu'a choisi l'assistante de George pour se précipiter dans la pièce, l'air contrarié, et chuchoter : « Ce n'est pas Lahore, c'est Le Touquet. » Ce sur quoi George est parti brusquement, nous laissant, à Dougie et à moi, tout le temps pour les « contacts préliminaires ». Qui ont consisté essentiellement pour moi à parler – pour une fois ! – des thèmes féministes dans *Hedda Gabler*, pendant qu'Imogen suivait la conversation avec un sourire crispé.

Dougie, quant à lui, paraissait sincèrement enthousiasmé.

Il passait son temps à hocher la tête de façon admirative en disant : « C'est tout à fait ça. Vous l'avez. » Je crois vraiment que Dougie va être un allié, et garantir que *Les Feuilles*, comme dit tout le monde désormais, soit fidèle à son idée de base.

Toutefois, après que celui-ci a quitté la réunion, en mimant à mon adresse le geste des deux pouces pianotant sur un clavier en disant « On se parle », la conversation a pris un tour carrément critique envers lui.

« Il a salement besoin de ce contrat, a dit Damian d'un ton sans appel.

— Tu parles ! a renchéri Imogen. Vous savez, Bridget, et ceci reste bien sûr strictement entre nous, je crois que nous avons l'actrice.

— L'actrice ? ai-je dit, frémissante d'impatience.

— Ambergris Bilk, a-t-elle soufflé.

— Ambergris Bilk ? » ai-je répété, incrédule. Ambergris Bilk voulait jouer dans mon film ? Incroyable.

« Mais... elle a lu le scénario ? »

Imogen m'a regardée avec le sourire indulgent, lèvres fermées, lueur complice dans l'œil que j'ai quand j'annonce à Billy qu'il a gagné ses couronnes pour Wizard101 parce qu'il a débarrassé le lave-vaisselle (sans avoir léché les assiettes, bien entendu).

« Elle adore, a dit Imogen. La seule chose, c'est que pour Dougie, elle n'est pas sûre à cent pour cent. »

Le problème avec les fringues

Jeudi 16 mai 2013

10 : 30. Encore une nuit de rêve avec Roxster. Ai essayé de lui faire dire son opinion sur le jean skinny, mais il ne s'y intéressait absolument pas et il a dit qu'il me préférait sans rien.

11 : 30. Viens juste d'avoir une conférence téléphonique avec George, Imogen et Damian, pour mettre au point ma rencontre avec Ambergris Bilk, qui est de passage à Londres. J'adore les conférences téléphoniques, car elles permettent de faire le geste de trancher la gorge ou de tirer la chasse toutes les fois que quelqu'un dit un truc qui vous déplaît un tant soit peu.

« Alors, voilà ce qu'on va faire », a dit George. Il y avait un fort grondement de moteur en fond sonore.

« Je crois qu'on l'a perdu, a dit Imogen. Attendez. »

J'ai jeté un autre coup d'œil à *Grazia*. Ce qui manque à mon look avec le jean skinny, c'est l'écharpe, à l'évidence. Une maxi-écharpe bohème enroulée deux fois autour du cou. Hmm. Et puis qu'est-ce que je vais mettre pour l'anniversaire de Talitha ? Peut-être les Nouveaux Blancs de printemps ? Au secours ! Ils sont revenus !

Les membres de l'équipe de Greenlight, pas les Nouveaux Blancs de printemps.

« Bien ! a dit George. On veut que vous rencontriez Ambergris et que...

— Quoi ? ai-je demandé, m'efforçant d'entendre malgré le bruit de moteur.

— Je suis en hélicoptère. On veut que vous rencontriez Ambergris et que... »

Il a disparu à nouveau. Qu'allait-il demander ? Que je lui pisse dessus ?

12 : 30. Imogen vient de rappeler pour me dire que George souhaite que je parle du scénario à Ambergris, mais aussi pour m'avertir de ne faire aucun commentaire négatif au sujet de Hawaï parce que Ambergris est complètement branchée Hawaï. « Et puis, a ajouté froidement Imogen, il souhaite que vous disiez du bien de Dougie. »

Hourra ! Vais rencontrer une vraie actrice de cinéma. Vais porter une maxi-écharpe !

17 : 00. Rentre juste de chercher les enfants à l'école. C'est vrai. Je me rends compte que *tout le monde* porte une maxi-écharpe bohème enroulée deux fois autour du cou. Ce qui est curieux, c'est que je me souviens de toutes les années où maman et Una ont essayé de me convertir aux écharpes et où j'ai refusé d'en porter car je trouvais que ça faisait accessoire de mémé, comme les broches. Maintenant, on dirait que les gens ont tous lu *Grazia* et répètent comme des zombies endoctrinés par les icônes de la mode : « Je dois porter une maxi-écharpe bohème, je dois porter une maxi-écharpe bohème. »

Vendredi 17 mai 2013

Minutes passées à me préparer et m'habiller pour conduire les enfants à l'école : 75.

5:45. Me suis levée une heure plus tôt pour me préparer et soigner mon look à la façon de Stella McCartney, Claudia Schiffer ou leurs homologues. Je me trouve super, toujours en jean et ballerines, mais avec en plus la maxi-écharpe enroulée autour du cou.

7:00. Suis allée réveiller Billy et ai aidé Mabel à sortir du lit du bas. Au moment où je prenais leurs vêtements dans la penderie, j'ai entendu Billy et Mabel glousser.

« Quoi ? ai-je dit en me retournant. Qu'est-ce qu'il y a ?

— Maman, a dit Billy, pourquoi tu portes un torchon autour du cou ? »

9:30. Reviens de l'école avec le dernier numéro de *Grazia*, où j'ai trouvé un article intitulé « Est-ce la fin du jean skinny ? ».

Vais recommencer à m'habiller comme la mère dans *Bonne chance, Charlie*.

Ivre de paillettes

Lundi 20 mai 2013
Stars de cinéma rencontrées : 1 ; soirées où j'ai prévu d'aller avec Roxster : 1 ; trajets en voiture très classe : 2 ; compliments de la star : 5 ; calories consommées avec la star : 5 476 ; calories consommées par la star : 3.

14 : 30. Tout va pour le mieux. On va venir me chercher en « voiture » pour m'emmener au Savoy rencontrer Ambergris Bilk. Ai essayé différentes versions du look « célébrité à l'aéroport » : jean skinny, écharpe, chemise boutonnée jusqu'au cou, mais ai opté finalement pour la robe en soie bleu marine, bien qu'elle soit maintenant légèrement défraîchie. Talitha m'a aidée à commander des robes pour sa soirée sur Net-a-porter, et j'en ai une très jolie, de J. Crew, qui n'est pas trop chère.

Et puis dans trois semaines, Roxster et moi partons en week-end. Un week-end ! Juste nous deux, tout le samedi après-midi, la nuit du samedi au dimanche et le dimanche. Suis excitée comme une puce. Ça fait cinq ans que je ne suis pas partie en week-end ! Enfin, il faut que je m'occupe de prendre des notes en prévision de la rencontre.

17 : 30. Suis dans la voiture et rentre du rendez-vous avec Ambergris. Au départ, j'ai été déçue quand elle est arrivée, car je m'attendais à ce qu'elle soit en jean skinny, chemise boutonnée jusqu'au cou, blazer, maxi-écharpe bohème, portés avec un énorme sac très coûteux, histoire de voir comment elle interprétait ce look, et j'espérais que tout le monde nous regarderait et nous admirerait. Au lieu de quoi, c'est à peine si je l'ai reconnue quand elle s'est glissée discrètement dans mon box, vêtue d'un survêtement gris et coiffée d'une casquette de base-ball.

Il y a eu une sorte de prologue où nous avons fait amie-amie – ce qui semble être la coutume entre femmes dans le monde du cinéma – et Ambergris a commencé à me complimenter sur ma tenue, même si, appliqués à ma robe bleu marine, ses compliments semblaient un peu décalés. Je me suis dit qu'il fallait que je la complimente moi aussi sur son survêtement.

« Il fait tellement… sportif ! » me suis-je écriée au moment précis où arrivait une énorme collation sur un présentoir à gâteaux à trois étages. Ambergris a pris un minuscule sandwich au saumon qu'elle a grignoté pendant le reste de l'entretien, et moi, j'ai englouti l'intégralité de l'assiette de sandwichs, trois scones avec de la crème épaisse et de la confiture, un assortiment de tartes et pâtisseries miniatures, et les deux verres de champagne apportés avec les gâteaux.

Ambergris s'est dite impressionnée et admirative devant mon scénario, et elle a posé sa main sur la mienne en disant : « Je me sens vraiment toute petite. »

Mon moral est remonté en flèche à la perspective de faire entendre ma voix, et je me suis lancée dans l'éloge de Dougie : j'ai tenté de dissiper les inquiétudes qu'Ambergris partageait à l'évidence avec Damian et Imogen parce qu'il avait « salement besoin de ce contrat » et n'avait encore rien fait dont on ait entendu parler.

« Dougie perçoit vraiment ma voix », ai-je dit en mettant beaucoup de chaleur et de respect dans le mot « Dougie ». « Il faudrait prévoir une rencontre entre vous deux. » (Vous voyez, je maîtrise les codes du cinéma, maintenant.)

Il a été conclu qu'Ambergris prévoirait une rencontre avec Dougie et, bien trop vite, il a été l'heure qu'elle parte. J'avais l'impression que nous étions devenues les meilleures amies du monde. Et aussi que j'allais vomir, vu que j'avais consommé l'intégralité de la collation qui nous avait été servie, plus nos deux verres de champagne.

17:45. Viens de téléphoner « de la voiture ! » chez Greenlight pour dire à quel point le rendez-vous s'est bien passé ; j'ai appris qu'Ambergris avait déjà téléphoné – de sa voiture ! – pour dire combien elle me trouve intelligente et empathique ! »

L'anniversaire de Talitha

C'était le jour le plus chaud de l'année, et le soleil était encore haut quand j'ai retrouvé Roxster pour aller à l'anniversaire de Talitha. Il était à tomber, légèrement bronzé, une ombre de barbe aux joues, et un T-shirt blanc. L'invitation disait « Soirée d'été informelle ». Je n'étais pas très sûre de ma robe « Blanc de printemps », bien que Talitha l'ait choisie, mais quand Roxster m'a vue, il a dit : « Oh, Jonesey, tu es parfaite. »

« Toi aussi », ai-je répondu, enthousiaste, haletant presque de désir. « Ta tenue est absolument *parfaite*. » Ce sur quoi Roxster, qui n'avait manifestement aucune idée de ce qu'il portait, a baissé les yeux pour se regarder, surpris, et a dit : « Mais c'est un jean et un T-shirt !

— C'est vrai », ai-je concédé. Je riais intérieurement en imaginant le torse musclé de Roxster dans une mer de costumes et de panamas.

« Tu crois qu'il y aura un buffet complet ou juste des amuse-gueules ?

— Roxster ! », ai-je dit sur le ton de l'avertissement. Il s'est serré contre moi et m'a embrassée. « Je ne suis venu que pour toi, tu sais. Tu crois qu'il y aura des plats chauds ou que ça ne sera que du froid ? Je plaisante, Jonesey, je plaisante ! »

Nous sommes passés, main dans la main, dans une étroite allée en brique pour déboucher dans un immense jardin caché : le soleil se reflétait dans une piscine bleue, des fauteuils et des matelas blancs attendaient qu'on s'y vautre, et il y avait une yourte : la soirée d'été anglaise dans toute sa splendeur, avec juste un soupçon de boutique-hôtel marocain.

« Si j'allais nous chercher à manger, je veux dire, à boire ? »

Je suis restée un instant interdite, tandis que Roxster filait en quête de nourriture, et j'ai regardé la scène avec appréhension. Au moment où l'on arrive pour se retrouver dans une foule de gens, on a l'esprit confus et l'on ne voit personne de sa connaissance. J'ai eu brusquement l'impression que ma tenue était totalement déplacée. J'aurais dû mettre la robe en soie marine.

« Ah, Bridget ! » Cosmo et Woney. « Tu arrives encore toute seule. Où sont-ils, ces "amoureux" dont on a tant entendu parler, hein ? On va peut-être pouvoir t'en trouver un ce soir.

— Oui, a renchéri Woney sur un ton complice, Binko Carruthers. »

Ils ont fait un signe de tête en direction de Binko, qui regardait autour de lui, l'air toujours aussi égaré, avec ses cheveux hirsutes et son corps jaillissant çà et là de sa tenue qui n'était pas, ô horreur, son habituel costume fripé, mais un pantalon pattes d'eph' turquoise porté avec une chemise psychédélique à volants sur le devant.

« Il a cru que c'était une soirée années 1960, et non un soixantième anniversaire, a gloussé Woney.

— Il a dit qu'il voulait bien jeter un œil sur toi, a dit Cosmo. Tu as intérêt à te dépêcher avant de te le faire souffler par des divorcées prêtes à tout.

— Tiens, chérie. » Roxster est apparu à mon côté, tenant d'une main deux flûtes de champagne grand format.

« Je vous présente Roxby McDuff, ai-je dit. Roxby, je te présente Cosmo et Woney. »

J'ai vu une lueur s'allumer dans les yeux noisette de Roxster quand il a entendu les noms, et il m'a tendu mon verre.

« Ravi de vous rencontrer, a-t-il dit joyeusement en levant son verre dans leur direction.

— C'est ton neveu ? a demandé Cosmo.

— Non, a dit Roxster, passant délibérément un bras autour de ma taille. Ce serait une relation vraiment très bizarre. »

À voir la tête de Cosmo, on devinait que son univers socio-sexuel s'écroulait. Son expression faisait penser à une sorte de machine à sous où défilerait une multitude d'idées et d'émotions, mais qui ne parviendrait pas à se stabiliser sur une combinaison finale.

« Eh bien, a-t-il fini par dire, en tout cas elle a l'air radieuse.

— On comprend pourquoi », a ajouté Woney, l'œil fixé sur l'avant-bras musclé qui m'entourait la taille.

Juste à ce moment-là, Tom est arrivé avec beaucoup d'empressement. « C'est Roxster ? Salut. Moi, c'est Tom. Aaah, voilà Arkis, il faut que je file.

— À plus tard, Tom, a dit Roxster. J'ai une de ces faims. On va se trouver quelque chose à manger, ma puce ? »

Quand nous avons tourné les talons, il a laissé glisser sa main sur mes fesses et l'y a laissée tandis que nous marchions vers le buffet.

Tom s'est de nouveau approché, cette fois avec Arkis dans son sillage – un Arkis aussi beau que le laissaient supposer ses photos sur Bourru. J'ai fait un grand sourire malicieux.

« Je sais, je sais, j'ai vu, a dit Tom. Tu as l'air si contente de toi que c'en est scandaleux !

— Ça n'a vraiment pas été facile pour moi, ai-je dit d'une voix chevrotante. J'ai quand même droit à un peu de bonheur ?

— Mets un bémol à l'autosatisfaction, veux-tu ? Plus dure sera la chute…

— Je te retourne le compliment, ai-je dit en hochant la tête en direction d'Arkis. *Chapeau*[1] !

— Alors, au présent ! » a dit Tom en levant son verre, et nous avons trinqué.

C'était une soirée capiteuse, langoureuse et moite, où le soleil faisait encore miroiter l'eau de la piscine. Les invités riaient, buvaient, allongés sur les matelas, suçant des fraises enrobées de chocolat. J'étais avec Roxster, Tom avec Arkis et Jude en était à son troisième rendez-vous avec un photographe naturaliste découvert sur le site de rencontres du *Guardian*, Soulmates. Il avait l'air charmant et ne semblait pas du tout avoir envie de lui pisser dessus. Talitha, en robe longue pêche découvrant une épaule, était éblouissante ; elle portait un petit chien – le détail qui tue, d'après Tom – et était escortée par son Renard Argenté, autrement dit son milliardaire russe énamouré.

---

1. En français dans le texte.

Pendant que Tom, Jude et moi étions debout au bord de la piscine avec nos amoureux respectifs, elle nous a rejoints. Tom a essayé de caresser le petit chihuahua de Talitha. « Tu l'as commandé sur Net-a-porter, ma chérie ? » Ce sur quoi, la bestiole a essayé de le mordre.

« C'est une fille. Un cadeau de Serguei, a soufflé Talitha. Petula ! Elle est adorable, non ? Tu n'es pas adorable, ma chérie ? Dis ? Dis ? Dis ? Ah, vous devez être Roxster. Bon anniversaire.

— Bon anniversaire, vous deux », ai-je dit, me sentant monter les larmes aux yeux. Nous étions tous réunis, le noyau du Club des rencontres, l'état-major dirigeant nos vies affectives agitées, et tous, pour une fois, heureux et en couple.

« C'est une fête fabuleuse », a dit Roxster avec un large sourire. La combinaison de la nourriture, du champagne et des cocktails Red Bull et vodka lui montait à la tête. « C'est littéralement la meilleure fête à laquelle je sois jamais allé. Vraiment, jamais je n'ai vu de fête aussi cool. C'est absolument fantastique, et le buffet est... »

Talitha lui a posé un doigt sur les lèvres. « Vous êtes adorable. Réservez-moi la première danse pour notre anniversaire. »

L'un des organisateurs de la soirée, en costume noir, s'était posté à quelques pas. Il s'est approché, a touché le bras de Talitha et lui a chuchoté quelques mots à l'oreille.

« Tu veux bien me la tenir une minute, ma chérie ? a-t-elle demandé en me tendant la petite bête. Il faut que j'aille dire deux mots à l'orchestre. »

J'ai une appréhension face aux chiens, depuis le jour où le labradoodle[1] nain d'Una et de Geoffrey m'a coursée quand j'avais six ans. Et puis, n'y a-t-il pas eu tout récemment une histoire de pitbulls qui ont dévoré un adolescent ? Mon angoisse a dû se transmettre à la petite chienne chihuahua car lorsque je l'ai prise, elle s'est mise à aboyer, m'a pincé la main et a sauté de mes bras. Médusée, je l'ai regardée faire un bond en l'air en se tortillant, décrire un demi-cercle ascendant puis descendant et tomber dans la piscine où elle a disparu.

Il y a eu une demi-seconde de silence, puis Talitha a hurlé : « Bridget ! Mais qu'est-ce que tu fais ! Elle ne sait pas nager ! »

Tout le monde a regardé la petite bête reparaître en barbotant à la surface, puis sombrer à nouveau. Soudain, Roxster a ôté son T-shirt, dévoilant son torse musclé, et a plongé : un arc d'eau bleue, d'écume et de mousse, puis il est remonté à la surface, ruisselant, à l'autre extrémité de la piscine ; il était passé complètement à côté de la chienne, qui avait pris au moins une gorgée d'air avant de disparaître à nouveau. Il a eu l'air perplexe, puis a replongé et il est réapparu en tenant une Petula gémissante. Découvrant ses dents blanches dans un grand sourire, Roxster a déposé le chien aux pieds de Talitha, mis les mains sur le bord de la piscine et s'est hissé hors de l'eau sans effort.

« Jonesey, a-t-il dit, le lancer de chiens, ça ne se fait pas.

— Eh ben dis donc, haletait Tom, eh ben dis donc ! »

---

1. Croisement de labrador et de caniche.

Talitha s'est mise à dorloter Petula : « Ma chérie. Ma pauvre chérie. Tout va bien, maintenant, tout va bien.

— Je suis désolée, ai-je dit. Elle m'a échappé sans que...

— Ne t'excuse pas, a dit Tom, sans détacher les yeux de mon petit ami.

— Oh, mon chou, a dit Talitha, tournant son attention vers Roxster. Quel courage, vous voilà tout mouillé maintenant. Je vais vous aider à vous...

— Surtout ne t'avise pas de le rhabiller, a grondé Tom.

— En fait, je prendrais bien un autre Red Bull, a souri Roxster. Avec de la vodka. »

Talitha s'est mise en devoir de le cornaquer à travers la foule, il m'a saisi la main et m'a tirée à sa suite. La tête qui s'est imprimée dans mon esprit, dans cette mer d'expressions stupéfaites, c'est celle de Woney.

Lorsqu'elle a fait entrer Roxster dans la maison, Talitha s'est tournée vers moi et m'a murmuré : « Eh bien, ma chérie, c'est de la remise à niveau sérieuse ou je ne m'y connais pas. »

Roxster a reparu, plus élégant, vêtu d'une des tenues impeccables du Renard Argenté. Il ne semblait pas conscient de son rôle dans ma remise à niveau, et avait surtout l'air intéressé par les célébrités – dont j'ignorais le nom pour la plupart – qu'il repérait dans la foule des invités. La nuit tombait, des lanternes diffusaient une douce lumière scintillante, les invités étaient de plus en plus ivres, l'orchestre jouait, les gens commençaient à danser. Malgré mon autosatisfaction, j'éprouvais un certain malaise à l'idée que j'avais utilisé Roxster pour me remettre dans le coup. À ceci près que je ne l'avais pas utilisé délibérément, ça s'était passé comme ça. En fait, pour être tout à fait franche, j'étais en train de tomber éperdument...

« Viens, on danse, baby, a dit Roxster. On y va. »

Il a saisi encore un cocktail à la vodka, une bière et un Red Bull, a descendu le tout et a redemandé la même chose. Il était déchaîné, exubérant. Au train où il allait, reconnaissons-le, il ne tarderait pas à être cuité à mort.

Il a bondi sur la piste de danse, où tout le monde se trémoussait et agitait les hanches selon la mode de sa génération ; certaines femmes se tenaient jambes écartées en agitant les épaules de façon provocante. L'orchestre jouait un tube de Supertramp. Moi qui n'avais encore jamais vu danser Roxster, je l'ai regardé, stupéfaite, tandis que le vide se faisait autour de lui. Je me suis alors rendu compte que son style, c'était de pointer du doigt. Il connaissait par cœur les paroles du hit et déambulait comme John Travolta, pointant le doigt dans toutes les directions puis, juste avant que les instruments s'arrêtent, il pointait son doigt pile sur la scène comme si c'était lui le chef d'orchestre. En me voyant danser sur place de façon incertaine, il m'a saisie par la main, m'a donné son verre en me faisant impérieusement signe de le boire. Je l'ai avalé cul sec et lui ai emboîté le pas, pointant le doigt moi aussi, en acceptant l'idée qu'il allait me faire tourner de façon approximative, m'étreindre comme une pieuvre, me bousculer et me peloter les fesses avant de tendre l'index dans toutes les directions, pendant que tout le monde nous regarderait. Vous avez une objection ?

Plus tard, j'ai titubé jusqu'aux toilettes sur des pieds qui avaient manifestement besoin d'une opération pour oignons, et quand je suis revenue, la piste de danse était vide. Il n'y restait que Jude, manifestement torchée, qui regardait le sol avec un sourire béat. Roxster dansait joyeusement tout seul, une Kronenbourg dans une main, l'autre index brandi allègrement.

« Jamais je ne suis allé à une fête aussi réussie, a-t-il dit à Talitha en lui prenant la main pour la lui baiser quand nous avons pris congé. Jamais je n'ai vu un buffet pareil, jamais, jamais ! Et la fête, bien sûr. C'était la meilleure, et vous êtes la meilleure...

— Merci d'être venu et merci d'avoir sauvé ma petite bête », a exhalé Talitha, gracieuse comme une duchesse. « J'espère qu'il sera encore opérationnel, ma chérie », m'a-t-elle chuchoté à l'oreille.

Une fois que nous nous sommes trouvés dans la rue, et à l'écart des invités qui s'en allaient, Roxster m'a pris les deux mains avec un large sourire et m'a embrassée.

« Jonesey, a-t-il soufflé en me regardant dans les yeux. Je... » Il s'est détourné, a esquissé un pas de danse. Il était vraiment ivre. Il s'est retourné, a eu quelques instants l'air triste, puis à nouveau heureux, et a brusquement lâché : « Je te kiffe. Je n'ai jamais dit ça à une femme de ma vie. Je voudrais avoir une machine à remonter le temps. Je te kiffe. »

S'il y a un Dieu, je suis sûr qu'il a mieux à faire – avec la crise du Moyen-Orient et le reste – que de donner à des veuves éplorées des nuits d'amour extatiques, mais j'ai eu comme l'impression que, cette nuit-là, Dieu avait décidé de laisser ses autres soucis de côté.

Le lendemain matin, une fois Roxster parti pour assister à son match de rugby et les enfants déposés l'un au foot et l'autre à une séance de magie, je me suis remise au lit une heure et j'ai savouré les moments de la soirée de la veille : Roxster jaillissant de la piscine ; Roxster sous la lumière du réverbère, disant « Je te kiffe ».

Parfois, quand beaucoup de choses arrivent en même temps, votre esprit s'embrouille et vous n'arrivez à démêler tous les éléments d'information que plus tard.

« Je voudrais avoir une machine à remonter le temps. »

La phrase a émergé comme une bulle de la masse d'autres mots et images de la veille. L'éclair de tristesse éphémère dans ses yeux avant de dire : « Je te kiffe... Je voudrais avoir une machine à remonter le temps. »

C'était la première fois qu'il faisait allusion à la différence d'âge entre nous, en dehors de ses plaisanteries sur mes genoux et mes dents. Nous avions été emportés par le tourbillon d'une excitation joyeuse en prenant conscience que dans l'immensité du cyberespace, nous avions tous les deux trouvé quelqu'un qui nous plaisait vraiment ; que ce n'était pas un coup d'un soir, ni même trois, qu'entre nous était née une relation authentique, pleine de tendresse et de rires. Mais dans ce moment d'allégresse alcoolisée, il s'était trahi. Pour lui, cette différence avait de l'importance. Et avec elle le ver est entré dans le fruit.

Troisième Partie

Descente dans le chaos

Journée de merde

Jeudi 4 juin 2013
61 kg ; calories : 5 822 ; boulots : 0 ; toy boys : 0 ; respect de la société de production : 0 ; respect des écoles : 0 ; respect de la nounou : 0 ; respect des enfants : 0 ; paquets entiers de fromage consommés : 2 ; paquets entiers de sablés aux flocons d'avoine consommés : 1 ; gros légumes consommés intégralement : 1 (un chou).

9:00. Encore une nuit hautement érotique avec Roxster. Mais en même temps, j'ai éprouvé un pincement de gêne. Billy et Mabel ne dormaient pas encore quand il est arrivé, et ils sont descendus dans le salon en pleurant, Billy prétendait que Mabel lui avait envoyé Salive à la figure et qu'il était aveugle d'un œil. Il a fallu une éternité pour les faire s'endormir.

Quand je suis redescendue, Roxster, qui ne m'avait pas vue arriver, avait l'air un peu dépité.

J'ai dit « Pardon ! » et quand il a levé les yeux, il s'est mis à rire avec son entrain habituel et a déclaré : « Ce n'est pas exactement comme ça que j'avais imaginé la soirée. »

Bref, une fois que le dîner a été en route, tout est rentré dans l'ordre. Et nous avons passé une soirée de rêve. La chaise de la salle de bains et le miroir ont vraiment donné la pleine mesure de leur fonctionnalité. Et c'est la semaine prochaine que nous partons en week-end ! Nous allons trouver un pub à la campagne. Au programme, manger, s'envoyer en l'air et se promener, etc. ! Chloe s'est chargée du trajet à l'école ce matin pour que je puisse me mettre tôt à mon scénario – qui commence à ressembler de moins en moins à un rêve impossible et prend la tournure d'une réalité fabuleuse : un film, écrit par moi, avec Ambergris Bilk dans le rôle principal. Donc, tout va bien. Absolument. Je dois juste m'y mettre, à cette réécriture.

9 : 15. J'ai sans arrêt des flashs de la nuit dernière dans la salle de bains.

9 : 25. Viens juste d'envoyer à Roxster un SMS disant : <Mmmmmm. C'était merveilleux que tu aies pu rester la nuit dernière.>

9 : 45. Oui, mais pourquoi n'a-t-il pas répondu ? « J'aimerais avoir une machine à remonter le temps. » Pourquoi ai-je toutes ces images de moi auxquelles je retourne immédiatement – comme si j'étais une harceleuse ou une de ces grands-mères pathétiques qui se baladent dans les discothèques en leggings et débardeur, avec leurs bras en stores vénitiens, leurs cheveux frisottés, un ventre qui déborde et un diadème en strass sur la tête.

9 : 47. Bien. Dois me ressaisir, me lever et m'y mettre. Ne peux pas rester là à rêvasser en petite tenue, à me faire des questions/réponses totalement inutiles parce que mon toy boy n'a pas répondu à un SMS alors que j'ai un scénario à écrire et la responsabilité d'enfants dont je dois organiser l'emploi du temps.

Mais pourquoi ne m'a-t-il pas répondu ?

9:50. Vais regarder mes e-mails.

9:55. Rien. Juste un e-mail transféré par George, de Greenlight. Peut-être une bonne surprise ?

10:00. Tu parles ! Viens d'ouvrir l'e-mail transféré et une bombe m'a explosé à la figure.

FWD : Expéditeur : Ambergris Bilk
À : George Katernis

Viens de discuter avec Dougie. Il est vraiment impressionnant. Suis à plein dans Les Feuilles. Très contente qu'il soit sur même longueur d'onde et souhaite lui aussi mettre un vrai scénariste sur le coup.

Pendant quelques instants, j'ai regardé l'écran sans le voir.

« Un vrai scénariste. »

UN VRAI SCÉNARISTE ?

À ce stade, j'ai pris un quart de chou que Chloe avait, je ne sais pourquoi, laissé sur la table de la cuisine (a-t-elle convaincu les enfants de manger pour le petit déjeuner une recette à base de chou trouvée dans le livre de cuisine de Gwyneth Paltrow ?), et j'ai commencé à fourrer le chou dans ma bouche en croquant dans les feuilles et en tournant très vite autour de la table de la cuisine tandis que des morceaux de chou tombaient sur le devant de ma nuisette et glissaient par terre. Le signal d'un SMS a retenti : Roxster.

<Oui, c'était bien, hein ? Mais maintenant, je ne sais plus où j'en suis à propos de notre relation. Je flotte complètement, baby.>

Un second signal a retenti : école maternelle.
<Mabel a un panaris. Son ongle est presque tombé.
D'après l'aspect, elle doit avoir ça depuis plusieurs jours.>

10 : 15. Calme et posée. Vais simplement ouvrir le frigo, sortir de la mozza râpée et me la mettre dans la bouche avec encore un peu de chou.

10 : 16. OK. J'ai la bouche pleine à présent. Je vais juste prendre une gorgée de Red Bull pour couronner le tout. Oh ! Téléphone. C'est peut-être Roxster qui regrette son SMS.

11 : 00. C'était Imogen, de Greenlight. « Bridget, il y a eu un horrible micmac. George vous a fait suivre un e-mail par erreur. Pourriez-vous l'effacer avant de... Bridget ? Bridget ? »

Incapable de répondre à cause de bouche pleine. Me suis précipitée vers l'évier pour cracher le soda, la mozzarella râpée et le chou juste au moment où Chloe apparaissait en haut de l'escalier. Me suis retournée et lui ai souri, tandis que des morceaux de chou et des filaments de fromage tombaient de mes dents comme si j'étais un vampire en train de dévorer sa proie.

« Bridget ? Bridget ? répétait toujours Imogen au téléphone.

— Oui ? » ai-je répondu tout en adressant un salut joyeux à Chloe et en essayant de rincer l'évier avec le robinet extensible afin de le débarrasser des fragments tombés de ma bouche.

« Vous êtes au courant pour le doigt de Mabel ? » a chuchoté Chloe. J'ai hoché la tête calmement et désigné le téléphone coincé contre mon cou. Pendant que j'écoutais Imogen me répéter l'histoire de l'e-mail que George avait réexpédié par erreur, mes yeux sont tombés par hasard sur le journal, toujours plié à la page que Roxster avait lue.

LE SORT TRAGIQUE DU TOY BOY
par Ellen Boschup

Brusquement, les toy boys sont partout. À mesure que progresse la science médicale, permettant de mieux préserver l'apparence de la jeunesse, de plus en plus de femmes d'un certain âge consacrent leur temps et leurs ressources à soigner leur aspect ; elles sont également de plus en plus nombreuses à se tourner vers des hommes plus jeunes - Ellen Barkin, Madonna et Sam Taylor-Wood pour n'en citer que quelques-unes. Pour ces femmes plus âgées, prédatrices ou « cougars », comme on les nomme à juste titre, les avantages sont évidents : la jeunesse ; des rapports plus vigoureux, plus toniques, plus fréquents, plus satisfaisants ; et le genre de relation libre et légère qu'elles ne pourraient jamais avoir avec leurs homologues chauves et ventripotents, trop paresseux et imbus d'eux-mêmes pour lutter contre l'outrage des années.

« Bridget ? répétait encore Imogen. Ça va ? Qu'est-ce qui se passe ? La Terre appelle Bridget. Bridget ? Net-a-porter ? Mini-Mars ?

— Non, parfait ! Merci de m'avoir prévenue. Je vous rappelle plus tard. Bye ! »

Pour les garçons jeunes et sans défense qui sont leurs proies, cela peut paraître un commerce intéressant. Ces femmes – quand la lumière est éteinte, en tout cas – semblent merveilleusement conservées. Comme des citrons confits. Elles n'exercent aucune pression pour faire des enfants, n'ont aucune exigence de réussite professionnelle. Au contraire, elles ouvrent la porte d'accès à un monde glam et sophistiqué qui serait resté hors de portée de ces jeunes gens, même dans leurs rêves les plus fous. Ils ont tous les avantages d'une amante expérimentée, d'une femme qui sait ce qu'elle veut au lit, qui flatte leur réputation, leur permettant d'entrer dans la société et de découvrir les voyages de luxe. Où est le hic ? Quand le toy boy a eu son compte, il peut laisser sa cougar fondre sur la proie suivante, qui ne se doute de rien. Toutefois, ces malheureux sont de plus en plus nombreux à découvrir que…

« Ça va, Bridget ? a dit Chloe.

— Oui. Nickel. Est-ce que vous pourriez monter ranger les tiroirs de Mabel, s'il vous plaît ? » ai-je demandé d'un air d'autorité calme encore inédit.

Une fois Chloe partie, je me suis jetée sur un autre morceau de chou, que j'ai enfourné dans ma bouche avec une pastille de Nicorette en continuant ma lecture.

… loin de partir quand ils le désirent, et de sortir de cette expérience enrichis, ils sont exploités et se retrouvent brisés, sexuellement épuisés, leur estime de soi en lambeaux, après avoir gâché une période clé pour se construire une carrière et une vie de famille. Mais interrogeons-nous : certains de ces jeunes gens, Ashton Kutcher par exemple, se servent de leur cougar comme d'une éminence grise pour promouvoir leur carrière et leur profil. Cependant, ils sont beaucoup plus nombreux à être abandonnés et à se retrouver dans un appartement ou studio sordide, en butte au mépris de leurs amis, famille et collègues qui ne leur pardonnent pas de s'être associés à des femmes assez vieilles pour être leurs grands-mères, et retournent à leur univers d'avant qui semble maintenant dépourvu d'un vernis dont ils n'auront plus jamais…

Je me suis effondrée sur la table, la tête dans les bras. Salope d'Ellen Boschup. Ces gens ne se rendent donc pas compte du mal qu'ils font avec leurs généralisations spécieuses sur un fait de société ? Ils prennent au vol les phénomènes bidon et les notions superficielles qui peuvent circuler dans une soirée mondaine et puis ils écrivent un commentaire social sentencieux comme si c'était le résultat d'années de recherches assidues et non un article de douze cents mots à écrire dans des délais serrés, et ils dévastent la vie et les relations des gens à partir de remarques entendues dans un gastro-pub et de deux photographies floues dans le magazine *Heat*.

« Est-ce que je vais chercher Mabel et que je l'emmène chez le médecin ? a demandé Chloe. Ça va, Bridget ?

— Non, non, je vais... y aller et m'occuper d'elle. Pouvez-vous envoyer un SMS à l'école pour dire que j'arrive ? »

Je suis allée d'un pas décontracté jusqu'aux toilettes, où je me suis laissée tomber sur le siège, pendant que mon esprit tournait à toute allure. Si seulement je n'avais qu'un seul problème à traiter. J'arriverais sans doute à gérer individuellement les états d'âme de Roxster, cet horrible article, le « vrai scénariste », ou la honte du panaris de Mabel, mais tous ensemble, non. À l'évidence, le panaris doit avoir la priorité, mais puis-je affronter le regard de quiconque dans l'état où je suis ? Si je vais chercher Mabel les yeux fous, complètement hors de moi, et l'emmène chez le médecin, est-ce que je ne cours pas le risque de voir l'école ou le médecin la faire placer dans une famille d'accueil ?

L'équilibre, voilà ce qu'il me fallait. Je devais faire le ménage dans mon esprit, parce que, comme on dit dans *Comment sauvegarder sa santé mentale*, l'esprit a une certaine plasticité.

J'ai pris plusieurs inspirations profondes et j'ai psalmodié « Maaaaa », pour invoquer la Mère universelle.

Je me suis regardée dans la glace. Mon reflet ne m'a pas rassurée. Je me suis lavé la figure, ai rectifié ma coiffure avec mes doigts, suis sortie des toilettes et suis passée devant Chloe avec un gracieux sourire, très « dame de céans », glissant sur le fait que j'étais encore en nuisette à onze heures du matin et qu'elle m'avait peut-être entendue dire « Maaaa » dans les toilettes.

13 : 00. Mabel semblait plutôt fière d'avoir un panaris. En fait, c'était moins grave qu'on ne l'avait laissé entendre, mais tout de même, on se demandait comment une mère attentive avait pu ne pas le voir alors que son doigt devait être dans cet état depuis quelque temps.

Chez le médecin, je suis restée plantée quatre minutes devant les deux réceptionnistes qui ont continué à taper tranquillement comme si : a) je n'étais pas là, et b) elles écrivaient l'une et l'autre des poèmes contemplatifs. Entre-temps, Mabel trottait allègrement dans la salle d'attente et prenait les prospectus dans le présentoir en plastique accroché au mur.

« Je vais lire ! » a-t-elle annoncé. Et elle a commencé à ânonner : « Gé, oh, enne, oh, erre, erre, oh, eh, euh.

— C'est très bien ! ai-je murmuré.

— Gonorrhée ! a-t-elle braillé triomphalement en ouvrant le prospectus. Oh, y a des images ! Tu me lis Gonorrhée ?

— Oh ! Hahaha ! ai-je dit en faisant main basse sur les prospectus et en les fourrant dans mon sac. Voyons s'il y a de plus jolis prospectus », et j'ai posé un œil vitreux sur l'étalage de feuilles de différentes couleurs vives : *Syphilis, Urétrite non spécifique, Préservatifs masculins et féminins, et* – un peu tard pour être d'actualité – *Morpions*.

« Si on prenait nos jouets ? » ai-je gazouillé.

« Je ne comprends pas comment j'ai fait pour ne pas remarquer ça, ai-je dit au médecin lorsque nous nous sommes enfin trouvées dans son cabinet.

— Ça peut évoluer très vite, a-t-il dit à ma décharge. On va lui donner des antibiotiques et ça sera réglé. »

Une fois sorties de chez le médecin, nous sommes allées acheter chez le pharmacien des pansements Princesse Disney, et Mabel a décidé qu'elle voulait retourner à l'école.

14:00. Viens de rentrer. Soulagée d'avoir la maison à moi toute seule, me suis assise pour... Pour quoi, en fait ? Travailler ? Mais j'ai été saquée, non ? Tout est si sombre, sinistre.

Ah, mais je porte encore mes lunettes fumées.

15:15. Viens de passer vingt minutes le regard perdu dans le vide, figée dans une pose tragique, essayant de ne pas m'imaginer en train de me tirer une balle comme Hedda Gabler ; après quoi j'ai commencé à surfer sur Google et chercher des pendants d'oreilles en forme de crâne ou de poignard sur Net-a-porter. Et je me suis rendu compte brusquement qu'il était l'heure d'aller chercher Mabel et Billy à l'école.

18:00. Suis arrivée dans tous mes états à l'école primaire avec Mabel car nous étions en retard, et j'ai dû passer d'abord au bureau pour les cours de basson de Billy. « Est-ce que vous avez la feuille ? » a demandé Valerie, la secrétaire de l'école. J'ai commencé à fouiller dans le bazar de mon sac à main, en posant les papiers qu'il contenait sur le comptoir.

« Ah, Mr. Wallaker », a dit Valerie.

J'ai relevé la tête. Il était devant moi, avec son habituel petit sourire narquois.

« Tout va bien ? » a-t-il demandé, l'œil toujours fixé sur les papiers en désordre. J'ai suivi son regard. « Syphilis – Comment veiller à votre santé sexuelle. » « Gonorrhée, signes et symptômes. » « Santé sexuelle en direct ! Guide de l'utilisateur. »

« Ils ne sont pas à moi, ai-je annoncé.

— Ah, bon, très bien.

— Ils sont à Mabel.

— À Mabel ! Eh bien, dans ce cas, c'est parfait. » Il était secoué par un fou rire qu'il retenait. J'ai saisi les prospectus et leur ai fait réintégrer mon sac.

« Hé, a crié Mabel. F'est mes profpectuf. Donne-les-moi. »

Elle a plongé la main dans mon sac et a saisi « Gonorrhée, signes et symptômes ». J'ai renoncé à ma dignité et j'ai essayé de le lui retirer, mais Mabel ne l'a pas lâché.

« F'est mes profpectuf », a-t-elle déclaré d'un ton accusateur. Et pour bien marquer le coup, elle a ajouté : « Crotte alors ! »

« Et ce sont des prospectus très utiles, a dit Mr. Wallaker en se baissant. Si tu prenais celui-là aussi et donnais le reste à maman ?

— Merci, Mr. Wallaker », ai-je dit d'un ton ferme mais aimable. Puis j'ai levé le nez et me suis dirigée avec grâce vers les grilles de l'école. J'ai failli marcher sur Mabel dans l'escalier, mais ai réussi dans l'ensemble une sortie passablement élégante.

« Bridget ! » a soudain hurlé Mr. Wallaker, comme si j'étais l'une de ses ouailles. Je me suis retournée, surprise. Jamais encore il ne m'avait appelée Bridget.

« Vous n'avez rien oublié ? »

Je l'ai regardé sans comprendre.

« Billy ? » Il s'est retourné vers Billy qui s'approchait de lui au trot, un sourire de connivence sur le visage. Ils m'ont regardée tous les deux avec le même air ironique.

« Il lui arrive d'oublier de se lever, des fois, a dit Billy.

— Tu m'étonnes, a répondu Mr. Wallaker.

— Allez, venez, les enfants, ai-je dit, essayant de conserver ma dignité.

— Oui, mère », a répondu Mabel avec une bonne dose d'ironie, ce qui était franchement agaçant chez quelqu'un d'aussi jeune.

« Merci, mon enfant, ai-je rétorqué dans la foulée. Dépêchez-vous. Au revoir, Mr. Wallaker. »

Quand nous sommes rentrés à la maison, Billy et moi nous sommes vautrés sur le canapé pendant que Mabel, toute contente, jouait avec ses prospectus sur la santé sexuelle.

« J'ai eu des notes pourries à mes devoirs, a dit Billy.

— J'ai eu des notes pourries à mon scénario. »

Je lui ai montré l'e-mail sur le « vrai scénariste ». Billy m'a montré son cahier de dessin avec son coloriage de Ganesh, le dieu éléphant et les commentaires du professeur :

« *J'aime bien votre mélange de jaune, vert et rouge sur la tête. Mais je ne suis pas sûr que les oreilles multicolores soient une bonne idée.* »

Nous nous sommes regardés d'un air affligé, puis avons éclaté de rire.

« Si on mangeait un sablé aux flocons d'avoine ? » ai-je proposé.

Nous avons fini tout le paquet, mais c'est comme si on mangeait du muesli, non ?

On n'a pas des vies faciles

Mercredi 5 juin 2013
61 kg ; heures dans une journée : 24 ; heures néces-
saires pour faire tout ce que je suis censée faire en
une journée : 36 ; heures passées à me ravager sur
la façon de faire en une journée ce que je suis cen-
sée faire : 4 ; nombre de choses faites sur l'ensemble
des choses à faire : 1 (aller aux toilettes).

14 : 00.

LISTE DES CHOSES À FAIRE

* Mettre une machine de linge en route.
* Répondre à l'invitation pour Zombie Apocalypse.
* Appeler Brian Katzenberg au sujet de l'e-mail d'Ambergris Bilk.
* Gonfler bicyclette.
* Fromage râpé.
* Programmer le week-end : samedi après-midi, c'est la fête des tambours africains en l'honneur de Billy chez Atticus, mais la mère de Bikram dit qu'elle déposera ou ira chercher les enfants si quelqu'un d'autre partage avec elle ; ensuite, dimanche c'est la fête des nounours chez Cosmata en l'honneur de Mabel, à la même heure que le foot de Billy. Voir avec la maman de Jeremy et celle de Cosmata qui va récupérer les enfants à leurs fêtes respectives et demander aussi à la mère de Jeremiah si son fils veut venir au foot.
* Appeler maman (la mienne).

* Appeler Grazina et voir si elle peut boucher les trous pendant le week-end, puis regarder l'heure des trains pour Eastbourne.

* Décider quoi faire à propos du week-end avec Roxster.

* Chercher carte bleue.

* Chercher télécommande Virgin.

* Chercher téléphone.

* Perdre 1,5 kg.

* Répondre à la masse d'e-mails concernant les légumes de la Journée Sportive.

* Voir si je suis censée assister à la réunion de Greenlight demain.

* Fête-photo mythologie grecque ou romaine.

* Épilation à la cire demi-jambes et maillot au cas où week-end serait encore au programme.

* Famille de suffixes en -ique pour le blason familial.

* Travailler l'équilibre postural.

* Remplir la feuille pour les leçons de basson de Billy et la rapporter à l'école.

* Retrouver la feuille concernant les leçons de basson.

* Ampoule des toilettes.

* M'entraîner sur vélo d'appartement (à l'évidence, plus qu'improbable).

* Réexpédier à Net-a-porter la robe que je n'ai pas mise pour la fête de Talitha.

* Chercher pourquoi le frigo fait un bruit pareil.

* Chercher les prospectus de Mabel sur la gonorrhée et les détruire.

* Trouver la scène finale de plongée sous-marine de la version 12.

* Dentiste.

Oh, Seigneur. Tout ça ne tiendra jamais en une heure, dont il ne reste que vingt minutes à présent.

IMPORTANT URGENT	IMPORTANT PAS URGENT
*Répondre à l'invitation pour Zombie Apocalypse. *Aller aux toilettes. *Appeler Brian Katzenberg au sujet de l'e-mail d'Ambergris Bilk. *Épilation à la cire demi-jambes et maillot au cas où week-end serait encore au programme. *Gonfler bicyclette. *Fromage râpé. *Dentiste. *Sourcils. *Fromage râpé. *Tirer au clair projet week-end avec Roxster. *Répondre à la masse d'e-mails envoyés par trois mères d'élèves de CE1 à propos du pique-nique de la Journée Sportive. *Appeler Grazina et voir à quelle heure elle peut arriver samedi, et chercher sur Google des pubs romantiques. *Réexpédier à Net-a-porter la robe que je n'ai pas mise pour la fête de Talitha. *Trouver où habite Cosmata.	*M'entraîner sur vélo d'appartement (à l'évidence, plus qu'improbable). *Trouver la feuille pour les leçons de basson de Billy, la remplir et la rapporter à l'école. *Appeler la maman de Jeremiah. *Appeler maman (la mienne). *Répondre aux e-mails concernant vie sociale. *Réexpédier à Net-a-porter la robe que je n'ai pas mise pour la fête de Talitha. *Voir avec la maman de Jeremy et celle de Cosmata qui récupère les enfants et demander aussi à la mère de Jeremiah si son fils veut venir au foot. *Fromage râpé. *Dentiste. *Sourcils. *Photo pour la fête des anciens mythes.

PAS IMPORTANT MAIS URGENT	NI IMPORTANT NI URGENT
*Répondre pour Zombie Apocalypse. *Chercher la télécommande Virgin. *Chercher carte Visa. *Chercher dentiste. *Chercher téléphone. *Perdre 1,5 kg. *Chercher et détruire les prospectus de Mabel sur la gonorrhée. *Voir avec la maman de Spartacus et celle de Cosmata qui récupère les enfants et demander aussi à la mère de Jeremiah si Bikram veut venir au foot. *Mettre au point programme pour week-end. *Samedi après-midi, c'est la fête des tambours africains en l'honneur de Billy chez Atticus, mais la mère de Bikram dit qu'elle déposera ou ira chercher les enfants si quelqu'un d'autre partage avec elle, puis voir avec mère de Cosmata comment s'organiser dim. pour fête des nounours en l'honneur de Mabel à la même heure que foot de Billy. *Bouilloire John Lewis.	*Voir si suis encore censée assister à réunion Greenlight demain. *Fromage râpé. *Appeler maman Bikram. *Mettre lessive en route. *Appeler Brian Katzenberg à propos de l'e-mail d'Ambergris Bilk. *Dance Fever. *Répondre à la masse d'e-mails envoyés par trois mères d'élèves à propos du pique-nique de la Journée Sportive. *Trouver la feuille concernant basson. *Travailler centre équilibre. *Prendre rdv dentiste pour Billy et Mabel. *Appeler maman (la mienne). *Réexpédier robe de Net-a-porter que je n'ai pas mise pour la fête de Talitha. *Aller aux toilettes.

OK. Je vais simplement faire le schéma de la vie en quatre colonnes, comme on le recommande dans *Les Sept Habitudes des gens efficaces*.

14:45. Vous voyez. Beaucoup mieux !

14:50. Vais peut-être aller aux toilettes. Ça sera toujours ça de fait.

14:51. Bien. Suis allée aux toilettes.

14:55. Aaah ! On sonne !

J'ai ouvert la porte et Rebecca, la voisine d'en face, a déboulé dans l'entrée, coiffée d'un diadème, le mascara dégoulinant sous les yeux, le regard perdu dans le vide, la main crispée sur une liste et un sac en plastique empli de sandwichs à l'œuf.

« Tu veux une clope ? a-t-elle demandé d'une drôle de voix d'outre-tombe. J'en peux plus. »

Nous sommes descendues dans la cuisine et nous sommes laissées tomber sur des chaises, l'œil vague, tirant sur nos cigarettes comme deux camionneuses.

« La pièce annuelle en latin, a-t-elle annoncé d'une voix curieuse, comme déconnectée.

— Les cadeaux pour les profs, ai-je poursuivi d'un ton morne. Zombie Apocalypse. » Puis je me suis mise à tousser comme une perdue car je n'avais pas touché une cigarette depuis cinq ans, si l'on ne compte pas les deux tafs du joint à la soirée avec l'Homme au Perfecto.

« Je crois que je me paie une dépression sévère sans que personne le remarque », a dit Rebecca.

Je me suis levée d'un bond, ai écrasé ma cigarette, poussée par une inspiration impérieuse.

« Tout est affaire de priorités, qu'on classe par colonnes. Regarde ! » ai-je annoncé en lui mettant sous le nez la feuille avec les quatre colonnes.

Elle l'a regardée puis est partie d'un rire hystérique haut perché, comme une patiente d'hôpital psychiatrique.

Soudain, j'ai eu un éclair de génie. « C'est un état d'urgence, ai-je dit, tout excitée. Un état d'urgence caractérisé. Une fois que l'état d'urgence a été déclaré, le service normal est suspendu, rien ne va plus et tout ce qu'on a à faire, c'est d'attendre que l'urgence passe.

— Nickel, a dit Rebecca ! Buvons un verre. Juste un tout petit mini-verre. »

Vous savez, c'était juste un demi-verre, mais tout a paru soudain aller beaucoup mieux, jusqu'au moment où elle a sauté de sa chaise en disant : « Oh, bordel ! Je suis censée récupérer les gosses à l'école ! » Et elle a filé juste au moment où Roxster m'envoyait un SMS disant : <Tu es devenue bien silencieuse, Jonesey.>

Rebecca cst revenue chercher ses sandwichs à l'œuf au moment précis où je me suis souvenue que, moi aussi, j'étais censée aller chercher les enfants. Suis montée au pas de course, puis redescendue dans la cuisine chercher les galettes de riz tout en envoyant SMS à Roxster : <Je flotte à cause de ton SMS disant que tu flottes.>

15:30. Suis dans la voiture à présent. Oh, merde, ai oublié les galettes de riz.

Rhââ ! SMS de Roxster.

<Juste eu une crise de panique. Je t'appelle ce soir pour discuter, mon mignon petit pâté à la viande ?>

C'est LUI qui a une crise de panique ?

En fin de compte, en descendant de la voiture, me suis précipitée vers l'école en courant et marchant tout à la fois, ce qui n'était pas très gracieux, et me suis fait happer pour une raison mystérieuse par des touristes scandinaves en quête de renseignements. Angoissée à l'idée qu'ils voulaient me voler mon temps, ai continué à marcher d'un pas décidé tout en me retournant pour leur indiquer du bras la direction à prendre. Ah, mon Dieu. J'ai failli à mon pays en étant inhospitalière avec des étrangers (à ceci près que la Scandinavie fait partie de l'UE, je crois ?). Mais où va-t-on si on a plus peur de se faire voler son temps que son sac par des passants ?

21 : 30. Pas de coup de fil de Roxster.

Mon Dieu, mon Dieu, il va appeler et me larguer parce qu'il n'a pas de machine à remonter le temps.

22 : 00. Je déteste ces appels qui tardent parce que vous savez que celui qui doit appeler traîne à la perspective de devoir dire ce que vous n'avez pas envie d'entendre. De toute façon, Roxster déteste le téléphone parce que je parle trop et refuse de remettre au lendemain matin ce que j'ai à dire. Oh. Téléphone ! Roxster !

22 : 05. « Allô ma chérie. » Ma mère. « Tu sais que Penny Husbands-Bosworth a commencé à mentir sur son âge – elle prétend avoir quatre-vingt-quatre ans. C'est complètement ridicule. Paul, tu sais, le chef pâtissier, dit qu'elle fait ça pour que tout le monde lui dise qu'elle fait beaucoup plus jeune et que... »

22:09. Ai réussi à me débarrasser de maman, mais me sens coupable à présent ; je pense aussi que Roxster a pu appeler pendant que... Oooh ! SMS !

22:10. C'était Chloe.

<Juste pour confirmation des détails du week-end. Je ferai donc samedi matin jusqu'à l'arrivée de Grazina, puis Grazina restera avec Mabel pendant que la mère de Bikram emmènera Billy à la fête des tambours africains, puis à la fête de mythologie antique d'Ezekiel. (Dois-je prendre une photo de la mythologie grecque ? Un costume de dieu en particulier ? Grec ou romain ?) Puis Grazina restera jusqu'à 17 heures dimanche ; elle déposera Billy au football après avoir accompagné Mabel à la fête des nounours chez Cosmata, où elle ira la chercher après avoir récupéré Billy. Je prendrai ensuite la relève... Le seul problème, c'est que je dois partir à 18 heures pour aller à une manifestation de taï-chi avec Graham...>

Rhââââââ ! Comment le fait d'élever des enfants a-t-il pu devenir à ce point... compliqué ? On a l'impression d'être obligé de tout faire pour les occuper et de veiller à ce qu'ils s'éclatent en permanence.

22:30. Soudain submergée par la rage contre Roxster : c'est sa faute si le système éducatif social et global est dysfonctionnel et foireux. SALAUD de Roxster ! Chloe et moi avons dû nous mettre en quatre pour élaborer ce programme complexe de tambours africains, de nounours et de personnes extérieures pour s'occuper des enfants à cause de Roxster, et voilà que maintenant, je n'ai nulle part où aller et personne à voir à cause de lui. Je vais être comme UN COUCOU GÉANT, une intruse dans

ma propre maison. ET TOUT ÇA À CAUSE DE ROXS-
TER ! Préfère passer sur le fait qu'au départ, c'est
moi qui ai lancé l'idée de ce week-end, avec tout
ce que cela exigeait d'organisation pour la garde
des enfants.

22 : 35. Sur une impulsion, ai envoyé un SMS
positivement glacial à Roxster :

<Aurais-tu la gentillesse de me dire si tu comptes
ou non partir en week-end samedi ? Je dois régler
un certain nombre de problèmes si c'est toujours au
programme.>

Puis j'ai aussitôt regretté mon envoi, car c'était
en contradiction complète avec *Le Zen et l'art
de tomber amoureux*, et le ton du message était
déplaisant, mesquin et agressif. Je comprends
tout à fait pourquoi Roxster a quelques doutes
concernant une différence d'âge de vingt et un
ans, surtout si j'adopte un ton agressif.

22 : 45. Texto en demi-teinte de Roxster.

<J'aimerais bien, Jonesey, mais je suis juste un peu
inquiet à propos de la suite.>

Sur une impulsion, j'ai répondu : <Mais le week-
end est organisé maintenant et c'est la première occasion que nous avons de partir ensemble tous les deux.
Ça va être très romantique et… et tout et tout.>

Attente de quelques minutes, puis le « ping »
d'un SMS a retenti.

<Allez, tant pis pour la crise de panique, on oublie.
On y va, baby !>

Yesssss ! On part en week-end.

23 : 00. Talitha, qui vient d'appeler pour venir aux
nouvelles, a dit : « Attention, chérie. Une fois qu'ils
commencent à flipper comme ça, ils ne profitent
plus du moment présent, ils pensent à l'avenir à

long terme. Et Roxster est beaucoup trop jeune pour savoir que c'est une erreur désastreuse. »

J'ai envie de me mettre les mains sur les oreilles et de dire : « Cause toujours, je m'en fous ! On ne vit qu'une fois. On part en week-end ! Hourra ! »

Jeudi 6 juin 2013
9:30. Reviens de conduire les enfants à l'école. Ai ouvert mes e-mails pour m'occuper du pique-nique de la Journée Sportive, et voilà ce qui m'explose à la figure :

> De : Brian Katzenberg
> Objet : e-mail réexpédié
>
> Oui, vous êtes virée. Mais ils veulent que vous restiez dans l'équipe. Ils vont organiser une réunion avec le nouveau scénariste. Vive l'industrie du cinéma !

Un nouveau scénariste ? Déjà ? Comment ont-ils pu en trouver un aussi vite ?

Le téléphone a fait coin-coin.

Roxster : <Euh, peux-tu trouver un point de chute parce que je n'y arrive pas. Tout est plein.>

Me suis mise en mode « action » et ai frénétiquement cherché sur le Net des réservations de dernière minute pour des pubs à la campagne et me suis aperçue qu'il n'y avait plus rien de libre.

On se retrouve comme Marie et Joseph, sans chambre à l'auberge, à ceci près qu'au lieu d'être sur le point d'accoucher du fils de Dieu, je suis sur le point de me faire lourder par Joseph.

10:00. Viens d'envoyer SMS à Tom qui m'a répondu cinq minutes plus tard : <Sur LateRooms.

376

com on propose une cabane dans un arbre avec terrasse, rattachée à l'hôtel Chewton Glen.>

10 : 05. Oh. Viens de regarder la cabane. C'est 875 livres la nuit.

10 : 15. Yesss ! Ai trouvé une chambre dans un pub.

10 : 20. Oh. Viens d'appeler le pub. C'est la suite nuptiale. Ai envoyé SMS à Roxster.

<Ai trouvé chambre sur la rivière dans l'Oxford-shire.>

<Tu es gé-nia-lis-sime, chérie. Ils font le petit déjeu-ner complet à l'anglaise ?>

<Oui, mais il faut que je te dise.>

<Quoi ? C'est pas bacon/ou saucisses ?>

<Non, mais je vais devoir le dire vite. C'est la suite nuptiale.>

<J'en étais sûr. C'est ce que tu voulais depuis le début. Ils font vraiment le petit déj' à l'anglaise ?>

<*Soupir* Oui, Roxster.>

<Donc, train pour Oxford. On se marie en vitesse là-bas. Puis taxi pour le pub ?>

<C'est ça.>

<Vais acheter une alliance à l'heure du déj' quand je sors chercher mon sandwich.>

<Chut. Suis sur Net-a-porter. Robes mariée.>

10 : 45. Pas de réponse. Peut-être croit-il que j'étais sérieuse ? Ai hasardé : <Kestenpenses> ?

Puis ai décidé de lui laisser une porte de sortie s'il voulait juste un cadre où se détendre pour une rupture en bonne et due forme.

<Ou on peut aller moins loin et ne partir que pour la journée.>

Ai retenu ma respiration...

<Ai dit un week-end complet, Jonesey. Suis déjà en train de fantasmer dessus.>

<Je suis un peu dans tes fantasmes, ou ils ne portent que sur la nourriture ?>

<*Consulte le menu sur Google* Bien sûr que tu y es, ma petite croquette champignons-parmesan.>

11:00. Dans un élan soudain de légèreté et d'insouciance, j'ai retenu la chambre et lui ai envoyé ce SMS : <Viens de les appeler et ils ont dit qu'il fallait leur montrer certificat de mariage.>

Long silence, puis…

<Tu plaisantes, hein ?>

<Roxster, tu ne marches pas, tu galopes.>

On se barre ou il se barre ?

Samedi 8 juin 2013

L'échange de textos avec Roxby McDuff a été de plus en plus gai, et nous avons fait une multitude de projets pour le week-end. Alors, ce n'était peut-être qu'un incident de parcours dû à l'article d'Ellen Boschup sur les toy boys. Roxster est de nouveau dans l'instant présent et tout va bien.

Mais dois me dépêcher de finir ma valise, sinon vais rater le train. Ooh ! SMS de Roxster.

<Jonesey ?>

Allait-il se décommander ?

<Oui, Roxster ?> ai-je répondu, inquiète.

<*Un genou à terre* Veux-tu m'épouser ?>

Ai regardé fixement mon portable. Que se passait-il ?

<Roxster, tu penses au menu qui va avec la suite ?>

<Il paraît que j'ai droit à un petit déj' complet avec œufs, bacon, champignons et saucisses flambées le dimanche. Tu m'épouses ?>

Ai réfléchi avec soin, puis, soupçonnant un piège, ai répondu :

<Le problème, c'est que si on se marie, j'aurai l'air de devenir trop sérieuse, non ?>

<Sais pas. Je pensais seulement au menu.>

Dimanche 9 juin 2013

*Escapade : 1 ; séances de baise : 7 ; unités d'alcool :
17 ; calories : 15 892 ; poids 87 kg (ai l'impression
d'avoir avalé un petit animal qui en pèserait 27).*

Le week-end a été divin. Un nectar. Nous avons
continué la plaisanterie du mariage tout du long.
Il faisait beau et chaud. Quel bonheur d'avoir
laissé derrière soi le bruit et les listes de choses à
faire. Roxster était particulièrement gai et euphorique. Le pub était minuscule, dans une vallée
discrète au bord d'une petite rivière. La suite nuptiale se trouvait dans une grange peinte en blanc,
à l'écart du bâtiment principal, avec un plafond
en pente, des poutres brutes et des fenêtres des
deux côtés ; l'une donnait sur la rivière et, au-
delà, une prairie. Me suis efforcée de bloquer les
images de la suite nuptiale de mon mariage avec
Mark. Mais j'ai éclaté de rire quand Roxster m'a
portée pour franchir le seuil de la chambre, faisant semblant de chanceler sous mon poids, et
m'a jetée sur le lit.

Les fenêtres étaient ouvertes et on n'entendait pas d'autres bruits que ceux de la rivière,
des oiseaux et, au loin, des moutons. Nous avons
fait l'amour paresseusement, délicieusement, puis
avons dormi un moment. Après quoi nous sommes
allés nous promener le long de la rivière et avons
découvert une très vieille chapelle où nous avons
fait semblant de nous marier, avec les vaches
comme invitées. Nous avons fini par arriver à un
autre pub ; nous avions si soif que nous avons
bu trop de bière et avons terminé avec du vin. Il
n'a pas été question de rupture. J'ai dit à Roxster
que j'avais été saquée du projet des *Feuilles* et il

a été adorable. Il m'a dit qu'ils étaient tous cinglés, incapables de comprendre mon génie exceptionnel, et qu'il allait leur donner une raclée avec ses bras puissants. Puis nous avons fait un repas si copieux que je ne pouvais plus bouger après l'avoir avalé. J'avais un machin... énorme dans le ventre... et l'impression d'être enceinte d'une étrange créature avec des bras et des jambes extrêmement protubérants.

Nous sommes sortis pour essayer de faire descendre le repas en marchant. C'était la pleine lune et je me suis soudain rappelé ce que disait Mabel : « F'est la lune. Elle me ffuit partout. » J'ai pensé à Mark, à toutes les fois où la lune nous avait suivis, à toutes les années où j'avais été sûre et certaine qu'il serait toujours là, qu'il n'y aurait pas de chagrin en perspective, mais seulement une succession d'années où nous serions ensemble.

« Ça va, toi ? a demandé Roxster.

— J'ai l'impression d'avoir avalé un veau, ai-je dit en riant pour faire comme si de rien n'était.

— Et moi, j'ai envie de te manger. » Il a passé un bras autour de mes épaules et tout est rentré dans l'ordre. Quand nous nous sommes retrouvés dans la chambre, les fenêtres étaient grandes ouvertes et la pièce emplie du parfum des fleurs de la prairie et du bruit doux de la rivière. Hélas, le veau était si énorme que j'ai été incapable de rien faire, sauf passer ma nuisette et me coucher à plat ventre sur le lit, avec l'impression qu'il y avait sous moi dans le matelas un énorme creux contenant le veau. Soudain, un chien s'est mis à aboyer vraiment fort, juste sous la fenêtre. Et il ne voulait pas s'arrêter. Alors le veau s'est dégonflé légèrement et de façon fort embarrassante en lâchant un énorme pet.

« Jonesey ! s'est écrié Roxster. Est-ce que ce n'était pas un pet ?

— Peut-être un tout petit "pfffou" minuscule de veau, ai-je répondu, penaude.

— Un petit "pfffou" ? On aurait plutôt dit un avion qui décolle. Ça a même fait taire le chien ! »

Ce qui était vrai. Mais ce foutu clebs s'est remis à aboyer. On se serait cru dans un lotissement des environs de Leeds.

« Je vais te donner de quoi te changer les idées, Jonesey », a dit Roxster.

Mmmmmmmmmmmmmmmmmmmmmmmmmm mmmmmmmmmmmmmmmmm.

22 : 00. De retour à Londres. Divin. Suis rentrée à 18 heures, avec l'impression d'être une femme neuve. Les enfants semblaient s'être vraiment bien amusés et j'étais ravie de les retrouver. J'étais si pleine de joie de vivre et de bonne humeur que même le dimanche soir, malgré l'angoisse des devoirs oubliés, s'est passé dans une bulle d'allégresse, style « famille au foyer » des années 1950. *Être un parent plus calme, serein, heureux ?* Envoyez-vous en l'air souvent, tout simplement.

Oooh, SMS.

Roxster : <La vie conjugale, c'est super, pas vrai, chérie ?>

Hmm. Ai soupçonné un piège. Encore échaudée après l'épisode de flottement et la crise de panique.

Moi : <*Pète* Les roucoulades, ça ne prend pas.>
Roxster : <*Sanglote*>

Moi : <*Ricane méchamment* Franchement, j'ai pas du tout kiffé ce week-end.>

Roxster : <Même pas un tout petit poil ?>

Moi : <Oh, peut-être un minuscule petit poil seulement détectable à l'œil humain en se servant d'un peigne à poux.>

Roxster : <Alors, c'était la sortie Jonesey/Roxster qui t'a le moins plu ?>

Moi : <Si je dis non, tu vas nous faire une crise de panique ?>

Roxster : <Maintenant qu'on est mariés, mes crises de panique ont totalement disparu.>

Moi : <Tu vois ?>

Roxster : <Tu crois que c'est une bonne idée de mettre que je travaille dans la philanthropie sur mon CV ?>

Moi : <Tu veux dire parce que tu m'as épousée ?>

Roxster : <Je pourrais mettre que je travaille pour l'aide aux seniors.>

Moi : <Va te faire voir.>

Roxster : <Oh, Jonesey. Bonne nuit, chérie.>

Moi : <Bonne nuit, Roxster.>

Fleurs ou flocons ?

Mardi 11 juin 2013
60 kg ; jours passés depuis la dernière fois où Roxster s'est manifesté : 2 ; pourcentage de ce temps passé à me ravager à propos du manque de communication de la part de Roxster : 95 % ; nombre d'e-mails concernant les légumes coupés pour la Journée Sportive : 76 ; pourriels : 104 ; minutes de retard additionnées pour les trajets à l'école : 9 ; nombre de côtés d'un pentagone : inconnu.

14 : 00. Temps très bizarre – froid de canard, avec des petites choses blanches qui flottent dans l'air. Ça ne peut pas être de la neige, quand même ? On est en juin. Des pétales de fleurs, peut-être ? Mais il y en a tellement.

14 : 05. Aucun texto ni coup de fil de Roxster depuis dimanche soir.

14 : 10. C'est de la neige. Mais pas une belle neige comme en hiver. Neige bizarre. Sans doute approche de la fin du monde à cause du réchauffement de la planète. Je crois que je vais aller chez Starbucks.

Pourtant, je devrais sans doute trouver un autre endroit que Starbucks pour aller manger des paninis jambon-fromage, histoire de marquer ma réprobation concernant toutes ces manœuvres d'évasion fiscale[1]. Encore que je n'en vois pas l'utilité si c'est la fin du monde.

14 : 30. Mmm. Me sens beaucoup plus optimiste maintenant que je suis dans un endroit rempli de gens, de café, de paninis jambon-fromage, et où l'on se serre les uns contre les autres pour faire front uni contre le froid. La neige bizarre et anachronique a cessé et tout semble redevenu normal. Vraiment ! Quelle idée de se mettre dans des états pareils pour n'importe quoi. Je crois que je vais envoyer un SMS à Roxster. Quand même, je ne me suis pas manifestée depuis dimanche soir moi non plus, hein ?

<Tu savais qu'il y a 493 calories dans un panini jambon-fromage ?>

Roxster : <Rude matinée, baby ?>

Moi : <*Elle tape* : Les épaules musculeuses de Roxster luisent dans les taches de soleil, telles des... épaules musculeuses.>

Roxster : <Tu te mets à écrire pour Harlequin, ma beauté ?>

Moi : <*Continue à taper calmement* Un énorme pet sort de son derrière, il tremble dans l'air parfumé de fleurs...>

ROXSTER N'A PAS RÉPONDU. Oooh. Texto.

C'était Jude.

<En suis à mon septième rendez-vous avec photographe naturaliste. Ça signifie qu'on sort ensemble ?>

Ai répondu : <Oui. Tu l'as bien mérité. Fonce, ma poule !> Ce qui n'est pas le genre d'expression que j'utilise habituellement, mais tant pis.

---

1. Avant 2013, la chaîne ne payait pas d'impôt sur les sociétés en Grande-Bretagne.

14:55. Roxster n'a toujours pas répondu. Je n'aime pas ça du tout. Je ne sais que penser. Et il faut que j'aille chercher les enfants dans une demi-heure et que je sois tout sourire. OK. J'ai quelques minutes pour répondre au courrier concernant la Journée Sportive.

De : Nicolette Martinez
Sujet : Pique-nique de la Journée Sportive

Envoyé de mon Sony Ericsson Xperia Mini Pro
Dans la liste des choses pour le pique-nique garçons/parents de notre classe, il nous en manque plusieurs. J'ai mis ci-dessous les noms des parents qui se sont déjà proposés :
Jus de fruits : Dagmar
Carottes émincées, radis et poivrons (rouges et jaunes) : ?
Sandwichs : Atsuko Fujimoto
Chips : Devora
Eau : ???
Fruits : ??
Fraises et billes de melon : ?
Cookies (pas de fruits à coque s'il vous plaît) : Valencia
Sacs-poubelle noirs : Scheherazade
Merci de nous faire savoir ce que vous comptez apporter.
Il serait souhaitable que ceux qui ont des couvertures pour pique-nique les apportent.

Merci, Nicolette.

De : Vladina Koutznestov
Sujet : Re : Pique-nique de la Journée Sportive

J'apporte des fruits – sans doute des fraises et du melon coupé en tranches.

De : Anzhelika Sans Souci
Sujet : Re : Pique-nique de la Journée Sportive

J'apporte des carottes émincées et des radis.
Quelqu'un d'autre peut-il se charger des poivrons
rouges et jaunes ?

Anzhelika
P-S : Quelqu'un devrait peut-être apporter des
tasses en carton ?

Farzia, la maman de Bikram, vient de me faire
suivre un e-mail qu'elle avait – dans un moment
d'aberration – envoyé à Nicolette.

De : Farzia Seth
Sujet : Pique-nique de la Journée Sportive

Pensez-vous que nous avons toutes besoin d'apporter des couvertures ? Quelques-unes ne suffi-
raient pas ?

Et elle a fait suivre la réponse de Nicolette,
assortie du commentaire : « Flinguez-moi tout
de suite ! »

De : Nicolette Martinez
Sujet : Pique-nique de la Journée Sportive

Certainement pas. Tout le monde devrait apporter
une couverture. Avec deux garçons à la maison, je
sais ce dont je parle !

De : Bridget MamandeBilly
Objet : Pique-nique de la Journée Sportive

J'apporte la vodka. On la boira sec, sans mélanges,
tout le monde est d'accord ?

Aussitôt, un e-mail collectif est arrivé.

De : Nicolette Martinez
Objet : Pique-nique de la Journée Sportive

La vodka n'est pas une bonne idée pour la Journée
Sportive, Bridget. Ni les cigarettes. Pourriez-vous
vous charger des poivrons rouges et jaunes ? S'il
vous plaît ? Découpés en lanières, de façon à ce
qu'on puisse les manger avec les dips. Organiser
le pique-nique de la Journée Sportive n'est pas
une sinécure.

Oh merde : au milieu de cet échange est arrivé
un e-mail d'Imogen, de Greenlight.

De : Imogen Faraday, Productions Greenlight
Sujet : Notes d'Ambergris

Chère Bridget,
Je m'assure juste que vous avez reçu les notes
d'Ambergris sur le scénario pour la réunion de
demain où l'on doit rencontrer Saffron. Pouvez-
vous me confirmer que vous pourrez venir pour
donner à Saffron vos notes sur les notes d'Ambergris ?
J'espère que vous n'êtes pas sur le point de vous
trancher les veines, parce que moi, si.

Imogen x

Quelle réunion ? Quelles notes ? Qui c'est,
« Saffron » ?
J'ai fait défiler frénétiquement le fatras d'e-mails
sur les fruits et légumes de la Journée Sportive,
Zombie Apocalypse, Ocado, ASOS, Net-a-porter,
le Viagra mexicain, etc., puis me suis rendu
compte qu'il était l'heure d'aller chercher Mabel.

16 : 00. Mabel et Billy viennent d'avoir une discussion pendant tout le trajet de retour pour savoir si un triathlon qui comportait cinq sports s'appelait un Quintathlon ou un Pentathlon.

« Si !

— Non ! »

Ai essayé mollement de calculer combien de côtés avait un pentagone, ou de me souvenir comment on disait cinq en latin, et pour finir, ai failli emboutir la voiture et ai hurlé : « VOS GUEULES, là-dedans ! » Après quoi j'ai culpabilisé à fond pendant qu'ils se mettaient à discuter des cinq sports en question, Mabel affirmant que l'un d'eux était « la mevure au mètre ».

« La mesure au mètre ? » a répété Billy, incrédule, ce sur quoi Mabel a fondu en larmes en disant : « Fi, fi, ils vous mevurent avec un grand ruban. »

21 : 15. Viens de lire un article dans le journal sur David Cameron. Il paraît qu'il reçoit souvent des appels de chefs d'État pendant que ses enfants sont à l'arrière de sa voiture et il raconte la fois où il avait mis sa main sur le micro en sifflant « VOS GUEULES ! » pendant qu'il parlait au Premier ministre israélien.

Alors je ne suis peut-être pas la seule.

Panique à bord

Mercredi 12 juin 2013

8:00. Bien. La réunion de Greenlight étant à neuf heures, j'ai demandé à Chloe d'emmener les enfants à l'école et c'est moi qui irai les récupérer ce soir à sa place.

8:10. J'ai juste à me laver les cheveux et à m'habiller.

8:15. Catastrophe. Robe en soie bleu marine est chez le teinturier, et ai oublié de demander à Chloe d'acheter montagne de poivrons rouges et jaunes et de les préparer pour demain ; pas encore lavé cheveux.

8:45. Dans le bus. Presque arrivée. Ai l'impression d'être une volaille ficelée, en robe de cocktail noire, la seule tenue propre et portable à une réunion que j'aie trouvée. Dans la glace, elle avait l'air d'aller, parce que c'est un vrai corset qui comprime tout fermement quand on est debout et met les hanches en valeur ; certes, le haut est en dentelle, mais j'ai mis par-dessus le blazer style *Grazia*, qui me donne des vapeurs à présent, pour créer un joli effet, un peu comme la fille dans *Bonne chance, Charlie*.

Toutefois, en me voyant dans une vitrine, me suis aperçue que ma tenue était complètement à côté de la plaque. Maintenant que je suis dans le bus, je me souviens aussi que dans une robe aussi corsetée, c'est une torture de s'asseoir. Les bourrelets de graisse sont écrasés comme de la pâte pétrie dans un mixer. Et puis l'ensemble évoque la femme dominatrice, ce qui est aussi loin du compte que possible, vu que mon état mental serait mieux représenté par une couette, une bouillotte et Puffle 1. De plus, mes cheveux ont une drôle d'allure : une sorte de choucroute carrée, genre maman et Una, comme si je portais un chapeau.

J'ai réussi à retrouver les notes d'Ambergris Bilk et à les lire dans la soirée, mais je ne sais plus trop que penser car dans l'esprit d'Ambergris, *Les Feuilles* semble avoir migré à Stockholm. Est-elle au courant du fait que George est coincé avec le yacht à Hawaï à cause du film de junkies qui est tombé à l'eau ? Et est-ce que George va croire que j'ai essayé de convaincre Ambergris de retourner au cadre norvégien, et que, histoire de brouiller les pistes, elle réclame un cadre suédois ? En fait, je vais demander à Chloe d'acheter aussi du Pimm's, parce que je ne vois pas comment arriver au bout de la Journée Sportive sans carburant par des températures polaires. Rhâââ ! SMS de Roxster.

<On dîne ce soir ?>

Dîner ce soir ? Il en a été question ? Oh, merde, maintenant je n'ai pas de babysitter et… il faut que j'aille à la réunion.

15 : 00. Réunion cauchemardesque. « Saffron » s'est avérée être la nouvelle scénariste qui, bien entendu, a vingt-six ans et vient d'écrire un pilote – un condensé de *Girls*, *Game of Thrones* et *The*

Killing – qui est en passe d'être acheté par HBO[1] (avant de tomber à l'eau, ai-je pensé, emplie d'un espoir très peu zen). J'avais l'impression d'être l'erreur ambulante dans la pièce, avec ma robe de cocktail-blazer-choucroute crêpée ; et j'ai mis le pied de ma chaise sur mon sac qui, sans que je le sache, contenait maintenant la machine à bruits de Billy dans la pochette préparée pour la fête des tambours africains, et elle a émis un très long rot. Personne n'a ri, sauf Imogen.

Saffron a ouvert les hostilités en plaçant le scénario devant elle sur la table et en susurrant : « Dites-moi si je me trompe, mais est-ce que *Hedda Gabler* ne s'écrit pas avec un seul *b* ? *Gabler* et non *Gabbler* ? Et est-ce que ce n'est pas d'Ibsen et non de Tchekhov ? »

Tout le monde m'a regardée, et j'ai marmonné quelques phrases sur l'ironie anti-intellectualiste, tout en me disant que ce serait une vraie détente de dîner avec Roxster et de rire de toute l'affaire. Ai failli répondre à son SMS en disant <Je ne savais pas qu'on dînait ensemble> mais je me suis dit que ça faisait trop pète-sec. Et dès que l'attention s'est refocalisée sur Saffron, qui exposait ses théories révoltantes sur la façon de DÉMOLIR mon œuvre, j'ai envoyé furtivement un SMS : <Tourte au poulet chez moi ?>

Roxster : <Mmmmmmmmmmmmmmmmmmm. Vers 20 : 30 ?>

Ai immédiatement regretté d'avoir dit « tourte au poulet », car n'avais ni tourte au poulet ni les

---

1. HBO, qui est une chaîne de télévision privée américaine connue pour la qualité de ses productions, est également implantée en Europe.

moyens d'en préparer une. Et j'avais sans doute les jambes velues, mais ne pouvais pas le vérifier en pleine réunion. J'étais trop fatiguée, trop démoralisée et perplexe pour prendre part à la discussion sur le choix de Stockholm ou de Hawaï. Je me suis bornée à dire qu'on devrait peut-être laisser Saffron « faire un premier jet » et voir « l'impression que ça donnait à la lecture ». Ce sur quoi George a dû filer prendre un avion pour Albuquerque.

19 : 30. Pfffou ! Suis rentrée en quatrième vitesse à la maison après la réunion ; ai acheté au passage une montagne de poivrons rouges et verts (ils n'avaient pas de jaunes), trouvé une tourte au poulet chez un traiteur hors de prix, et suis arrivée juste à temps pour chercher les enfants.

Pendant le trajet de retour, Billy a dit : « Maman ?

— Oui, ai-je répondu distraitement en essayant d'éviter un cycliste qui venait de faire un écart devant la voiture.

— C'est la fête des Pères dimanche. On a préparé des cartes.

— Nous auffi », a dit Mabel.

Dès que j'ai pu, je me suis garée et j'ai coupé le moteur. Je me suis essuyé le visage des deux mains et frotté les yeux une seconde avant de me retourner pour les regarder.

« Je peux voir vos cartes ? »

Ils ont fouillé dans leur sac ; celle de Mabel représentait une famille avec un papa, une maman, une petite fille et un petit garçon. Billy, lui, avait dessiné un cœur dans lequel un petit garçon jouait avec son père. Dessous, il avait écrit « papa ».

« On peut les envoyer à papa ? » a demandé Mabel.

Quand nous sommes rentrés, j'ai sorti toutes les photos d'eux avec Mark – Billy en petit costume, le même que celui de son père, à côté de celui-ci, la même expression sur le visage, la même attitude, une main dans la poche du pantalon. Mark tenant Mabel à sa naissance, comme une petite poupée dans sa grenouillère. Nous avons parlé de papa, qui, j'en étais sûre, était au courant de ce que nous faisions, et nous aimait toujours. Puis nous sommes allés poster les cartes.

Mabel avait adressé la sienne à « Papa. Ciel. Espace ». Non seulement je me sentais coupable à propos de tout, mais je me disais aussi que j'allais traumatiser le facteur.

En revenant, Billy a dit : « J'aimerais bien qu'on vive dans une famille normale, comme chez Rebecca.

— Ce n'est pas une famille normale, ai-je répondu. Ils ne sont jamais...

— Finn a le droit de jouer à la console pendant la semaine ! a dit Billy.

— On peut regarder *Bob l'éponge* maintenant ? » a demandé Mabel.

Ils étaient vraiment fatigués. Ils se sont endormis tout de suite après leur bain.

20:00. Roxster sera là dans une demi-heure. Vais prendre un bain, me relaver les cheveux, me maquiller et essayer de trouver un truc à me mettre sur le dos pour une soirée avec quelqu'un qui peut tout aussi bien rompre avec moi que sortir une bague de fiançailles.

20:10. Suis dans le bain. Rhâââ ! Téléphone.

20:15. Ai bondi hors de la baignoire, me suis enroulée dans une serviette et ai saisi le téléphone pour entendre la voix profonde et puissante de George, de Greenlight.

« OK. Nous sommes sur la piste d'atterrissage de Denver. Écoutez, tout s'est bien passé aujourd'hui, mais nous ne voulons pas que vous perdiez... Santa Fé.

— Mais ça se passe à Stockholm ! » ai-je dit, me rappelant brusquement que je n'avais pas mis la tourte dans le four.

« Attendez, on débarque, là... On ne voudrait pas que vous perdiez votre voix. »

De quoi parlait-il ? Je n'avais pas perdu ma voix. Si ?

« Stockholm ? Non, je suis en transfert pour Santa Fé. » C'était à moi qu'il parlait ou à l'hôtesse de l'air ?

« Bon. On voudrait vous voir heddaïser un peu tout ça.

— Heddaïser ? » Que pouvait-il bien vouloir dire ? Peut-être qu'il s'adressait au pilote ?

« Non, pardon, je voulais dire Albuquerque.

— George, ai-je crié. Vous n'êtes pas censé être à Albufeira ?

— Comment ? COMMENT ? »

La communication a été coupée.

20:20. Viens de descendre au trot à la cuisine pour mettre la tourte au four, et le téléphone fixe a sonné.

« OK. Qu'est-ce que vous disiez à propos d'Albufeira ? » Encore George.

« C'était une plaisanterie », ai-je dit en essayant d'ouvrir avec les dents l'emballage de la tourte au poulet. « J'ai du mal à me concentrer sur ce que vous me dites parce que vous êtes tout le temps dans un avion ou un autre moyen de transport. On ne pourrait pas parler tranquillement deux minutes pendant que vous êtes dans un seul endroit ? » ai-je continué en coinçant le téléphone sous mon menton, ouvrant la porte du four d'une main et y mettant la tourte de l'autre. « Je n'arrive pas à TRAVAILLER quand vous courez partout comme ça. J'ai besoin de concentration. »

George a soudain pris une voix ronronnante, sensuelle et apaisante que je n'avais encore jamais entendue.

« OK. Écoutez, on vous trouve absolument géniale. Une fois que ce voyage sera terminé, je ne bougerai plus de mon bureau, d'accord ? Ce qu'on voudrait, c'est simplement que vous réintroduisiez dans toutes les répliques la voix de Hedda, que nous aimons tant, une fois que Saffron en aura fini avec son scénario. Et vous aurez mon attention pleine et entière.

— Alors, c'est d'accord », ai-je répondu, assez déboussolée, tout en me demandant si je pouvais dorer la tourte à l'œuf avant de me sécher les cheveux.

20 : 40. Pffou ! Heureusement que Roxster est un peu en retard. Tout va bien. Mes cheveux sont normaux. La tourte au poulet est non seulement dans le four, mais dorée à l'œuf battu pour lui donner l'aspect appétissant d'un plat fait maison.

Le séjour paraît accueillant, avec un éclairage aux chandelles, et je crois que la chemise en soie est un bon choix et ne fait pas trop négligé. Après tout, ça fait des mois qu'on couche ensemble, et tout le reste est soit inconfortable, soit au sale. Mon Dieu, que je suis fatiguée. Je crois que je vais faire un petit somme sur le canapé. Quelques minutes.

21 : 15. Rhâââ ! Il est 21 h 15 et Roxster n'est toujours pas là. Est-ce que je n'aurais pas entendu la sonnette parce que je dormais ?

Viens d'envoyer SMS à Roxster.

<Me suis endormie. Est-ce que je n'ai pas entendu sonner ?>

<Jonesey, toutes mes excuses. Finalement, j'ai mangé un curry avec des collègues en sortant du boulot, et maintenant, les bus sont très lents. En ai encore pour dix minutes environ.>

Ai regardé fixement l'écran, très perplexe. Un curry ? Des collègues ? Roxster ne parle jamais de « collègues ». Et la tourte au poulet, alors ? Il se passait quelque chose, mais quoi ?

21 : 45. Roxster n'est toujours pas là. Ai envoyé SMS : <Heure d'arrivée prévue ?>

Roxster : <Dans quinze minutes environ. Vraiment désolé, chérie.>

Journée sportive de chiotte

Jeudi 13 juin 2013
62 kg (saloperie de tourte au poulet, plus dorage à l'œuf) ; unités d'alcool : 7 (en comptant la soirée d'hier) ; gueules de bois : 1 (cataclysmique) : 1 ; température extérieure : 32 °C ; poivrons émincés : 12 ; billes de melon consommées : 35 ; rides apparues au cours de la journée : 45 ; nombre de fois où ai utilisé le mot « pet » ou synonymes dans un SMS à Roxster : 4 (manque de dignité).

Me suis réveillée à l'aube avec l'impression que tout allait bien, puis ai aperçu la partie émergée de l'iceberg après le naufrage de la soirée d'hier. La sonnette a retenti à 22 heures ; ai vaporisé un peu de parfum sur moi et ouvert la porte en chemise de soie blanche et pratiquement rien d'autre.

Roxster a dit « Mmm, tu es très jolie », et il s'est mis à m'embrasser pendant que nous descendions l'escalier. Nous avons mangé la tourte au poulet et liquidé la bouteille de vin qu'il avait apportée. Il m'a dit de m'installer sur le canapé et de me détendre pendant qu'il faisait la vaisselle. Je l'ai regardé en me disant que tout était merveilleux, tout en me demandant toujours vaguement pourquoi et comment il avait pu manger un curry, puis une tourte au poulet et ne pas avoir l'impression ni l'air d'avoir avalé un veau. Alors il s'est approché et s'est agenouillé à mes pieds.

« J'ai quelque chose à dire, a-t-il annoncé.

— Quoi ? ai-je répondu avec un sourire ensommeillé.

— Je n'ai encore jamais dit ça à aucune femme. Je te kiffe, Jonesey, je te kiffe vraiment grave.

— Oh, ai-je répondu en le regardant un peu bizarrement, un œil fermé, l'autre ouvert.

— Et s'il n'y avait pas la différence d'âge, je mettrais un genou à terre. Vraiment. Tu es la plus chouette femme que j'aie jamais rencontrée, et j'ai kiffé chaque minute que nous avons passée ensemble. Mais pour toi, c'est différent, parce que tu as tes enfants, et moi, je n'ai pas encore mis ma vie sur ses rails. On ne va nulle part, toi et moi. Il faut vraiment que je rencontre quelqu'un de mon âge, et je ne peux pas faire ça tant que je ne m'en donne pas les moyens. Est-ce que c'est compréhensible, ce que je dis ? »

Peut-être que si j'avais été moins fatiguée, j'aurais entamé une discussion sérieuse. Au lieu de quoi, je me suis aussitôt mise en mode girl scout et me suis lancée dans un discours optimiste, disant qu'il avait *évidemment* raison ! Qu'il *devait* trouver une fille de son âge ! Mais que ça avait été merveilleux pour tous les deux, que nous avions beaucoup appris et beaucoup évolué !

Roxster me regardait fixement, l'air hagard.

« Mais nous resterons amis ? a-t-il demandé.

— Bien sûr, me suis-je écriée avec entrain.

— Tu crois qu'on pourra se voir sans s'arracher ce qu'on a sur le dos ?

— Bien entendu, ai-je répondu joyeusement. Ah, bah ! Je ferais bien d'aller me coucher. Journée Sportive demain ! »

Je l'ai raccompagné, un grand sourire accroché aux lèvres, puis, au lieu de choisir la voie du bon sens : envoyer un SMS à Rebecca pour lui demander de venir, ou appeler Talitha, Tom ou Jude, ou n'importe qui, je suis allée me coucher et j'ai sangloté pendant deux heures avant de m'endormir. Et maintenant, oh, merde, il est six heures du matin, les gosses seront debout dans une heure et il faut que je les emmène à la Journée Sportive avec les légumes émincés, tout ça après une demi-bouteille de vin rouge et quatre heures de sommeil, dans la chaleur torride qu'il fait maintenant, allez savoir pourquoi.

18 : 00. Ai réussi à faire entrer tout le bazar et la marmaille dans la voiture à l'heure, à parvenir au terrain de sport puis à faire sortir tout ça de la voiture en faisant semblant d'être un soldat à la guerre, mâtiné de Dalaï Lama. Billy et Mabel avaient évacué le traumatisme de la fête des Pères et étaient follement joyeux : ils ont immédiatement filé pour galoper avec leurs copains, oubliant dans la foulée, Dieu merci, leur mère effondrée.

Mais hélas, pendant qu'elle était en train d'étaler des couvertures de pique-nique et ses légumes émincés, ladite mère effondrée a été brusquement envahie par une bouffée de rage très peu zen contre Roxster qui l'avait mise dans un état pareil, et elle a envoyé le SMS furibard et délirant qui suit :

<Roxster : c'était dégueulasse, égoïste et manipulateur de me larguer comme ça hier soir, après

avoir fait semblant de m'épouser et avoir mangé ma tourte au poulet DORÉE À L'ŒUF. Ta tourte au poulet, tu peux te la carrer dans le train avec ton petit déj' à l'anglaise et ton curry, et tu n'auras plus qu'à te péter dessus ensuite, espèce de sale petit trou du cul égoïste.>

Je me suis arrêtée un instant pour servir gracieusement du Pimm's à Farzia et aux autres mères, car j'en avais apporté une bouteille géante.

<Pour l'instant, tu n'as à penser qu'à ta petite gueule de péteux, mais tout ce que je peux dire, c'est que le jour où tu auras un bébé avec une quelconque Mégane ou Safrane, qui ne pourra sans doute pas se permettre d'avoir des nounous sur commande, tu auras le choc de ta vie. Et si ça te fout les boules de te faire insulter par SMS, tant mieux, parce que moi aussi, j'ai les boules, et dois me payer une JOURNÉE SPORTIVE DE CHIOTTE.>

Après quoi, je suis retournée vers le groupe et j'ai fait quelques commentaires flatteurs sur le délicieux pique-nique avant de retourner à mes SMS avec un sourire d'excuse laissant entendre que j'étais une pro débordée et non une femme qui envoyait des messages incendiaires à un toy boy qui l'avait sans ambiguïté plaquée parce qu'elle était trop vieille.

Le téléphone a vibré.

Roxster : <À ma décharge, je n'ai pas pété une seule fois hier, bien que j'aie mangé un curry juste avant.>

Moi : <Eh bien j'envoie un pet géant avec supplément d'odeur en direct de mon cul et de la Journée Sportive. Alors prépare-toi.>

J'ai jeté un rapide coup d'œil aux enfants – Billy courait dans tous les sens comme un forcené avec un groupe d'autres garçons, et Mabel était avec une autre fillette, toutes deux très occupées à se dire de petites méchancetés obscures – puis suis retournée à mon échange.

« Ça vous plaît, de soutenir les activités sportives ? »

Mr. Wallaker était là, son œil goguenard fixé sur mon iPhone.

J'ai essayé de me relever, mais comme j'étais restée agenouillée longtemps, je me suis étalée à quatre pattes au moment où retentissait le coup de pistolet marquant le départ de la première course.

En une fraction de seconde, j'ai vu Mr. Wallaker se figer et sa main voler vers sa hanche comme pour y chercher une arme.

Son corps vigoureux s'est tendu sous la chemise de sport, les muscles de ses mâchoires se sont contractés et ses yeux ont balayé les terrains de jeux. Quand les participants de la course à l'œuf sont partis en chancelant de la ligne de départ, il a cillé, comme s'il reprenait ses esprits, puis a regardé autour de lui pour voir si quelqu'un avait remarqué l'incident.

« Tout va bien ? » ai-je demandé en haussant un sourcil pour imiter son style hautain, mais l'effet est un peu tombé à plat car j'étais toujours à quatre pattes.

« Absolument, a-t-il répondu, me regardant bien en face avec ses yeux bleus et froids. J'ai juste un petit contentieux avec… les œufs. »

Après quoi il a tourné les talons et il est parti au petit trot vers la ligne d'arrivée de la course. Je l'ai regardé s'éloigner, les yeux écarquillés. Il était question de quoi, là ? Est-ce qu'il avait des hallucinations ? Était-il déçu par la banalité de sa vie et avait-il des fantasmes de James Bond ? Ou était-ce le genre d'homme qui s'habille en Oliver Cromwell et participe le week-end à des reconstitutions de batailles ?

Comme les événements sportifs se succédaient, j'ai rangé l'iPhone et me suis concentrée sur ce qui se passait. « Allez, Mabel, ai-je dit, c'est l'heure du saut en longueur de Billy. »

Quand on a mesuré le saut de Billy, des applaudissements et des vivats ont retenti et il a bondi de joie.

« Je te l'avais dit, crotte alors ! a déclaré Mabel.

— Quoi ?

— Qu'on mevure avec un ruban, au quintathlon.

— Oui, c'est une épreuve de plus en plus populaire en athlétisme. »

Encore Mr. Wallaker, suivi par une étrange créature chancelante qui semblait déplacée ici et que je n'avais encore jamais vue.

« Est-ce que je pourrais avoir une goutte de ce Pimm's ? » Elle portait une robe blanche en crochet qui devait coûter un bras, des mules à talons hauts ornées de choses *dorées*. Son visage avait cet aspect un peu particulier qui trahit la chirurgie esthétique, et que les intéressées ne voient pas quand elles se regardent dans la glace, mais que des tiers remarquent dès que ledit visage bouge.

« Un Pimm's ? a-t-elle dit à Mr. Wallaker. Chéri ? »

CHÉRI ? Pouvait-il s'agir de la FEMME de Mr. Wallaker ? Là, j'avais du mal à suivre !

Contrairement à son habitude, Mr. Wallaker semblait confus et gêné. « Bridget, je vous présente… Je vous présente Sarah. Ne vous dérangez pas, je m'occupe du Pimm's, allez voir Billy », a-t-il dit à mi-voix.

« Viens, Mabel », ai-je dit tandis que Billy galopait vers nous comme un chiot joyeux, pans de chemise et écharpe au vent. Il a enfoui sa tête dans ma robe.

Comme nous commencions à ranger les affaires avant la distribution des trophées, l'étrange créature alcoolisée qui était l'épouse de Mr. Wallaker s'est approchée de nous en titubant.

« Est-ce que je pourrais avoir un autre Pimm's ? » a-t-elle demandé d'une voix pâteuse. J'ai commencé à la trouver assez sympathique. C'est toujours très agréable de rencontrer quelqu'un qui se conduit plus mal que vous.

Puis elle a dit en me regardant attentivement avec un air surpris : « Merci. Ce n'est pas souvent qu'on rencontre quelqu'un de votre âge qui a encore son visage naturel. »

« Quelqu'un qui a encore son visage naturel » ? Pendant que les prix étaient distribués, je n'ai pas pu m'empêcher de me répéter la phrase. « Quelqu'un de votre âge qui a encore son visage naturel » ? Que voulait-elle dire ? Que j'étais culottée de circuler sans m'être fait faire du Botox ? Oh là là, peut-être que Talitha avait raison. J'allais mourir de solitude parce que j'étais trop ridée. Pas étonnant que Roxster m'ait larguée.

La distribution finie, dès que Billy et Mabel se sont laissé entraîner par leurs amis, j'ai filé au club-house pour retrouver mes esprits ; mais la vue d'une affiche sur le panneau m'a arrêtée net, me laissant épouvantée et consternée :

Visite à Hastings pour les plus de cinquante ans

Et une autre :

Club des plus de cinquante ans

Chaque lundi 9 h 30-12 h 30

Loto
Boissons
Loterie
Excursions en car
Thés dansants
Conseil et soutien

Ai subrepticement noté sur mon iPhone le numéro de Conseil et Soutien, suis entrée d'un pas chancelant dans les toilettes pour dames et me suis examinée à la lumière impitoyable d'une ampoule nue. La femme de Mr. Wallaker avait raison. Je devais me rendre à l'évidence : la peau autour de mes yeux était un tissu de rides ; mon menton et la ligne de ma mâchoire commençaient à devenir flasques ; mon cou ressemblait à celui d'une dinde et des sillons se creusaient entre ma bouche et mon menton, comme chez Angela Merkel. J'avais presque l'impression de voir mes cheveux grisonner et se permanenter. C'était arrivé, finalement. J'étais une vieille.

Hibernata

Mardi 18 juin 2013
62 kg (dont 500 g de toxine botulique).

Beaucoup de gens se font injecter du Botox, non ? Ce n'est pas comme se faire lifter. « Exactement, a dit Talitha quand elle m'a donné le numéro. C'est comme aller chez le dentiste, ni plus ni moins ! »

Quand je suis descendue au sous-sol du bâtiment situé dans une rue adjacente de Harley Street, j'avais l'impression de me rendre chez une avorteuse clandestine.

« Je ne veux pas avoir l'air bizarre », ai-je dit, m'efforçant de remplacer l'image de Mrs Wallaker par celle de Talitha.

« Non, a dit le curieux Dr Botox, avec son accent étranger. Trop de gens ont l'air bizarre. »

J'ai senti une petite piqûre au front.

« Mainntenannt, je vais vous fairrrre bouche. Vous allez adorrrrer. Si vous faites pas bouche, figurrrrre tommmbe et vous a l'air malheurrrrrreux, comme Rrrrreine. »

J'ai réfléchi à sa remarque. En fait, ce n'était peut-être pas faux. La Reine semble souvent contrariée ou désapprobatrice alors qu'elle ne l'est sans doute pas. Peut-être qu'elle devrait se faire injecter du Botox autour de la bouche !

Je suis sortie en clignant des yeux sous les lumières de la rue et en faisant des grimaces, comme le médecin me l'avait recommandé.

« Bridget ! »

J'ai regardé de l'autre côté de la rue. C'était Woney, la femme de Cosmo.

Comme elle traversait à la hâte, je l'ai regardée, n'en croyant pas mes yeux. Woney semblait différente. Est-ce qu'elle... Était-il possible qu'elle se soit fait poser des extensions ? Ses cheveux avaient quinze bons centimètres de plus qu'à l'anniversaire de Talitha, et ils n'étaient plus gris, mais brun foncé. Et au lieu de son habituelle robe de duchesse à col montant, elle portait une robe couleur pêche, joliment décolletée et cintrée, qui mettait sa taille en valeur, et des chaussures à talons.

« Tu es superbe ! » ai-je dit.

Elle a souri. « Merci. C'est... ce que tu as dit l'an dernier au pot chez Magda. Et après la soirée chez Talitha, j'ai pensé... Bref, Talitha m'a donné une adresse de coiffeur et... je me suis fait faire du Botox. Mais n'en parle pas à Cosmo. Et comment ça va avec ton petit ami ? J'étais assise à côté d'un jeune homme à un déjeuner de charité. C'est absolument merveilleux de flirter un peu, non ? ! »

Que pouvais-je dire ? Révéler qu'il venait de me larguer parce que j'étais trop vieille, c'était comme annoncer aux soldats des tranchées de la Première Guerre mondiale que la victoire semblait pencher en faveur des Allemands.

« Un homme plus jeune, c'est tout bénéfice, ai-je dit. Tu es resplendissante. »

Là-dessus, elle s'est éloignée, un peu mal assurée sur ses talons et, je l'aurais juré, légèrement pompette à deux heures de l'après-midi.

En tout cas, quelque chose de positif sortait de cette histoire, me suis-je murmuré. Et son Botox était très réussi, donc on pouvait espérer que le mien le serait aussi !

Vendredi 21 juin 2013
Consonnes que suis encore capable de prononcer : 0.

14:30. Oh, putain ! Oh, putain ! Il arrive quelque chose de vraiment bizarre à ma bouche. Elle est en train d'enfler à l'intérieur.

14:35. J'ai les lèvres protubérantes. Ma bouche cst gonflée et comme paralysée.

14:40. On vient de me téléphoner de l'école de Billy à propos des leçons de basson, et je ne peux pas parler distinctement. J'ai du mal à prononcer les *p*, les *b* et les *f*. Qu'est-ce que je vais faire ? Je vais rester comme ça pendant les trois prochains mois.

14:50. Ai commencé à baver. Impossible de contrôler ma bouche, alors la salive coule aux commissures – ce qui est un comble quand on sait que le but était de paraître plus jeune – comme si j'étais une vieille qui a eu une attaque dans une maison de retraite. Suis obligée de me tamponner sans arrêt avec un mouchoir.

14:55. Viens d'appeler Talitha et ai essayé d'expliquer.

« Mais ça ne devrait pas faire ça. Il faut retourner le voir. Il a dû se passer quelque chose d'anormal. C'est sans doute une réaction allergique. Ça va passer. »

15:15. Dois aller chercher les enfants. Mais bon, ça ira. Je vais simplement draper une écharpe autour de ma bouche. Les gens ne remarquent pas tel ou tel détail du corps des autres, ils voient l'ensemble.

15:30. Ai récupéré Mabel, l'écharpe autour de la bouche comme le guerrier de *Masked Rider*. Ai poussé un soupir de soulagement en ôtant l'écharpe dans la voiture, et me suis retournée pour faire les contorsions habituelles afin d'agrafer la ceinture de sécurité. Mabel, qui avalait son goûter avec appétit, n'a en tout cas rien remarqué.

15:45. Pffft. La circulation est infernale. Pourquoi les gens conduisent-ils ces énormes 4 × 4 à Londres ? Je suppose que c'est parce qu'une fois au volant, ils ont l'impression de conduire un tank devant lequel tout le monde doit s'écarter…

« Maman ?

— Oui, Mabel.

— Ta bouche est toute drôle.

— Oh ! ai-je réussi à articuler, évitant les consonnes.

— Pourquoi elle est toute drôle, ta bouche ? »

Ai essayé de dire « parce que », mais ce qui est sorti, c'était un bruit du genre « Harcheke ché… ».

« Maman, pourquoi tu parles drôlement ?

— Ché rien, Hahel, ché un heu hal à la houche.

— Qu'est-ce que tu dis, maman ?

— Cha ira, chérie », ai-je réussi à articuler. Vous voyez, du moment que je m'en tiens aux voyelles, aux sifflantes et aux dentales, je m'en tire à heu hrès hien.

16 : 00. Ai enroulé mon écharpe autour de ma bouche et pris par sa petite main une Mabel préoccupée pour entrer dans le bâtiment du primaire.

Billy était en train de jouer au football. J'ai voulu crier, mais comment articuler « Hwilly » ?

« Hé », ai-je tenté de crier. « Illy ! » Billy a levé brièvement les yeux, puis a continué à jouer. « Illy ! »

Comment allais-je le faire sortir du terrain de jeu ? Ils s'amusaient comme des petits fous et couraient partout, mais il ne me restait que cinq minutes avec la voiture, parce que j'étais garée sur une place de livraison.

« ILLYYYYYY ! ai-je hurlé.

— Tout va bien ? »

Je me suis retournée. C'était Mr. Wallaker. « Vous avez mis un cache-nez ? Vous avez froid ? Je n'ai pourtant pas l'impression qu'il fasse froid », a-t-il dit en se frottant les mains comme pour vérifier la température ambiante. Il portait une chemise bleue, genre homme d'affaires, qui laissait deviner son corps musclé sans un pouce de graisse. Agaçant.

« Thentiste.

— Pardon ? »

J'ai rapidement écarté l'écharpe, ai répété « Thentiste » et remis l'écharpe. Une brève lueur d'amusement a traversé son regard.

« La bouche de maman est toute drôle, a dit Mabel.

« — Pauvre maman, a dit Mr. Wallaker en se penchant vers Mabel. Qu'est-ce que tu as fait avec tes chaussures ? Tu t'es trompée de pied ? »

Oh non ! J'étais tellement préoccupée par le traumatisme du Botox que je n'avais pas remarqué. Mr. Wallaker les inversait avec dextérité.

« Billy veut pas revenir », a dit Mabel de sa grosse voix, en regardant Mr. Wallaker, l'air grave.

« Ah bon ? » Mr. Wallaker s'est levé. « Billy », a-t-il crié d'un ton autoritaire. Billy a sursauté et levé les yeux.

Mr. Wallaker a hoché le menton pour lui signifier qu'il devait venir, et Billy a obéi, trotté vers nous et franchi la grille.

« Ta maman t'attendait, Billy. Tu le savais. La prochaine fois que ta maman t'attendra, tu viens tout de suite. Compris ?

— Oui, Mr. Wallaker. »

Il s'est tourné vers moi. « Ça va aller ? »

Brusquement, j'ai constaté avec horreur que les larmes me montaient aux yeux.

« Billy, Mabel. Votre maman est allée chez le dentiste et elle n'est pas bien. Alors je veux que vous vous conduisiez comme des adultes et que vous soyez très gentils avec elle.

— Oui, Mr. Wallaker, ont-ils répondu comme des automates, tendant une main pour la mettre dans chacune des miennes.

— Très bien. Et... Mrs Darcy ?

— Oui, Mr. Wallaker ?

— Je ne recommencerais pas, si j'étais vous. Vous étiez très bien avant. »

Quand nous sommes arrivés dans notre rue, je me suis rendu compte que j'étais en pilotage automatique et que j'avais fait tout le trajet sans rien remarquer.

« Maman ?

— Oui ? » ai-je répondu en pensant : Ils savent, ils savent : on est sur la corde raide, leur mère est une idiote botoxée et une cougar ratée qui va emboutir la voiture et qui ne sait ni ce qu'elle fait, ni ce qu'elle est censée faire, ni comment, et ils vont être placés par l'assistance publique dans des foyers d'accueil et...

« Est-ce que les dinosaures ont le sang froid ?

— Oui. Hmmf, non ? ai-je dit en arrêtant la voiture devant chez nous. Hourquoi ?? Henhin, h'est quoi, un hinosaure ? Un rechtile ? Ou genre hauhhin ??

— Maman, tu vas continuer à parler comme ça longtemps ?

— On peut avoir des spags bolognaise ? a demandé Mabel.

— Oui », ai-je dit en garant la voiture devant la maison.

Quand nous sommes rentrés, il faisait bon à la maison, et j'ai eu vite fait de mettre les spaghettis à chauffer sur la cuisinière (un plat tout prêt acheté au supermarché, et contenant peut-être de la viande de cheval). Les enfants se sont assis sur le canapé, à regarder des dessins animés américains agaçants, où les acteurs prennent des voix haut perchées et hystériques. Mais ils étaient très mignons.

J'ai laissé les spaghettis au cheval sur la cuisinière et suis allée m'asseoir avec les enfants, les prenant dans mes bras et les serrant bien fort, et j'ai enfoui ma tête figée dans leurs cheveux hirsutes et leur cou tendre, j'ai senti leur petit cœur battre contre le mien. Je me suis dit que j'avais beaucoup de chance. Juste de les avoir.

Au bout de quelques instants, Billy a levé la tête. « Maman, a-t-il chuchoté doucement, regardant au loin.

— Mwffff ? ai-je murmuré, le cœur débordant d'amour.

— Les spaghettis brûlent. »

Oh non ! J'avais laissé les spaghettis dans la casserole avec le bout sec et raide qui dépassait, mon intention était de les faire tenir dans la casserole une fois que l'autre extrémité se serait ramollie, mais ils avaient fini par pendre à l'extérieur et avaient pris feu.

« Je vais chercher l'ekftincteur », a dit Mabel calmement, comme si la chose se produisait tous les jours. Ce qui n'est évidemment pas le cas.

« Nooooon ! » me suis-je exclamée, folle d'angoisse. J'ai attrapé un torchon et l'ai jeté sur la casserole ; mais le torchon a pris feu aussi et l'alarme à incendie s'est déclenchée. J'ai soudain senti de l'eau froide m'éclabousser. En me retournant, j'ai vu que Billy versait une cruche d'eau froide sur la casserole, éteignant les flammes. Il est resté un tas fumant mais éteint sur la cuisinière. Billy avait un sourire ravi. « On peut les manger, maintenant ? »

Mabel avait l'air enchanté elle aussi. « On peut faire griller des ffamallows ? »

Alors (une fois que Billy a eu éteint l'alarme), nous avons fait griller des chamallows. Sur le feu. Dans la cheminée. Et ça a été l'une de nos plus belles soirées.

C'est à ça que servent les amis

Samedi 22 juin 2013
62 kg ; calories : 3 844 ; paquets de mozzarella râpée consommés : 2 ; petits amis : 0 ; possibilité de petits amis : 0 ; unités d'alcool consommées ensemble par les amis et moi : 47.

« Bon, au moins elle ne nous la joue plus repucelée, a dit Tom. Plutôt le contraire, si vous voulez mon avis. Nympho, le retour. Sauf qu'elle ressemble à un frigo. On a fini le vin ?

— Il y en a d'autre au frais, ai-je dit en me levant. Mais vous savez...

— Tais-toi, Tom, mon chéri, a dit Talitha d'un ton de reproche. Son visage est très bien, maintenant qu'elle a cessé de baver.

— L'essentiel, c'est qu'elle se remette de l'épisode toy boy », a dit Jude, qui, elle, sort TOUJOURS avec son photographe naturaliste.

« Ce n'est pas seulement ça, c'est..., ai-je tenté d'intervenir.

— C'est son ego, c'est son ego qui est en jeu. » Tom faisait mine d'être sérieux et pro, mais il était complètement cuit. « Ce n'est pas un rejet. Quelqu'un qui passe comme ça d'un extrême à l'autre ne te rejette pas. Il est seulement pris entre sa tête et son cœur et...

— Bridget, je t'avais prévenue qu'il ne fallait jamais, JAMAIS tomber amoureuse d'un toy boy, a coupé Talitha. Il faut toujours contrôler la situation, sinon toute la dynamique vire à la catastrophe. Je te défends de renouer avec lui. Tom chéri, tu pourrais me verser une petite goutte de vodka avec beaucoup de glace et une giclette de soda ?

— Il ne va pas renouer avec moi. Je lui ai envoyé des insanités par SMS.

— Primo, il va essayer, a dit Talitha, parce que ça s'est terminé par un coup d'éclat, pas par des pleurs. Et deuxio, interdit de renouer, parce que sinon, ça finira par des pleurs. Quand un homme t'a larguée, le reprendre est un signe de manque d'estime de soi et de détresse, et tu ne peux t'attendre qu'à une seule chose : qu'il t'en FASSE BAVER.

— Mais Mark est revenu vers moi et...

— Roxster n'est pas Mark », a dit Tom.

Là-dessus, j'ai éclaté en sanglots, de gros sanglots saccadés et silencieux.

« Allons bon, a dit Jude. Il va falloir lui trouver quelqu'un d'autre, et vite. Je l'inscris sur OkCupid. Qu'est-ce que je lui mets comme âge ?

— Non, ne fais pas ça, ai-je sangloté. Il faut "recevoir le bâton", comme on dit dans *Le Zen et l'art de tomber amoureux*. Je mérite d'être punie. J'ai négligé les enfants et...

— Ils vont très bien. Tu dis n'importe quoi. Où as-tu mis ton fichier "Images" ?

— Jude, a dit Tom, fous-lui la paix et laisse-la-moi. C'est moi le professsssionnel. Suis docteur en psycholosophie. »

Il y a eu un moment de silence. « Merci, a dit Tom. Dans une relation, six choses sont en jeu. Les fantasmes de l'autre sur toi. Ses fantasmes sur la relation, tes fantasmes sur l'autre, ses fantasmes sur tes fantasmes sur lui et – ça fait combien ? Oh. Ses fantasmes sur... tout ça quoi ! »

Là-dessus, il s'est levé cérémonieusement, est allé d'un pas lent sinon assuré jusqu'au réfrigérateur, est revenu avec un sac de pastilles au chocolat, une bouteille de chardonnay, et a sorti de la poche de sa veste un paquet de cigarettes.

« Il y a des choses qui ne changent jamais ! a-t-il dit. Maintenant, ouvre la bouche et prends tes médocs. Voilà, c'eeeest bien ! »

Quand je me suis réveillée le lendemain, j'étais bien bordée dans mon lit, avec un choix de peluches, un exemplaire de *Thelma et Louise* et un mot d'eux trois disant : « On t'aimera toujours. »

Et quand j'ai pris mon téléphone, j'ai aussi trouvé un texto de Jude avec un identifiant OkCupid et un mot de passe.

Vide sidéral

Lundi 24 juin 2013

*61 kg ; SMS de Roxster : 0 ; e-mails de Roxster : 0 ;
tweets de Roxster : 0 ; messages Twitter de
Roxster : 0.*

21 : 15. Les enfants dorment. OH LÀ LÀ, CE QUE JE
ME SENS SEULE. Roxster me manque. Maintenant
que la bulle a crevé, que j'ai compris que Mark
est parti pour toujours, que les enfants n'ont
toujours pas de père, et que je suis face à beaucoup de choses compliquées, insolubles, eh bien,
Roxster me manque, purement et simplement.
C'est vraiment bizarre, de passer de l'intimité la
plus totale à... rien. Au vide total du cyberespace.
Le signal des SMS reste silencieux. Pas d'e-mails
de Roxster. Il ne tweete plus. Je ne peux pas aller
sur sa page Facebook parce que pour ça, il faudrait que je m'inscrive à Facebook, ce qui est un
suicide affectif, je le sais, et que je demande à
être son amie, et après ça, je trouverais des tas
de photos de lui en train de peloter des minettes
de trente ans. J'ai relu les anciens messages et les
e-mails, et maintenant il ne reste rien de Roxby
McDuff, rien du tout.

Je n'avais jamais pris le temps de comprendre
combien Roxster comptait pour moi, parce que
j'essayais vraiment d'avoir une attitude zen, et

de rester dans l'instant. Je ne m'étais pas rendu compte que nous construisions tout un petit monde ensemble : les pets, le vomi, les blagues sur la nourriture, nos pubs favoris et le pénis des bernacles. Chaque fois qu'il arrive quelque chose de drôle, j'ai envie d'envoyer un SMS à Roxster. Et puis je me souviens, et ça me fait froid et mal au cœur, que Roxster ne veut plus entendre parler de toutes mes petites choses drôles parce qu'il est sans doute en train d'entendre les détails drôles de la vie de quelqu'un d'autre, qui a vingt-trois ans et adore Lady Gaga.

22:00. Viens juste de me coucher. Lit froid, solitaire et morne. Quand ferai-je à nouveau l'amour ou me réveillerai-je à côté d'un homme aussi jeune et beau que Roxxxxxster ?

22:05. Qu'il aille se faire foutre, avec son curry de merde ! J'en ai strictement plus rien à cirer, de Roxster. Ah bah, c'était juste un bouffeur de curry et un… gigolo écolo !

Je l'ai effacé de mes contacts et plus jamais, jamais je ne correspondrai avec lui, ni ne le verrai ou demanderai à le voir. Il est effacé.

22:06. Mais je l'aiiiiiiiiimeuuuuuh.

Mardi 25 juin 2013

Nombre de SMS préparés pour les envoyer à Roxster au cas où il m'en enverrait un : 33.

21:15. OH LÀ LÀ, CE QUE JE ME SENS SEULE. Je crois toujours que Roxster va peut-être m'envoyer un SMS pour proposer que nous prenions un verre et j'imagine des réponses hautaines à lui envoyer :

<Désolée, qui est-ce ?>

<Désolée, mais je crains que ça m'empêche de rencontrer des gens qui correspondent à ma maturité affective, ma vie sociale glam et mes tenues de créateurs chic.>

Ou :

<Mais si en plein milieu passait un mec de 30 ans aimant les pets et le vomi ?>

Mercredi 26 juin 2013

21 : 15. OH LÀ LÀ, CE QUE JE ME SENS SEULE.

21 : 16. Viens d'avoir une idée brillante ! Vais envoyer SMS à l'Homme au Perfecto.

21 : 30. Échange de SMS reproduit ci-dessous :

Moi : <Salut ! Quoi de neuf ? Ne t'ai pas vu depuis longtemps. Si on se voyait pour mise à jour ?>

22 : 30. L'Homme au Perfecto : <Salut. Sympa d'avoir des nouvelles. Bcp de changements de mon côté, à commencer par – je me marie dans 15 j ! Mais on peut peut-être se voir avant ?>

Jeudi 27 juin 2013

21 : 15. OH LÀ LÀ, CE QUE JE ME SENS SEULE. Vais peut-être appeler Daniel et voir s'il veut me sortir pour me remonter le moral.

23 : 00. Pas de réponse de Daniel. Ça ne lui ressemble pas. Peut-être qu'il va se marier incessamment.

Vendredi 28 juin 2013

3 : 00. Billy vient d'arriver dans mon lit, en larmes. Il a dû faire un cauchemar. Il a mis ses bras autour de moi, il avait chaud, était en nage et s'est cramponné à moi : « Maman, j'ai besoin de toi. »

Et c'est vrai. Pour tous les deux. Ils n'ont que moi. Il n'est pas question que je me mette dans des états pareils à cause de ces connards de mecs. Allons, secoue-toi.

7 : 00. Ai ouvert un œil ensommeillé et regardé Billy, tout tiède et beau comme un amour sur mon oreiller. Me suis mise à rire en me rappelant ma crise de désespoir complaisant à propos de Roxster : « Quand me réveillerai-je encore à côté d'un homme aussi jeune et beau que lui ? »

Vous voyez ? C'est simple ! Encore plus jeune et *beaucoup* plus beau !

On ne les changera pas

10:00. Je commence à m'inquiéter pour Daniel. Malgré tout son, disons, « daniélisme », depuis la mort de Mark, il rappelle toujours tout de suite si je lui passe un coup de fil. Oooh ! Téléphone.

10:30. Avais oublié la conférence téléphonique avec George, de Greenlight, Imogen et Damian.

« Bien. Nous sommes tous dans le bureau, ce que vous apprécierez, a commencé George. Alors voilà. » Il y a eu un bruit d'éclaboussures en fond sonore. « Si vous parlez à Saffron du scénario, ne lui laissez surtout pas entendre que vous n'êtes pas à cent pour cent séduite par Stock...

— George, ai-je dit, soupçonneuse, où êtes-vous et qu'est-ce que c'est que ce bruit d'eau ?

— Au bureau. C'est juste... le café. OK. Ambergris est complètement branchée Stockholm, alors ne... »

Il y a eu un crissement bizarre, comme sur du caoutchouc, et un énorme bruit, comme une masse tombant dans un grand volume d'eau – un cri étouffé, puis le silence.

« Bien ! a dit Imogen. Je crois qu'on va aller voir ce qui s'est passé et on vous rappelle. »

11:00. Viens d'appeler Talitha pour voir si elle avait eu Daniel au téléphone récemment.

« Oh, mon Dieu, a-t-elle dit, tu n'es pas au courant ? »

En fait, Daniel avait depuis toujours des problèmes d'addiction qui ne s'étaient pas arrangés avec l'âge. Il y avait eu une époque où tout le monde disait « Je me fais vraiment du souci pour Daniel » avec une voix réprobatrice, en le voyant dépasser de plus en plus souvent les bornes dans les dîners. Plusieurs femmes très séduisantes avaient tenté de le « stabiliser » jusqu'au moment où il avait été expédié dans un centre de désintoxication en Écosse, d'où il était revenu, l'air frais et dispos, mais un peu penaud. D'après ce que nous savions, il allait bien. Mais apparemment, une rupture récente avec la dernière femme séduisante en date a provoqué un sévère épisode de défonce, où il a descendu en un seul week-end le contenu intégral de son placard à cocktails style 1930. Il a été découvert dans un état épouvantable par sa femme de ménage lundi dernier, et est actuellement soigné dans le service de désintoxication de l'hôpital où se trouve mon Centre de traitement contre l'obésité.

Oh là là, oh là là, dire que j'ai laissé Billy et Mabel passer la nuit chez lui.

11:30. Imogen vient de rappeler. D'après ce qu'elle m'a dit, George n'était pas au bureau comme il le prétendait, mais sur le fleuve Irrawaddy, en Birmanie : n'ayant pas de réseau sur son luxueux bateau aménagé en maison indigène, il était descendu dans un canot pneumatique et les remous d'une vedette d'un confrère qui passait avaient fait chavirer le dinghy, précipitant George dans les eaux boueuses de l'Irrawaddy, suivi de près par son iPhone.

George allait bien, mais la perte de son iPhone était une catastrophe. J'ai décidé de laisser Greenlight s'occuper des conséquences de l'incident et suis partie voir Daniel sans plus attendre.

14:00. Je rentre à l'instant. C'était très glauque. L'hôpital St. Catherine est un mélange visuel assez surprenant évoquant à la fois la prison de l'époque victorienne, le dispensaire des années 1960 et le Yémen. J'ai erré au hasard jusqu'à ce que j'aie trouvé le bon bâtiment, ai acheté des journaux pour Daniel à la boutique, ainsi qu'une carte avec un canard disant « *Reste à flot* » et j'ai rajouté à la main « *Vieux salaud* », puis j'ai impulsivement ajouté à l'intérieur : « *Où que tu ailles et quoi que tu fasses, je t'aimerai toujours.* » Il ne s'agit pas d'encourager ses démons, mais j'avais la sensation que tout le monde allait venir lui remonter les bretelles.

Il était dans un « service fermé ». J'ai appuyé sur le bouton vert. Au bout d'un moment, une femme en burka est apparue et m'a fait entrer.

« Je viens voir Daniel Cleaver. »

Elle n'avait pas l'air de le connaître : il n'était qu'un nom sur sa liste de patients.

« Là-bas à gauche. Premier lit derrière le rideau. »

J'ai reconnu le sac de Daniel et son manteau mais le lit était vide. Est-ce qu'il avait mis les voiles ? J'ai commencé à ranger, puis un étrange personnage ressemblant à un clochard a surgi vêtu d'un pyjama d'hôpital en flanelle, avec une barbe de plusieurs jours, des cheveux hirsutes et un œil au beurre noir.

« Qui êtes-vous ? a-t-il demandé d'un ton soupçonneux.

— C'est moi, Bridget !

— Jones ! » s'est-il exclamé comme si une ampoule venait brusquement de s'allumer dans sa tête. Elle s'est éteinte tout aussi brusquement, et il s'est dirigé en titubant vers le lit. « Tu aurais au moins pu me dire que tu venais. J'aurais fait un peu de ménage. »

Il s'est étendu et a fermé les yeux.

« Crétin », ai-je dit.

Il a cherché ma main à tâtons. Il faisait vraiment un drôle de bruit.

« Qu'est-ce qui s'est passé ? Pourquoi n'arrives-tu pas à respirer ? »

Une petite lueur amusée a traversé son regard, image fugitive du Daniel d'antan.

« Ah, en fait, Jones, a-t-il dit en m'attirant vers lui, j'ai un peu forcé sur la dose, pour tout te dire. J'ai pratiquement tout éclusé. Et j'ai été très content de mettre la main sur ce que j'ai pris pour une bouteille de crème de menthe, tu sais, le machin vert. Je l'ai bue cul sec. » Le sourire familier, faussement triste, a plissé son visage. « C'était du liquide vaisselle. »

On voyait exactement ce qui s'était passé. Comme lorsqu'on n'a plus de tablettes pour le lave-vaisselle, qu'on se dit que c'est une bonne idée de les remplacer par du liquide vaisselle et que ça se met à mousser partout à l'intérieur.

Nous avons tous les deux été secoués par le rire. Je sais que la situation aurait pu virer au tragique, mais elle était plutôt cocasse. Seulement Daniel a commencé à s'étouffer, sa respiration est devenue sifflante et des bulles sont apparues aux commissures de ses lèvres.

L'infirmière est arrivée au pas de course et a réglé le problème. Alors, il a pris la carte et l'a ouverte. L'espace d'un instant, j'ai cru qu'il allait se mettre à pleurer, et puis il l'a reposée sur la table au moment où entrait une blonde canonissime aux jambes démesurées.

« Daniel », a dit la blonde d'un ton qui m'a donné envie de lui balancer mes cheveux dans la figure et de lui donner des poux. « Mais enfin, tu t'es vu ! Tu devrais avoir honte. Il faut arrêter. »

Elle a pris la carte. « Qu'est-ce que c'est ? C'est vous qui l'avez écrite ? m'a-t-elle demandé, l'air accusateur. Vous voyez, c'est ça son problème ! Tous ses fichus amis. "Cher vieux Daniel." Ça le conforte dans ses mauvaises habitudes.

— Bon, je vais filer, ai-je dit en me levant.

— Non, Jones, ne t'en va pas, a protesté Daniel.

— Oh, *je t'en prie !* » a dit la fille d'un ton méprisant, juste au moment où apparaissait Talitha, portant une corbeille de gourmandises enveloppée de cellophane et couronnée d'un gros nœud.

« Tu vois ? Tu vois ? a dit la blonde canon. CQFD.

— Et qu'est-ce que vous VOULIEZ DÉMONTRER AU JUSTE... ma jolie ? a lancé Talitha. QUI êtes-vous, d'abord, et EN QUOI cela vous concerne-t-il ? Je connais Daniel depuis vingt ans et ça fait vingt ans qu'on couche ensemble quand ça nous chante... »

J'ai failli m'écrier : « Quoi ? » Est-ce que Talitha couchait avec Daniel en même temps que moi autrefois ? Et puis je me suis dit : « À quoi bon ? »

J'ai pris congé et suis partie, pensant que vraiment, après un certain âge, les gens ne changent plus de comportement, alors ou bien vous les acceptez comme ils sont, ou bien vous laissez tomber. Mais je me demandais si je devais à nouveau confier les enfants à Daniel ; en tout cas, pas tant qu'il n'était pas revenu de cure de désintoxication ou ne pouvait pas faire la différence entre une fourchette et une brosse à cheveux.

Eh bien, dansez maintenant

Samedi 29 juin 2013

Venions de partir pour Hampstead Heath mais avons dû rentrer car nous nous sommes fait saucer : on aurait dit que d'énormes seaux d'eau nous tombaient dessus. Le temps est épouvantable cet été. Pluie, pluie, pluie et froid polaire ; on n'a PAS d'été. Totalement insupportable.

Dimanche 30 juin 2013

Rhâââ ! Brusquement, il fait une chaleur à crever. N'ai ni écran total ni chapeaux, et on a trop chaud pour rester dehors. Comment est-on censé supporter une chaleur pareille ? Totalement invivable.

Lundi 1er juillet 2013

18 : 00. Bien ! Vais cesser de m'apitoyer sur mon sort, sinon je risque d'avaler du liquide vaisselle par mégarde. La fin de l'année scolaire est presque arrivée, avec son programme compliqué de pièces de théâtre, excursions scolaires, journées pyjama[1], e-mails concernant les cadeaux aux professeurs (et notamment un

---

1. Journée située vers la fin de l'année scolaire où les élèves du primaire vont à l'école en pyjama et où, parfois, ils se

message très strict de Sainte Nicolette insistant pour que tout le monde s'en tienne à la participation collective pour des bons d'achat chez John Lewis au lieu d'y aller chacun de sa bougie parfumée ; et aussi – ce qui a provoqué l'avalanche d'e-mails la plus importante – le concert d'été de Billy. Billy va faire un solo de basson sur *I'd Do Anything* d'*Oliver*[1] *!* Le concert a été organisé par Mr. Wallaker – qui semble maintenant s'occuper de la moitié de l'enseignement musical, qu'il gère à sa façon militaire –, et doit se tenir au coucher du soleil dans le parc de Capthorpe House, un manoir de campagne auquel on accède par l'A11.

J'imagine que Mr. Wallaker sera déguisé en Oliver Cromwell et que sa femme (celle qui s'extasie en rencontrant quelqu'un-qui-a-encore-son-visage-naturel) se sera fait injecter pour l'occasion trois litres de produit de comblement. Oups ! Ravale ton venin, miss Langue de Vipère. Il faut que je lise plus souvent *Le Petit Livre de sagesse* : « *Nous ne possédons pas notre foyer, nos enfants ni même notre propre corps. Ils ne nous sont donnés que pour un moment éphémère et nous devons les traiter avec soin et respect.* »

Oh non ! Je n'ai toujours pas pris rendez-vous chez le dentiste pour Billy et Mabel. Plus je tarde et moins j'ose, parce que à coup sûr ils ont maintenant les dents pleines de trous, ils finiront comme

---

livrent à une activité bénévole du style vente de charité pour récolter des fonds.
1. Célèbre comédie musicale adaptée d'*Oliver Twist*, de Dickens. Montée à Broadway en 1963, elle est régulièrement à l'affiche depuis.

les figurants dans *Pirates des Caraïbes*, et tout ça sera de ma faute.

Mais au moins, je traite mon propre corps comme un temple. Je vais à la Zumba.

20 : 00. Je viens de rentrer. Normalement, j'adore la Zumba. Elle est enseignée par un couple de jeunes Espagnols bruns aux cheveux longs qui nous montrent les pas chacun à leur tour en faisant voler leurs cheveux et en piétinant comme des chevaux en colère. Ils nous emmènent dans un monde de boîtes de nuit barcelonaises, ou peut-être basques, et de campements illuminés par des feux de bois, où vivent des gitans aux origines indéterminées.

Mais cette semaine, le duo exaltant était remplacé par une nana montée sur ressorts avec une frange blonde, un peu genre Olivia Newton-John dans *Grease*. Les mouvements exotiques et sensuels de la Zumba étaient étrangement associés à un sourire jovial et résolu qui disait : « Youpi youp ! Rien de sensuel ni de suggestif dans tout ça ! »

Et, cerise sur le gâteau, la femme au sourire nous a fait faire non seulement des rotations de poignet, mais aussi des mouvements « comme pour secouer l'eau de mains mouillées », sans parler de grands sauts bras et jambes en étoile. Le fantasme de la boîte de nuit catalane s'est effondré comme un château de cartes et, en regardant autour de moi, je me suis rendu compte que le cours n'était pas rempli de jeunes gitanes sauvages, mais d'un groupe de femmes qui, dans une société patriarcale arriérée dominée par les hommes, pourraient être décrites comme « mûres ».

J'ai la désagréable impression que l'idée même de suivre un cours de Zumba traduit sans doute un désir de revivre l'époque depuis longtemps révolue où des possibilités sexuelles étaient encore ouvertes – comme l'illustre bien St. Oswald : même là-bas, la Zumba a entièrement remplacé le « thé dansant ».

J'ai remonté l'escalier en chancelant et me suis trouvée face à un spectacle assez contrariant : Chloe – dont la minceur ne doit rien à la Zumba – étreignant les enfants comme la madone de Léonard de Vinci et leur lisant *Le Vent dans les saules*. Les enfants ont levé les yeux vers moi, curieux de voir le spectacle de leur mère après la Zumba : rouge, pantelante et au bord de la crise cardiaque.

Dès que Chloe est partie, Billy et Mabel ont laissé de côté *Le Vent dans les saules* et ont entraîné la mère précitée dans un jeu hilarant qui consistait à jeter le contenu du panier à linge dans l'escalier de la cuisine. Après les avoir mis au lit et avoir nettoyé le vomi dû à une trop grande excitation, etc., j'étais tellement épuisée que je me suis enfilé deux énormes croquettes de dinde (froides) et un pavé de sept centimètres de gâteau à la banane. Ai décidé de m'inscrire à un cours sérieux de salsa ou de merengue dès que possible parce qu'en fait (ton très dégagé pour dire cela), c'est la forme la plus pure de danse latino qui m'intéresse. C'est-à-dire le merengue. Pas la meringue.

En ligne

Jeudi 2 juillet 2013

60 kg (merci Zumba/thé dansant) ; sites de rencontres envisagés : 13 ; profils lus : 87 ; profils intéressants lus : 0 ; nombre de profils mis en ligne : 2 ; nombre de relations désastreuses où Jude s'est trouvée engagée sur le Net : 17 ; nombre de relations prometteuses formées sur le Net par Jude : 1 (encourageant).

23 : 00. Jude, qui sort TOUJOURS avec le photographe naturaliste, est arrivée juste après que les enfants se sont endormis, bien décidée à me faire aller sur Internet.

Je l'ai regardée cliquer sur les sites de rencontres avec une ferveur messianique et faire des listes : « plongeur sous-marin », « aime l'hôtel Costes », « a lu *Cent ans de solitude* » – oui, bon. « Tu vois, Bridge, il faut prendre des notes, sinon tu les confondras tous quand tu leur enverras des messages.

— Tu n'as jamais envie d'arrêter, des fois ? Hein ? ai-je demandé.

— Non, sinon je me serais retrouvée avec une sucette dans le bec et l'œil perdu dans le vague. »

Je me suis aperçue non sans embarras que j'avais pris une sucette et que je la faisais aller et venir dans ma bouche.

« Tu comprends, Bridget, c'est une question de pourcentage. »

Il n'y a rien d'étonnant à ce que Jude, qui a crevé le « plafond de verre » du monde financier, voie la situation en ces termes.

« Tu ne peux pas te permettre de prendre les choses personnellement. Tu vas te faire jeter, tu vas avoir affaire à des hommes qui pèsent cent quinze kilos et qui ont mis la photo de quelqu'un d'autre. Mais avec un minimum d'expérience – et d'astuce ! –, tu apprendras à faire le tri dans le rebut. »

Nous avons ensuite fait le tour du hit-parade des rebuts que Jude avait réussi à éliminer avant de trouver l'accro du snowboard : l'amateur d'humiliations sexuelles (bien sûr !), le mec marié avec enfant – qui est sorti avec elle, en est arrivé aux préliminaires, puis l'a incluse dans un SMS collectif annonçant que sa femme avait accouché –, et le graphiste amateur de saut en chute libre, qui était effectivement graphiste mais aussi musulman et hostile aux relations sexuelles avant le mariage, et qui, bizarrement, adorait passer ses week-ends à faire de la danse folklorique.

« Et quelque part, a dit Jude, quelque part dans cette nébuleuse, tu trouveras ce que tu cherches en un clic.

— Mais qui voudra d'une maman solo de cinquante ans et quelque avec deux jeunes enfants ?

— Regarde », a-t-elle dit en m'inscrivant pour un essai gratuit sur Parentsolo.com. « Ce sont des gens normaux comme toi et moi, c'est tout. Ce ne sont pas des tordus. Je vais annoncer quarante-neuf. »

Une colonne de photos a surgi : des inconnus à lunettes d'acier et chemises rayées pendant sur la bouée de leur ventre.

« On dirait des serial killers alignés pour une parade d'identification. Comment peuvent-ils être des pères solos ? À moins d'avoir tué les mères ?

— Oui, bon, ce n'était peut-être pas un très bon échantillonnage, a dit Jude d'un ton vif. Et ça ? »

Elle a ouvert un profil qu'elle avait préparé pour moi sur OkCupid.

En fait, quand j'ai regardé, j'ai trouvé certains profils très attractifs sur le site. Mais quelle solitude ! Ils trahissaient des mois, voire des années de souffrance affective, de déceptions et de blessures.

Un homme qui avait choisi comme pseudo « Yaquelqu'un ? » avait mis ce texte sur son profil :

Je suis un type sympa et normal qui cherche juste une femme sympa et normale. Si votre photo date de quinze ans, merci de vous abstenir ! Si vous êtes aigrie, mariée, désespérée, passive-agressive, pas une femme, chercheuse d'or éhontée, sadique manipulatrice, superficielle, narcissique, illettrée, si vous cherchez un coup vite fait ou souhaitez vous complaire dans un échange sans fin de messages ne débouchant sur aucune rencontre, si vous voulez faire une rencontre pour vous caresser l'ego dans le sens du poil et me planter là ensuite parce que vous n'en avez rien à foutre, merci de vous abstenir !

Et il y avait aussi des profils d'hommes mariés cherchant ouvertement du sexe sans complications.

« Pourquoi ne vont-ils pas sur 123.Infideles ? » a dit Jude en reniflant avec mépris.

Mercredi 3 juillet 2013
8 : 30. Le magazine de BD de foot de Billy vient de tomber par la fente du courrier. Je l'ai pris pour l'emporter dans la cuisine en criant : « Billy ! Ton Match.com est arrivé ! »

Upda

Mercredi 3 juillet 2013 (suite)
60 kg ; pensées négatives : 5 millions ; pensées positives : 0 ; bouteilles de liquide vaisselle ingérées : 0 (vous voyez ? Ça pourrait être pire).

21:15. Bien ! Nickel ! C'est le concert de l'école demain et tout va très bien se passer. Mabel dort chez Rebecca, donc je n'ai pas besoin de me soucier de les avoir tous les deux à l'œil en même temps. Bien évidemment, la plupart des pères seront absents pour cause de travail ou très occupés à cliquer sur 123.Infideles ! Et même si Roxster était encore dans le tableau, il n'aurait pas pu m'accompagner au concert de l'école, hein ? Il se serait senti déplacé au milieu de tous ces gens avec enfants, et qui sont tous tellement plus vieux que lui.

21:30. Viens juste de regarder les infos sur mon ordinateur. Toute cette frénésie autour du bébé royal n'aide guère : le parfait jeune couple de l'âge de Roxster, débutant dans la vie et faisant tout parfaitement, au moment parfait et de la manière la plus parfaite.

21:45. Viens d'aller dans la chambre de Billy et Mabel.

« Maman, a demandé Billy, est-ce que papa saura que je joue au concert ?

— Je pense, ai-je chuchoté.

— Est-ce que je vais y arriver ?

— Oui. »

Je lui ai tenu la main jusqu'à ce qu'il soit endormi. C'était encore un soir de pleine lune et je l'ai regardée au-dessus des toits. Comment cela se serait-il passé si j'étais allée au concert de fin d'année avec Mark ? Il se serait penché par-dessus mon épaule, comme à son habitude, aurait fait défiler à toute vitesse la masse d'e-mails concernant le pique-nique, les aurait effacés et aurait simplement répondu : « J'apporte l'houmous et les sacs-poubelle. »

Je serais impatiente à cent pour cent. Ce serait un événement agréable à cent pour cent. Oh, arrête. Du nerf. Continue à mettre Un Pied Devant l'Autre.

Le concert de fin d'année

Jeudi 4 juillet 2013

Nous avons foncé à travers le parc paysager : nous étions en retard parce que Billy avait essayé de trouver l'itinéraire avec son iPhone et que nous avons pris la mauvaise sortie. Quand je suis descendue tant bien que mal de la voiture, j'ai été accueillie par une odeur d'herbe coupée ; les feuilles des châtaigniers étaient vertes et drues, et la lumière prenait une teinte dorée.

Titubant sous le poids de l'étui du basson, de la couverture, du panier de pique-nique et d'un second panier contenant des canettes de Coca Light et des biscuits aux flocons d'avoine qui n'entraient pas dans le premier, Billy et moi nous sommes dirigés vers le sentier où était indiqué : CONCERT.

Une fois arrivés au bout, nous sommes restés bouche bée. On aurait dit un tableau : une maison gracieuse couverte de glycine, avec une terrasse pavée de vieilles pierres et des pelouses en pente menant à un lac. La terrasse était aménagée en scène, avec des pupitres à musique, un piano à queue, et des rangées de chaises en contrebas. Billy me tenait la main serrée tandis que nous nous demandions où aller.

Des garçons couraient en tous sens, tout excités, pour installer d'autres pupitres et des partitions. Jeremiah et Bikram ont hélé Billy et il a levé vers moi des yeux pleins d'espoir. « Vas-y, ai-je dit, j'apporterai les affaires. »

En le regardant partir, j'ai vu les parents en train de disposer leur pique-nique sur la pelouse à côté du lac. Personne n'était seul. Les jolis couples présents ne s'étaient sans doute pas formés sur Match.com, POF ou Twitter, mais à l'époque où les gens se rencontraient encore dans la vraie vie. Pour mon malheur, je me suis mise à nouveau à imaginer être venue avec Mark : nous aurions été à l'heure parce qu'il aurait conduit en se servant du GPS ; nous aurions apporté peu de choses (Mark aurait supervisé le choix avant le départ) et nous serions tous main dans la main, Billy et Mabel entre nous deux. Et nous serions ensemble, tous les quatre, sur la couverture, au lieu de...

« Vous n'avez pas apporté la table de la cuisine ? »

Je me suis retournée, et j'ai eu la surprise de voir Mr. Wallaker, très séduisant en costume noir et chemise blanche légèrement ouverte. Il regardait en direction de la maison tout en ajustant ses boutons de manchettes. « Vous voulez un coup de main pour porter tout ça ?

— Non, non, je me débrouille », ai-je dit au moment où une boîte Tupperware tombait, répandant sur l'herbe son contenu de sandwichs à l'œuf.

« Posez tout ça, a-t-il ordonné. Donnez-moi le basson. Je vais appeler quelqu'un pour transporter vos affaires en bas. Vous savez avec qui vous allez vous asseoir ?

— Merci de ne pas me parler comme si j'étais un de vos élèves. Je ne suis pas Bridget Personne-ne-m'aime, ni une mauviette, et je suis capable de porter un panier de pique-nique. Ce n'est pas parce que tout est parfaitement bien organisé, le lac, l'orchestre, que... »

Il y a eu un bruit de chute sur la terrasse. Une section entière de pupitres s'est effondrée, faisant dégringoler un violoncelle qui a cascadé sur la pente, suivi par une meute de gamins hurlants.

« "Parfaitement bien organisé"... », a-t-il dit avec un gloussement ironique au moment où une contrebasse et un tuba se renversaient à leur tour, entraînant dans leur chute d'autres pupitres. « Il faut que j'y aille. Donnez-moi ça. » Il a pris le basson et s'est éloigné vers la maison. « Oh, à propos, votre robe, a-t-il lancé par-dessus son épaule.

— Oui ?

— Légèrement transparente, avec le soleil derrière. »

J'ai baissé les yeux vers ma robe. Oh, putain, on voyait bel et bien à travers.

« Ça fait son effet », a-t-il crié sans se retourner.

J'ai regardé son dos fixement, gênée et furieuse. Il était... tout bonnement... sexiste. Il me réduisait au statut d'*objet sexuel* sans défense et... il était marié et tout simplement... tout simplement...

J'étais repartie avec mon panier quand un homme en habit de serveur est apparu et a dit : « On m'a demandé de porter ces affaires pour vous, madame. » Une autre voix a crié : « Bridget ! » C'était Farzia Seth, la maman de Bikram. « Venez vous asseoir avec nous ! »

C'était parfait parce que les maris s'étaient tous regroupés d'un côté pour parler travail, et nous autres filles avons pu bavarder, donnant de temps à autre la becquée à nos enfants surexcités qui piquaient vers nous comme des mouettes.

Lorsque l'heure du concert est arrivée, Nicolette – qui était bien entendu présidente du comité d'organisation du concert – a ouvert la soirée par un discours incroyablement flagorneur sur Mr. Wallaker : Un homme passionnant, stimulant, etc., etc.

« Excitant, bandant. Elle a changé de refrain depuis qu'il a mis le manoir à la disposition de l'école pour le concert – a marmonné Farzia.

— Il appartient à Mr. Wallaker ? ai-je demandé.

— Je ne sais pas. C'est lui qui a tout organisé, en tout cas. Et Nicolette lui mange dans la main depuis. Je me demande ce qu'en pense l'épouse autobronzée. »

Lorsque Nicolette a enfin terminé, Mr. Wallaker est monté d'un bond sur la terrasse et il est allé se mettre devant l'orchestre d'un pas décidé, faisant cesser les applaudissements.

« Merci, a-t-il dit avec un léger sourire. Je dois dire que je suis d'accord sur tout ce qui a été dit. Et maintenant, la raison de votre présence ici. ÉCOUTEZ – VOS – MERVEILLEUX – FILS. »

Sur ce, il a levé sa baguette et le Grand Orchestre Swing a joué – légèrement faux mais avec enthousiasme – une petite fanfare, et le concert était lancé. En fait, c'était complètement magique, entre la lumière qui s'adoucissait et la musique qui résonnait dans le parc.

L'exécution de *The Age of Aquarius* par l'ensemble de flûtes à bec ne se prêtait peut-être pas *parfaitement* à des enfants de six ans jouant de la flûte à bec. Nous avons tous été pris de fou rire, mais j'étais heureuse de rire. Billy, qui était l'un des plus jeunes solistes, devait jouer son morceau vers la fin et en attendant qu'il passe j'étais morte de trac. Je l'ai regardé traverser la scène pour s'approcher du piano avec son instrument. Il avait l'air si petit, si effrayé que j'avais envie de le prendre dans mes bras et de l'emporter. Mr. Wallaker s'est approché à grands pas, a chuchoté quelques mots à son oreille et s'est assis au piano.

Je ne savais pas que Mr. Wallaker jouait du piano. Il a commencé par une introduction de jazz avec l'aisance étonnante d'un professionnel, et a fait signe à Billy qu'il pouvait commencer. Bien qu'il n'y eût pas de paroles, je les entendais toutes tandis que Billy s'escrimait sur la partition de *I'd Do Anything* et que Mr. Wallaker l'accompagnait doucement, suivant chaque fausse note et chaque tremblement.

Oh, Billy, je ferais n'importe quoi pour toi, ai-je pensé tandis que les larmes me montaient aux yeux. Mon petit garçon, qui se donnait tant de mal.

Les applaudissements ont éclaté. Mr. Wallaker a murmuré quelque chose à Billy et m'a regardée. Billy éclatait de fierté.

Heureusement, Eros et Atticus lui ont succédé au pupitre pour jouer leur propre adaptation de *La Truite*, de Schubert. La façon prétentieuse dont ils se baissaient et se cassaient en deux a mis fin à mes larmes de fierté et de désespoir existentiel, provoquant un autre fou rire incontrôlable. Et quand tout s'est terminé, Billy s'est précipité vers moi, radieux, pour un câlin avant de repartir au pas de course avec ses copains.

C'était une belle soirée tiède, baignée d'une lumière liquide : romantique en diable. Les autres parents se sont dispersés, sont partis en direction du lac, main dans la main, et je suis restée assise seule sur la couverture un moment, me demandant quoi faire. Je mourais d'envie de boire quelque chose, mais je conduisais. Je me suis souvenue que j'avais laissé derrière moi le sac contenant les Coca Light et les gâteaux secs. J'ai jeté un coup d'œil à Billy. Il était toujours en train de courir partout avec sa bande, et tous se distribuaient de grands coups de poing sur la tête. Je me suis dirigée vers les buissons où j'avais posé le sac, l'ai retrouvé et j'ai regardé la scène de loin.

Lentement, une lune orange se levait au-dessus des bois. Des couples en tenue de soirée riaient ensemble, pressaient contre eux leurs enfants, se souvenaient de toutes les années partagées qui les avaient conduits à ce soir précis.

Je suis allée entre les buissons, à l'abri de la vue de tous, ai essuyé une larme et avalé une énorme gorgée de Coca Light, en regrettant que ce ne soit pas de la vodka pure. Ils grandissaient. Ce n'étaient plus des bébés. Tout allait si vite. Je me suis rendu compte que ce n'était pas de la tristesse que j'éprouvais, mais de la peur : la peur de devoir retrouver ma route en voiture dans le noir, la peur de toutes les années qui m'attendaient encore à les élever seule – tous ces concerts, ces remises de prix, ces Noëls, l'adolescence, les problèmes…

« Vous ne pouvez même pas vous torcher, hein ? »

La chemise de Mr. Wallaker semblait très blanche sous la lune. Son profil, en ombre chinoise, avait presque l'air noble.

« Ça va, vous ?

— Oui, ai-je rétorqué vivement, m'essuyant les yeux d'un poing indigné. Pourquoi surgissez-vous tout le temps dans mon dos ? Pourquoi me demandez-vous tout le temps si je vais bien ?

— Je sais quand une femme part en vrille et ne veut pas que ce soit dit. »

Il s'est encore approché. L'air était lourd du parfum du jasmin et des roses.

J'ai poussé un soupir chevrotant. J'avais l'impression que la lune nous poussait l'un vers l'autre. Il a tendu un bras vers moi, comme si j'étais une enfant, et m'a touché les cheveux.

« Il n'y a pas de poux là-dedans, hmm ? » a-t-il dit.

J'ai levé la tête. Son parfum me chavirait et je sentais sa peau râpeuse contre ma joue, ses lèvres sur ma peau... et brusquement, je me suis souvenue de ces salauds de mecs mariés sur les sites de rencontres et j'ai éclaté :

« Mais qu'est-ce que vous FAITES ??? Ce n'est pas parce que je suis seule que je suis UN GIBIER AUX ABOIS. Vous êtes MARIÉ ! "Regardez-moi, je suis Mr. Wallaker. Marié, fier de l'être et parfait." Et puis qu'est-ce que vous voulez dire avec "une femme qui part en vrille" ? Je sais que je suis une mère seule et que je m'en tire très mal, mais ce n'est pas la peine de m'en remettre une couche, et... »

« Billy ! Y a ta mère qui embrasse Mr. Wallaker ! »

Billy, Bikram et Jeremiah ont jailli des buis-sons.

« Ah, Billy, a dit Mr. Wallaker. Ta maman vient de se faire mal et...

— Elle s'est fait mal à la bouche ? » a dit Billy, l'air surpris. Ce sur quoi Jeremiah, qui avait des frères plus âgés, a explosé de rire.

« Ah, Mr. Wallaker, je vous cherchais ! »

Oh NON ! Nicolette, à présent !

« Je me demandais si nous ne devrions pas dire quelques mots aux parents pour... Bridget ! Qu'est-ce que *vous* faites là ?

— Je cherchais des biscuits aux flocons d'avoine ! ai-je répondu avec une légèreté feinte.

— Dans les buissons ? Tiens, quelle drôle d'idée.

— Je peux en avoir ? Je peux en avoir ? » Les garçons, Dieu merci, se sont mis à crier et ont plongé sur mon sac, me donnant un prétexte pour me pencher et masquer ma confusion.

« Parce que ce serait une bonne idée de *conclure* la soirée, a poursuivi Nicolette. Les gens veulent vous voir, Mr. Wallaker. Et vous *entendre*. Je trouve que vous avez un talent *phénoménal*, sin-cèrement.

— Je ne suis pas sûr qu'un discours soit indi-qué à cette heure-ci. Il suffirait sans doute de descendre voir si tout est en ordre ? Cela vous ennuierait de vous en charger, Mrs Martinez ?

— Bien sûr que non », a répondu Nicolette d'un ton froid tout en me jetant un drôle de regard. À ce moment-là, Atticus est arrivé en courant et a crié : « Mamaaaaan, je veux voir mon psyyyyy ! »

« Bien, a dit Mr. Wallaker lorsque Nicolette et les garçons ont disparu. Vous avez été on ne peut plus claire. Je vous prie de m'excuser. Je retourne là-bas, pour faire un non-discours. »

Il a commencé à s'éloigner, puis s'est retourné : « Mais pour votre gouverne, sachez que la vie des autres n'est pas toujours aussi parfaite qu'elle en a l'air, quand on gratte un peu pour aller voir sous la surface. »

Horreur ! horreur !

Vendredi 5 juillet 2013
Sites de rencontres visités : 5 ; clins d'œil : 0 ; messages : 0 ; favoris : 0 ; sites de shopping en ligne visités : 12 ; mots de la réécriture écrits : 0.

9:30. Pfffou ! Là là. Hum. Pfffou. « En vrille ? » Sale mec. Libidineux, sexiste et marié. Pfffou. Bien. Il faut que je m'y mette. Que je commence à « heddaïser » – c.-à-d. que je cherche toutes les répliques de Hedda dans la version réécrite et que je les remette dans leur état initial. Ce qui est assez amusant, finalement !

9:31. En fait, les rencontres sur Internet ont ceci de particulier que dès qu'on se sent seul, perplexe ou désespéré, il suffit de cliquer sur un site et on a l'impression de se retrouver dans une boutique de bonbons ! Il y a des millions de gens tout à fait crédibles qui sont libres, du moins en théorie. J'imagine les bureaux de tout le pays pleins de gens qui font semblant de travailler mais qui cliquent sur Match.com ou OkCupid et trompent ainsi l'ennui et la solitude de leur journée. Bien. Il faut que j'avance.

10:31. Non mais quand même, qu'est-ce qui LUI A PRIS, à Mr. Wallaker ? Est-ce qu'il est coutumier du fait ? C'est un comportement fort peu professionnel.

Qu'est-ce qu'il a voulu dire par « partir en vrille » ?

10 : 35. Viens de regarder la définition de « partir en vrille » : « Échapper à son propre contrôle sous l'effet de la colère, du chagrin… » Pfffou. Je retourne sur Internet.

10 : 45. Viens de me connecter.

> **Aucun clin d'œil. Aucun membre ne vous a mis dans ses « favoris ». Aucun membre ne vous a envoyé de message.**

Super.

11 : 00. Regardez-moi tous ces enfoirés. *Marié, mais dans une relation libre.* Ben voyons !

12 : 15. Les aventures de Jude sur Internet ont été un cauchemar : des séries d'échanges avec des inconnus qui d'un seul coup ne répondaient plus. Je ne veux pas être envahie par des bribes de mecs. Je ferais bien mieux d'avancer dans les *Feuilles*. Il faut que je voie comment la lune de miel/le yacht peuvent fonctionner en Suède plutôt qu'à Hawaï. Il me semble qu'à Stockholm, il fait chaud en été, non ? Il n'y a pas une des filles du groupe Abba qui vit sur une île au large de Stockholm ?

12 : 30. Je vais peut-être aller sur Net-a-porter et regarder les soldes.

12 : 45. Qu'est-ce qui m'arrive ? Je viens de mettre trois robes dans mon panier. Puis je me suis déconnectée. Puis reconnectée et me suis rendu compte que j'étais blessée parce que aucune des robes ne m'avait envoyé de clin d'œil.

13:00. Vais peut-être regarder les mignons trentenaires une minute sur Match.com.

13:05. Je viens de dérouler la liste de mignons trentenaires et j'ai poussé un hurlement.

Devant moi, s'étalait une photo qui me narguait... Celle de Roxster.

Collision en milieu de match

Vendredi 5 juillet 2013 (suite)

« Roxster30 » souriait joyeusement : la même photo que celle de Twitter. Apparemment, il cherche des femmes de vingt-cinq à cinquante-cinq ans – donc ce n'était pas parce que j'étais trop vieille, c'était juste qu'il ne... qu'il ne... OH MON DIEU. Son profil dit qu'il a un goût particulier pour les promenades à Hampstead Heath, « les gens qui me font rire » et... « les week-ends dans des pubs au bord d'une rivière, avec petit déjeuner complet à l'anglaise ». Et il adore le saut en parachute. LE SAUT EN PARACHUTE ?

Enfin, c'est normal, non ? Les gens sont comme ça ? C'est plutôt marrant, c'est...

Soudain, la douleur m'a cassée en deux dans mon fauteuil et je me suis écroulée sur mon portable.

13 : 10. Roxster est « actuellement en ligne » ! Mais moi aussi, je suis « actuellement en ligne » ! Au secours !

13 : 11. Me suis rapidement déconnectée et me suis mise à arpenter la pièce dans un état second, à me fourrer dans la bouche des morceaux de fromage et des barres protéinées écrasées repêchées au fond de mon sac.

Qu'est-ce que je dois faire ? Que dit la « nétiquette » ? Il est exclu que je me reconnecte pour regarder à nouveau le profil de Roxster, sinon il va croire que je le harcèle ou, pire encore, que je regarde les profils des mecs de trente ans pour le remplacer aussi sec par un autre toy boy.

13:20. Viens de regarder mon courrier mail qui, bien entendu, est envahi par des messages d'Ocado, de « cadeaux pour le personnel », et de différents pubs de campagne où j'avais imaginé aller avec Roxster, mais aussi par une avalanche d'e-mails de Parentsolo.com, OkCupid et Match.com disant : Bravo ! Vous avez beaucoup de succès aujourd'hui et Quelqu'un vient de consulter votre profil, ou encore : Jonesey49 ! Super ! Quelqu'un vient de vous envoyer un clin d'œil. J'ai examiné de près deux e-mails récents de Match.com : Jonesey49 Bravo ! Quelqu'un vient de consulter votre profil.

13:17. Je n'ai pas pu trouver qui c'était parce que je n'ai pas payé pour m'inscrire pour de bon sur Match.com. L'un des deux avait cinquante-neuf ans. Et l'autre trente. Ça devait être Roxster. La coïncidence était louche.

13:20. Bravo ! Jonesey49. Quelqu'un vient de vous envoyer un clin d'œil. Encore trente ans.

13:25. À l'évidence, Roxster a vu que j'avais consulté son profil. Qu'est-ce que je dois faire ? Prétendre que ça ne s'est pas produit ? Non, c'est trop... Toute cette affaire est trop... On ne peut pas faire comme si rien ne s'était passé, quand même ? Nous sommes des êtres humains et nous avons compté l'un pour l'autre, d'après moi. Et... SMS de Roxster : <Jonesey49, alias Bridget, alias JoneseyBJ ?>

Ai regardé fixement le téléphone, dévidant mentalement tous les SMS que j'avais préparés au cas où il reprendrait contact :

<Désolée : qui êtes-vous ?>

<Bon, tu as pris ta décision, tu l'as exprimée avec une brutalité inutile, alors dégage.>

Au lieu de quoi j'ai répondu impulsivement :

<Roxster30, alias Roxsby, alias@_Roxster *Rire nerveux, volubilité* Je veux juste préciser que je n'étais pas en train de surfer sur Match.com en quête de mignons petits mecs de trente ans, mais que je faisais de très importantes recherches pour les Feuilles dans ses cheveux. Hahaha ! Ne savais pas que tu aimais tant le saut en parachute ! Oh là là *Attrape fébrilement la bouteille de vin*>

Il y a eu une pause. Puis le signal du SMS a retenti à nouveau.

<Jonesey ?>

<Oui, Roxster ?>

Encore une pause. Qu'allait-il m'envoyer ? Quelque chose de gentil ? De condescendant mais qui se voulait gentil ? De contrit ? Quelque chose qui allait faire mal ?

<Tu me manques.>

J'ai regardé fixement l'écran. Toutes ces remarques fielleuses que j'avais prévu d'envoyer... Mon doigt est resté en suspens au-dessus du clavier du téléphone. Alors j'ai simplement tapé la vérité.

<Tu me manques aussi.>

Aussitôt, je me suis dit : Merde ! Pourquoi n'as-tu pas envoyé un message pas trop acide, mais drôle ? Maintenant que son ego aura été caressé dans le sens du poil, il va disparaître. Alerte de SMS.

<Jonesey ?>

Un autre « ping ».

<*HURLEMENTS* JONESEYYY ?>

Moi : <*Calme, légèrement distraite* Ouiiiii ?>

Et c'est parti !

Roxster : <Tu as été très silencieuse.>

Moi : <*Désinvolte et détachée* Tu m'étonnes ! Quel besoin avais-tu d'attirer l'attention sur mon âge d'une façon impertinente et inutile ? Coucou, tralala, je suis si jeune et toi si vieille.>

Roxster : <Coucou, tralala, je suis fière de moi parce que j'ai gagné le concours de qui s'est retenu le plus longtemps d'envoyer des SMS.>

J'ai ri. C'est vrai que j'étais fière de moi. J'éprouvais une immense bouffée de joie et de soulagement à me dire que nous étions revenus dans les eaux de la sécurité affective, où l'on sait qu'on compte pour quelqu'un, qu'il comprend votre sens de l'humour et que tout n'est pas fini, que le monde n'est pas froid et vide, et que nous sommes là, comme avant.

Mais en même temps, j'éprouvais au fond de moi une peur sournoise à l'idée de recommencer.

<Jonesey ?>

<Oui, Roxster ?>

J'ai attendu. « Ping. »

<Mais je trouve toujours que tu es vraiment vieille.>

C'est dégueulasse !! C'est absolument contre les règles de… de… J'ai envie d'appeler la police ! Il devrait y avoir une sorte de médiateur suprême des rencontres qui légifère contre ce genre de choses, non ?

Un autre SMS est arrivé. J'ai regardé fixement mon téléphone comme s'il s'agissait d'une créature dans un film sur les extraterrestres. J'ignorais ce qu'il allait bien pouvoir faire. Peut-être se transformer en monstre ou en gentil petit lapin. J'ai ouvert le texto.

<Je plaisante, Jonesey, je plaisante. *Il se cache*>

J'ai jeté des regards apeurés à droite et à gauche. Un autre « ping ».

<Je repense à la soirée curry/tourte au poulet, et avec des regrets, depuis 3 semaines, 6 jours et 15 heures, ce qui, si tu vérifies dans un almanach, peut se définir comme un mois. Je ne savais plus du tout où j'en étais. Et j'étais torché. Pardonne-moi. Tu fais plus jeune et tu l'es plus dans ta tête que toutes les femmes que j'ai jamais connues (y compris ma nièce, qui a trois ans). Tu me manques.>

Qu'est-ce qu'il disait ? Entendait-il par-là que, tout bien réfléchi, il voulait être avec moi ? Mais moi, est-ce que je voulais être avec lui ?

<Jonesey ?>

<Oui, Roxster ?>

<Est-ce que tu accepterais au moins de déjeuner avec moi ?>

Roxster : <Ou de dîner ?>

Autre SMS : <Ou de préférence les deux ?>

Me sont alors brusquement revenus à l'esprit tous les dîners et après-dîners délicieux que nous avions passés ensemble et j'ai dû me retenir de répondre : <Et de petit-déjeuner ?>

Tom avait peut-être raison. Roxster ne me considérait peut-être pas comme une vieille peau pathétique et à jeter. J'ai envoyé le message suivant :

<Tais-toi, stp. Suis en train de regarder par la fenêtre pour voir passer milliardaires du Net portant chaussures de marche.>

<Je viens leur casser la gueule.>

<Est-ce que j'aurais besoin d'être présente au déjeuner ou au dîner, ou la nourriture te suffit ?>

<On peut se retrouver sans manger si tu veux.>

Du JAMAIS-VU. Il devait être vraiment sérieux. J'avais besoin de temps pour digérer ça.

« Ping. »

<Si tu as besoin de temps pour digérer, si tu me pardonnes le jeu de mots, j'attendrai.>

Et un autre :

<Peut-être juste un paquet de chips ?>

J'allais répondre : <Ou des mendiants ?>

Mais j'ai eu peur qu'il n'y voie une allusion et ne croie que je le trouvais trop demandeur.

Alors, de nouveau, j'ai tapé la simple vérité.

<Ça me ferait plaisir. Tant que tu promets de ne pas péter.>

Retour de flamme

Jeudi 11 juillet 2013
Jours de soleil consécutifs : 11 ; gouttes de pluie tombées sur ma tête : 0 (incroyable).

14 : 00. Chaleur torride. Enfin ! Personne n'en revient. Tout le monde est dans les rues à sécher le travail, à boire, avec une seule idée en tête : baiser, et à se plaindre qu'il fait trop chaud.

Roxster et moi avons repris nos habitudes d'échanges de SMS, et il a été adorable, malgré les mises en garde de Talitha contre le fait de renouer avec quelqu'un qui vous a larguée. Et malgré celles de Tom concernant ces gens pour qui c'est « tout dans le texto et rien dans le pantalon », et ses avertissements professionnels me prédisant que je ne pouvais attendre de l'avenir que des messages mitigés, et me demandant si j'avais réfléchi à ce que je voulais vraiment hormis un échange sans fin de textos et des séances de baise sporadiques ?

Roxster s'est expliqué à propos du curry et de son retard le soir de la rupture. Il m'a dit qu'il n'avait pas partagé un curry avec ses collègues (ce dont je me doutais depuis le début). En fait, il était seul, à s'empiffrer de poulet korma et de popadums, le tout arrosé de bière, parce qu'il ne savait plus où il en était, et qu'il avait soudain pris peur à l'idée de devenir petit ami officiel et figure paternelle. Puis, quand il m'avait fait son discours de rupture, j'avais paru le prendre parfaitement, comme si j'étais soulagée et ravie de rompre. Après, il n'avait plus su quoi faire. Et il est gai, charmant et léger ; il vaut tellement mieux que ces cavaleurs mariés. Nous avons rendez-vous samedi pour une balade à Hampstead Heath.

Ça alors !

Samedi 13 juillet 2013

15:00. Préparatifs frénétiques. Il a fallu que je m'occupe de maman, qui emmène Mabel et Billy prendre le thé chez Fortnum & Mason (bonne chance sur ce coup-là, maman). « Ah tiens, Mabel porte des leggings... Où mets-tu tes passoires ? »

Je suis sortie en vitesse chercher de la cire dépilatoire et du vernis pour mes ongles de pieds, je me suis lavé les cheveux et j'ai enfilé la robe vaporeuse et transparente du concert de fin d'année ; puis je me suis dit que c'était un mauvais karma et je l'ai changée contre une robe rose pâle, non transparente. Après quoi, j'ai reçu un texto de Farzia me demandant si Billy et Jeremiah allaient au foot demain, parce que Bikram ne voulait pas y aller sans eux ; puis impossible de retrouver mes claquettes, et je ne pouvais pas mettre mes autres sandales parce qu'elles auraient esquinté le vernis de mes ongles de pieds. Je suis finalement arrivée au pub avec deux minutes d'avance et me suis précipitée aux toilettes pour m'assurer que je n'étais pas maquillée à la truelle comme Barbara Cartland. Enfin je me suis assise dans le jardin, sous ce fabuleux soleil, telle une déesse du calme et de la lumière détendue et ponctuelle. Au moment où Roxster est apparu, une mouette m'a chié sur l'épaule.

C'était un bonheur de voir Roxster, superbe en polo bleu vif, de se tordre de rire à nouveau à propos de la mouette, et de s'amuser tout simplement comme deux gamins en goguette, mais en plus sexy. Nous avons bu deux bières, Roxster s'est commandé à manger, et il a essayé à plusieurs reprises d'enlever la crotte de mouette de ma robe. Et j'étais vraiment très... heureuse.

Après quoi, nous sommes partis nous promener. Hampstead Heath était noir de gens qui étaient venus jouir du soleil en se plaignant de la chaleur, d'amoureux dans les bras l'un de l'autre ; et je faisais partie des couples, puisque je marchais bras dessus, bras dessous avec Roxster. Quand nous sommes arrivés à une clairière mouchetée de soleil, nous nous sommes assis sur un banc où nous avions nos habitudes. Roxster a plaisanté sur les petits points rouges laissés sur mes jambes par l'épilation à la cire, puis il est redevenu sérieux. Et il a commencé à me dire qu'il avait bien réfléchi et que s'il avait vraiment, vraiment envie d'avoir des enfants à lui, s'il pensait vraiment, vraiment qu'il devrait être avec quelqu'un de son âge, et s'il se demandait ce que diraient ses amis et sa mère, il était persuadé qu'il ne trouverait jamais quelqu'un avec qui il s'entendrait aussi bien qu'avec moi. Et il ne voulait pas faire les choses à moitié, mais aller jusqu'au bout, grimper aux arbres sur Hampstead Heath et être un père pour Billy et Mabel.

Je l'ai regardé fixement. J'adorais Roxster, j'adorais sa beauté, sa jeunesse, son côté sexy ; mais plus encore, j'adorais la personne qu'il était, et ce qu'il représentait. Il était drôle, équilibré, léger, gentil, il avait du bon sens, il était émotif, mais savait se dominer. Mais j'avais vingt et un ans, à sa naissance. Si nous étions tous les deux nés à la même époque, comment savoir ce qui se serait passé ? Ce que je savais en le regardant, c'est que je ne voulais pas gâcher sa vie. Mes enfants étaient sans l'ombre d'un doute ce qui m'était arrivé de plus beau, et je ne voulais pas le priver de cette expérience-là.

Et surtout, je soupçonnais Roxster, malgré sa bonne foi en me faisant cette proposition, de ne pas pouvoir tenir la longueur. Il essaierait, mais dans une semaine, six semaines ou six mois, il aurait de nouveau une crise d'incertitude et recommencerait à flipper. Et voyez-vous, quand on atteint l'âge avancé de, euh, trente-cinq ans, on ne veut plus connaître ces angoisses ni ces montagnes russes de la souffrance ; je ne pourrais plus les supporter.

De plus, je ne VOULAIS PAS être comme Judi Dench avec Daniel Craig à la fin de *Skyfall*. La différence d'âge entre eux devait être la même que celle entre Roxster et moi. Mais dans *Skyfall*, quand on y pense, c'est Judi Dench qui est la vraie James Bond Girl, et non la fille frisée sans personnalité qui a décidé (par un curieux retournement antiféministe) qu'elle voulait vraiment être Moneypenny. C'était Judi Dench que Daniel Craig aimait vraiment, c'était elle qu'il finissait par porter à travers la fusillade. Seulement voilà : est-ce que Daniel Craig aurait fait l'amour avec Judi Dench ? Je veux dire, si elle n'était pas morte ? Imaginez la belle scène de sexe superbement éclairée, avec une Judi Dench fabuleuse en combinaison de soie noire de Princesse tam.tam. Alors là, ça aurait eu de la gueule comme message féministe...

« Jonesey. Allô la Terre, ici la Lune ? »

J'ai reporté mon regard sur Roxster, qui avait mis un genou à terre. Comment avais-je pu avoir la grossièreté de regarder si longtemps dans le vague alors que... Mon Dieu, il était tellement, tellement beau, mais...

« Roxster, ai-je bégayé, tu n'es pas vraiment sérieux, hein ? Tu n'y arriveras pas, tu sais. »

Roxby McDuff a eu l'air pensif un moment, puis il a eu un rire triste, s'est relevé et a secoué la tête.

« Non, Jonesey, tu as raison, je n'y arriverai pas. »

Alors nous nous sommes étreints, avec désir, avec bonheur, avec tristesse, avec tendresse. Mais je savais que cette fois-ci, les jeux étaient faits. C'était bel et bien fini.

Quand nous nous sommes dégagés, j'ai ouvert les yeux et vu par-dessus l'épaule de Roxster Mr. Wallaker, figé, qui nous regardait fixement.

Il a croisé mon regard, l'air impénétrable, n'a rien dit et, comme à son habitude, s'est simplement éloigné à grands pas.

Pendant mon trajet de retour, alors que je nageais en pleine confusion, entre la tristesse, les remords d'avoir laissé partir ce à quoi je tenais, et le choc d'avoir rendu Mr. Wallaker témoin d'une scène qui pouvait se lire comme un pacte mais était en réalité une rupture, j'ai éprouvé ce sentiment qui vous envahit quand... j'ai senti que... qu'une fois encore, au moment de la séparation, je n'avais pas... qu'il faut absolument dire à l'autre que... et à ce moment-là, mystérieusement, le signal d'un SMS a retenti.

<Jonesey ?>

<Oui, Roxster ?>

Roxster : <Je voulais juste te dire que je ne cesserai jamais de te K>

Moi : <I ?>

Roxster : <F>

Moi : <F>

Roxster : <E>

Moi : <R.>

Roxster : <Et toi ?>

Moi : <Pareil.>

Roxster : <T>

Moi : <G>

Roxster : <B>

Moi : <X>

Je ne cesserai jamais de te kiffer. Et toi ? Pareil. Très Gros Baiser (ou peut-être Burger).

J'ai attendu. Allait-il me laisser le soin de mettre le point final ? « Ping » !

<Je voulais dire bouffer, pas kiffer, tu l'as compris.>

Une nouveau « ping » !

<Non, ce n'est pas vrai. Et si, toujours. Ne réponds pas. XX>

Roxby McDuff. Gentleman jusqu'au bout.

Résignation

Samedi 13 juillet 2013 (suite)

Quand je suis rentrée, il restait une heure avant le retour de maman avec les enfants. Finalement, je me suis assise dans un fauteuil avec une tasse de thé. Alors je me suis fait une raison et j'ai accepté la situation. C'était vraiment fini avec l'adorable, le délicieux Roxster. J'étais triste, mais c'était comme ça. Je ne pouvais pas continuer à jongler comme je l'avais fait. Je ne pouvais pas réécrire un scénario sur une Hedda Gabler modernisée vivant sur un yacht à Hawaï puis relocalisée à Stockholm par six personnes différentes. Je ne pouvais pas faire des rencontres sur Internet avec des gens bizarres. Je ne pouvais pas garder présent à l'esprit cet organigramme dément d'emploi du temps, de Zombie Apocalypse et de fêtes des peluches, m'habiller dans le style *Grazia*, en essayant d'avoir dans le même temps un petit ami, un travail et d'être une mère, tout en étant confrontée aux avances de profs mariés qui essayaient de me rouler des pelles et de me déstabiliser. Je me suis efforcée de ne plus me dire que je devrais faire ci et ça. Regarder mes e-mails, me connecter à OkCupid, lire la dernière réécriture délirante des *Feuilles sur son yacht*. Je suis restée là, assise, et j'ai pensé : « Ça va comme ça. Il y a les enfants. Il y a moi. On laisse couler les jours. » Je ne me sentais pas triste, au fond. Je n'arrivais pas à me souvenir de l'impression que cela faisait de ne rien avoir de programmé. De ne pas avoir à courir après une seconde de rab. Ou à savoir pourquoi le frigo faisait ce bruit.

J'aimerais pouvoir dire que cela a produit un effet extraordinaire. Mais non, rien de tel en réalité. Mes fesses ont probablement grossi. Mais j'ai eu l'impression d'y voir un peu plus clair dans ma tête. L'impression que ce qui comptait maintenant, c'était de trouver un peu de paix.

J'ai cligné des yeux et me suis dit : Il faut que j'agisse avec douceur à présent. L'heure est à la douceur. Peu importent les autres, ce qui compte, c'est nous trois : Billy, Mabel et moi. Sentir le vent dans nos cheveux. La pluie sur nos visages. Les voir grandir sans en perdre une miette. Ils seront si vite partis.

Le regard perdu dans le vide, l'humeur un peu mélodramatique, j'ai pensé « Je suis courageuse, mais seule », avant de me rendre compte que le téléphone cancanait quelque part. Mais où ?

J'ai fini par le retrouver dans les toilettes d'en bas et j'ai sursauté, alarmée, en voyant une série de SMS de Chloe.

<Viens d'avoir un appel de votre maman. Votre téléphone est débranché ? Ils se sont fait virer de chez Fortnum.>

<Elle voudrait que vous veniez. Elle a oublié la clé et Mabel pleure.>

<Elle essaie de trouver Hamleys[1], mais ils sont perdus.>

<Est-ce que vous recevez mes textos ?>

---

1. Grand magasin de jouets de Regent's Street.

<OK. Je lui ai dit de prendre un taxi et je les retrouverai à la maison avec la clé.>

À ce moment précis, on a sonné. J'ai ouvert : sur le seuil se tenaient maman, Billy et Mabel. Les enfants pleuraient ; ils avaient chaud, transpiraient et étaient barbouillés de gâteau.

J'ai fait descendre tout le monde, ai branché la télé et l'ordinateur et installé maman devant une tasse de thé. On a sonné à nouveau.

C'était Chloe qui (du jamais-vu) était en larmes.

« Chloe, je suis désolée, ai-je dit. J'avais débranché mon téléphone un petit moment, juste le temps de... faire quelque chose et j'ai raté tous vos...

— Ce n'est pas ça, a-t-elle gémi. C'est Graham. »

Ce qui s'était passé, c'est que Chloe et Graham avaient loué une barque pour naviguer sur le lac de la Serpentine à Hyde Park ; Chloe avait préparé un impeccable pique-nique avec des assiettes en porcelaine et des couverts. Et Graham avait annoncé : « J'ai quelque chose à te dire. »

Bien entendu, Chloe avait cru que Graham allait lui demander de l'épouser. Au lieu de quoi, il lui avait annoncé qu'il avait rencontré quelqu'un à Houston sur CelibéLib.com et s'était fait muter au Texas pour vivre avec elle.

« Il a dit que j'étais trop parfaite, a-t-elle sangloté. Je ne suis pas parfaite. C'est juste que j'ai l'impression qu'il faut que je fasse croire que je le suis. Et vous non plus, vous ne m'aimez pas parce que vous croyez aussi que je suis trop parfaite.

— Oh non, Chloe, pas du tout ! Vous n'êtes pas parfaite, ai-je dit en la prenant dans mes bras.

— Non ? » a-t-elle demandé. Elle me regardait avec des yeux pleins d'espoir.

« Non, enfin si, ai-je bafouillé. Ce que je veux dire, c'est que vous n'êtes pas parfaite, même si vous êtes super. Et puis… » J'ai soudain senti une bouffée d'émotion monter en moi : « … je sais bien que les mères actives des classes moyennes disent toujours ça, mais je ne sais pas ce que je ferais si vous n'étiez pas là pour m'aider, parce que vous êtes une fille parf… – je veux dire, une fille super. En fait, je suis soulagée de voir que tout n'est pas complètement parfait dans votre vie. Cela dit, je suis consternée de voir que ce TARÉ de Graham a été assez CON pour…

— Moi qui croyais que je ne vous plairais que si j'étais parfaite !

— Non, vous me FAISIEZ PEUR avec votre perfection, parce que du coup, je me sentais au-dessous de tout.

— Mais moi je pense toujours que C'EST VOUS qui êtes parfaite !

— Maman, on peut aller dans notre chambre ? Grand-mère est bizarre, a déclaré Billy en surgissant de l'escalier.

— Grand-mère a une queue, a ajouté Mabel.

— Billy, Mabel ! s'est exclamée Chloe d'un ton ravi. Je peux les emmener en haut ?

— Parfait, je descends m'occuper de grand-mère. Voir si une queue lui est poussée », ai-je dit en jetant un regard sévère à Mabel, et en ajoutant pour rassurer Chloe : « Vous n'êtes pas parfaite.

— C'est vrai ? Vous ne dites pas ça pour me faire plaisir ?

— Non, vraiment. Pas parfaite du tout.

— Oh, merci ! s'est-elle exclamée. Vous non plus ! » Et elle a monté l'escalier avec les enfants, l'image même de la perfection.

Je suis descendue dans la cuisine et j'ai retrouvé maman qui, si elle avait une queue, la cachait bien sous sa robe-manteau, et cherchait dans tous les placards en claquant les portes : « Mais où ranges-tu la passoire à thé ?

— J'utilise des sachets, ai-je ronchonné.

— Des sachets. Je te demande un peu ! Dis donc, tu aurais pu laisser ton téléphone branché. C'est la moindre des choses quand on a des enfants qui ne savent pas se tenir. Qu'est-ce que tu as sur ton épaule ? Tu es sortie avec cette robe-là ? L'ennui, avec le rose chair, c'est que ça peut te donner mauvaise mine, tu sais. »

J'ai fondu en larmes sous son nez.

« Allons, Bridget, reprends-toi. Il faut aller de l'avant. Tu ne peux pas... tu ne peux pas... tu ne peux pas... tu ne peux pas... »

J'ai vraiment cru qu'elle ne s'arrêterait jamais de dire « Tu ne peux pas », mais elle aussi a fondu en larmes.

« Tu ne m'aides pas, ai-je sangloté. Tu penses que je suis nulle. Tu essaies toujours de me changer, tu penses que j'ai toujours tout faux et tu voudrais me faire porter d'autres... COULEURS », me suis-je lamentée.

Maman a brusquement reniflé, s'est arrêtée et m'a regardée, les yeux écarquillés.

« Oh, Bridget, pardon, a-t-elle dit d'une voix à peine audible. Je te demande pardon. Pardon ! »

Elle s'est avancée maladroitement, s'est agenouillée devant moi, m'a entourée de ses bras et attirée contre elle. « Ma petite fille. »

C'était la première fois que je sentais le contact des cheveux crêpés de maman. C'était râpeux, presque compact. Elle ne semblait pas se soucier de les écraser pendant qu'elle me tenait dans ses bras. Je me sentais vraiment bien : j'aurais voulu qu'elle me donne un biberon de lait chaud ou autre chose du même genre.

« C'était tellement horrible. Ce qui est arrivé à Mark. Je ne supportais pas d'y penser. Tu te débrouilles tellement... Oh, Bridget. Papa me manque. Il me manque tellement, tu n'imagines pas. Seulement voilà, il faut... continuer... il faut continuer à mettre un pied devant l'autre. C'est la moitié de la bataille gagnée, déjà.

— Non ! ai-je gémi. Ça n'est qu'un replâtrage.

— J'aurais dû... Papa disait TOUJOURS... "Laisse-la donc tranquille." Il me le répétait tout le temps. Seulement mon problème, c'est qu'il faut toujours que je me mêle de tout, je veux que tout soit parfait et ÇA NE L'EST PAS ! a-t-elle sangloté. Enfin, je ne parle pas de toi, parce que toi, tu te débrouilles très bien... Oh, où ai-je mis mon rouge à lèvres ? Et Paul, tu sais, Paul – le chef pâtissier de St. Oswald ? Il m'apportait toujours des petites gourmandises salées... il m'emmenait à la cuisine, et je m'étais imaginé que... Seulement je me rends compte que c'est un... »

Là, je me suis mise à rire. « Oh, maman, dès que je l'ai vu, j'aurais pu te dire que Paul était gay.

— Mais ça n'existe pas, gay, ma chérie. C'est juste de la PARESSE et... »

Billy est apparu dans l'escalier. « Maman, Chloe est en train de pleurer là-haut. Oh ! » Il nous a regardées, perplexe. « Pourquoi est-ce que tout le monde pleure ? »

Maman, Chloe et moi nous sommes retrouvées autour de la table de la cuisine, pour partager nos expériences, un peu comme à une réunion des Alcooliques anonymes, pendant que Billy jouait à la console et que Mabel trottinait dans tous les sens, nous tendant des Cucureuils Sylvanian, des feuilles du jardin et en nous tapotant gentiment le dos. On a sonné encore une fois. C'était Daniel, l'air égaré, un sac de voyage à la main.

« Jones, ma chère amie, je viens d'être libéré de l'asile pour alcoolos et je suis retourné à l'appartement, mais… En fait, je ne veux pas être seul, Jones. Est-ce que tu pourrais me laisser entrer une minute dans ton bouge, histoire d'être en compagnie d'un être humain que je ne vais pas essayer de sauter ?

— D'accord », ai-je répondu en essayant de mettre en veilleuse ma sensibilité un peu à vif et de ne pas me sentir offensée. « Mais il faudra me PROMETTRE de ne pas essayer de sauter Chloe. »

Comme moment de vie sociale, la soirée a été bizarre, mais je crois que tout le monde y a pris plaisir. Lorsque Daniel en a eu terminé avec Chloe, elle s'imaginait être Charlize Theron et considérait que Graham n'était pas digne de toucher l'ourlet de sa robe – ce qui est vrai en tout état de cause. Et maman, qui faisait un câlin à Mabel en partageant avec elle les pastilles de chocolat – une pour moi, une pour toi – tout en lampant du vin rouge sans prêter attention aux taches dont elle était couverte, s'habituait petit à petit à l'idée de Kenneth Garside. « C'est vrai qu'il est tout à fait charmant, ce Kenneth. C'est juste qu'il a vraiment de GROS besoins sexuels. »

Et Daniel, qui disait « Mais enfin, qu'est-ce que vous avez contre ça, Mrs Jones ? », s'est avéré excellent à la console. Seulement à la fin il a tout gâché, dans l'entrée, en passant la main sous la jupe de Chloe. Je veux dire, en lui mettant carrément la main au cul.

Quatrième Partie

LE GRAND ARBRE

Un été fun

Samedi 31 août 2013
*60 kg (toujours ! Miracle) ; amoureux : 0 ;
enfants : 2 (adorables) ; amis : des tas ; pauses-
vacances : 3 (en comptant le week-end) ; scénarios
commandés : 0 ; possibilités de commande de scénario : vague ; jours avant la reprise de l'école : 4 ;
chocs majeurs : 1.*

J'ai eu un été super. J'ai appelé Brian,
l'agent, et lui ai demandé de me libérer du projet *Les Feuilles dans ses cheveux*. Il a ri et m'a
demandé : « Pourquoi avez-vous mis si longtemps
à vous décider ? » Et il pense que nous devrions
essayer d'exploiter ma nouvelle idée de scénario,
Le temps s'est arrêté ici, une adaptation de *La
Promenade au phare*, de Virginia Woolf, en plus
structuré, où Mrs Ramsay a une liaison avec un
ami de son fils James, et qui a pour cadre un
complexe de vacances aménagé dans d'anciens
phares et maisons de gardes-côtes. (Je l'ai découvert dans une brochure présentant des Retraites
rurales.)

Magda et Jeremy nous ont invités une semaine
à Paxos, où il y avait beaucoup d'autres amis avec
enfants. Woney, qui s'est fait faire une liposuccion,
se pavanait en maillots de bain de couleurs vives et

sarongs assortis, faisant virevolter ses extensions et effrayant Cosmo. Si Rebecca et ses enfants étaient partis en tournée avec Jake, il y a eu des rendez-vous arrangés avec Jeremiah et sa mère, Farzia et Bikram, Cosmata et Thelonius. Et nous avons essayé de faire quelque chose pour le jardin, autrement dit, nous avons planté trois papyrus.

Nous sommes partis trois jours dans un petit cottage de Devon avec maman, et cela s'est très bien passé. Maman vient souvent, simplement pour faire des gâteaux ou autre chose avec Billy et Mabel ; elle ne critique plus ma façon de tenir ma maison ni d'élever mes enfants et nous apprécions tous beaucoup ses visites. Elle les invite aussi à aller chez elle, ce qu'ils adorent, même si ça arrive un peu tard, vu que maintenant, je n'ai plus personne avec qui m'envoyer en l'air dans la maison vide.

Mais j'essaie de me tenir debout comme un grand arbre et de me reprendre en main après l'épisode Roxster – l'Amour qui ne pouvait pas Êêêêtre ! pour citer l'expression mélodramatique qu'utilisent Tom et Arkis quand ils en parlent – et d'être simplement heureuse à l'idée que même si jamais plus personne ne m'aime ni ne me saute, au moins je sais que ce n'est pas complètement inenvisageable.

Mais maintenant, je m'inquiète de plus en plus à l'idée de retourner à l'école, de faire face à des devoirs variés qui dépasseront mes compétences, à la journée où il faut penser aux protège-tibias, à celle où il faudra donner l'objet pour l'exercice du « montre et raconte[1] ». Et ce qui m'inquiète

---

1. Activité classique dans les écoles primaires anglo-saxonnes du monde entier : il s'agit d'apporter à l'école un objet de la

encore davantage, c'est que je repense à toutes mes rencontres avec Mr. Wallaker – l'épisode de l'arbre, la neige, la Journée Sportive, le Botox, le concert –, à toutes ses tentatives pour se montrer gentil avec moi, et je me sens sotte. Peut-être n'essayait-il pas seulement de me mettre en état d'infériorité. Peut-être me manifestait-il réellement des égards. MAIS IL EST MARIÉ, BORDEL ! Même si sa femme est une alcoolo refaite du front au menton. Et il a des enfants. Qu'est-ce qui lui a pris le jour où il a failli m'embrasser, me laissant complètement déstabilisée ? Je lui en ai donné pour son grade, et maintenant, il me prend pour une cougar futile, syphilitique, grande consommatrice de capotes, et nous allons devoir nous retrouver tous les jours face à face à l'école.

16:00. Suis passée voir Rebecca, qui est rentrée de sa tournée, et lui ai raconté tout le malentendu avec Mr. Wallaker, le concert de fin d'année et la rencontre à Hampstead Heath.

« Hum, a-t-elle dit. Tout ça n'est pas cohérent. *Lui* non plus, il ne l'est pas. Tu n'as pas une photo ? D'autres infos ? »

J'ai déroulé les menus de mon téléphone et trouvé une photo prise au concert, où Mr. Wallaker accompagnait Billy au piano.

J'ai regardé Rebecca, en arrêt devant la photo, les sourcils légèrement froncés. Elle en a regardé quelques autres.

---

maison et d'expliquer aux autres élèves dans quelles circonstances il y est arrivé, à quoi il sert, etc., le but du jeu étant d'apprendre aux enfants à s'exprimer en public.

« C'est Capthorpe House, hein ? Où il y a des concerts et autres ?

— Oui.

— Je sais exactement qui c'est. Il n'est pas professeur. »

Je l'ai regardée, consternée. Seigneur. C'était *effectivement* un tordu.

« Il joue un peu de jazz au piano ? »

J'ai hoché la tête.

Elle est allée prendre une bouteille de vin rouge dans le placard, délogeant légèrement les feuilles de vigne en plastique enroulées dans ses cheveux.

« Il s'appelle Scott. Il était en fac avec Jake.

— C'est un musicien ?

— Non. Oui. Non. » Elle m'a regardée. « Il joue pour le plaisir. Il a fait carrière dans le SAS[1]. »

Les Forces spéciales de l'armée ! C'était James Bond ! Voilà qui expliquait bien des choses. Sa façon de faire marcher les élèves au pas ; de faire sauter Billy de l'arbre, roulé en boule, le réflexe du revolver lors de la Journée Sportive. Bond !

« Quand a-t-il commencé à enseigner à l'école ?

— L'an dernier. En décembre, je crois.

— Je parie que c'est lui. Il est allé à l'Académie royale militaire de Sandhurst, puis a pas mal vécu à l'étranger, mais Jake et lui sont restés en contact à la façon des mecs : en pointillé. Jake l'a rencontré par hasard il y a quelques mois. Il avait été en Afghanistan, où il a vécu une sale histoire. Il a dit qu'il était rentré et voulait "mener une vie simple". » Rebecca s'est soudain mise à

---

1. Special Air Service.

476

rire. « Il s'imagine qu'enseigner dans une école privée anglaise, c'est "mener une vie simple" ? Est-ce qu'il a vu ton organigramme des activités journalières ?

— Et il est marié ?

— Si c'est lui, non. Il a deux fils, qui sont en pension, c'est ça ? Il a été marié, mais c'est fini. Sa femme était un cauchemar.

— Elle s'est vraiment fait refaire… ?

— Tu parles ! Un vrai panier percé – fringues, déjeuners de bienfaisance, toutes ces conneries –, et une accro de première à la chirurgie esthétique. Quand il est parti à l'étranger, elle a commencé à coucher avec son coach personnel, a demandé le divorce et a tout fait pour qu'il se retrouve en chemise. Le manoir de Capthorpe Hall est la propriété de famille. Je crois qu'elle a dû essayer de revenir avec lui maintenant qu'elle ressemble à Jocelyne Wildenstein ! Je demanderai à Jake. La prochaine fois que je le verrai. »

Le chemin de l'école

Vendredi 13 septembre 2013
Minutes de retard à l'école : 0 (mais seulement parce que j'essaie de faire bonne impression à Mr. Wallaker) ; conversations avec Mr. Wallaker : 0 ; secondes où j'ai croisé le regard de Mr. Wallaker : 0.

21 : 15. Il semble que Rebecca ne se soit pas trompée. Et si je n'ai soufflé mot de tout ça à personne (sauf à Talitha, Jude et Tom, évidemment), on sait maintenant que Mr. Wallaker n'est pas marié. Ce qui est épouvantable, parce que ça a déclenché la curée. Tout le monde essaie de lui fourguer une amie célibataire. Farzia m'a même proposé de me pousser pour que je lui tombe dessus, mais ça ne servirait à rien. Même si mon cœur s'accélère quand je le vois sur les marches de l'école, il ne s'approche plus de moi. Nous ne le rencontrons plus sur Hampstead Heath. La magie a disparu. Et tout est de ma faute.

Mr. Wallaker est chargé de tout un tas de choses à l'école : sport, échecs, musique, animation pastorale. On dirait Russell Crowe dans *Gladiateur*, quand il était esclave et avait organisé les autres esclaves en armée, si bien qu'ils avaient vaincu les Grecs et les Romains. C'est comme lorsqu'on lâche des fourmis dans n'importe quelle situation. Elles agissent toujours en fourmis. Si l'on prend quelqu'un de compétent et qui a du sang-froid, il réagira avec compétence et sang-froid n'importe où. Et on lui présentera toutes les femmes disponibles à la ronde. Sauf moi.

Vendredi 27 septembre 2013
21:45. « C'est toi qu'il aime », a dit Tom, à son quatrième mojito au York & Albany.

« Écoute, on peut parler d'autre chose que de ce foutu Mr. Wallaker ? ai-je marmonné. J'ai accepté ma vie telle qu'elle est. Tout va bien. On est tous les trois. On n'a pas de soucis d'argent. Je ne me sens plus seule. Je suis un grand arbre.

— Et *Les Feuilles dans ses cheveux* va être produit ! a dit Jude, encourageante.

— Ce qu'il en reste, ai-je répondu sombrement.

— En tout cas, tu seras à la première, ma puce, a dit Tom. Tu y rencontreras peut-être quelqu'un.

— Si je suis invitée.

— S'il ne t'appelle pas, s'il ne t'envoie pas de SMS, il n'est peut-être pas si accro que ça », a dit Jude, ce qui ne m'a pas franchement aidée.

« Mais Mr. Wallaker ne l'a jamais appelée et n'a jamais envoyé de texto, a rétorqué Tom d'une voix pâteuse. De qui parlons-nous, hein ?

— On ne pourrait pas changer de sujet ? Je ne suis pas fan de ce Mr. Wallaker, et il ne m'aime pas beaucoup non plus.

— Ah, mais ma chérie, tu lui as drôlement remonté les bretelles, a dit Talitha.

— Pourtant, ce qui se construisait, c'était du solide, a renchéri Tom.

— Quand il veut, il en veut, mais sinon, quel glaçon, a lâché Jude.

— Si tu demandais à Rebecca d'intervenir ? »
a suggéré Tom.

22 : 00. Ai fait un saut chez Rebecca. Elle a secoué
la tête. « Ça ne marche jamais, ce genre de truc.
Ils le sentent à trois kilomètres, comme un radar.
Laisse les choses se dénouer d'elles-mêmes. »

Dans la terrible jungle

Vendredi 18 octobre 2013
Nombre de fois où j'ai écouté Le lion est mort ce soir *: 45 (et ce n'est pas fini).*

21:15. Les auditions pour faire partie du chœur ont recommencé. Billy est au lit et chante *Le Lion est mort ce soir* en faisant « iiiioooooooooi iiiiiiiiiiiioooooooooooooooh » d'une voix haut perchée tandis que Mabel glapit : « Arrête, Billy, arrêêêêêêêêête ! »

Cette année, nous nous sommes entraînés à reconnaître les notes de musique. D'ailleurs, je me suis vraiment prise au jeu ce soir, en chantant *Do, ré, mi,* imitant Maria dans *La Mélodie du bonheur* (en fait, je connais toute la partition de *La Mélodie du bonheur* par cœur).

« Maman ? a dit Billy.

— Oui ?

— Tu peux arrêter, s'il te plaît ? »

Lundi 21 octobre
Nombre de fois où j'ai répété Le lion est mort ce soir *avant l'école : 24 ; heures passées à me demander avec angoisse si Billy serait accepté comme choriste : 7 ; nombre de fois où j'ai changé de tenue pour récupérer Billy après les*

auditions pour le chœur : 5 ; minutes d'avance pour récupérer Billy : 7 (bien, à ceci près que ce qui motivait ladite avance était le désir d'impressionner favorablement un amoureux potentiel inaccessible).

15 : 30. Sur le point de récupérer Billy et de connaître les résultats de l'audition. Suis sur le gril.

18 : 00. J'attendais déjà dans la cour de l'école avant que Billy sorte, ce qui est inédit. J'ai vu Mr. Wallaker apparaître sur le perron et regarder autour de lui, mais il m'a ignorée. J'étais vraiment déprimée à l'idée que maintenant qu'il était officiellement libre, il avait peur que toutes les femmes seules, moi y compris, le bouffent comme des piranhas.

« Maman ! » Billy est sorti, arborant le merveilleux sourire qui lui fendait le visage d'une oreille à l'autre. « J'ai été pris, j'ai été pris, je suis dans le chœur ! »

Folle de joie, je l'ai entouré de mes bras, ce sur quoi il a grogné « Lâche-moi » comme un adolescent, jetant un coup d'œil inquiet du côté de ses copains.

« On va fêter ça ! ai-je dit. Je suis si fière de toi ! Si on allait chez... McDonald's !

— Bravo, Billy ! » C'était Mr. Wallaker. « Tu as travaillé et tu as réussi. Un bel effort.

— Hum ! » ai-je dit, pensant que c'était peut-être l'occasion de m'excuser et de m'expliquer, mais il s'est éloigné, me laissant pour tout vis-à-vis son insolent petit cul.

Du coup, j'ai mangé deux Big Mac avec des frites, et bu un double milk-shake au chocolat avec un beignet au sucre.

Quand il veut, il en veut, mais sinon, quel glaçon. Enfin, on peut toujours se consoler avec la bouffe.

Soirée de parents d'élèves

Jeudi 5 novembre 2013
21 : 00. Hmmm. Peut-être que ce n'est pas qu'il ne veut pas. Je veux dire, peut-être qu'il n'est pas si glaçon que ça. Suis arrivée à la réunion des parents d'élèves un poil en retard, admettons, et ai vu que la plupart d'entre eux s'apprêtaient à partir et que le professeur principal de Billy, Mr. Pitlochry-Howard, était en train de regarder sa montre.

Mr. Wallaker est entré à grands pas, les bras chargés de dossiers. « Ah, Mrs Darcy, vous vous êtes décidée à venir, finalement ?

— J'avais… une réunion », ai-je dit d'un ton un peu pincé (même si, ce que je ne m'expliquais pas, personne n'avait encore convoqué de réunion à propos de *Le temps s'est arrêté ici*, mon adaptation de *La Promenade au phare*) et je me suis installée avec un sourire mielleux devant Mr. Pitlochry-Howard.

« Alors, comment va Billy ? » a demandé Mr. Pitlochry-Howard avec sollicitude. Une attitude qui me gêne toujours. Parfois, c'est agréable de penser que les gens éprouvent un véritable intérêt, mais dans ma paranoïa, je me suis imaginé qu'il voulait dire qu'il y avait un problème avec Billy.

« Il va très bien, ai-je dit, aussitôt hérissée. Comment est-il, je veux dire, à l'école ?

— Il semble très heureux.

— Et avec les autres garçons, tout va bien ? ai-je demandé d'un ton anxieux.

— Oui, oui, il est très bien intégré, très joyeux. Il lui arrive d'avoir des fous rires en classe, parfois.

— Ah oui, oui », ai-je dit, me souvenant que, quand j'étais petite, maman avait reçu une lettre de ma directrice où celle-ci se demandait si je n'avais pas un *problème* de fou rire pathologique. Heureusement, papa était intervenu et avait passé un savon au professeur – c'est peut-être une maladie héréditaire.

« Je crois qu'il ne faut pas trop s'inquiéter à propos des fous rires, a dit Mr. Wallaker. Mais il y avait un problème du côté de la langue, non ?

— Ah, l'orthographe..., a commencé Mr. Pitlochry-Howard.

— Encore ? a dit Mr. Wallaker.

— Ah, vous savez, il est encore très jeune, ai-je dit, prenant aussitôt la défense de Billy. Et puis, en tant qu'écrivain, j'estime que le langage est en évolution permanente, qu'il fluctue et qu'il est plus important de bien communiquer ce que vous voulez dire que de l'orthographier et de le ponctuer correctement. » Je me suis arrêtée un instant, me souvenant qu'Imogen, de Greenlight, m'avait accusée de mettre des signes de ponctuation fantaisistes ici et là, parce que je trouvais ça décoratif.

« Je veux dire, regardez "événement", par exemple. Ça s'écrit avec deux accents aigus. Et maintenant, à cause de la prononciation, on a le droit de mettre un accent grave sur le deuxième *e*. Et je remarque que sur les tests, vous l'orthographiez "événement", parce que c'est l'orthographe de l'ordinateur ! ai-je terminé triomphalement.

— Oui, "imbécilité" avec un seul *l*, a dit Mr. Wallaker. Mais pour l'instant, ce qui nous préoccupe, c'est que Billy doit réussir son test d'orthographe, sinon il aura l'impression d'être un vrai crétin. Alors vous pourriez peut-être réviser tous les deux quand vous montez la côte le matin quatre à quatre, juste après que la cloche a sonné ?

— Très bien, ai-je dit en le regardant par en dessous. Et comment rédige-t-il ? Je veux dire d'un point de vue créatif ?

— Eh bien, a dit Mr. Pitlochry-Howard, fouillant dans ses papiers. Ah oui. Nous lui avons demandé de décrire quelque chose de bizarre.

— Voyons voir », a dit Mr. Wallaker en mettant ses lunettes. Oh, Seigneur. Comme ce serait agréable de pouvoir tous les deux chausser nos lunettes à un rendez-vous sans être gênés.

« Vous avez dit "bizarre" ? » Il s'est éclairci la voix.

Maman

Le matin, quand on va réveyer maman, ses cheveux sont fous. Yark ! Ils sont completman en pétar ! Et puis elle dit que nous somme à l'armé et qu'il faut qu'on prépare notre paketage. Une, deux, une, deux, pas de panique ! Mais alors, super ratage ! elle a vercé le muesli dans la machine à laver et nous a donné du Persil. Mabel a été en retar à la maternelle, ils en étaient déjà à la pelle. Super ratage niveau 2. Elle dit Attend ! comme un policier français, à cause du livre sur les parans *franais, et maintenant, Mabel dit a à Salive, et elle dit aussi crottalor. Super ratage niveau 3 !! Quand maman travaille, elle tape et parle au téléphone en meme temps, et elle mache des nicoret. Quand j'ai été refusé pour le coeur l'an dernier, elle a dit que c'était pas un super ratage mais X Factor, et que la réucite serait pour l'année d'après. Et c'était vrai ! Après a, elle a retrouvé Puffle 2, qui était PD, porté disparu, et elle m'a fait un kalin mais quand je suis dessendu dans la nuit elle dansait toute seul... Killer Queen. Yark ! Aaaaargh !! Bizarre, très bizarre.*

Je me suis affaissée sur ma chaise, consternée. Est-ce ainsi que mes enfants me voient ?

Mr. Pitlochry-Howard, tout rouge, regardait fixement ses papiers.

« Eh bien, a repris Mr. Wallaker, comme vous dites, il fait très bien passer ce qu'il essaie de communiquer. Une image très vivante de... quelque chose de bizarre. »

J'ai croisé son regard posément. Il était dans une situation confortable, lui, hein ? Il avait été entraîné à donner des ordres, et il avait expédié ses fils en pension, si bien qu'il pouvait profiter tranquillement des vacances pour perfectionner leurs incroyables talents en musique et en sport tout en leur apprenant à écrire « ambiguïté » de façon correcte.

« Et le reste ? a-t-il demandé.

— Ma foi, ses notes sont très bonnes, en dehors de l'orthographe. Mais le travail à la maison est plutôt désorganisé.

— Voyons », a dit Mr. Wallaker en feuilletant le dossier des sciences et en prenant le devoir sur les planètes.

« "Écrivez cinq phrases contenant chacune un fait à propos d'Uranus." »

Il s'est interrompu. Brusquement, j'ai senti monter un fou rire.

« Il n'a fait qu'une phrase. Il y avait un problème avec la question ?

— Je crois que le problème était plutôt le nombre de faits à trouver à propos d'une zone galactique d'aussi peu d'intérêt qu'Uranus, ai-je dit, m'efforçant de contenir mon envie de rire.

— Ah vraiment ? Parce que vous trouvez Uranus sans intérêt ? » J'ai vu distinctement Mr. Wallaker réprimer un fou rire.

« Oui, ai-je réussi à articuler. S'il s'était agi de Mars, la fameuse Planète rouge, où plusieurs robots ont atterri ces temps derniers, ou même de Saturne, avec tous ses anneaux...

— Ou de Mars, avec ses deux satellites », est intervenu Mr. Wallaker, jetant un coup d'œil, je le jure, vers mes seins avant de regarder fixement ses papiers.

« Exactement, ai-je dit d'une voix étranglée.

— Mais, Mrs Darcy ! s'est exclamé Mr. Pitlochry-Howard, dont l'orgueil semblait blessé, je suis personnellement plus fasciné par Uranus que...

— Merci ! » ai-je lâché avant d'éclater de rire, incapable de me retenir davantage.

« Mr. Pitlochry-Howard, a dit Mr. Wallaker en reprenant son sérieux avec effort, je crois que nous nous sommes admirablement fait comprendre. Et, a-t-il ajouté à voix basse, je vois bien d'où vient la tendance de Billy au fou rire. Y a-t-il d'autres questions concernant son travail ?

— Non, non. Il a de très bonnes notes, s'entend bien avec ses camarades, il a un heureux tempérament. C'est un petit garçon super.

— Eh bien, tout ça, c'est grâce à vous, Mr. Pitlochry-Howard, ai-je dit, en vraie lèche-bottes. Toutes ces heures d'enseignement ! Je ne sais comment vous remercier. »

Puis, sans oser regarder Mr. Wallaker, je me suis levée et glissée hors de la salle.

Cependant, une fois dehors, je suis restée assise dans la voiture, me disant qu'il fallait que je retourne poser d'autres questions à Mr. Pitlochry-Howard à propos des devoirs à la maison. Ou peut-être, s'il était occupé, à Mr. Wallaker.

Quand je suis revenue dans la salle, Mr. Pitlochry-Howard et Mr. Wallaker étaient en conversation avec Nicolette et son élégant mari, qui lui avait posé une main réconfortante dans le dos.

On n'est pas censé écouter les entretiens des autres parents mais Nicolette avait une voix qui portait tellement qu'il était impossible de faire autrement.

« Je me demande si Atticus n'est pas un peu trop sollicité, a marmonné Mr. Pitlochry-Howard. On a l'impression qu'il a beaucoup d'activités à des clubs extra-scolaires, beaucoup de rendez-vous chez des amis. Et il est parfois un peu angoissé. Quand il croit ne pas avoir donné son maximum, il le prend très à cœur.

— Où est-il dans sa classe, a demandé Nicolette. Il est loin de la première place ? »

Elle a regardé le diagramme de la classe, sur lequel Mr. Pitlochry-Howard a aussitôt posé son bras. Elle a rejeté ses cheveux en arrière avec irritation. « Pourquoi ne sommes-nous pas informés de leurs performances ? Quel est leur classement ?

— Nous ne faisons pas de classement, Mrs Martinez, a répondu Mr. Pitlochry-Howard.

— Pourquoi ? » a-t-elle demandé, avec cette curiosité apparemment naturelle et suave qui masque un poignard brandi dans le dos de l'interlocuteur.

« Nous tenons à ce qu'ils donnent vraiment leur maximum, a répondu Mr. Pitlochry-Howard.

— Permettez-moi d'expliquer quelque chose, a dit Nicolette. J'étais P-DG d'une grande chaîne de clubs de fitness et santé qui s'est développée dans tout le Royaume-Uni et l'Amérique du Nord. Maintenant, je suis P-DG d'une famille. Mes enfants sont le produit le plus important, le plus complexe et le plus intéressant que j'aie jamais exploité. J'ai besoin de pouvoir évaluer leur progrès, leur place par rapport à leurs pairs afin de régler leur développement. »

Mr. Wallaker l'observait en silence.

« Une saine compétition existe entre les élèves, mais quand l'obsession du classement remplace le plaisir qu'ils prennent à telle ou telle matière... », a commencé Mr. Pitlochry-Howard non sans nervosité.

« Alors vous trouvez que les activités extrascolaires et les rendez-vous chez des amis sont pour lui des occasions de stress ? » a demandé Nicolette.

Son mari a posé la main sur son bras. « Ma chérie...

— Ces enfants ont besoin d'avoir des intérêts variés. Ils ont besoin de faire de la flûte, de l'escrime. Et de plus, je ne vois pas leurs activités sociales comme des "rendez-vous" pour jouer.

Ce sont des exercices qui développent leur esprit d'équipe.

— CE SONT DES ENFANTS, a grondé Mr. Wallaker. Pas des produits d'entreprise ! Ce dont ils ont besoin, ce n'est pas qu'on flatte en permanence leur ego, mais qu'on leur donne de l'assurance, de l'affection, de la gaieté, de l'amour, le sentiment de leur propre valeur. Ils ont besoin de comprendre qu'il y aura toujours – toujours – meilleur et moins bon qu'eux, et que le critère de leur valeur personnelle, c'est leur aptitude à accepter qui ils sont, ce qu'ils font et leur capacité de progrès.

— Pardon ? a dit Nicolette. Alors il ne sert à rien d'essayer ? Je vois. Dans ce cas, nous devrions peut-être regarder du côté de Westminster[1].

— Nous devrions regarder le type d'adultes qu'ils deviendront, a poursuivi Mr. Wallaker. Le monde d'aujourd'hui est dur. Ce qui est un vrai succès dans la vie d'adulte, ce n'est pas de gagner tout le temps, mais d'être capable de gérer l'échec. Savoir se relever après une chute sans perdre son optimisme ni se sentir entamé est un bien meilleur gage de succès ultérieur que le classement en CE1. »

Eh bien ça alors ! Mr. Wallaker s'était-il brusquement mis à lire *Bouddha, mode d'emploi* ?

« Le monde n'est pas dur si vous savez comment gagner, a ronronné Nicolette. Quel est le classement d'Atticus, s'il vous plaît ?

— Nous ne communiquons pas de classement, a dit Mr. Wallaker en se levant. Autre chose ?

----

1. Très ancienne *public school* londonienne où les garçons sont admis en pension dès l'âge de sept ans.

— Oui, son français », a poursuivi Nicolette, imperturbable. Et ils se sont tous assis à nouveau.

22 : 00. Peut-être Mr. Wallaker a-t-il raison quand il dit qu'il y a toujours meilleur et pire que vous. Je revenais à ma voiture quand une mère très chic et épuisée qui essayait de faire entrer trois enfants trop bien habillés dans sa voiture s'est soudain mise à hurler : « Clemency ! Putain de saloperie de gamine ! »

Cinquante nuances de vieillerie

Vendredi 22 novembre 2013
62 kg (retour fatal vers l'obésité) ; calories : 3 384 ; Coca Light : 7 ; Red Bull : 3 ; paninis jambon-fromage : 2 ; gymnastique : 0 ; mois depuis ma dernière teinture de racines : 2 ; semaines depuis ma dernière épilation de jambes : 5 ; semaines depuis ma dernière pose de vernis sur les ongles de pieds : 6 ; nombre de mois depuis mes dernières activités sexuelles : 5 (le temps de me refaire une virginité).

Je me laisse complètement aller – je ne fréquente plus ni la salle de sport, ni celle de méditation, ni le salon de coiffure pour me faire des brushings ou recouvrir mes racines ; je ne suis ni épilée, ni exfoliée, ni manu-pédicurée, ni habillée (et pire encore, jamais déshabillée), et je me goinfre pour compenser tout ça. Il faut que je fasse quelque chose.

Samedi 23 novembre 2013
15 : 00. Viens de sortir de chez le coiffeur où mes racines ont retrouvé leur splendeur juvénile. Je me suis trouvée aussitôt, à l'arrêt d'autobus, face à face avec une affiche de Sharon Osbourne et sa fille Kelly : Sharon Osbourne avec une chevelure auburn et Kelly, *grise*.

Je suis totalement perplexe. Est-ce qu'avoir l'air vieille est l'équivalent de la maxi-écharpe bohème aujourd'hui ? Vais-je devoir retourner chez le coiffeur pour demander qu'on me refasse des racines grises, et chez le Dr Botox pour qu'il me rajoute quelques rides ?

Je réfléchissais à la question quand j'ai entendu quelqu'un me dire : « Bonjour !

— Mr. Wallaker ! ai-je répondu en faisant coquettement bouffer mes cheveux rajeunis.

— Bonjour ! » Il portait une veste chaude et une écharpe, le tout très sexy, et me regardait de toute sa hauteur avec son air posé d'autrefois, et le petit frémissement amusé au coin de la bouche.

« Écoutez, ai-je lancé, je tiens à vous dire que je suis désolée de ma sortie le jour du concert, désolée d'avoir été si insolente toutes ces fois où vous vouliez seulement être gentil. Mais je vous croyais marié. En fait, je suis au courant de tout. Enfin, pas de *tout*. Mais je sais que vous faisiez partie du SAS et... »

Son expression a changé. « Pardon ?

— Jake et Rebecca sont mes voisins d'en face et... »

Il avait détourné les yeux et regardait dans la rue. Un muscle de sa mâchoire se contractait.

« Ne vous inquiétez pas. Je n'ai rien dit à personne. En fait, je sais ce que c'est que d'être confronté à quelque chose de vraiment dur.

— Je n'ai pas envie d'en parler, a-t-il dit d'un ton sec.

— Je sais que vous me prenez pour une mauvaise mère qui passe tout son temps à aller chez le coiffeur et à acheter des capotes, mais en fait, je ne suis pas du tout comme ça. Ces prospectus sur la gonor-rhée, c'est Mabel qui venait de les prendre chez le médecin. Je n'ai ni la syphilis ni une gonorrhée…

— Je vous dérange ? »

Une fille sublime sortait de chez Starbucks avec deux cafés.

« Salut ! » Elle lui a tendu un café et m'a souri.

« Je vous présente Miranda », a dit Mr. Wallaker avec raideur.

Miranda était jeune et belle, avec de longs che-veux noirs et brillants, surmontés d'un bonnet en laine très tendance, de longues jambes minces gai-nées d'un jean skinny et… et des bottines cloutées.

« Miranda, je te présente Mrs Darcy, l'une des mères d'élèves.

— Bridget ! » a crié une voix. La coiffeuse qui m'avait fait mes racines trottait vers moi dans la rue. « Vous avez laissé votre portefeuille au salon. Comment trouvez-vous votre couleur ? Fini les nuances de gris pour Noël, hein !

— Très jolie, merci. Joyeux Noël », ai-je dit comme une grand-mère traumatisée et montée sur piles. « Joyeux Noël, Mr. Wallaker. Joyeux Noël, Miranda », ai-je poursuivi, même si ce n'était pas encore Noël.

Ils m'ont regardée bizarrement tandis que je m'éloignais d'un pas chancelant.

21 : 15. Les enfants dorment, et je suis très vieille et très seule. Je ne plairai plus jamais, jamais, jamais à personne. Mr. Wallaker est en ce moment même en train de sauter Miranda. Tout le monde a une vie parfaite, sauf moi.

En vrac

Lundi 25 novembre 2013
62 kg ; nombre de kilos de plus que Miranda : 21.

9 : 15. Bien. J'ai l'habitude, à présent. Je sais quoi faire. Pas de ruminations complaisantes. On cesse de se dire qu'on est nulle avec les hommes. On ne pense pas que tout le monde a une vie parfaite, sauf soi-même. À l'exception de cette maudite Miranda. On se concentre sur son grand arbre intérieur et on va au yoga.

13 : 00. Quelle histoire ! J'ai commencé le cours de yoga, mais je me suis aperçue que j'avais bu trop de Coca Light. Bref, j'ai eu quelques petits soucis pendant la posture du pigeon.

Du coup, je suis passée en salle de méditation, à côté. Vous pouvez objecter que c'était un peu de l'argent fichu en l'air, vu que la séance avait coûté quinze livres, et tout ce que nous avons fait, c'est rester assis en tailleur en essayant de garder l'esprit vide. Je me suis surprise à regarder dans la salle, pensant à Mr. Wallaker et à Miranda, et j'ai failli tomber raide.

Je ne l'ai pas reconnu tout de suite, mais qui était là, assis sur une natte violette, en amples vêtements gris, les yeux fermés, les paumes ouvertes sur ses genoux ? George, des productions

Greenlight. En tout cas, j'étais presque sûre que c'était lui, mais pas tout à fait. Mais quand j'ai vu les grosses lunettes et l'iPhone à côté du tapis violet, j'ai été sûre que c'était bien George.

En sortant, je me suis demandé si je devais le saluer ou non ; et puis je me suis dit que nous avions communié d'une certaine façon, fût-ce à un niveau subliminal, pendant l'heure qui venait de s'écouler ; alors j'ai hasardé un « George ? ».

Il a mis ses lunettes et m'a regardée d'un œil soupçonneux, comme si j'allais lui fourguer un scénario, là, tout de suite.

« C'est moi ! ai-je dit. Vous vous souvenez ? *Les Feuilles dans ses cheveux* ?

— Hein ? Ah, oui. Salut.

— Je ne savais pas que vous pratiquiez la médi-tation.

— Si. Le cinéma, c'est fini pour moi. On ne fait plus que des films tournés en studios maintenant. Plus de respect pour l'art. Creux. Vide. Nid de vipères. Je craquais. Je vais juste… Attendez. » Il a regardé sur son iPhone. « Excusez-moi, j'ai un avion à prendre. Je pars trois mois dans un ash-ram à Lahore. C'était super d'avoir repris contact.

— Excusez-moi ? » ai-je glissé.

Il s'est retourné, l'air impatienté.

« Vous êtes sûr que l'ashram n'est pas au Touquet ? »

Il a ri et s'est sans doute souvenu seulement à ce moment-là de qui j'étais. Il m'a alors serrée contre lui de façon plutôt alarmante et a dit « *Namasté* » d'une voix grave de producteur de cinéma, avec une expression ironique, puis il s'est éloigné à nouveau en consultant son iPhone. Et je me suis aperçue que malgré tout, je l'aimais bien, George de Greenlight.

Mardi 26 novembre 2013
61 kg ; nombre de kilos de plus que Miranda : 20,5 (progrès) ; calories : 4 826 ; paninis jambon-fromage : 2 ; pizzas : 1,5 ; pots de yaourt glacé Häagen-Dazs : 2 ; unités d'alcool : 6 (très mauvaise conduite).

9 : 00. Viens de déposer les enfants. Me sens grosse. Vais peut-être aller me prendre un panini jambon-fromage.

10 : 30. Pendant que je faisais la queue, je me suis avisée que Sainte Nicolette était là, attendant sa boisson chaude. Elle portait une veste en fausse fourrure blanche, des lunettes de soleil et un énorme sac à main. On aurait dit Kate Moss arrivant à une soirée de gala, à ceci près qu'il était seulement dix heures du matin. J'ai failli me sauver, mais ça faisait une éternité que j'attendais ; alors quand Nicolette s'est retournée et m'a vue, j'ai lancé un « Bonjour » aimable.

Au lieu de la réponse glaciale que j'attendais, elle s'est bornée à me regarder fixement, son gobelet en carton à la main.

« J'ai un nouveau sac. Hermès », a-t-elle dit en le soulevant pour me le montrer. Puis ses épaules se sont mises à trembler.

« Un cappuccinodécaminceurGardezlamonnaie », ai-je débité à toute allure en tendant un billet de cinq livres à la serveuse et en pensant : Si Nicolette craque maintenant, c'est le bouquet. Il n'y a plus qu'à se rendre à l'évidence : tout le monde, à droite, à gauche et au milieu, est complètement en vrac.

« Allons en bas », lui ai-je dit en lui tapotant maladroitement l'épaule. Dieu merci, il n'y avait personne au sous-sol.

« J'ai un nouveau sac, a-t-elle répété. Et voilà le reçu. »

J'ai regardé ledit reçu sans comprendre.

« C'est mon mari qui me l'a acheté à l'aéroport de Francfort.

— C'est gentil. Il est superbe », ai-je menti.

Le sac était dingue, sans rime ni raison, couvert de boucles, de lanières, d'anses jaillissant de partout comme des folles.

« Regardez le reçu, a-t-elle dit. C'est pour deux sacs. »

J'ai cligné des yeux pour mieux voir. En effet, il semblait être pour deux sacs. Et alors ?

« C'est juste une erreur, ai-je dit. Appelez-les et faites-vous rembourser. »

Elle a secoué la tête. « Je sais qui est l'autre. Je l'ai appelée. Ça fait huit mois que ça dure. Il lui a acheté le même sac. » Le visage de Nicolette s'est chiffonné. « C'était un cadeau. Il lui a acheté le même. »

De retour chez moi, j'ai regardé mes e-mails.

De : Nicolette Martinez
Sujet : Le concert pourri de l'école

Juste pour vous dire que j'en ai rien à cirer de qui apporte les tartes ou le vin chaud cette année, et vous pouvez tous arriver quand vous voulez parce que JE M'EN FOUS ET JE VOUS EMMERDE.

Nicorette
P-S : Ça soulage.

23 : 00. Viens de passer soirée super avec Nicolette à la maison. Les trois garçons s'éclataient avec Roblox et Mabel regardait *Bob l'éponge* pendant que nous descendions verres de vin, pizza, fromage, Coca Light, Red Bull, pastilles de chocolat Cadbury, bonbons à la menthe et glaces Häagen-Dazs. Et Nicolette regardait OkCupid en glapissant : « Enfoirés ! Tous des pervers ! »

Tom est arrivé au milieu de tout ça, légèrement beurré et intarissable sur une nouvelle étude : « Elle prouve que la qualité des relations de quelqu'un est le meilleur indicateur de sa santé affective à long terme. Il s'agit moins de la relation avec le "cher et tendre" – mari ou amoureux –, car il n'est pas l'étalon du bonheur, que de la qualité des autres relations que vous avez nouées et entretenez dans votre vie. Enfin bref, je me suis dit que je devais t'en parler. Bon, il faut que je file retrouver Arkis. »

Nicolette est en ce moment dans mon lit, où elle dort, et les quatre enfants se sont entassés dans les lits superposés.

Vous voyez ? Comme quoi on n'a pas besoin des hommes.

Un héros se lèvera

Vendredi 29 novembre 2013

Voilà ce qui est arrivé. Billy avait un match de foot dans une autre école, à East Finchley, à quelques kilomètres. On nous avait dit de nous garer dans la rue pour venir chercher les enfants car les voitures n'étaient pas admises dans l'enceinte de l'école. C'était un bâtiment assez haut, en brique rouge, avec une petite cour en ciment face aux grilles et, en contrebas sur la gauche, un terrain de sport, un mètre cinquante au-dessous du niveau de la rue, entouré d'une clôture en grillage épais.

Les garçons couraient sur le terrain de sport en se faisant des passes avec le ballon, et les mères bavardaient sur les marches de l'école. Soudain, une BMW noire est arrivée en vrombissant ; son conducteur, un père à l'aspect ridiculement m'as-tu-vu, était pendu à son portable.

Mr. Wallaker s'est dirigé à grandes enjambées vers la voiture.

« Excusez-moi. »

Le père l'a ignoré, a continué à parler au téléphone, sans arrêter le moteur. Mr. Wallaker a tapé à la vitre. « Les voitures ne sont pas autorisées dans l'enceinte de l'école. Veuillez vous garer dans la rue, s'il vous plaît. »

La vitre s'est entrouverte. « Pour certains d'entre nous, le temps, c'est de l'argent, mon ami.

— Ce sont les consignes de sécurité.

— Pfft. Sécurité. Je suis parti dans deux minutes. »

Mr. Wallaker a posé sur lui son regard fixe et glacial. « Sortez-cette-voiture-d'ici. »

Le téléphone toujours vissé à l'oreille, le père, furieux, a passé brutalement la marche arrière sans regarder, a tourné le volant en faisant grincer les roues et a reculé vers le terrain de sport, emboutissant de plein fouet le lourd poteau d'acier qui tenait la clôture.

Tout le monde s'est retourné pour regarder. Le père, le visage congestionné, a enfoncé l'accélérateur, oubliant de changer de vitesse, et a de nouveau percuté le poteau. Il y a eu un craquement sinistre et le poteau a commencé à basculer.

« Les enfants ! a hurlé Mr. Wallaker. Éloignez-vous du grillage. Écartez-vous ! »

Tout s'est déroulé comme au ralenti. Les enfants se sont dispersés en courant tandis que le lourd poteau basculait, puis s'écroulait sur le terrain de sport, entraînant la clôture avec lui, et atterrissant avec un bruit terrible avant de rebondir. En même temps, la voiture a glissé en arrière, les roues avant encore sur le ciment de la cour, mais les roues arrière à moitié dans le vide au-dessus du terrain de sport.

Tout le monde s'est figé, médusé, sauf Mr. Wallaker, qui a sauté dans le terrain en contrebas en criant : « Appelez les pompiers ! Il faut faire contrepoids sur le capot de la voiture ! Les enfants ! En rang de l'autre côté ! »

Aussi incroyable que cela puisse paraître, le type de la BMW a commencé à ouvrir sa portière.

« Vous ! Ne bougez pas ! » a hurlé Mr. Wallaker. Mais la voiture continuait à glisser en arrière et les roues étaient maintenant complètement dans le vide.

J'ai regardé les enfants à l'autre bout du terrain de sport. Billy ! Où était Billy ?

« Prends Mabel », ai-je dit à Nicolette, et je me suis précipitée sur le côté du terrain de sport.

Mr. Wallaker était au-dessous de moi dans la fosse, calme, prenant attentivement la mesure de la situation. Je me suis forcée à regarder.

Le gros poteau d'acier était maintenant coincé en diagonale, une extrémité contre le mur de la fosse et l'autre sur le sol. La clôture, tombée de guingois, pendait du poteau comme les deux pans d'une tente à faîtière. Tapis dans le petit espace au-dessous du poteau, pris au piège par la chute de la clôture, se trouvaient Billy, Bikram et Jeremiah, qui tournaient vers Mr. Wallaker leurs petits visages effrayés et le regardaient avec des yeux écarquillés. Ils étaient dos au mur, les pans du grillage les emprisonnaient devant et sur les côtés, et au-dessus d'eux l'arrière de la grosse voiture était en équilibre instable.

J'ai poussé un hoquet d'horreur et sauté dans la fosse.

« Tout va bien se passer, a dit Mr. Wallaker à mi-voix. J'ai la situation en main. »

Il s'est accroupi. « Bien, messieurs les superhéros, c'est le moment de faire vos preuves. Reculez vers le mur et mettez-vous en boule. Position de sécurité. »

Maintenant, les enfants paraissaient plus excités qu'effrayés : ils ont reculé en se tortillant et
se sont mis en boule, calant leur petite tête dans
leurs bras.

« Bon boulot, les gars ! » a dit Mr. Wallaker en
commençant à soulever le lourd grillage du sol.
« Maintenant... »

Soudain, un bruit horrible de métal crissant sur
le ciment s'est fait entendre et la BMW a encore
glissé à reculons, l'arrière de la voiture se balan-
çant dans le vide en équilibre précaire.

On a entendu les cris des mères au-dessus, et
des hurlements de sirènes.

« Restez contre le mur, les enfants ! a dit
Mr. Wallaker, imperturbable. Tout va bien se passer ! »

Il s'est penché pour passer sous la voiture, veillant bien à ne pas marcher sur le grillage au sol,
a levé les bras et s'est arc-bouté pour soulever le
châssis de toutes ses forces. J'ai vu ses muscles
se contracter sur ses avant-bras, son cou, sous sa
chemise.

« FAITES CONTREPOIDS SUR LE CAPOT ! » a-t-il
hurlé en direction de la cour au-dessus. La sueur
perlait sur son front. « MESDAMES ! COUDES SUR LE
CAPOT ! »

J'ai jeté un coup d'œil vers le haut pour voir
les professeurs et les mères, tétanisés, se remettre
en mouvement et se jeter sur le capot comme
des poules paniquées. Lentement, tandis que
Mr. Wallaker poussait de toutes ses forces vers
le haut, l'arrière de la voiture s'est redressé.

« Bon. Alors, les gars... », a-t-il dit, poussant
toujours « ... ne bougez pas du mur. Rampez vers

la droite et éloignez-vous de la voiture. Et puis sortez de sous ce grillage. »

Je me suis précipitée vers l'extrémité du grillage, où j'ai été rejointe par d'autres parents et des professeurs. À nous tous, nous avons réussi à soulever le grillage affaissé et les trois garçons se sont faufilés tant bien que mal vers le bord pour sortir, Billy en dernier.

Des pompiers sautaient dans la fosse, soulevaient le grillage, tiraient Bikram au-dehors – le métal a déchiré sa chemise –, puis Jeremiah. Billy était encore dans la nasse. Quand Jeremiah s'est libéré, je me suis penchée et j'ai passé mes bras sous ceux de Billy. J'avais l'impression que mes forces étaient décuplées, et j'ai tiré, sanglotant de soulagement lorsque Billy a été dégagé et que les pompiers nous ont hissés hors de la fosse.

« Voilà le dernier ! Venez ! » a hurlé Mr. Wallaker, toujours arc-bouté et tremblant sous le poids de la voiture. Les pompiers l'ont rejoint pour l'aider et ont marché sur la clôture, qui s'est effondrée sous leur poids là où quelques secondes auparavant étaient tapis les trois garçons.

« Où est Mabel ? » a hurlé Billy sur un ton dramatique. « Il faut la sauver ! »

Les trois garçons ont chargé à travers la foule assemblée dans la cour et foncé comme trois Superman, cape au vent. J'ai suivi et j'ai découvert Mabel très calme à côté d'une Nicolette en pleine crise d'hyperventilation.

Billy a jeté les bras autour de Mabel en criant : « Je l'ai sauvée ! J'ai sauvé ma sœur ! Ça va, petite sœur ?

— Oui, a-t-elle répondu d'un air solennel. Mais Mr. Wallaker, il a fait rien qu'à commander. »

Contre toute attente, au milieu du pandémonium, le type de la BMW a encore ouvert sa portière et cette fois-ci est sorti, époussetant son pardessus avec humeur. Là-dessus, le véhicule tout entier a recommencé à glisser en arrière.

« ELLE VA TOMBER ! a crié Mr. Wallaker d'en dessous, ÉLOIGNEZ-VOUS TOUS ! »

Nous nous sommes précipités pour voir Mr. Wallaker et les pompiers s'écarter à la hâte tandis que la BMW s'écrasait sur le poteau d'acier, avant de rebondir et de retomber sur un côté, dans un fracas de métal froissé et de vitres brisées. Des morceaux de verre et des débris variés se sont répandus sur le cuir crème des sièges.

« Ma BM ! a hurlé le père.

— Le temps, c'est de l'argent, connard », a rétorqué Mr. Wallaker avec un sourire réjoui.

Pendant que les services de secours essayaient de l'examiner, Billy expliquait : « On ne pouvait pas bouger, tu comprends, maman. On n'osait pas courir parce qu'il y avait ce poteau branlant juste au-dessus de nous. Mais on a été des superhéros, parce que… »

Entre-temps, la confusion la plus totale s'était installée autour de nous, des parents couraient en rond comme des fous, des extensions volaient, des sacs à main géants gisaient sur le sol, oubliés.

Mr. Wallaker a sauté sur le perron.

« Silence ! a-t-il crié. Restez tranquilles, tous ! D'abord, les enfants. Dans une seconde, vous allez vous mettre en rangs pour être comptés. Mais d'abord, écoutez-moi. Vous venez de vivre une véritable aventure. Personne n'a été blessé. Vous avez été courageux, vous avez été calmes, et trois d'entre vous – Bikram, Jeremiah et Billy – ont été de vrais superhéros. Ce soir, vous allez rentrer chez vous et fêter ça, parce que vous avez prouvé que quand il se passe des choses dangereuses – et ça ne sera pas la dernière fois – vous savez rester calmes et faire preuve de courage. »

Les enfants et les parents ont applaudi. « Oh, là là, prends-moi, là, tout de suite ! » a dit Farzia, faisant assez exactement écho à mes propres sentiments. Mr. Wallaker est passé près de moi et m'a jeté un petit regard satisfait qui le faisait ressembler à Billy de façon désarmante.

« La routine, hein ? ai-je dit.

— J'ai vu pire, a-t-il répondu joyeusement. En tout cas, vos cheveux ne sont pas complètement en pétard. »

Après qu'on a compté les enfants, Bikram, Jeremiah et Billy ont été pris d'assaut par les autres. Tous les trois ont dû aller à l'hôpital pour une visite de contrôle. Quand ils sont montés dans l'ambulance, suivis par leurs mères traumatisées, on aurait dit un nouveau boy's band de *Britain's Got Talent*.

Mabel s'est assoupie dans l'ambulance et elle a dormi pendant tout le temps de la visite. Les garçons n'avaient rien, hormis quelques égratignures. Le père de Jeremiah et celui de Bikram sont arrivés à l'hôpital. Quelques minutes plus tard, Mr. Wallaker est apparu avec un sac de chez McDonald's et il a raconté en détail ce qui s'était passé avec les enfants ; il a répondu à toutes les questions et expliqué précisément comment et pourquoi ils avaient été de vrais héros de films d'action.

Quand Jeremiah et Bikram sont partis avec leurs parents, Mr. Wallaker m'a tendu mes clés de voiture.

« Vous êtes d'attaque ? » Il m'a regardée et a ajouté : « Je vous reconduis.

— Non, je me sens parfaitement bien ! ai-je menti.

— Écoutez, m'a-t-il dit avec son petit sourire, ce n'est pas parce que vous laisserez quelqu'un vous aider que vous dérogerez comme grande féministe et grande professionnelle. »

De retour à la maison, j'ai installé les enfants sur le canapé. Mr. Wallaker m'a demandé à mi-voix : « Vous avez besoin de quoi ?

— De leurs peluches, peut-être. Elles sont dans leurs lits superposés, au premier.

— Puffle 2 ?

— Oui. Avec 1 et 3, Mario, Horsio et Salive.

— *Salive ?*

— La poupée de Mabel. »

Quand il est revenu avec les jouets, j'essayais d'allumer la télévision et regardais fixement la télécommande.

« Vous voulez que j'essaie ? »

Bob l'éponge a surgi soudain, et Mr. Wallaker m'a conduite derrière le canapé. Là, je me suis mise à pleurer sans bruit.

« Chhut, chhut, a-t-il dit en m'entourant de ses bras vigoureux. Personne n'a été blessé. Je savais que tout se passerait bien. »

Je me suis appuyée contre lui, reniflant et faisant des bulles.

« Vous vous débrouillez très bien, Bridget. Vous êtes une bonne mère, et père aussi. Vous êtes meilleure que certains qui ont huit domestiques et un appartement à Monte-Carlo. Même si vous avez mis de la morve sur ma chemise. »

J'ai eu cette impression qu'on a quand on arrive en vacances et que la porte de l'avion s'ouvre, laissant une bouffée d'air chaud vous accueillir. Ou lorsqu'on s'assoit à la fin de la journée.

Alors, Mabel a crié : « *Bob l'éponge* est fini ! » en même temps qu'on sonnait à la porte.

C'était Rebecca. « On vient d'apprendre ce qui s'est passé à l'école », a-t-elle dit, descendant l'escalier en faisant claquer ses chaussures, une guirlande de minuscules lampes de Noël à LED passée dans les cheveux. « Qu'est-ce qui est arrivé ? Oh ! s'est-elle exclamée en voyant Mr. Wallaker. Salut, Scott.

— Salut, a-t-il dit. Content de te voir. Ta coiffure est minimaliste… mais bon. »

Finn, Oleander et Jake sont arrivés et la maison s'est emplie de bruit, de chocolat, de Sylvanian, de consoles et de galopades. J'essayais de parler à Billy pour l'aider à intégrer ce qui s'était passé, mais il m'a simplement répondu : « Mamaaan ! Je suis un superhéros ! D'accord ? »

J'ai regardé Mr. Wallaker en train de parler à Jake : deux grands et beaux mecs, deux vieux amis, deux pères de famille. Rebecca a regardé Mr. Wallaker et a haussé les sourcils en me regardant, mais à ce moment-là, son portable à lui a sonné, et j'ai bien vu qu'il parlait à Miranda.

« Il faut que j'y aille, a-t-il annoncé brusquement en raccrochant. Vous les gardez à l'œil ce soir, je compte sur toi, hein, Jake ? »

Le cœur en berne, je l'ai raccompagné jusqu'à la porte et j'ai bafouillé avec volubilité : « Je vous suis vraiment reconnaissante. C'est vous qui êtes le superhéros.

— Merci, a-t-il dit. Et c'était un plaisir. »

Il a descendu les marches puis s'est retourné et a ajouté doucement : « ... Superhéroïne », avant de s'éloigner à grands pas vers la rue principale, les taxis et une fille qui avait l'air de sortir d'un magazine. Je l'ai regardé partir tristement en pensant : « Superhéroïne ? Peut-être, mais j'aimerais bien avoir quelqu'un dans mon lit. »

L'heure est tout à la joie

Lundi 2 décembre 2013

Tout va bien. J'ai emmené Billy chez le psychologue pour enfants et il m'a dit qu'il semblait « avoir assimilé sainement l'épisode comme une expérience d'apprentissage ». Quand j'ai voulu l'emmener une seconde fois, Billy s'est écrié : « Mamaaan ! C'est toi qui as besoin d'aller chez le psy ! »

Billy, Bikram et Jeremiah sont devenus des célébrités à l'école, il n'y a pas d'autre mot, et ont signé des autographes. Mais leur cote n'est rien comparée à celle de Mr. Wallaker.

Qui se montre amical avec moi maintenant, comme moi avec lui. Mais ça s'arrête là.

Mardi 3 décembre 2013

15 : 30. Mabel vient de sortir de l'école en chantant :

« Décorez vos maivons avec du houx joli,
Tralala lalala lalère.
L'heure est tout à la joie qui nous réconfilie… »

C'est la saison des réjouissances. Et je vais me réjouir. Et être reconnaissante.

Mercredi 4 décembre 2013
16 : 30. Aïe. Maintenant, Mabel a changé les paroles en :

« L'heure est tout à la joie de détefter Billy. »

Jeudi 5 décembre 2013
10 : 00. Je me suis fait accrocher par la mère de Thelonius à la maternelle quand j'ai déposé Mabel ce matin.

« Bridget, a-t-elle dit, est-ce que vous pourriez demander à Mabel d'arrêter de faire de la peine à Thelonius ?

— Pourquoi ? Qu'est-ce qu'il y a ? » ai-je demandé sans comprendre.

Il paraît que Mabel se promène dans la cour de récréation en chantant :

« Décorez vos maivons avec du papyruf,
Tralala lalala lalère.
L'heure est tout à la joie d'détester Theloniuf... »

14 : 00. « Ça t'apprendra à vouloir faire genre avec tes plantations, a dit Rebecca. Comment va Scott ? Je veux dire, Mr. Wallaker ?

— Il est gentil. Amical, mais, tu sais, amical sans plus...

— Et toi, tu es "amicale sans plus" avec lui ? Il est AU COURANT ?

— Il est avec Miranda.

— Un homme comme lui, ça a des besoins. Ça ne veut pas dire qu'il va rester avec elle éternellement. »

J'ai secoué la tête. « Je ne l'intéresse pas. Je crois qu'il m'apprécie comme personne. Mais ça s'arrête là. »

C'est triste. Mais l'un dans l'autre, je suis heureuse. Il suffit parfois qu'un événement vraiment grave se produise pour vous faire apprécier la chance que vous avez.

14:05. Salope de Miranda.

14:10. Je hais Miranda. « Coucou, c'est moi, je suis jeune, grande, mince et parfaite. » Et elle sort probablement aussi avec Roxster. Pffffou.

Le concert de chants de Noël

Mercredi 11 décembre 2013

Nous revoilà à la veille d'un concert. Comme Billy et Mabel devaient coucher l'un et l'autre chez des amis, l'excitation était à son comble et moi dans tous mes états, essayant à la fois de préparer les deux sacs pour la nuit dehors, de nous donner à Mabel et moi figure humaine – voire festive – pour aller assister à un concert de chants de Noël à l'école, et d'y arriver avant que celui-ci ne soit terminé.

J'ai essayé de soigner au mieux mon apparence, car Miranda serait sans doute dans l'église pour applaudir son homme. Mabel avait une veste fourrée et une jupe rouge froncé que j'avais trouvée durant les soldes de ILoveGorgeous, et moi, je portais un nouveau manteau blanc (imitant Nicolette, qui est en ce moment aux Maldives où son mari sexuellement incontinent essaie de se faire pardonner pendant qu'elle le torture dans une cabane de luxe au bout d'une longue passerelle en bois sur pilotis au-dessus de la mer, elle-même pleine de requins en maraude). Faute de pouvoir me faire sauter, j'étais allée me faire coiffer – à ceci près que les deux sacs à dos, Princesse Disney et Mario, ne contribuaient guère à accentuer mon côté glamour. Sans compter que Miranda aurait toutes les chances de porter une tenue naturellement sexy mais sobre, tellement à la pointe de la tendance que même Mabel serait larguée.

Quand nous avons débouché de la station de métro, le « village » avait un aspect totalement magique, avec un éclairage délicat qui projetait des ombres dans les arbres. Les boutiques étaient toutes illuminées et une fanfare jouait *Le Bon Roi Wenceslas*. Le boucher à l'ancienne avait pendu des dindes dans sa vitrine. Et nous étions en avance.

Persuadée un instant que j'étais le bon roi Wenceslas, je me suis précipitée chez le boucher et j'ai acheté quatre saucisses du Cumberland – au cas où un pauvre apparaîtrait soudain sur mon chemin –, ce qui ajoutait un sac en plastique aux deux sacs à dos affreusement criards. Là-dessus, Mabel a réclamé un chocolat chaud, ce qui semblait être une bonne idée, mais brusquement, il a été 17 h 45, l'heure à laquelle nous devions occuper nos places, aussi avons-nous dû courir vers l'église. Mabel a trébuché et son chocolat chaud s'est entièrement renversé sur mon manteau. Elle a fondu en larmes. « Ton manteau, maman, ton nouveau manteau.

— Ce n'est pas grave, ma chérie. Ce n'est pas grave. C'est juste un manteau. Tiens, prends mon chocolat », ai-je dit, tout en pensant : Oh merde ! Pour une fois que j'arrive à être organisée, je foire encore tout.

Enfin, la place de l'église était superbe, bordée de maisons du XVIIIe siècle, des sapins de Noël aux fenêtres et des guirlandes aux portes. Les fenêtres de l'église étaient éclairées d'une lumière orangée, on entendait une musique d'orgue et le sapin à l'extérieur était décoré de guirlandes.

Il restait quelques sièges libres à l'intérieur, vers les premiers rangs. Aucun signe de Miranda. Mon cœur a bondi quand Mr. Wallaker est apparu, l'air affable et magistral, en chemise bleue et veste foncée.

« Regarde Billy, là-bas », a dit Mabel quand le chœur et les musiciens ont rempli les bancs. Billy nous avait bien spécifié de ne pas lui faire de signes, mais Mabel a agité la main et je n'ai pas pu m'empêcher d'en faire autant. Mr. Wallaker a regardé Billy, qui a levé les yeux au ciel et s'est mis à rire.

Après quoi, tout le monde s'est assis et le curé a remonté l'allée centrale et récité la salutation. Billy regardait souvent vers nous, aux anges. Il était tellement fier de faire partie du chœur. Puis est arrivé le moment du premier chant de Noël et tout le monde s'est levé. Spartacus, comme d'habitude, chantait le solo...

« Dans la cité du roi David,
Il y avait une humble étable.
Où dans une crèche en naissant,
Fut couché le divin enfant. »

... et en entendant cette petite voix d'une pureté parfaite résonner dans l'église, j'ai senti que j'allais me mettre à pleurer.

L'orgue a égrené les notes avec une ardeur redoublée et les fidèles se sont mis à chanter le second couplet :

« Il est descendu sur la terre,
Notre Seigneur et notre Dieu.
Pour s'abriter dans une étable,
Et prendre une auge pour berceau. »

Alors, tous les Noëls précédents me sont revenus d'un coup : les Noëls de quand j'étais petite,
debout entre papa et maman dans l'église du village, à Grafton Underwood le 24 décembre, en
attendant le père Noël ; les Noëls de mon adolescence, où papa et moi retenions notre fou rire
quand maman et Una prenaient une voix de faus-
set ridicule et chantaient beaucoup trop fort ; les
Noëls de mes trente ans quand j'étais célibataire
et follement déprimée parce que je me disais que
jamais je n'aurais de bébé à moi à mettre dans
une mangeoire, ou plus exactement une poussette
Bugaboo ; l'hiver dernier dans la neige où j'en-
voyais des SMS à Roxster, qui était sans doute
en ce moment même en train de danser au son
d'une musique disco avec une dénommée Natalie.
Ou Miranda. Ou Saffron. Le dernier Noël de papa
avant sa mort, où il était sorti chancelant de l'hôpital pour aller à la messe de minuit à Grafton
Underwood ; le premier Noël où Mark et moi
sommes allés à l'église en tenant Billy, vêtu en
petit père Noël ; le Noël où Billy a figuré dans
sa première pièce de la Nativité à la maternelle,
l'année de la mort brutale et horrible de Mark, où
je n'arrivais pas à croire que Noël pouvait avoir
la cruauté de revenir.

« Pleure pas, maman, f'il te plaît, pleure pas. »
Mabel me serrait très fort la main. Billy regardait
vers nous. J'ai essuyé mes larmes, relevé la tête et
joint ma voix à celles des autres :

« *Et Il sent notre tristesse,*
Partage notre allégresse. »

... et j'ai vu que Mr. Wallaker me regardait bien en face. Les fidèles ont continué à chanter :

« *Nous Le contemplerons enfin.* »

... Mais Mr. Wallaker s'était arrêté, lui, et me regardait. Je lui ai rendu son regard, le visage barbouillé de rimmel, et le manteau couvert de chocolat. Alors, Mr. Wallaker a esquissé un sourire très tendre, un sourire de compréhension totale, par-dessus la tête de tous ces garçons à qui il avait appris à chanter *Dans la cité du roi David*. Et j'ai compris que j'aimais Mr. Wallaker.

Quand nous sommes sortis de l'église, il s'était mis à neiger : de gros flocons tombaient en tourbillonnant et se posaient sur les manteaux de fête et sur l'arbre de Noël. Dans le cimetière attenant à l'église, un brasero avait été allumé et les élèves les plus âgés distribuaient du vin chaud, des marrons grillés et du chocolat chaud.

« Je peux vous en renverser encore un peu sur votre manteau ? »

Je me suis retournée et il était là, avec un plateau sur lequel étaient posés deux chocolats et deux vins chauds.

« C'est pour toi, Mabel », a-t-il dit en posant le plateau et en s'accroupissant pour tendre le chocolat à Mabel.

Elle a secoué la tête. « J'en ai déjà renverfé fur le manteau de maman, tu fais.

— Écoute, Mabel, si elle avait un manteau blanc sans chocolat, est-ce que ce serait vraiment ta maman ? »

Elle l'a regardé avec de grands yeux graves, a secoué la tête et pris le chocolat. Et puis, ce qui ne lui ressemblait pas, elle a posé sa tasse et a soudain jeté les bras autour de lui, a enfoui sa petite tête sur son épaule et a planté un bisou chocolaté sur sa chemise.

« Et voilà, a-t-il dit. Pourquoi tu n'en renverses pas un petit peu plus sur le manteau de maman, histoire de marquer le coup ? »

Il s'est relevé et a fait semblant de chanceler en venant vers moi avec les vins chauds.

« Joyeux Noël », a-t-il dit. Nous avons trinqué avec nos gobelets en carton et nos yeux se sont croisés à nouveau. Et même au milieu du tohu-bohu des enfants et de tous les parents qui se pressaient autour, nous n'avons pu détacher nos regards.

« Maman ! » C'était Billy. « Maman ! Tu m'as vu ?

— "L'heure est tout à la joie de détefter Billy !" a chanté Mabel.

— Mabel ! Arrête ! » est intervenu Mr. Wallaker. Et elle a obéi. « Bien sûr qu'elle t'a vu, Billy. Elle te faisait des signes, alors qu'on lui avait bien dit que c'était défendu. Tiens ton chocolat, Billinou, a-t-il ajouté en posant la main sur l'épaule de Billy. Tu as été super. »

Tandis que les yeux de Billy pétillaient, que son fabuleux sourire lui fendait le visage, j'ai croisé le regard de Mr. Wallaker et vu que nous nous souvenions l'un et l'autre qu'il avait vraiment été à deux doigts de... « Maman ! a dit Billy, interrompant le cours de nos pensées, qu'est-ce que tu as fait à ton manteau ? Oh ! regarde, c'est Bikram ! Tu as apporté mon sac ? Je peux y aller ?

— Et moi, et moi ! a dit Mabel.

— Où cela ? a demandé Mr. Wallaker.

— Je ne dors pas à la maison ! a dit Billy.

— Ni moi ! a annoncé fièrement Mabel. Je fuis invitée. Chez Cofmata !

— Eh bien, vous allez bien vous amuser, a dit Mr. Wallaker. Et maman ? Elle va aussi dormir ailleurs ?

— Non, a dit Mabel. Elle est toute feule.

— Comme d'habitude, a ajouté Billy.

— Intéressant. »

« Mr. Wallaker ? » C'était Valerie, la secrétaire de l'école. « Il reste un basson dans l'église. Qu'est-ce qu'on en fait ? On ne peut pas le laisser là-bas, et il est absolument énor...

— Oh là là ! Je suis désolée ! ai-je dit. C'est celui de Billy. Je vais le chercher.

— Non, je vais y aller, a dit Mr. Wallaker. Je reviens.

— Non, non, je vous en prie ! Je vais... »

Mr. Wallaker a posé une main ferme sur mon bras. « C'est moi qui y vais. »

Un trop-plein de pensées et d'émotions confuses me donnait le tournis : en clignant des yeux, je l'ai regardé partir en quête du basson. J'ai donné leurs sacs à Billy et Mabel et leur ai dit au revoir, puis je suis restée à côté du brasero en les regardant s'éloigner avec Bikram, Cosmata et leurs parents. Au bout de quelques minutes, toutes les autres familles ont commencé à se disperser aussi, et je me suis sentie un peu bête.

Peut-être Mr. Wallaker n'avait-il pas eu l'intention de revenir. Je ne le voyais nulle part. Peut-être que « Je reviens » est le genre de phrase qu'on dit quand on circule dans une soirée ; et même s'il était parti chercher le basson, peut-être qu'il l'avait rangé dans un placard fermé à clé en attendant la leçon suivante et était allé rejoindre Miranda. Et peut-être qu'il m'avait regardée de cette façon à l'église parce qu'il avait eu pitié de moi en me voyant pleurer pendant le cantique. Et il ne m'avait apporté le chocolat chaud que parce que j'étais une veuve éplorée avec de pauvres enfants orphelins de père et...

J'ai avalé une dernière gorgée de vin chaud et, en jetant le gobelet dans une poubelle, j'ai éclaboussé mon manteau de vin rouge pour faire pendant au chocolat, puis me suis dirigée vers la place, suivant les derniers retardataires.

« Attendez ! »

Il s'approchait de moi à grandes enjambées, portant l'énorme basson. Les retardataires se sont retournés, curieux. « Ne vous inquiétez pas, je l'emmène chanter des chants de Noël », a-t-il déclaré. Puis, quand il est arrivé à côté de moi, il a murmuré : « On va au pub ? »

Le pub était un établissement à l'ancienne, très confortable, décoré pour Noël, avec un sol dallé de pierre, des feux qui pétillaient et de très vieilles poutres ornées de branches de houx. Mais il était aussi plein de parents qui nous ont regardés avec un intérêt non dissimulé. Mr. Wallaker a allègrement ignoré les regards, trouvé un box au fond où personne ne pouvait nous voir, m'a avancé une chaise, a posé le basson à côté de moi avec cette recommandation : « Essayez de ne pas le perdre » et il est parti nous chercher à boire.

« Voilà », a-t-il dit en revenant avec deux verres qu'il a posés devant nous.

L'une des mères de CM2 a passé la tête dans le box pour glisser : « Mr. Wallaker, je voulais juste vous dire que c'était le plus sublime…

— Merci, Mrs Pavlichko, a-t-il répondu en se levant. Je suis très touché de ce commentaire élogieux. J'espère que vous passerez un merveilleux Noël. Sincèrement. Bonsoir. » Là-dessus elle est repartie, poliment congédiée.

« Alors ? a-t-il dit en se rasseyant.

— Alors. Je voulais juste vous remercier encore pour…

— Alors, où en êtes-vous avec votre toy boy ? Celui avec qui je vous ai vue à Hampstead Heath ?

— Alors, où en êtes-vous avec Miranda ? ai-je rétorqué, ignorant sans broncher son impertinence.

— Miranda ? MIRANDA ? » Il m'a regardée, incrédule. « Bridget, elle a VINGT-DEUX ANS ! C'est la belle-fille de mon frère. »

J'ai baissé les yeux et battu rapidement des paupières, essayant de digérer l'information. « Alors, vous sortez avec votre nièce par alliance ?

— Non ! Elle m'a rencontré par hasard pendant qu'elle se cherchait des chaussures. C'est vous qui êtes fiancée à un gamin.

— Pas du tout !

— Si ! a-t-il dit en riant.

— Non !

522

— Cessez de tourner autour du pot. La vérité ! »

Je lui ai raconté toute l'histoire avec Roxster. Enfin, pas la version intégrale, mais les grandes lignes expurgées.

« Quel âge avait-il exactement ?

— Vingt-neuf ans. Enfin, non, il en avait trente quand...

— Ah, bon, dans ce cas... » Le coin de ses yeux s'est plissé. « ... c'est pratiquement un vieux beau !

— Et vous, vous êtes resté seul pendant tout ce temps ?

— Oh, je ne dis pas que j'ai vécu comme un moine... »

Il a fait tourner son whisky dans son verre. Aïe aïe aïe, ces yeux !

« Seulement, le problème, vous comprenez... » Il s'est penché vers moi en prenant le ton de la confidence. « ... c'est qu'on a du mal à sortir avec quelqu'un quand on est am...

— Mr. Wallaker ! » C'était Anzhelica Sans Souci. Elle nous a regardés, bouche bée. « Oh, pardon ! » a-t-elle dit avant de disparaître.

Je fixais sur lui des yeux écarquillés, essayant de croire ce qu'il semblait vouloir me dire.

« Bon, les mères d'élèves, ça suffit. Si je vous raccompagne chez vous, est-ce que vous danserez sur *Killer Queen* ? »

Toujours perdue dans un nuage de confusion, j'ai traversé à sa suite la foule de parents qui lui prodiguaient leurs compliments : « Performance magnifique », « Superbement au point », « Tout à fait impressionnant ». Comme nous arrivions à la porte, nous avons vu Valerie. « Bonne nuit, vous deux », a-t-elle dit avec une lueur malicieuse dans le regard.

Dehors, il neigeait. J'ai posé sur Mr. Wallaker un œil gourmand. Cette stature ! Quel bel homme : la mâchoire bien dessinée et harmonieuse au-dessus de l'écharpe, le col de chemise laissant deviner un beau torse poilu, les longues jambes sous le tissu sombre de...

« Merde ! Le basson ! » Je ne sais pourquoi, je me suis brusquement souvenue de l'instrument et j'ai amorcé une marche arrière.

Il m'a arrêtée encore une fois en posant doucement sa main sur mon bras. « Je vais le chercher. »

J'ai attendu, le souffle coupé, sentant les flocons sur mes joues. Il a reparu avec le basson et le sac en plastique contenant les saucisses.

« Vos saucisses, a-t-il dit en me tendant le sac.

— Oui. Des saucisses. Ce bon roi Wenceslas ! Le boucher », ai-je bafouillé nerveusement.

Nous étions tout près l'un de l'autre.

« Regardez ! m'a-t-il dit en pointant son index vers le haut. Ce n'est pas du gui ?

— Je crois plutôt que c'est un orme sans feuilles, ai-je poursuivi, volubile, sans lever les yeux. Ça doit sans doute ressembler à du gui à cause de la neige et...

— Bridget. » Il a tendu la main et a caressé d'un doigt léger le dessin de ma pommette, plongeant dans les miens ses yeux clairs, provocants, tendres, avides. « Ce n'est pas une leçon de choses... » Il a soulevé mon menton et m'a donné un premier baiser léger, puis un autre, plus insistant, avant d'ajouter : « ... pour l'instant. »

Oh ! mon Dieu. Cette assurance VIRILE ! Alors, nous nous sommes embrassés vraiment et, une fois encore, j'ai senti comme une folie se déchaîner en moi, des bouffées, des vibrations, et j'ai eu l'impression d'être embarquée dans une voiture de course avec des talons aiguilles. Mais cette fois-ci, il n'y avait pas de panique car l'homme au volant était...

« Mr. Wallaker, ai-je soupiré.

— Pardon ! a-t-il murmuré. Je vous ai fait mal avec le basson ? »

Nous sommes tombés d'accord qu'il fallait mettre le basson à l'abri et le ramener chez lui : un immense appartement dans une des petites rues adjacentes à la rue principale. Il y avait du vieux parquet, et un feu flambait dans le salon, avec un tapis en fourrure devant, des bougies et de bonnes odeurs de cuisine. Une petite Philippine souriante s'affairait aux fourneaux.

« Martha, a-t-il dit. Je vous remercie. Tout a l'air parfait. Vous pouvez partir maintenant. Merci.

— Oooh. Mr. Wallaker est pressé ? » Elle a souri. « Je m'en vais. Le concert ? Bien ?

— C'était très réussi, ai-je dit.

— Oui, très réussi », a-t-il répété en l'escortant avec autorité jusqu'à la porte où il lui a planté un baiser sur le sommet du crâne. « Les cuivres ont joué un peu faux mais, dans l'ensemble, c'était bien.

— Vous prendrez soin de lui, a-t-elle dit en partant. C'est le meilleur, Mr. Wallaker. Le meilleur.

— Je sais ! »

Quand la porte s'est refermée, nous sommes restés comme deux enfants qui se retrouvent seuls dans un magasin de bonbons.

« Regardez-moi ce manteau, a-t-il murmuré. Vous êtes dans un état. C'est pour ça que je... »

Il a commencé à déboutonner lentement le manteau, l'a fait glisser le long de mes bras. L'espace d'un instant, j'ai cru que c'était une routine bien rôdée – était-ce la raison du départ si preste de Martha ? – mais il a poursuivi : « C'est en partie pour ça que... » Il m'a attirée à lui, a glissé une main dans mon dos et a commencé à baisser ma fermeture éclair, « ... que je suis... tombé... am... »

J'ai senti mes yeux s'emplir de larmes et, pendant une seconde, j'aurais juré voir les siens s'embuer aussi. Puis il s'est ressaisi, a repris son habituelle assurance et a calé ma tête contre son épaule. « Je vais vous embrasser jusqu'à ce que vous n'ayez plus de larmes. Il ne vous en restera plus une seule, a-t-il dit d'une voix basse et sensuelle, quand j'en aurai fini avec vous. »

Il a continué à baisser ma fermeture, qui allait jusqu'en bas, si bien que la robe est tombée sur le sol et que je me suis retrouvée en bottes et – joyeux Noël, Talitha – en combinaison Princesse tam.tam noire.

Quand nous avons été nus l'un et l'autre, je n'en ai pas cru mes yeux en voyant la scandaleuse perfection de cette tête familière associée à la sortie de l'école au-dessus de ce corps nu incroyablement baraqué.

« Mr. Wallaker ! ai-je haleté.

— Vous allez cesser de m'appeler Mr. Wallaker ?

— Oui, Mr. Wallaker.

— Ah. Ça, c'est un Avertissement en bonne et due forme, qui va entraîner inévitablement... » Il m'a prise dans ses bras comme si j'avais la légèreté d'une plume, ce qui n'est pas le cas, à moins qu'il s'agisse d'une plume particulièrement lourde, par exemple celle d'un oiseau géant préhistorique apparenté aux dinosaures... « ... un Écart de conduite », a-t-il poursuivi en me posant doucement près du feu.

Il m'a embrassée dans le cou et a continué à descendre. Délicieux. « Oh, oh, ai-je de nouveau haleté. C'est dans les SAS qu'on vous a appris ça ?

— Naturellement, a-t-il dit au bout d'un moment en se soulevant et me regardant avec son expression amusée. Les Forces spéciales britanniques reçoivent le meilleur entraînement au monde. Mais en fin de compte... »

Il se pressait contre moi doucement, délicieusement au début, puis il est devenu plus insistant jusqu'à ce que je fonde comme un... comme un... « ... En fin de compte, on en revient toujours... », ai-je dit dans un souffle « ... au maniement des armes. »

Après ça, j'ai largué les amarres. J'avais l'impression d'être au ciel, ou dans quelque autre paradis semblable. J'ai joui, encore, encore et encore, en hommage à Sa Majesté et à l'entraînement de Ses Forces, jusqu'à ce qu'il finisse par dire : « Je ne crois pas pouvoir tenir plus longtemps.

— Alors, vas-y », ai-je réussi à articuler et finalement, après des mois de désir aux grilles de l'école, nous avons fait le voyage ensemble, dans une explosion parfaite, simultanée et miraculeuse.

Une fois allongés, hors d'haleine, épuisés, nous nous sommes endormis dans les bras l'un de l'autre. Et en nous réveillant, nous avons recommencé. Toute la nuit.

À cinq heures du matin, la soupe de Martha a été la bienvenue. Blottis l'un contre l'autre devant le feu, nous avons parlé. Il m'a raconté ce qui s'était passé en Afghanistan : un accident, une attaque mal ciblée, des femmes et des enfants tués, la découverte des répercussions. Il a estimé avoir fait sa part et décidé d'arrêter. À ce stade, je l'ai pris dans mes bras et lui ai caressé la tête.

« Je comprends ce que tu as voulu dire, a-t-il murmuré alors.

— Quoi ?

— Les câlins. Très efficace, en fait. »

Il m'a parlé de ses débuts à l'école. Il voulait être à l'écart de la violence, mener une vie simple, être au contact des enfants et faire œuvre utile. Il n'était cependant pas préparé à affronter les mères, l'esprit de compétition et les rapports compliqués. « Mais l'une d'entre elles a eu la gentillesse de m'offrir un aperçu de son string quand elle s'est retrouvée coincée dans un arbre. Et j'ai commencé à penser que la vie pouvait être un peu plus rigolote.

— Et elle te plaît, maintenant ?

— Oui. » Il s'est remis à m'embrasser. « Oh oui. » Il embrassait différentes parties de mon corps entre deux mots. « Maintenant... elle me plaît... vraiment... sans conteste... et absolument. »

Inutile de dire que quand je suis allée récupérer Billy et Mabel chez Bikram et Cosmata plus tard dans la journée, je marchais avec une extrême difficulté.

« Pourquoi tu portes encore le manteau avec le focolat ? a demandé Mabel.

— Je te le dirai quand tu seras grande. »

La chouette

Jeudi 12 décembre 2013
21:00. Viens de coucher les enfants. Mabel regardait par la fenêtre : « La lune nous ffuit toujours.

— Ah, tu comprends, c'est que la lune…, ai-je commencé à expliquer.

— Et fe hibou », a coupé Mabel.

J'ai regardé le jardin enneigé. La lune blanche et pleine brillait, suspendue au-dessus. Et sur le mur du jardin, la chouette était de retour. Elle me regardait fixement, tranquillement, avec ses yeux qui ne clignaient pas. Mais cette fois, elle a déployé ses ailes, jeté un dernier regard et pris son envol. Les ailes battant presque au rythme de mon cœur, elle s'est éloignée et a disparu dans la nuit d'hiver, les ténèbres et leurs mystères.

Bilan de l'année

Mardi 31 décembre 2013
* Kilos perdus : 7,5
* Kilos gagnés : 8
* Followers sur Twitter : 797
* Followers perdus : 793
* Followers gagnés : 794
* Travail gagné : 1
* Travail perdu : 1
* SMS envoyés : 24 383
* SMS reçus : 24 284 (bien)
* Nombre de mots du scénario écrits : 18 000
* Nombre de mots du scénario réécrits : 17 984
* Nombre de mots du scénario écrits et remis tels qu'ils étaient au départ : 16 822
* Nombre de mots de SMS écrits : 104 569
* Personnes infestées par les poux : 5
* Nombre total de poux retirés : 152
* Prix du pou retiré par des professionnels : 8,59 £
* Amoureux perdus : 1
* Amoureux gagnés : 2
* Incendies dans la maison : 4
* Enfants existants maintenus intacts : 2
* Enfants perdus (toutes occasions confondues) : 7
* Enfants retrouvés : 7
* Nombre total d'enfants : 4

Épilogue

Mr. Wallaker – ou Scott, comme je l'appelle parfois – et moi n'avons pas célébré nos noces parce que ni lui ni moi ne voulions nous remarier. Mais nous nous sommes aperçus que nous n'avions pas fait baptiser nos enfants et avons saisi ce prétexte pour réunir tous nos proches dans la grande maison de campagne. De cette façon, nous avons pensé que les enfants seraient couverts comme par une assurance au cas où le dieu des chrétiens serait le vrai Dieu, bien que Mr. Wallaker et moi soyons plutôt bouddhistes.

La cérémonie a été célébrée dans la chapelle. La chorale de l'école a chanté et les fils de Scott, Matt et Fred – qui ne sont plus en pension, mais au lycée –, ont joué *Someone to Watch Over Me* à la clarinette et au piano. J'ai pleuré presque tout le temps. Les Productions Greenlight ont envoyé un bouquet de la taille d'un mouton. Rebecca arborait une coiffure afro avec un signe lumineux disant « Motel » et une flèche pointant en direction de sa tête. Daniel s'est saoulé au punch et a essayé de draguer Talitha, ce que Serguei a très mal pris : il a fait une scène et il est parti furieux. Jude, qui s'était à l'évidence lassée des assiduités de son photographe, a dragué Mr. Pitlochry-Howard, dont elle a eu ensuite le plus grand mal à se débarrasser. Tom et Arkis ont fait la tête parce que nous n'avions pas invité Gwyneth Paltrow – alors que Jake avait joué un jour avec Chris Martin – et tous deux n'ont pas pu s'empêcher de faire du gringue aux ados du grand orchestre. Maman était encore un peu contrariée que je n'aie pas mis une tenue plus vive, mais elle s'est rassérénée parce que sa robe-manteau était nettement plus jolie celle d'Una. Mr. Wallaker sait très bien l'amadouer en flirtant outrageusement avec elle et, quand elle fait un écart, il la reprend d'une façon qui la désarme et la fait glousser. Roxster – qui m'avait auparavant envoyé un SMS très charmant pour me dire qu'il avait le cœur brisé par la perte de sa cougar vomisseuse, mais qu'il y avait manifestement un dieu des Rencontres car sa nouvelle petite amie avait des nausées matinales – m'a envoyé un texto le jour J pour me dire qu'elle n'était pas enceinte, mais avait simplement été barbouillée parce qu'il l'avait forcée à trop manger et qu'elle n'était vraiment pas drôle. Ce qui était gentil.

Et quelque part au-dessus de tout ça, je savais au fond de mon cœur que Mark devait se réjouir. Que la dernière chose qu'il aurait souhaitée, c'était que les enfants et moi restions seuls et sans repères. Et que s'il devait y avoir quelqu'un, il était certainement content que ce soit Mr. Wallaker.

Maintenant, je n'ai plus deux enfants mais quatre. Et Billy a deux grands garçons avec qui jouer à la console ; il suffit que Mr. Wallaker lui jette un seul regard pour qu'il s'arrête de bonne grâce et sans la moindre discussion. Le week-end, nous voyons souvent Jake, Rebecca et leurs enfants, et tout le monde a quelqu'un avec qui jouer. Quant à Mabel, pour la première fois depuis qu'elle est petite – et trop jeune pour s'en souvenir –, elle a un papa qui est dans ce monde et non pas l'autre, et qui la traite comme une princesse. Maintenant, je ne me sens plus seule, mais protégée, aimée. Parfois, nous allons passer le week-end à Capthorpe House et, quand les enfants sont couchés, nous rejouons la scène dans les buissons, mais avec une fin plus heureuse.

Et nous vivons tous ensemble dans une grande maison ancienne et plutôt fouillis près de Hampstead Heath. Comme l'école est assez près pour y aller à pied, nous avons décidé que nous pouvions nous contenter d'une seule voiture – ce qui nous facilite considérablement les choses en matière de carte de stationnement, mais ne nous empêche pas d'arriver en retard tous les matins. Oh, et guettez la sortie des *Feuilles dans ses cheveux*, réintitulé *Le Yacht de ton voisin*, qui va sortir incessamment près de chez vous, et directement en DVD ! Les enfants sont finalement allés chez le dentiste, et ils n'ont rien aux dents. Et, soit dit en passant, nous avons tous les six des poux en ce moment.

Remerciements

Au départ, les remerciements devaient logiquement être mis par ordre hiérarchique : il y a des gens sans qui jamais je n'aurais commencé ce livre, ou qui ont fourni une matière considérable, ou juste une ligne, ou qui ont relu et corrigé tout le manuscrit. Mais c'était un terrain miné de gaffes potentielles, comme un plan de table pour un mariage dans une famille plusieurs fois recomposée.

J'ai essayé un système d'évaluation à étoiles, mais le résultat était plutôt... étrange.

Et puis je me suis dit que ça ressemblait à une cérémonie de remise de prix où personne ne s'intéresse aux remerciements, sauf les personnes remerciées. J'ai donc finalement décidé de choisir l'ordre alphabétique qui, je l'espère, conviendra.

Mais vous vous reconnaîtrez et vous saurez où vous devriez être dans l'ordre hiérarchique (en premier). Et j'apprécie du fond du cœur l'aide apportée, la générosité avec laquelle vous avez partagé vos expériences amusantes, votre sagesse et votre soutien moral. Et sincèrement, je vous... je vous... (sanglots)... remercie.

Gilbert Aitken, Sunetra Atkinson, Simon Bell, Maria Benitez, Grazina Bilunskiene, Paul Bogaards, Helena Bonham Carter, Bob Bookman,

Alex Bowler, Billy Burton, Nell Burton, Susan Campos, Paulina Castelli, Beth Coates, Richard Coles, Dash Curran, Kevin Curran, Romy Curran, Scarlett Curtis, Kevin Douglas, Eric Fellner et toute l'équipe de Working Title, Richard, Sal, Freddie et Billie Fielding, ma maman Nellie Fielding (qui ne ressemble pas à celle de Bridget), toute la famille Fielding, Colin Firth, Carrie Fisher, Paula Fletcher, Dan Franklin, Mariella Frostrup, la famille Glazer, Hugh Grant, la famille Hallatt Wells, Lisa Halpern, James Hoff, Jenny Jackson, Tina Jenkins, Christian Lewis, Jonathan Lonner, Tracey MacLeod, Karon Maskill, Amy Matthews, Jason McCue, Sonny Mehta, Maile Meloy, Daphne Merkin, Lucasta Miller, Leslee Newman, Catherine Olim, Imogen Pelham, Rachel Penfold, Iain Pickles, Gail Rebuck, Bethan Rees, Sally Riley, Renata Rokicki, Mike Rudell, Darryl Samaraweera, Brian Siberell, Steve Vincent, Andrew Walliker, Jane Wellesley, Kate Williamson, Daniel Wood.

11367

Composition
FACOMPO

Achevé d'imprimer en Slovaquie
par NOVOPRINT SLK
le 16 août 2016

Dépôt légal mars 2016
EAN 9782290119808
L21EPLN001487G004

ÉDITIONS J'AI LU
87, quai Panhard-et-Levassor, 75013 Paris

Diffusion France et étranger : Flammarion